柳鸣九文集

卷 7

法国二十世纪文学景观（上）

海天出版社（中国·深圳）

图书在版编目（CIP）数据

柳鸣九文集.7,法国二十世纪文学景观.上/柳鸣九著.
—深圳：海天出版社，2015.6
ISBN 978-7-5507-1342-0

Ⅰ.①柳… Ⅱ.①柳… Ⅲ.①柳鸣九—文集②文学研究—法国—20世纪 Ⅳ.①I217.2②I565.065

中国版本图书馆CIP数据核字（2015）第066799号

柳鸣九文集.卷7
LIUMINGJIU WENJI JUAN 7

出 品 人	陈新亮
项目负责人	于志斌
选题策划	林星海
责任编辑	曾韬荔
责任校对	李小梅　赖静怡
责任技编	蔡梅琴
装帧设计	李松璋

出版发行	海天出版社
地　　址	深圳市彩田南路海天综合大厦（518033）
网　　址	www.htph.com.cn
订购电话	0755-83460202（批发）　0755-83460239（邮购）
设计制作	深圳市斯迈德设计企划有限公司（0755-83144228）
印　　刷	深圳市新联美术印刷有限公司
开　　本	787mm×1092mm　1/16
印　　张	27.25
字　　数	353千
版　　次	2015年6月第1版
印　　次	2015年6月第1次
定　　价	92.00元

海天版图书版权所有，侵权必究。
海天版图书凡有印装质量问题，请随时向承印厂调换。

柳鸣九在巴黎

柳鸣九近照

柳鸣九主编的"西方文艺思潮论丛"七卷

柳鸣九在塞纳河畔

原版《超越荒诞》

法国二十世纪文学景观(上)

柳鸣九 著

目　录

序
　　——法国20世纪文学的一个轮廓 …………………… 001

一、20世纪多元化的开篇

人性的沉沦与人性的窒息
　　——纪德：《背德者》与《窄门》 ………………… 012
终极目标与"纹心"术
　　——纪德：《伪币制造者》 …………………………… 022
永恒的《约翰·克利斯朵夫》 …………………………… 032
阿波利奈尔的坐标在哪里？
　　——《烧酒集》及其他 ………………………………… 044
基督教——象征主义戏剧的代表作
　　——克洛代尔：《缎子鞋》 …………………………… 055

二、从心理现实主义到意识流及心理现代主义

20世纪心理现实主义高峰的启示
　　——莫里亚克的小说 …………………………………… 068
法兰西女性"难养也"的"发条"种种
　　——莫里亚克的黛莱丝四部曲 ………………………… 076
心理现代主义的产生与发展 ……………………………… 085

普鲁斯特传奇
　　——《寻找失去的时间》 …………………………………… 099
凝现时序的纪念碑
　　——中国法国文学研究会致普鲁斯特国际学术讨论会的贺词 … 113
娜塔丽·夏洛特与心理现代主义
　　——《天象馆》及其他 ………………………………………… 115

三、人文主义传统中新的人性观照

一份真实人性的形象资料
　　——尤瑟纳尔：《一弹解千愁》 ……………………………… 138
异国情调、东方色彩之今昔
　　——尤瑟纳尔：《东方奇观》 ………………………………… 145
学者型文学大师笔下的爱情标本
　　——莫洛亚：《情界冷暖》 …………………………………… 153
20世纪圣徒文学的一个标本
　　——贝尔纳诺斯：《在撒旦的阳光下》 ……………………… 159
打开教士的心扉
　　——贝尔纳诺斯：《一个乡村教士的日记》 ………………… 169
一种"凌绝顶"的意境
　　——圣爱克·苏佩里：《夜航》与《人类的大地》 ………… 178
田园牧歌传统中的超前性新意
　　——让·吉奥诺：《山冈》 …………………………………… 183
20世纪文学中少见的英雄塑造
　　——让·吉奥诺：《屋顶上的轻骑兵》 ……………………… 190

这里有他的灵魂
　　——亨利·特洛亚：《莫斯科人》 …… 196
现代的俄瑞斯忒斯怨恨
　　——巴赞：《毒蛇在握》 …… 201
卢梭主义的又一次跃动
　　——巴赞：《绿色教会》 …… 209
当代法国契诃夫式的短篇小说家
　　——罗杰·格勒尼埃的短篇小说 …… 217
现代社会芸芸众生的巧合悲剧
　　——勒内·克莱尔：《巧合的游戏》 …… 222
富有文化内涵的《走出凯旋门》 …… 227

四、在现实主义——自然主义旗帜下

权威的文学庙堂——龚古尔文学奖
　　——"法国龚古尔奖小说名著大系"总序 …… 234
一部社会写实的佳作
　　——罗歇·瓦扬：《律令》 …… 244
古典风格的自然主义佳作
　　——卡里埃尔：《马鄂的雀鹰》 …… 254
当代西方婚姻问题的一面镜子
　　——居尔蒂斯：《离异》 …… 259
不见经传的德库安与他的印第安人
　　——《约翰·地狱》 …… 268
从19世纪包法利夫人到20世纪包法利夫人
　　——芒迪亚克：《摩托车》 …… 274

闲暇中的心理张力
　　——芒迪亚克:《闲暇》 ………… 279
法国当代文学中的一位人民作家
　　——贝尔纳·克拉韦尔:《冬天的果实》及其他 ………… 284
毕竟是人的颓废沉沦者
　　——凯菲莱克:《黑色诱惑》 ………… 290
现代罗宾汉的义举
　　——罗曼·加里:《天根》 ………… 294

五、哲理文学的第一道精神灵光

一种雄浑的文学 ………… 302
超越于死亡之上
　　——马尔罗:《王家大道》 ………… 337
中国革命与马尔罗哲理
　　——马尔罗:《人的状况》 ………… 347

六、左翼文学与抵抗文学

小说中主人公的非人化倾向
　　——巴比塞:《火线》及其他 ………… 362
法国社会主义现实主义文学的杰作
　　——保尔·尼赞:《阴谋》 ………… 369
法国反法西斯文学鸟瞰
　　——"世界反法西斯文学书系"法国卷编选者序 ………… 379

地下抵抗运动的真实写照
　　——罗歇·瓦扬：《荒唐的游戏》 ………… 391
尼科尔森上校的独特性
　　——皮埃尔·布尔：《桂河桥》 ………… 399
辉煌的历史画卷，深刻的历史哲理
　　——阿拉贡：《圣周风雨录》 ………… 405

序
——法国 20 世纪文学的一个轮廓

1978年,《法国文学史》上卷出版时,我曾在该书的前言中说明,整个《法国文学史》三卷,从中世纪只写到20世纪初期,并明确表示:"20世纪文学将另行编写",但实际上,我当时根本就没有考虑继续编写20世纪部分,至少是要把这个计划安排在相当遥远的未来。

当时有此考虑是自然而合理的,不言而喻的理由是:20世纪还有20多年的行程没有走完,为整个20世纪写史显然为时过早。而我当时比较具体的考虑则是,三卷本《法国文学史》在写法上有自己的特点,如在框架上,在章节安排的平衡上,在作家作品的倾向、性质与品位的界定上都比较追求定式定论,在论述与资料介绍上也力求繁详具体,这些做法即使到了20世纪落幕之际,要为它写史时,也是难以做到的,且不说除了这些,还有另外若干涉及社会发展、历史时代潮流、意识形态的问题,实难以定评,因此,我几乎从来就没有想过要像前三卷的模式,再续写20世纪的文学史。

尽管私下里自己有上述意向,但早在《法国文学史》三卷本尚未完成之时,我在20世纪文学方面所投入的精力与时间,就已经在我整个工作中占有很大的比重,而随着时间的推移,则愈来愈占据了主要的地位。这项工作,大致有这样几个方面:一是对西方20世纪文学进行了重新评价,特别是对在我国文化界曾备受责难的现代派文学与存在主义文学，除提出问题、发动论争到参加全国性的论战外，主编了"西方文艺思潮论丛"共七卷，对20世纪西方文学进行系统的梳理与评析，当然，法国的20世纪文学是其中的主要对象。二是，主编了"法国现当代文学研究资料丛刊"十卷与"法国二十世纪文学丛书"七十种，为法国20世纪文学建立了一个规模相当大的文库，也为我国的法国20世纪文学的研究与教学工作，提供了系统的历史资料。在进行这些工作之前，我都必须做先行研究与译介准备工作，而在进行的过程中，又必须提出主旨报告，写出序言，作评论，发议论，于是，经年累月，大致上从上世纪80年代末到90年代末，陆续积攒下来有八十余篇专论法国20世纪文学的文章，总共约六七十万字，对法国20世纪几乎绝大部分的重要作家作品与重要思潮流派都有广泛的涉猎，这就是成集的《生存于荒诞》的由来。

时至今日，20世纪落幕已近三年，为这个世纪的文学写史的课题似乎越来越显必要，但我个人仍然认为要写出一部定规、定格、定评、定论的成熟的文学史，恐怕还尚待时日，因为我们刚刚从"只缘身在此山中"的写位中走出来，还没有能完全摆脱观象时"远近高低各不同"的错觉，面对着整整一个世纪的文学这样一座沟壑幽深、奇峰林立、气象万千的大山，显然是容易陷入不同程度的"不识真面目"的状态，与其编制出"人名录＋书名录＋简单论断"式的文学史，还不如对20世纪文学发展过程中的重要作家作品逐一进行个案研究，做出切实、深入而有见地的说明与论析。因此，我仍然无意于去制作一部20世纪的法国文学史，而满足于实实在在地提供些资料，实实在在地做些说明与评说，实实在在地进行个案研究，就像在本书中所做的这样，我想，这样做，至少对读者有较为具体的参考作用，而不至于有大而空洞、大而不当的误导。因为，历史过程是由个案组成的，在一个世纪中，重要作家作品出现的历史，才是这个世纪的文学史。

由点而面，这是事物整体成形的规律，涉及的点众多而广泛，自然就形成了面。在这两集"论丛"中，由于涉及的作家有六七十位，作品有一百部左右，上至世纪之初，下至世纪之末，事实上已经显示出了法国20世纪文学发展的大致历史过程与各个方面的景貌，对重大的思潮流派与显赫的文学现象，也有若干聚焦的写照，实际上在一定程度上已经具备了一部文学史应有的主体内容，因此，且把它们作为原三卷本《法国文学史》续篇，为此，将其内容归纳为12个专题，这12个专题实际上也就是法国20世纪文学自身有的范畴，兹作简要说明如下：

　　首先是关于开篇问题。文学史上的"开篇"绝不可能是指最初的一些时辰或最初几个年月，它往往以数年计、十年计，其实就是指文学的初期阶段。从这个意义上来说，法国20世纪文学的开篇与前几个世纪文学的开篇颇不一样，从16世纪到19世纪，每个世纪文学的开篇基本上都是一元的，甚至在整个一个世纪，都是由一元化的文学居绝对优势地位，如16世纪的人文主义文学，18世纪的启蒙文学，19世纪的古典主义文学，而19世纪也是由浪漫主义占有了几乎半个世纪的优势。20世纪文学不同，从其初期开始，就显示出了多元化的格局：之一，现实主义——自然挟19世纪后期强大的声势，到这个世纪强盛不衰，第一次世界大战刚过，就推出了震撼世界的名著——巴比塞的《火线》；之二，人文主义传统在法国本就根深蒂固，进入20世纪就长出了纪德之一具有强旺生命力的参天大树，而罗曼·罗兰则实际上以其名著《约翰·克利斯朵夫》，为法国文学赢得了较早的一份诺贝尔奖的荣耀；之三，现代主义的新潮继象征主义诗歌之后，也发展提升到了新的层面与新的阶段，阿波利奈尔与克洛岱尔都是显赫的弄潮人物。所有这些都发生在最初的十年期间，构成了真正百花齐放的盛况，为法国20世纪文学多源头、多元化的发展定下基本格局。

　　法国20世纪文学进入二三十年代，在多元化开局的基础上，开始呈现出了全面的繁荣。其中最令人瞩目的重大文学现象就是小说中心理现实主义质的大发展与心理现代主义的登台展现，前者的重量级的代表人物是莫里亚克，后者辉煌的创业者是普鲁斯特，他们的文学创作都具有不同程度的划时代意义，构成了法国20世纪文学中第一流的实绩成就，早已获得广泛的世界声誉。而在他们之后，继续沿着心理现代主义道路探索前行的，又有娜塔丽·夏洛特，前呼后应，在法国20世纪文学中形成了一条独特的脉络，而夏洛特又由于其长期以来心理小说实验的新潮性而到"二战"之后又被划入了"新小说派"的行列。

自二三十年代起，从人文主义传统中，继纪德、罗曼·罗兰之后，又陆续不断涌出一批杰出的传承者，虽然他们都基本上发散出传统人文精神的气息，但在20世纪新的历史条件下，却各有不同的观察、不同的感受、不同的思考，并以出色的文学创作丰富了这种久远但生命力极为强旺的精神。有的咀嚼古老经典的历史文化并有全新的体验与创见，如尤瑟纳尔；有的以新人文学者的辨析态度审视人生，如莫洛亚；有的在20世纪人类大大开拓了空间活动的时代，抒写那种空前的"凌绝顶"的新感受，如圣爱克·苏佩里；有的在宗教意识形态的框架里，对灵魂与信仰进行了有心理深度的思索，如贝尔纳诺斯；有的在田园牧歌的旧瓶中，装进了与人类生存密切相关的超前性的"新酒"，如吉奥诺；有的承继了卢梭主义并将"绿色崇拜"发展到了极致，如巴赞；有的对20世纪人常有的那文化上的"双重从属"、"双重依恋"、"双重游离"有了复杂表述，如特洛亚，等等。当然，这些作家各自身上的亮点往往并不止一个，不止一方面，他们前者呼，后者应，从世纪之初到世纪之末络绎不绝，颇成声势，他们都享用着人类文化天空中这一股长存的人文浩气，有力而优美地搏动着这一股浩气，而他们所采取的艺术形式与艺术方法又往往是古典而雅致的，因此，他们所开阔的一大片文学天空，在法国20世纪也许算得上是较为清新、健康、纯净的天空。

在法国 20 世纪文学中，现实主义——自然主义，要算是声势浩大、旗帜鲜明的一股潮流了，这个世纪的自然主义文学虽然没有左拉式的大家与《卢贡－马卡尔家族》式的巨著，但有龚古尔学院这样一个长存的组织与龚古尔文学奖这样一个持久的机制，这个组织像是把信众聚集在一起的教堂，这个机制像永远飘扬的一面旗帜，它们激励着自然主义倾向的文学不断发展并保持它在当代法国文学中的强势的存在。从上个世纪初直到今天，每年一度的龚古尔文学奖的颁布一直是文学界的盛事，因此，法国 20 世纪凡具有写实倾向的小说佳作，几乎很少不出自龚古尔文学奖，甚至有不止一个倾向颇不相同的作家也曾被列入它的行列，如普鲁斯特与马尔罗，颇显其广容性。但不可否认，写实的艺术风格仍是这一类文学最基本的特征，而时至今日，从这一潮流中涌现出来的佳作名著的数量已经不胜枚举，不断有文学新秀输入其新鲜血液。"论丛"中所论及的只是一小部分代表作而已，这反映了现实主义——自然主义一直是法国文学中信众最多、参与者最多的文学潮流，因为，人们对文学更为普遍的期待毕竟是认识世界、认识生活与认识人性，而且径直摹写现实也是文学中相对便捷的一条道路。

在法国 20 世纪文学中，与社会政治关系紧密的是抵抗文学与左翼文学。在 30 年代后期，随着法西斯势力在欧洲兴起，法国就产生了反法西斯文学，马尔罗的名作《希望》就是一例，到了 40 年代，法国被德国纳粹占领，更产生了抵抗文学。从 19 世纪后期普法战争直到第一次世界大战、第二次世界大战，法国人在实战中都是一败涂地，面对敌人从来都没有什么像样的抵抗，倒是在文学中，却从不缺乏民族抵抗，这就是反映"二战"题材的抵抗文学，其中有些佳作在战后问世后，获得了龚古尔文学奖或其他文学奖，如居尔蒂斯、加斯卡尔、梅尔勒莱的作品，构成法国文学的一大实绩，与欧洲其他国家的同类文学相比，要算成就较为突出了。由于从事这类作品写作的作家有些是共产党员作家或"左"倾作家，如阿拉贡、特丽奥莱，有的本来置身于现实主义——自然主义的潮流中，如居尔蒂斯，有的是并非以文学为终身事业的，如创作了抵抗文学经典名著《海的沉默》的维尔高尔，因而，抵抗文学作为文学史上的一个类别，在作家队伍的构成上，往往与其他类别存在着较多的重叠。

左翼文学是直接与20世纪国际共产主义运动、法国社会主义运动紧密相连，甚至具有某种程度同一性的文学，特别是在"二战"后，这种文学依托国际上社会主义阵营的政治背景，曾经显得声势特别浩大，它拥有自己的作家队伍，拥有社会主义现实主义的创作纲领与有影响力的报纸杂志，一时颇具强大的号召力，除了像阿拉贡这样的耆宿外，原有的文学领域中亦不乏有才之士加入法国共产党（以下简称法共）。然而由于意识形态的强制束缚，这股潮流中相当长一个时期里的大量文学制品，能经受时间考验具有艺术生命力的，至今已寥寥无几，作为这股文学潮流的中流砥柱的阿拉贡得到公认的一部作品竟是他后期转向，背离社会主义现实主义的《圣周风雨录》，而党内的路线斗争又伤害了一些有才能有个性的作家，如罗歇·瓦扬与杜拉斯都曾受到开除出党的处分。及至五六十年代，由于苏联一连串对东欧的干涉入侵，法共在国内的声望锐降，大批知识分子纷纷退党，左翼文学到七八十年代已经是销声匿迹了，最后只成为法国文学史上最显赫一时，但却没有多少文学实业值得回味的一种文学。

从二三十年代到四五十年代，马尔罗、萨特、加缪的相继出现与成功，是法国20世纪文学中的头等大事，构成了当代法兰西精神文化的辉煌，他们每一个人都具有非凡的个性魅力与厚重的文学业绩。马尔罗从个人冒险家到传奇的反法西斯英雄再到享誉世界的政治家，以他革命题材的小说与卷帙浩繁的艺术史论著而举世瞩目；萨特从一个书斋思想者到介入文学的作家到社会斗士，以其思想深刻的论著与介入文学的作品而拥有了世界性的影响，成为一代宗师；加缪从来既是一个严肃的思想者，也是一个长期从事过社会实践、具有坚苦卓绝品格的斗士，以其深刻大气具有悲怆人道主义精神的作品，上升到了世界文学的顶峰。

法国当代文学中这三个巨人，虽然各有不同的特色与风采，但他们的共同点就在于，都把哲理带给了文学，或者说用文学艺术的经典形式表述了深邃而有亲和力的哲理。这是法国文化人的崇尚与强项，是法国文学传统中一个闪光的高峰，而这三个哲人之所以在全世界范围里具有如此大、如此深远的影响，则是因为他们都紧紧把握着人类的状况、人类的存在条件、人类面对的挑战这样一系列带普遍性与根本性的问题，在哲理上做出了明确的回答，各自提出了富有启迪与召唤意义的宣示，即马尔罗的越超论，萨特的自我选择论与加缪的反抗荒诞论，对于千千万万有文化教养、爱思索的人群来说，都是一道道精神灵光。就这三个巨人的共同特点而言，似乎他们共同组成"法国20世纪文学中伟大哲人"的一章就可以了，但他们各自的内容丰富，业绩厚重，足以分别构成整整三章，人们难以想象，如果缺了这三章，法国20世纪文学史会是什么样子。

法国20世纪文学中，曾引起了全世界热烈的关注、研究与探讨的另一大片新奇风光，是小说艺术中的新实验，即通称的"新小说"。它基本上是"二战"后50年代发轫流行的文学现象，但经常也把早在30年代即已进行此种新实验的娜塔丽·夏洛特也算上，在六七十年代声势正隆，其主要的作家罗伯-葛利叶、布托、娜塔丽·夏洛特与克洛德·西蒙均有不俗的创作业绩，到80年代，其势头渐弱，但二三十年的流行时期，对于这个流派来说就足够在世界范围里造成声势、奠定地位了。由于这个流派在小说的叙述方式、叙述结构上，在对人隐秘心理活动的描写方式上，都对传统的小说艺术有了极大的突破与超越，似乎在20世纪文学仍以书本与语言文学为传达工具的条件下,一切前卫的小说形式都已经运用到了极致的程度,很少再留下超前运作的空间,加之,这个小说流派的主要作家几乎都无一不有相当数量的理论文字,对小说艺术的新实验做出了深入的阐述,因此,整个这个流派也就成为欧美文艺学研究的热门课题,并且以它为基础平台之一,操演起时髦的"后现代主义"的理论体系。1985年,诺贝尔文学奖授予克洛德·西蒙,标志着国际上对这个文学流派的认同与"盖棺论定",也标志着作为一个流派的"善始善终"、"功德圆满",当然,它在文学发展过程中所留下的辙痕是不可磨灭的,即使是在一个句号之后,仍将有零星的后继者走这条道路,事实上也确实如此,如索莱斯的《女人们》(1983)就是一例。

法国20世纪文学中最后一个具有流派意义的重大文学现象,在我看来,就是新寓言派,早在80年代末,我个人就曾明确预测,"20世纪最后十年,法国文学不会再有具有重大意义的文学流派了,本世纪的文学将以新寓言派作结。"当然,这里所说的"流派",只不过是指某种创作倾向的相似或相近。由于时代条件不同,20世纪文学中愈来愈不再存在过去那种具有"结社"性质的流派,而新寓言派只不过是在六七十年代至80年代出现的一批创作倾向有相似之处的作家而已,其中,最为出色、最为著名的有米歇尔、图尔尼埃、勒·克莱齐奥与莫迪亚诺等,而说他们有相似处,就是因为他们都力图在自己的作品里表现某种哲理寓意,或者更确切地说他们都是在为自己精彩而凝练的哲理找到最贴切、最恰当的现实生活形态与艺术表现方式,他们之所以在法国上个世纪的文学中光辉四射,就在于他们以语言的艺术达到了上述两个方面完美的结合,既在思想上给人以意想不到的强烈启迪,又在艺术上提供给人以经典文学的美感。如果要说新寓言派的作家与马尔罗、萨特、加缪有什么不同的话,那就是上述三位哲人都致力于表述各自独特的中心哲理并力图围绕这个中心建立自己的论说体系,而新寓言派作家则是致力于表现各自色彩纷呈的生活智慧与独特寓意。但不论怎样，新寓言派也再一次证明，在法国文学里一直存在一种永恒的动力，那就是对思想内涵，对隽永哲理，对精神力量的执着追求。

法兰西是一个崇尚个性自由的民族，法国文学遵奉的最高准则是追求创作个性的自由。由此，世界上大多数新的思潮流派、新的艺术风格往往都发源于斯。法国文学领域从来都是各种风格纷竞自由的天地，尤其到了更适于个性化发展的20世纪，更是如此。因此，在20世纪法国文学中，卓尔不群、独来独往的才人比比皆是，对于文学史而言，虽然总有分门别类、归纳概括的需要，但法国20世纪文学中难以归类的作家为数实在很多，本书的第十部分就是一些难以归入固定门类的作家，他们之所以难以归类就在于他们创作个性的独特与张扬，而这倒又成了他们的共同点，特别是他们都把自我个性、自我精神、自我状态张扬而毫无顾虑地升华为文学这样一个特色，从拉迪盖、塞利纳、柯莱特，到让·惹内、杜拉斯、萨冈，哪一位的作品中不有一个极为张扬的大写特写的"我"字？这倒使我们有可能在这里姑且把他们统称为"自我个性张扬的才人"。

最后一个问题，非严肃文学作品问题：一个时代在其严肃文学的边缘之外往往还有若干异类的文学现象，通俗文学即是。这种文学具有一定的艺术性，易于流传，为受众喜闻乐见，拥有广大的读者，其侦探小说、武侠小说早已就获得了经典通俗文学的地位。本书中"令人侧目而视的一隅"实际上就是通俗流行文学中的一个特定的类别，这里所涉及的作品在对读者有强烈的吸引力上、在拥有千千万万读者上都是显而易见的，而其艺术性均又达到甚为讲究，甚至相当精致的程度，对人性与生活的隐秘又多有所揭示，那么，有什么理由仅仅因为它们属于风月题材而不属于侦探、武侠或科幻题材而将之拒于文学的门外？

文学史上的任何归纳都是相对的，由于作家作品都很复杂，具有多种成分与多元基因，往往也就有不止一重从属性，我以上所做的一些粗略的概括归纳、分门别类，仅仅是为了给读者提供参考，便于他们进行梳理与研究。

最后，再作一点的说明，本书中的引文基本上都出自"法国二十世纪文学丛书"七十种，我有幸作为主编与本学界的朋友与同道合作，在中国共同完成了当代外国文学这一最大的文库，已成为我生平中一段难忘的美好的回忆。

2005 年 8 月

一、20世纪多元化的开篇

人性的沉沦与人性的窒息

——纪德:《背德者》与《窄门》

《背德者》与《窄门》,往往被人当作纪德文学创作中两部相对称的作品,其原因在于,两部作品各自的主人公在道德问题上体现了不同的对称的倾向,在前一部作品里,主人公为了追求官能的享受而背弃道德,后一部作品的主人公则为了保持完美纯洁的德行而坚拒尘世的欢乐与人间的幸福。这不仅仅是对称而已,简直就是对立,各走一端。由此,人们又把这两部作品作为纪德思想中尖锐而深刻的矛盾的明证。

纪德的确是一个极为矛盾、极为复杂的作家,他身上的矛盾表现在很多问题上,甚至有时达到了二元对立与分裂的程度。我们把这两部作品放在一起论述,倒不是由于它们在表面上的某种对称或对立,而恰巧是着眼于它们的共同点:它们同为对资本主义条件下病态人性的描绘与剖析,它们同样体现了批评的意图与醒世的目的。

《背德者》在纪德的作品中比《窄门》占更重要的地位,它既是资本主义条件下人性沉沦的一份形象的资料,也是资本主义条件下精神文明危机的一份真实的纪录,它还确凿无疑地反映了纪德本人思想中的深刻矛盾。

在这里,主人公的沉沦并不是一种简单化的堕落,它混杂着复杂的矛盾与哲理的内涵,甚至还具有某种合理的因素,它最初是以正常人性的发现与复归作为其起点的。

小说中的米歇尔，曾经表述了这样一种关于人的认识：世上本来存在着"真正的人"，他保持着自然的形态与原始的力量，而宗教却弃绝他，书籍、教育、文明也力图取消他，竭力要以其积淀在他身上糊上厚厚的文明的涂层，使他丧失了本来的面貌，使他的血肉之躯完全覆盖在如同脂粉一样的涂层之下。这种认识对米歇尔来说，可以说是一种反思与苏醒，因为，他一出生在这个世界上，就不断地被涂上一层层文明的"脂粉"。首先，他母亲给了他加尔文派严肃的宗教教育，向他灌输了种种信仰原则的同时，也把古板严肃的作风传给了他，而后，从15岁起，他被父亲带领走进了故纸堆，在各种古文字、死文字中度过了青年时代，直到25岁，"几乎只跟废墟与书籍打交道"。在他这种没有真正的实际生活内容，既不懂得生活，也不会生活的灰色生活中，他也成了一个灰色的没有生趣的人，甚至人正常的机能也在这厚厚的涂层中快完全萎缩了，他的身体衰弱到了弱不禁风的地步，于是，自然而然，他婚后很快就大病一场，险些丧命。不过，这倒成为一个转变的契机。为了与死亡斗争，他被迫改变了生活方式，他投入了大自然的怀抱，沐浴阳光，呼吸新鲜空气，锻炼身体，这样，他又恢复了生机与健康，成为一个强壮的人，正是在这个时候，他有了上述的反思，并下决心要"抖掉身上的涂层"。

事情发展到这里，是完全合理而正常的，米歇尔在仰望蓝天、谛听流水、承受清风、呼吸花香的生活中恢复活力的愉悦，不正像贝多芬第六交响乐第一乐章所描写的，过惯枯涩生活的人一旦投身于田园美景之中，就胸襟舒畅、精神亢奋、意荡神驰、步履轻快的愉悦一般？毫无疑问，读者也随着感到了一种愉悦，正如听田园交响乐第一乐章时的感受一样，而且，小说中米歇尔这一生的转机，还蕴含着一个由来已久的传统的哲理。

早在两个世纪之前，开一代风气之先的伟大思想家卢梭，就曾热情地歌颂了人的自然状态与处于自然状态中的人，指出了阶级社会中的文明与人本性的对立。在卢梭看来，原始的人由于生活在大自然之中，享受着大自然，也经受着大自然的磨练与考验，都有健康的机能、强壮的体质、敏捷的行动、勇敢的精神以及多方面的身体技能。随着人类社会阶级文明的发展与人所受到的各种文明规范的束缚的增加，自然人就随之而蜕化，"人在变为生活于社会的人和奴隶的时候，就成为懦弱的、胆小的、自卑的人，他的温柔软弱的生活方式使其体力与勇气同时衰颓了"（卢梭：《人类不平等的起源与基础》），而安逸则还使得人"更加显著变坏"（同上）。对此，卢梭认为："我们要是保持自然对于我们所规定的那种简单的、一律的和孤独的生活方式，我们就几乎可以把那些不幸全都避免了。"于是，回到自然中去就成为卢梭哲学体系中的一条有力的纲领，他著名的教育哲理小说《爱弥儿》，就贯穿了这一主体思想。在这里，他致力于提出一个使文明社会的人尽可能接近自然、返璞归真、医治"文明病"的一整套方案。尽管卢梭对人类文明社会与人类文明正反不分、良莠不辨，因而其批判流于笼统，过于偏激，但他哲理中那种厌弃统治者、安闲者、高贵者，对束缚人、奴役人的文明规范的愤慨精神却无疑是战斗的、有革命性的，他把淳朴者、劳动者与高贵者、闲适者，把"庄稼人的粗布衣服"与"使臣的锦绣衣袍"加以对照与对比的立场，他认为在"粗布衣服"之下才能"发现有力的身躯"的美学理想，无疑是激进的、有民主主义性质的，在人类思想史上具有一种高亢的格调，它像一股强劲的风激荡着它以后的时代思潮，不断地引起回响与"变奏"。18世纪末，那部轰动一时的小说《保尔与维吉妮》，显然就诗意盎然地表现了卢梭这种博大的回到大自然中去、返璞归真的哲理。即使到了19世纪，司汤达、梅里美这类作家在自己某些著名作品如《意大利遗事》《卡尔曼》《高龙巴》里，不也吸收了卢梭学说的营养而派生出对苍白无力的资产阶级个性的厌弃与对粗野不驯的性格、强烈狂暴的行为、原始强悍的力量以及蛮荒的风土人情中一切较少被资产阶级文明沾染的东西的追求?

我暂时不在本文里谈论纪德的《地粮》与18世纪这一启蒙思想传统的关系,纪德的这部有代表性的名著早于《背德者》4年,于1897年出版,在20世纪初一个时期内,像一股清新的风吹拂着一代知识分子,我们将来还会有机会专门谈到它。在这里,我只想指出,《背德者》里米歇尔的复生就体现出了卢梭主义的余绪,他仿效袒胸露臂的农民,赤着身子晒太阳,他投身于清凉的泉水之中,他躺在草地上舒展自己,他夜晚打开窗户睡觉呼吸新鲜空气,所有这些生活方式与情趣,都使我们很容易想起卢梭的《爱弥儿》中爱弥儿所接受的"回到大自然中去"的教育;他觉醒后的反思中所说的那个"古老的人",即宗教与书籍所要取消的那个"人",就是卢梭主义中的"自然的人"、"原本的人";他所说的当代社会中的人身上,既有遮盖了真形的覆盖层,也有覆盖层下"真正的人",脂粉下的真皮鲜肉,与卢梭所说的"人的现今性质中"有"本原的"与"人为的"两种成分是一个意思;他要摒拒宗教与祈祷,下决心靠自己的力量来救自己已入膏肓的病体,其实就是对传统的基督徒文明的拒绝,而转向期待人的自然生机;他要抖掉自己身上的覆盖层、脂粉层而露出自己的真皮鲜肉,则简直就是对卢梭的回到大自然中去、恢复人的自然本性这一号召的响应了。果然,他不久就对资产阶级社会中那些迎来送往、繁文缛节,对沙龙里的聚会、交谈、趣味,产生了一种卢梭式的激烈的反感,甚至在自己的学术研究中,他也注入了自己这种新的思想汁液,他赞美与宣扬古代民族古朴的伦理、"缺乏文化的愚昧状态"、原始的野性的倾向,批评"发展到绝顶的拉丁文明"如何凝固僵化、"阻止思想同大自然的任何珠联璧合的接触,以表面的持久的生机掩盖生命力的衰退,形成一个模式,思想禁锢在里面就要松弛,很快萎缩,以致衰竭"。所有这些,显然不乏卢梭主义的气息。

然而,正如伟大与渺小往往只有一步之差一样,正确与谬误亦常近在咫尺,紧随着米歇尔人性觉醒与人性复归而来的,正是米歇尔人性的沉沦。他恢复了健康,却开始追求官能的享乐,不久,就产生了一种恶癖——同性恋,并且不能自拔。他放荡无行,缺德自私,使贤淑温良的妻子玛丝琳郁悒成疾,又得不到必要的照顾,最后凄然逝去。在米歇尔的这个故事里,邪恶的癖好同性恋与作为人的缺德自私,构成了他人性沉沦的两个主要内容。他本来获得了卢梭主义的活力,但很快就走向卢梭主义的反面。

虽然这部小说涉及了同性恋这个令人厌弃的恶癖,但由于它描写的隐晦程度比《红楼梦》"嗔顽童茗烟闹书房"一回中的描写有过之而无不及,甚至可以说,根本就没有任何具体的描写,这就使这部小说不失为一部可读的书,无碍于风化的书,而且,它向我们提供了资本主义条件下人性沉沦的一个例证,即使我们不说它是人性堕落的例证的话。

的确,这是一种违反人性的病态的习癖,是资本主义条件下人性沉沦的表现,虽然西方世界的同性恋者公开地力图证明这种癖好是自然的,要为它争取合法的地位,但仅就它已成为20世纪可怕的瘟疫艾滋病广为传播的温床一事而言,就可看出它的危害性了。使人感到惊奇的是,这种恶癖在现代化文明高度发展的西方资本主义条件下,已经发展为一种相当普遍的社会现象,即使是在文学艺术领域里,感染了此种恶癖的亦不乏其人。而且,它还早已出现于一些最严肃的作家的笔端,甚至像尤瑟纳尔这样的传统的现实主义作家兼杰出的人文学者亦不例外。如像在《阿列克西或一场无效战斗的条约》中,一个已结婚多年的男子,终因其反常的同性恋心理而抛弃了自己温良的妻子,离家出走,与《背德者》中的米歇尔颇为相似。在《一弹解千愁》中,埃里克为什么对索菲这个美丽而热情的少女如此冷漠、如此残酷,而对她的哥哥孔拉却一片深情,这里面也被作者安置了同性恋的蛛丝马迹。文学映照社会现实,文学现象是社会现象的反映,同性恋成为普遍的社会现象与文学内容，正标志着资本主义精神文明的危机，也暴露出资产阶级生活方式腐朽的一面。

当然，这种恶癖并不只是资本主义社会的产物，它早已产生于古代奴隶主的荒淫无度之中，也曾产生于封建时代地主阶级的骄奢淫逸之中，而且，不分外国与中国，也不分西方与东方，这一点是通过历代文学的描写不难看到的。法国当代文学中的经典名著之一，尤瑟纳尔的杰作《阿德里安回忆录》中，那个雄才大略而又兼具文采风骚的古代罗马皇帝阿德里安就有此癖，中国古典文学中的巨著《红楼梦》里，封建阶级的公子哥儿贾宝玉也染有此好。可见，这种毛病是富贵思淫欲的腐败生活的产物，是富贵者的人性病态，它更为普遍地产生于资本主义条件下物质生活优裕的资产者的环境里，也就是必然的了，这正如娼妓与卖淫在资本主义条件下比在任何其他时代更为商品化、公开化、合法化，因而也更为普遍存在一样。在《背德者》中，米歇尔就是不止一次用钱为手段来换取这种邪恶的享乐的，而且，他所损害的对象，往往是出身贫贱而不得不受人指使的纯洁的少年。他的行径与资产者仗其权势玷污良家妇女或用其金钱嫖娼妓的性质没有本质的不同。

米歇尔人性沉沦的另一主要的表现，是他的背德。道德问题是一个具有很大的相对性的范畴，对于道德问题理应作具体的分析。在道德之中，有很大一部分是社会阶级的伦理规范，特别是适应统治阶级需要的规范，当然不能把这些规范视为神圣不可侵犯，不能把违反者视为大逆不道。相反，在阶级社会中，一些杰出的人物，一些敢于向统治阶级、权贵者、卫道士挑战的人物，敢于戳穿虚伪的规范、敢于蔑视不合理的习俗的人物，倒是常被斥为离经叛道、天理难容。米歇尔可不属于这个光荣的行列，他并不反对那个社会的制度法规，他也并不愤世嫉俗，与自己的阶级为敌，他无损于上流社会、统治阶级分毫，他所损害的是自己那个温柔善良的妻子，他所触犯的不是本阶级本社会的政治法律、道德伦理规范,如果他真能那样做,那对他倒是件好事,可以把他提升到文学中常见的那些叛逆性反抗性的人物的行列中,可惜的是,他所违反的是一种范围更大、适用于更广泛的人与人关系的基本准则,即人道的准则,他以自己的冷酷、欺骗、背叛与自私,把自己那个可怜的妻子折磨得日见衰弱,最后,还硬拖着已患重病的她,在明显有害于她健康的地区旅行,终使她一病不起。他的行径中有着极端的个人主义,可怕的利己主义,他是一个违反了人的准则、人的道义与人的责任的缺德的人,一个在人的意义上的背德者。

值得注意的是,纪德对这个人物的态度。"我在本书中投进了全部热情、全部泪水与全部心血",纪德在小说的前言中这样承认,他还坦率地指出:"读者的义愤会从米歇尔那里转到我的身上,只要稍有可能,人们还会把我同他混为一谈。"这些话都事出有因。因为,虽然不能把米歇尔与纪德本人混为一谈,但米歇尔身上的确有着纪德的影子。纪德本人如米歇尔那样,自幼也受过严格的宗教教育,早年也身体孱弱,他26岁时与自己的表姐玛德莱娜结婚,婚后也曾到北非等地做蜜月旅行,婚后生活也很不协调,同样,他自己的同性恋恶癖也成了他妻子不幸的根源。正因为纪德把自己某些血肉赋予了米歇尔,所以他对这个人物难免不有几分温情,他主观上想对这个背德者采取中立的态度,避免对他进行判决,把他"一棍子打死",他还通过米歇尔的朋友之口提出这样的问题:"人们是设法发挥这种人的聪明才智还是轻易地拒绝让他们享有公民权利呢?""他应当有一个位子。"纪德的这种态度显然是维护性的,不过,他只是把米歇尔当作一个应有其生存的权利的人来加以维护,还不是把他当作一个道德人来加以维护。事实上,纪德的这部小说在道德上、在人的品格上对米歇尔是有所谴责的,"我把玛丝琳写得那么贤淑并非徒劳,读者不会原谅米歇尔把自己看得比她还重"。他正是通过玛丝琳的悲剧揭示了米歇尔自私利己的本质。他曾经明确地说过:"我的一些作品是带批评性的,《窄门》是对某种神秘主义倾向的批评,《田园交响乐》是对某种自欺欺人的形式的批评,《背德者》是对某种个人主义的批评。"由于他把这种创作意图注入了他小说的形象描写,《背德者》就得以成为一部有道德倾向的书,有道德是非感的书,并且也体现出了纪德本人勇于无情剖析自己的精神与他那种卢梭式的敢于忏悔过失的品格。

比较起来,《窄门》这部作品就要单纯一些,这是一个充满了宗教情绪的爱情故事。阿莉莎与杰罗姆是一对青梅竹马的恋人,两人都深受宗教的影响,都追求那种通过狭小的"窄门"而进入天堂的理想,并在这种理想的指导下形成了一种形而上学的、追求柏拉图式爱情的恋爱观。杰罗姆把道德上的自我完善视为自己去爱阿莉莎所应具备的起码资格,也把道德上的自我完善、自我完全净化当作与阿莉莎相遇的唯一会合点、相爱的唯一境界。在他看来,他们两人的幸福不可能是别的什么,而只是以绝对纯净之身双双来到一尘不染的天国。他这种纯洁的感情似乎是动人的初恋,使人精神上、道德上积极向上的一种结果,然而,它显然具有很浓很浓的宗教气味。在这种宗教气味的窒息下,他成了一个道德上的苦行僧,成了一个压抑着自己身上正常感情的怪人。该看阿莉莎一眼时,他故意不看;该和她接近的时候,他却认为"配得上她的最好的行动就是马上离开她";该向她提出求婚的时候,他一再拖延;该亲她、拥抱她的时候,他克制着自己的热情。至于阿莉莎,其怪更在杰罗姆之上,在她看来,尘世上幸福的大门与通往天堂的德行之窄门是完全矛盾的。她把与杰罗姆的结合视为对天国之途的背道而驰。即使她希望与杰罗姆两人都自我净化,并行地通过德行之窄门进入天国,然而,在她的宗教观念里,主所指点的德行之窄门却又窄得容不下两人并行。于是,为了保持自己对主的忠诚,保持自己将来能得以进入窄门的纯净,她就只能期望在来世、在天国彼岸、在上帝的身边与恋人相聚,而在尘世中,她就要以拒绝杰罗姆、使杰罗姆死了心而远离她自己为己任为天职。最后当然是一出悲剧，一出人间的悲剧。

在文学史上大多数著名的爱情悲剧中，都是不合理的社会阶级障碍以及敌对的恶势力与人为的因素致使恋人不能结合，最后以痛苦或殉情告终，这一类名著名篇不胜枚举。也有较少一部分的爱情悲剧是由于情人双方内部的心理差距与感情矛盾侵蚀与破坏了两人的结合，龚斯当的《阿道尔夫》与都德的《萨福》基本上就属于这一类。纪德的这个故事又别具一格，在这里，既没有社会阶级的障碍，也不存在恋人之间的感情矛盾与思想差距，而仅仅是由于两人之间横亘着一种抽象的观念，就酿成了悲剧，而且，窒息了他们两人的爱情，造成了阿莉莎的死亡与杰罗姆终生遗恨的，又正巧是两人志同道合的共同观念。这共同的观念在两个人身上造成了不同的思想轨迹，相左的感情起伏与各自幽深复杂的心境，以至两个热恋的情人、两个抱着同一目标并孜孜以求的情人，竟发展到相互难以理解的地步。我们随着杰罗姆的叙述来观察阿莉莎，我们能理解阿莉莎那些古怪奇特的行为与表态吗？能洞察她那不可测的内心吗？我们站在这个少女的心扉之外，根本不知其中蕴藏着一些什么内在的根由，直到我们也读到了阿莉莎的日记，才恍然大悟，才见到了这个幽深心灵的内底，不仅是我们，即使是杰罗姆这一个与她长期相处、熟悉她、深知她、热爱她的恋人，又何尝不是如此？正是这份日记使人看到事情的原委，也正是这份日记提供了一份证词，一份关于天真善良的心灵如何被宗教观念愚弄与戕害的证词，一份关于人的热情与生活愿望如何被宗教感情窒息的证词，一份关于人性如何被天国的迷信扼杀的证词，当然，也是一份关于人心误入宗教神秘主义的迷津而不能自拔的证词。

这种由神秘主义与迷信观念导致的悲剧发生在一个科学昌明的世纪之初，似乎是难以理解的，不过，考虑到法国是一个宗教气氛浓厚的国家，宗教影响根深蒂固的国家，这种悲剧又不是不可以理解的了，何况是发生在外省的一个僻静、带有封闭性的庄园之中，发生在一个由于母亲的罪恶而心灵受到了刺激与损害的少女身上。对于纪德来说，这是一个供人读的作品，是一篇供人听的故事，他在这里有着自己的意图，那就是对基督教传统文明反人性、反人道性质的清算，也是对他自己早年所受的宗教教育的清算。看来，他是主张正常人性的复归的。因此，他在这本书里反对人性的窒息，正如他在《背德者》中谴责人性的沉沦一样，他把自己的这两部作品称为"醒世的书"，他的话符合作品的实际，他没有吹牛。[①]

1987 年 4 月 17 日于北京

[①] 本文写作于 1987 年 4 月 17 日，按原出版形态收入本卷。我们不认同该文中有关同性恋的一些说法，特此说明。——海天出版社

终极目标与"纹心"术

——纪德:《伪币制造者》

纪德于 1921 年开始写这部小说,4 年之后完成,1926 年出版,此时,他眼见奔 60 岁了。

在此之前,他实际上已完成了他毕生文学创作中的主要业绩:《地粮》(1897)、《背德者》(1902)、《浪子归来》(1907)、《窄门》(1909)、《伊莎贝尔》(1911)、《梵蒂冈的地窖》(1914)、《田园交响乐》(1919),这些作品已经奠定了他在当代文学界举足轻重的地位,他还要给自己添加一点什么呢?

在他过去的作品中,除了《梵蒂冈的地窖》接近长篇小说外,其余的作品均属中篇的规模。这部《伪币制造者》可说是纪德的第一部长篇小说,此后,他再也没有写过长篇,甚至再也没有写出重要的小说。因此,《伪币制造者》要算是纪德书目中唯一的一部长篇小说了。如果说,他年过半百、业已功成名就之时还要为自己添加一点什么的话,那就是要进入长篇小说创作这个令人望而生畏的文学竞技场,来显示自己的力量。这可不是一件容易的事,要知道,这时的法国长篇小说领地中,已经出现了《寻找失去的时间》[①]这样划时代的奇书,且不说早已有雨果、巴尔扎克、司汤达、福楼拜、左拉这些比肩而立的巨人了。

从长篇小说日益昌盛的时代以来,我们可以看到,往往那些最有

---

① 该书目前常见的中译名为《追忆似水年华》。

气度的小说家都致力于在长篇创作中,追求这样一个终极目标:使自己的作品成为整个一个时代、整个一个社会的一面镜子,使自己成为整个一个时代社会的书记。不止一个这种作家曾在有关的文学作品中宣告过自己这种宏伟的创作纲领。像《人间喜剧》与《卢贡-马卡尔家族》这样巨大的小说群体,固然是凝现了这种终极目标最典型的成就,即使是在不少单独成书的小说里,作家往往也要努力在一定程度上达到这样的目标。司汤达把"1830年纪事"当作小说《红与黑》的副标题,而该书1831年第一版的封面上则干脆标有"19世纪编年史"的字样;雨果的《悲惨世界》虽然写的是一个人的命运,表达的是一种人道主义的激情,但其中填进了从滑铁卢战役一直到1832年巴黎起义等一系列重大的历史事件,而且每个历史事件都是以浓墨重彩的充足篇章描绘出来的,使整个小说真正具有了一个时代宏伟史诗的规模。

纪德进入《伪币制造者》的写作,看来也怀有这样的目标。不过,他的年龄与来日已经不允许他进行巴尔扎克、左拉那样旷日持久的宏伟工程,他只可能以对自己来说是有可行性的方式来进行,以一种自己的独特的方式来达到虽然不能与《人间喜剧》匹对,但却也能以小见大,在一定程度有所类似的效果与境地。如果说,巴尔扎克是在几十部作品中采取人物再现的办法,左拉是在二十部长篇中通过人物的家族血缘关系,来实现自己写时代社会全景的目的的话,纪德则是在单独一部小说通过多线头、多线索的纠合来展现社会全景的。

在《伪币制造者》中,重要的线头与线索为数不下10个,例如:小裴奈尔发现自己是私生子而离家出走,在外闯荡奋斗;法官普罗费当经办一批出身中上层家庭的青少年犯下流氓罪与贩卖伪币罪的案件;浮台尔一家艰辛困顿地在巴黎开办寄宿学校;卑鄙文人巴萨房以办刊物为诱饵拉青少年下水,俄理维受骗失足后而悔恨回头;萝拉与杜维哀结婚后不久就失身于文桑,怀孕后惨遭抛弃,最后又被丈夫原谅接纳；格里菲斯夫人饱经患难之后，放浪形骸，生活佚荡；拉贝鲁斯老夫妇晚景潦倒阴暗，寄希望于寻觅远在异国的唯一的儿孙；小波利命运多艰，精神抑郁，痛失女友勃洛霞之后，又被一群恶少捉弄以致死于非命；在教唆犯斯托洛维鲁的支持下，少年恶棍日里大尼索、乔治等人在校内恶作剧，在校外抛售伪钱币；作家爱德华为拉贝鲁斯到波兰寻觅小孙子，他在所有这些故事进行的期间，正在写一部名为《伪币制造者》的小说，等等。

这样多的线索在一部作品里进行，对小说创作而言，是颇为壮观的，为以往文学史中的鸿篇巨制所罕见。而且，每条线索都带出了若干个人物，总共带出来的人物有数十人之多。这样多的线索与人物被作者运用得有时自然得不着痕迹，有时又巧合得令人拍案惊奇地组合纠绕在一起，构成了广阔的巴黎生活的场景，它包括了好几个生活层面与社会范畴：中产阶级的家庭生活、青少年生存状态与精神状态、文坛活动、教育状况、法院内外等等，集中起来则可以说是巴黎文化教育领域里知识阶层的生活现实。应该说，这是20世纪上半叶法国文学中社会视野最广阔、社会生活内容最充实、最丰厚的长篇小说之一。在一定程度上，它可以说是一部微型《人间喜剧》式的作品。

如果纪德像放风筝那样舒展他的线索，那么他的每一根线索都足以引申出一个个有始有终，徐缓道来的故事，不难铺陈为一部部单独的枝条繁复、丛叶丰满的作品。巴尔扎克与左拉就是这样做的，纪德却没有这样做，也不可能在一部小说里这样做。他致力于放短线的艺术。他把自己的每一个线索都截得短短的，任何一个线索几乎都不超出一两章的篇幅。这样，他总算在四十多章的篇幅里容纳下了10多个线索，而每一个线索正是一幅幅现实图景，一种种社会生活的凝现。不难想象，对于作者来说，用这样分散的短线头、短线索，编织一幅完整的社会生活画面，要比用长线进行编织来得更为困难，更需要技艺灵巧，就像要用零星线头编织出一件衣裳那样殊非易事。《伪币制造者》成功地做到了这点。它可以说首先就体现了一种线索编织的艺术，它不仅靠短线头编织出图景，编织出事件，而且有时还达到了类似套色印刷的效果，如文桑与有夫之妇萝拉的私情故事就是一例：

文桑与萝拉的关系第一次是通过一对少年朋友俄理维与裴奈尔就寝之前的闲聊透露出来的；第二次是通过罗培尔与莉莉安之间的打情骂俏由莉莉安转述出来的。这两场叙述在小说中都可谓故事中的故事，都同时表现了双重事实的过程。俄理维是文桑之弟，他的这场叙述既表现了他与少年朋友谈话的情境与意趣，又第一次露出了文桑猎艳的蛛丝马迹；莉莉安是文桑的新欢，她在与罗培尔打情骂俏时的一场叙述，则既是巴黎青年放荡生活的一个典型场景，又对文桑欺骗与玩弄女性一事的全部真情起了竹筒倒豆子的作用。而在这两场叙述之后，又有萝拉给作家爱德华写信求援的情节与萝拉得到这位作家救助以及丈夫杜维哀出场等的后话。于是一个典型的巴黎私情故事、一个完整的事件过程，就通过零星的断续的线段中完全呈现出来了。同一事件的始末，在不同的场合，不同的背景，不同的人际交往，不同的角度，不同的叙述中多次闪现，就如同经过几次套色印刷，轮廓更明朗，细节更清晰，色彩更鲜明，而且叙述或参与了这个事件有关的那一群人物的面目、性格、人品也都活脱而出，这不能不说是纪德高水平的叙述学艺术。

编织，需要有穿针引线的手艺，尤其是短线头的编织。由此，你就不难理解《伪币制造者》中作者的匠心与机巧。在这里，我们可以看到作者那种得心应手、娴熟自如、出神入化的穿针引线术，在这里，线索与线索更多的时候是交织得自然而然，不着人工牵引的痕迹，像都德式的散文小说的淡化情节。偶尔，线索纠合纽结得出自高度的偶然性，颇像雨果准浪漫小说的巧合情节。第一部中丢失提箱的情节就是典型的一例。爱德华在巴黎街道上丢失了寄存提箱的行李单，恰巧被他外甥的好友裴奈尔拾到。小裴因私自从家庭出走后生活无着，冒领了这个提箱，除得了一些钱外，还得到了提箱里的一本日记，其中又恰好记有乔治偷书一事。而乔治碰巧是爱德华的又一个外甥，因而也是小裴的好友的小弟，于是这个行李就把好几个分散的人物连成一片。更巧的是，萝拉写给爱德华的求援信也在箱里，小裴读到后，就萌生救助这个他早已听说过的女子的善心冲动，他来到萝拉面前，直陈自己的善意与身世，恰好又被在门外的爱德华听到，这种直接的巧合与间接的巧合，层层相套，其故事的奇情性简直有点像冉·阿让经历中那些"无巧不成书"的情节。

　　在线索的编织中，没有起维系交织作用的机杼是不行的。《伪币制造者》中的机杼，显然就是那位作家爱德华，他是纪德特意安排的一个人物，其作用仅仅归结为机杼似乎还远远不够。他是各个生活领域之间的一个"中间地带"，既是这个家庭的亲戚，又是那个家庭的故友，既是文艺界的一员，又与教育界有渊源，与法律界也发生了关系。不论是哪个领域里发生的什么事，都要传感到他这里，加以他热心善良、乐于助人，于是，他就成为各个领域之间的"交通员"，成为各个生活层面之间的穿针引线者，没有他，也就没有了《伪币制造者》中的完整故事。他的作用还不止如此，他还起了类似希腊史诗中合唱队那样的作用，他那本特殊的日记，既叙述、补充与说明各个事件与人物，也对它们进行分析与评判。而且，小说家纪德还把自己的某些特征，甚至自己的同性恋癖好也赋予这个人物，使他成为自己的化身，成为作家在小说里的直接代理人。作家本人与人物黏合得如此紧贴，如此没有任何间隙，这在小说史上是不多见的。这个人物在各个生活层面之间的来往穿梭，他日记中的断简残篇对人对事的叙述与议论，无不体现了作家本人的艺术匠心，这使得这部小说带有了明显的技巧化的色彩。

　　更带有技巧化与艺术匠心的安排是，小说里爱德华这个人物也在写一部小说，而小说的题名正是《伪币制造者》，他日记中所记叙的种种事情是他为小说所搜集的素材，而日记中所写的关于文学制作的札记，则是他要在小说中贯彻的理论与意图。纪德把这称为"纹心"术，即如同在一个纹章的中心设置一个与纹章的形状、图像、花色完全相同的微型纹章。这种手法其实就是文学创作中的"戏中戏"，"画中画"，日常生活中的"镜中镜"，它新颖独特，极具匠心，然而并非绝无先例。《哈姆雷特》第三幕中就有一场类似的"戏中戏"，在丹麦王子的指使下，戏班子在杀兄娶嫂的国王面前扮演了讲述同样一桩罪行的戏。在《红楼梦》里，贾宝玉游太虚幻境所翻阅的金陵十二钗名册，实际上是《红楼梦》中几乎所有那些著名女性人物的命运的缩影，可谓整个大图景中的微型画幅。如果这还不够典型的话，那么，整个《红楼梦》的构思，可以说完全是一个故事中的故事，一个故事是小说所构设的顽石"到那昌明隆盛之邦，花柳繁华地、温柔富贵乡去走一遭"之后"编述历历"的奇幻之事；一个故事是石头上所记述的大观园里的悲欢离合。这两个故事与小说互相套合，其效果更像是"镜中镜"，颇有"先有鸡蛋还是先有鸡"的难解之妙。

  匠心与手法尽管相似，效应与目的却各不相同，各不相同的关键在于戏中之戏，画中之画，也就是那个"纹心"的所占的地位与所起的作用。在《哈姆雷特》中，作为"纹心"的那场戏中戏在整个"纹章"，也就是在"戏"中的比重并不大，但完全是对"戏"本身的模仿与影射，也就是对丹麦宫廷中那桩耸人听闻的杀兄篡位娶嫂罪行的模仿与影射，"纹心"中人物的关系与格局与"纹章"中的完全相同，只是改了姓名而已。"纹心"中的事件与"纹章"中的也几乎一模一样，而"纹心"的安排与设置，则是人为的，完全出自"纹章"中的人物之手，是"纹章"中丹麦王子为了那场为父报仇、反对暴君的斗争的需要而故意安排的。在《红楼梦》里，"纹章"与"纹心"的比例则是另一种模式，在这里，"纹心"几乎占了整个的"纹章"，以至顽石到温柔富贵乡走了一遭的"纹章"，只不过是作为"纹心"

的整个石头记的一个装饰性的框架,作者之所以设置这样一个框架,则是为了"将真事隐去,而借'通灵'说此《石头记》一书也",特别是为了达到将自己"半生潦倒之罪,用假语村言,敷演出来","以告天下"的目的,当然也是为了要赋予大观园中的兴衰故事以色空哲理的色彩。

纪德的"纹心"构设,虽为后来,但绝非承继与模仿,而属不约而同、殊途同归,自有其机心与巧思,即使不是独创性的,至少也是别致新颖的。

如果说"纹心"总要有加以浓缩、加以映照的对象的话,那么,纪德《伪币制造者》中的"纹心"可以说有两重意义上的浓缩与映照。

第一重意义是,这本小说中的"纹心",是小说中所发生的事件与情节的浓缩与映照。但我们仅仅只能在一定程度上可以这样说,因为,纪德只告诉我们,小说中的小说家爱德华也正在写一部名为《伪币制造者》的小说,但对小说的整个内容以及故事情节、人物格局都并未明言,甚至故意隐而不露,只是隐约让读者感觉到,爱德华把他所见所闻记述在日记本里,这些内容也许可能成为他的小说的片断或组成部分。这样的话,纪德的《伪币制造者》的某一部分现实内容就会成为爱德华的《伪币制造者》的现实内容,因此,这个"纹心"对这个"纹章"的映照只是在一定程度上而言的。第二重意义是,爱德华的《伪币制造者》这一"纹心",不完全是纪德的《伪币制造者》小说内容的映照,而更多的是纪德本人写作《伪币制造者》这一事实与全部艺术实践的伸缩与映照。于是,这部小说的"纹心"本身的特点,就使得"纹章"并非一部小说,而成为一部小说的创作实践,成为纪德写《伪币制造者》这一事实。我们之所以这样说,是因为纪德在他小说的"纹心"中,虽然并未明确写出爱德华的《伪币制造者》的生活内容、故事情节与人物关系,但是,非常明确、非常详尽、非常具体地写出了爱德华创作《伪币制造者》所要遵循的艺术原则,所要运用的艺术方法与艺术经验以及爱德华对所有这一切的思考。很显然，纪德这部小说的"纹章"，是一个外延扩大了的"纹章"，其扩大的外延在文学史上可说是绝无仅有的，这是纪德的《伪币制造者》的纹章纹心术的特征，也是它的价值。

毋庸置疑，纪德的《伪币制造者》中爱德华对于小说创作艺术的一系列思考与议论，是特别值得读者关注、重视的部分。

爱德华理想中的小说创作是这样的："不离开现实，同时又可不是现实；是特殊的，同时却又是普遍的；很近人情，实际却是虚拟的。"这显然是一种追求真实与典型的现实主义小说创作观。当然在他看来，这只是所要实现的一种境界与状态，而不是一种法则，因为"在一切文学门类中，小说始终是最自由的"，在这里无法规可言，即使是"巴尔扎克建立起了他的作品，但他从不自称替小说立下了法典"，对于小说家来说，他自己就是"法典"，"试问我与户籍何关？户就是我自己，艺术家"。这样，在给自己立了一个目标的时候，爱德华就授予了自己"条条道路通罗马"的自由选择权。

那么，爱德华要把他的《伪币制造者》写成一本什么样的小说？"一本相当奇特的书"，按他的设想，此书的写作不遵循什么结构与纲要，没有预先的人工安排，一切顺乎自然。爱德华这样说："一本这样的书，根本就不可能有所谓的计划，如果事前我先有任何决定的话，一切将显得非常做作。我等着按现实给我的吩咐去做。"他说得好，"按现实的吩咐去做"！因此，"我的小说没有主题"；小说也没有任何剪裁，"我要把一切都放在这本小说里，决不在材料上任意加以剪裁"。对作家来说，这显然是要追求浑然天成的效果，这倒与纪德那种崇尚自然、崇尚天性的整个精神倾向很是一致。然而，"不加任何剪裁"，恐怕只是自我标榜的假话，如果真的把所有一切都胡乱往一个口袋里装，肯定难成一部有可读性的小说。因此，作者的活计不可能这么简单，不可能这么不费劲。事实上，装哪些东西，如何装,倒的确是一件非常复杂、非常费劲的事情,特别是要装得像是不经心,像是无人工安排,像是浑然无序,那就更复杂,更费劲,更需要艺术与匠心了。难怪爱德华最后道出了其中的奥妙与艰辛:"这书的主题,如果你们一定要有一个主题的话,那就是小说家如何把眼前的现实用作他小说中的资料时所进行的一种挣扎。"

纪德的《伪币制造者》,就是正如爱德华所构想、所宣称的那样写出来的,整个作品的风貌可以说是散任自由。它的线索杂然纷呈,似乎并无主次之分,彼此之间亦无明显的焊接,如果没有爱德华作为"中间人"的来往穿梭,这些线索很可能只构成一个个片断的故事,甚至只构成一个个零星的场景。它的结构松散自由,似乎并无一个程控全局、制导各方的严谨构思,没有出于统一构思的整体上的起伏跌宕与"开端—发展—高潮"式的典型全程,更没有作者归结全书式的结局,它的"结局"可以说是"开放性的"、"继续行进式的"。最后,是爱德华这样明显带有下文的一句话:"明晚我们还能见面,我很好奇地想结识卡鲁",竟宣告着一个新人物的登场。它的情节基本上都平淡无奇,似乎并无什么戏剧性,如果没有爱德华的那只手提箱,那么整个作品连一丁点儿的偶合也都没有了,情节的叙述并非为了营造动人的故事性,而仅仅是为了表现出日常生活事件,为了表现日常生活图景所必有的起码的时间绵延,而这种叙述又并非是有声有色,浓墨重彩,仅仅是以单线勾勒而出。它的人物众多而分散,彼此并不构成小说中常有的那种错综复杂的关系与纠合,更没有那种互为因果的人工的安排,它的人物描绘绝对是素描式,无意于追求油画肖像或立体塑像的效果,甚至连形貌与衣着也简略而不写,只限于勾画人物基本的言行与精神面貌、人品层次,特别是人性的真实,如像访问拉贝鲁斯夫妇的那两章素描式的场景,就把老年人晚景的凄凉与老年的"精神蜕化"、"人格矮化"表现得很出色。所有这些艺术特点使得《伪币制造者》有别于经典传统中常见的色彩瑰丽、戏剧性强烈、有立体感的小说模式，而明显带有散文式的倾向，使小说的现实生活图景像是一幅幅单线条的速写。

传统小说中的吸引人的故事情节，浓烈的色彩、强烈集中的戏剧性冲突，以及足以使读者大悲大喜的结局，固然需要有高明的艺术技巧，而放弃了所有这一切手段的散文式的小说，则更需要艺术气质与艺术氛围，以使读者认可、接受与入胜，把作者眼前如此分散的现实现象，都塞进一个口袋里，不求助于以上那些手段而构成一部作品，显然就需要作者付出艰苦的劳动，甚至做出一番"挣扎"。纪德在他的《伪币制造者》的"纹心"，点出了这个"题"。这样，他这部小说就具有了双重的作用，它所表现的既是作者眼前的巴黎知识阶层的生活现实，也是作者如何把他眼前的这一现实，以他目前这种浑然天成、无序中有序的方法写出来的这样一个问题。

这就是纪德的《伪币制造者》的意义与独特性之所在，这使得这部小说成为20世纪上半期法国最有新颖性的小说之一，最具有"作家味"、最艺术化的小说之一。

永恒的《约翰·克利斯朵夫》

在中国,罗曼·罗兰曾受到格外推崇,但同时又被厚厚地笼罩着意识形态的迷雾。在迷雾中,他的代表作异乎寻常地被亏待了,甚至受到了虐待。

现在,事关他作为一个诺贝尔文学奖获得者,而他获奖一事就被人为地罩上了一层迷雾。

1916年11月,瑞典皇家学院正式通过罗曼·罗兰为1915年诺贝尔文学奖的获得者。对于这位作家来说,这是一份姗姗来迟的荣耀,本应在1915年度之内获得。其原因大致是这样的:

第一次世界大战爆发后不久,罗曼·罗兰于1914年9月发表了一篇反对战争的政论《超乎混战之上》,此文大大触犯了法国的民族主义情绪,招致了不少敌人与批评者,报刊舆论纷纷对他加以谴责,因此,当1915年瑞典皇家学院准备将该年度的诺贝尔文学奖颁发给罗曼·罗兰的时候,就遭到了法国政府的强烈反对。于是,此事搁置了下来,到1916年将近年终的时候,瑞典皇家学院才最后正式通过并予公布。

罗曼·罗兰是以什么文学成就而获此殊荣的?因为当时正值战争时期,也因为法国政府与一些舆论对罗曼·罗兰获奖持反对态度,加之正式宣布已经推迟到第二年的11月,所以,授奖仪式并未举行,当然也不存在对罗曼·罗兰的文学成就作出评价的授奖词。瑞典皇家学院授奖的理由与根据,仅仅在迟至1917年6月才发给罗曼·罗兰的获奖证书中有这样的表述:"他文学创作中高度的理想主义以及他在描写各种不同人物典型时所表现出来的同情心与真实性。"[1]

为了对上述问题有准确的回答,首先有必要回顾一下,时至获诺贝尔文学奖之时,罗曼·罗兰在文学上走过什么历程?做出了哪些劳绩?

罗曼·罗兰生于1866年,20岁时进入巴黎高等师范学校。从这个著名的最高学府毕业后,他又进一步深造,完成了博士论文,还当过中学教师,终于得以进入高等师范学校与巴黎大学讲授艺术史。这一段学术道路尽管相当漫长,走下来颇为不易,但他却很早就同时开始了文学创作。从大学时期起,经过了20多年的笔耕,到获奖之时为止,他已在三个方面取得了令人瞩目的成就。

他是从戏剧创作开始的,在19世纪末、20世纪初,陆续写出了以"信仰悲剧"为总题的三个剧本:《圣路易》(1897)、《艾尔特》(1898)、《理性的胜利》(1899);以大革命为题材的"革命剧"多种:《群狼》(1898)、《丹东》(1900)、《七月十四日》(1902)。其次是在名人传记写作方面的成就,他于1903年发表了著名的《贝多芬传》,随后相继问世的又有《米开朗基罗传》(1906)、《亨德尔传》(1910)、《弥莱传》与《托尔斯泰传》(1911)。最后,就是他的小说巨著《约翰·克利斯朵夫》了,这部小说开始创作于1902年,完成于1912年,在此期间,全文就已经陆续发表。至1912年,这部小说的巨大的成功已使罗曼·罗兰在文坛上名重一时。以上三个方面的这份"清单",展示了罗曼·罗兰获诺贝尔文学奖之前的精神创作劳绩,这就是他问鼎此一荣耀的坚实基础与充足实力。

人们往往把罗曼·罗兰从开始从事创作到第一次世界大战概括为他的前期,1915年的诺贝尔文学奖实际上就是对他前期创作成就

---

[1] 罗曼·罗兰1917年6月7日前后的日记《战争年代日记》第1224页,巴黎,Albin Michel版,1952年。

的总结与表彰。而在前期三个方面的创作中，戏剧成就相对较低，这些剧本颇受戏剧界的冷落，很少上演。名人传记的成就则比较显著，特别是《贝多芬传》在发表的当时就曾产生广泛的影响，是最早使罗曼·罗兰一举成名的力作。不过，这些传记在很大程度上属于学术文化、艺术评论的范畴，与纯粹意义上形象思维的文学创作还不尽相同。在罗曼·罗兰前期的文学活动中，小说巨著《约翰·克利斯朵夫》无疑要算是他最为杰出的成就，不论是从它沉甸的分量、丰厚的现实内容、高远脱俗的灵性、高昂的人道主义精神力量，还是从它巨大的艺术规模、广阔生动的图景、鲜明的人物形象、动人的艺术魅力，都堪称文学史中的巨制鸿篇。它在罗曼·罗兰的前期创作中像奇峰拔地而起，气象万千。显而易见，主要就是这部小说构成了1915年前罗曼·罗兰文学创作的最高成就，也正是这一成就，使罗曼·罗兰赢得了1915年度的诺贝尔文学奖，就像马丁·杜·伽尔是以《蒂波一家》、肖洛霍夫是以《静静的顿河》、帕斯捷尔纳克是以《日瓦戈医生》成为诺贝尔文学奖的获得者一样。

  本来，对这个明显的事实无须多加论证，但是，却偏偏有一种相当权威的论调，认为罗曼·罗兰获诺贝尔文学奖"并非像一般人所设想的是因为他写了小说《约翰·克利斯朵夫》，而实际上更重要的是由于他是《超乎混战之上》的作者"，因此，我们不得不回顾罗曼·罗兰前期的历程与成就，也不得不再就这个问题稍微多加说明。《超乎混战之上》发表于1914年9月15日，这一篇政论对当时欧战双方死于战场上的青年表示了哀悼，对他们在大战中混战一团、互相残杀深感痛惜，并向西方各国进言，不要以战争的方式去解决他们在分配世界财富上的分歧，而主张成立国际仲裁机构来解决西方国家之间的矛盾以避免战祸。不可否认，罗曼·罗兰这种态度与主张当然会得到在当时欧洲战争中采取中立立场的瑞典官方的欣赏，也自然会遭到已经参加了战争的法国政府的反对，在罗曼·罗兰获诺贝尔奖一事上,瑞、法双方的分歧与矛盾即由此而来。这样一篇政论固然有助于罗曼·罗兰被瑞典皇家学院提名为候选人,但它显然不足以成为一个作家获此世界性荣耀的主要成就与主要根据,这不是什么深奥的问题,只不过是一种常识。把一篇内容不过如此、篇幅毕竟有限的政论竟然抬高到获世界文学大奖的主要成就的地位,不能不说是有违常理和常情的,这在严肃的文学评论中极为罕见。这就在罗曼·罗兰获奖一事上制造了一层迷雾。这迷雾是意识形态的,其作用不外是掩盖《约翰·克利斯朵夫》这部杰作与获诺贝尔文学奖之间的当然联系,不外是贬低《约翰·克利斯朵夫》一书的价值与地位。当我们在这里把罗曼·罗兰作为一个诺贝尔奖的获得者来加以评说,把《约翰·克利斯朵夫》作为他获奖的主要成就与主要根据的时候,就不得不先把这一层迷雾拨开。

理论迷雾还不止上述一层。另外还有一种论调,也竭力贬低《约翰·克利斯朵夫》在罗曼·罗兰整个创作中的地位,而把罗曼·罗兰后期的《欣悦的灵魂》抬高到至尊的位置,把它评为罗曼·罗兰全部文学创作的代表作和最高成就。

这里,首先就涉及对罗曼·罗兰前期与后期的比较与评价问题。

所谓罗曼·罗兰的后期,是指从1914年第一次世界大战到他1944年逝世。后期的起始是以他发表《超乎混战之上》为标志的。也有研究者还将后期再分为两个阶段,即1914年至1931年与1931年至1944年,而把《向过去告别》一文的发表视为这两个阶段分界线的标志。如果这两个阶段的划分是必要的话,那么,从1914年至1931年,这个阶段的大致情况是,罗曼·罗兰在思想上、政治上开始明显"左"倾,并积极从事社会政治活动,主要表现在同情、支持苏联与反对法西斯主义在欧洲的兴起。而从1931年到他逝世的这个阶段,他在政治上则更进一步"左"倾,成为了苏联的忠实朋友,共产党的同路人，在思想上也更为激进，对自己过去的思想进行了反思与清算，主要表现在他的论文《向过去告别》、访问苏联以及与高尔基的关系，等等。总而言之，从1914年以后，不论是否再从1931年为界分为两个阶段，明显的事实是，罗曼·罗兰日渐从文学转向政治与社会活动，把1914年以后统称为他的后期，即是着眼于整个这一时期的共性。

如果说罗曼·罗兰后期的社会政治活动比前期大有增加，他作为一个向往社会主义的思想家、社会斗士的倾向明显形成，他与此相关的政治与杂文比前期多产的话，那么，他文学创作的势头却比前期较为减弱，创作量比前期有所减少。在戏剧创作方面，他现存的十二个剧本中，有七个写于前期，后期增加的仅五个，即"革命剧"中的《爱与死的搏斗》(1924)、《鲜花盛开的复活节》(1925)、《流星》(1927)、《罗伯斯庇尔》(1939)，以及《里吕里》(1919)，而在他全部的戏剧作品中，前期的《丹东》《七月十四日》与"信仰悲剧"，也相对比后期的剧作重要。在名人传记方面，他的十多部传记中，前期的作品占一大半，而且最重要的几部代表作《贝多芬传》《米开朗基罗传》《亨德尔传》与《托尔斯泰传》，都是出自前期。在小说创作方面，前期除有《约翰·克利斯朵夫》外，还有一部重要的作品生气勃勃，充满了拉伯雷式乐观主义的《哥拉·布勒尼翁》，而后期，则除了《欣悦的灵魂》外，还有长篇《克莱朗博》与中篇《比哀吕丝》，这两篇小说虽然都有鲜明的反战内容，但却流于政论化与概念化。因此，如果不是着眼于罗曼·罗兰思想激进的程度，不是着眼于罗曼·罗兰在创作倾向上与已经成为现实的社会主义合拍的程度，而是着眼于创作本身的分量与水平；如果不是把罗曼·罗兰当作一个思想家、社会活动家、政论家，而是把他当作一个文学家、艺术家；如果不是从社会主义政治与思想影响的角度来看罗曼·罗兰，而是从文学史的角度来看罗曼·罗兰，那么，应该客观地承认，罗曼·罗兰前期的文学成就要比他后期的为高。

　　同样，对《欣悦的灵魂》也应作如此观。《欣悦的灵魂》写于1922年至1932年，正是罗曼·罗兰日益"左"倾、日益靠拢社会主义苏联的时期。小说以19世纪末到20世纪30年代的欧洲为历史背景，以安乃德·玛克母子为主人公，写他们如何从个人主义发展到集体主义，如何从自由民主主义投向社会主义浪潮，参加了革命，成为国际工运中的活动家。小说具有鲜明的社会主义倾向，因此被有的研究者认为是"社会主义现实主义的第一部杰作，是法国当代文学的里程碑"，"其重要性超过了《约翰·克利斯朵夫》，超过同时期一般的资产阶级小说"，等等。这种论断其实是一种"唯政治思想内容"主义的评论，而不是文学的、艺术的评论，因为，从文学艺术的标准来看，《欣悦的灵魂》正是一部缺乏艺术魅力、缺乏丰满的现实生活形象而流于概念化的作品，其中的一些人物只不过是作者主观构想的产物，苍白无力，远远不能构成一部杰作，更谈不上是法国当代文学的里程碑，其根本原因就在于罗曼·罗兰缺乏社会政治活动方面丰富的感性经验，他更多的只是根据他"左"倾的思想观念在进行创作。把这样一部作品抬高到《约翰·克利斯朵夫》之上，尊奉为罗曼·罗兰的代表作，显然是一种无实事求是之意的偏颇。

　　这就是多年来弥漫在罗曼·罗兰研究与评论上的两层意识形态迷雾。于是，我们就看到了一种畸形的罗曼·罗兰评价，一方面竭力强调作为其后期起点标志的《超乎混战之上》的重要性，大力宣扬罗曼·罗兰后期思想"左"倾的重大意义，将《欣悦的灵魂》奉为里程碑式的杰作，从而尊罗曼·罗兰为20世纪法国甚至整个西方的文学发展中超乎"一般资产阶级作家"之上的第一流大师，大大抬高了、夸大了罗曼·罗兰在当代文学中的实际地位；另一方面则竭力贬低罗曼·罗兰真正的代表作《约翰·克利斯朵夫》的成就，无视它作为一部杰作的重要意义。在这种畸形的评价中，罗曼·罗兰就处于一种双向的失衡状态：一是在整个世界文学中的失衡，他仅仅以其后期的"左"倾就远远超越那些因未与当代社会主义思潮合拍、未与苏联同路而被称为"资产阶级作家"，但实际文学成就确属世界第一流的作家之上；二是在他自己全部创作中的失衡，以《欣悦的灵魂》为其代表作！而这种畸形评价的主要根由，就在于把作家思想"左"倾的程度、与社会主义合拍的程度、与苏联一致的程度，作为衡量作家成就高低的首要依据，在于首先以政治思想的标准作为文学评论的标准，在于首先不是把作家作为艺术家来要求，而是首先把作家当作政治社会活动家来要求。

当然，对《约翰·克利斯朵夫》，远远不止是贬低而已。它是新中国成立以后外国文学中不仅最不被善待，反而最受虐待的一部名著，对它的"严正批判"、"肃清流毒"、"清除污染"，几乎从未中断。从1957年的"反右"开始，历经各次政治运动，它受到了一次又一次冲击。在它的头上，积淀下这样一些"政治定性"式的判调："是资产阶级右派反动思想的根源"，"是一部宣扬个人主义的小说"，"在我国读者之间，引起了思想混乱，产生了不良效果"，"一股歪风邪气随着这部小说渐渐扩散，污染我们社会的健康气氛"，等等。这些判词如果只是出自无知而狂想的"红卫兵"之口，那就不值得一提了，但它们偏偏出自研究者、评论者的手笔，因而不容人们无视其存在。这种情况正充分地说明了，《约翰·克利斯朵夫》在"左"的年代遭到的否定是多么彻底。严肃的学术研究与文学评论中竟出现这样粗暴的判决，既是"左"的政治路线、"左"的意识形态政策导致的结果，也是缺钙型文学研究乘风使势而自我膨胀、强梁肆虐的表现。而《约翰·克利斯朵夫》之所以屡次成为整肃清除的对象、批判分析的靶子，不过是因为它在中国读者，特别是在青年读者中有巨大的、广泛的影响，要知道，在中国，凡是有文化教养的人中，对《约翰·克利斯朵夫》这部作品，几乎无人不晓,其中相当大一部分人还是这部作品热烈的赞美者、崇拜者。

《约翰·克利斯朵夫》的译本新中国成立后第一次出版是在1953年，仅仅三四年以后,它就遭到了难以摆脱的厄运,直到改革开放,情况才有好转。但是,由于意识形态领域中"左"的积淀没有彻底铲除,对这部作品的重新评价仍然是很不充分的。现在,当人们可以回顾根深蒂固的"左"曾带给我们国家、我们民族惨重危害的时候,颇有必要拨开弥漫在《约翰·克利斯朵夫》上一层层"左"的意识形态迷雾。现在该对《约翰·克利斯朵夫》这部杰作的精神风采,有足够的认识,有由衷的赞赏了。

在这里,我想提到傅雷先生,他以卷帙浩繁、技艺精湛的译品而在中国堪称一两个世纪也难得出现一两位的翻译巨匠,他译的《约翰·克利斯朵夫》是他译述劳绩中的力作之一。仍值得我们注意的是,该书于1937年初版时,傅雷先生曾写过一篇《译者献辞》,1952年重译本问世时,他又写过一篇介绍文字。此两文都是对罗曼·罗兰原著的评价与赞赏,篇幅虽然很短小,但比起那些长篇大论、令人不堪卒读的"批判分析文章",要切实、中肯、精辟、富有启发作用得多,也正因为它们与后来"左"的高调诸多不合,故在译本再版时曾被删去。傅雷先生不仅政治上受到了极不公正的待遇,含屈而死,而且在翻译劳绩方面,也受到过恶意的攻击。为了表示对他的尊敬,也为了恢复对《约翰·克利斯朵夫》的真谛精华的评价,兹将两文引述如下。

这是1937年的《译者献辞》：

真正的光明绝不是永没有黑暗的时间，只是永不被黑暗所掩蔽罢了。真正的英雄绝不是永没有卑下的情操，只是永不被卑下的情操所屈服罢了。

所以在你要战胜外来的敌人之前，先得战胜你内在的敌人；你不必害怕沉沦堕落，只消你能不断地自拔与更新。

《约翰·克利斯朵夫》不是一部小说——应当说，不只是一部小说，而是人类一部伟大的史诗。它所描绘歌咏的不是人类在物质方面而是在精神方面所经历的艰险，不是征服外界而是征服内界的战绩。它是千万生灵的一面镜子，是古今中外英雄圣哲的一部历险记，是贝多芬式的一阕大交响乐。愿读者以虔敬的心情来打开这部宝典罢！

这是1952年译者所作的简介：

《约翰·克利斯朵夫》的艺术形式，据作者自称，不是小说，不是诗，而有如一条河。以广博浩瀚的境界，兼收并蓄的内容而论，它的确像长江大河，而且在象征近代的西方文化的意味上，尤其像那条横贯欧洲的莱茵。

本书一方面描写一个强毅的性格怎样克服内心的敌人，反抗虚伪的社会，排斥病态的艺术；它不但成为主人翁克利斯朵夫的历险记，并且是一部音乐的史诗。另一方面，它反映20世纪初期那一代的斗争与热情，融合德、法、意三大民族精神的理想，用罗曼·罗兰自己的话说，仿佛是一个时代的"精神的遗嘱"。

在法国文学中，"长河小说"并非一个赞语，仅指篇幅浩大的长篇小说，但以《约翰·克利斯朵夫》巨大的规模与恢宏的气势而言，它倒的确像一条浩荡的长江大河。面对着名山大川之类的宏伟自然景观，人们总会有千般万种不同的感受。谁能对无数世人种种不同的丰富感受一言以蔽之？谁能断言自己的感受、自己的所知足以概全？谁能说长江只是"晴川历历汉阳树，芳草萋萋鹦鹉洲"，而不是"两岸猿声啼不住,轻舟已过万重山";只有"潮平两岸阔,风正一帆悬",或者"山花如绣颊,江火似流萤"的画面,而无"猛风吹倒天门山,白浪高于瓦官阁"的声势?也何尝不会有新安江上"野旷天低树,江清月近人"的美景,黄河道上"欲穷千里目,更上一层楼"的常情?文学阅读、文学评论亦复如此。每部作品都是一个世界,一角天地,不论这天地是多么狭小,也容纳得下读者种种不同的审美发现与艺术感受,何况是如名山大川般宏伟壮观的巨著?文学欣赏、文学评价只不过是从各种各样立点出发在审美上的各取所需、各取所好而已。

什么是《约翰·克利斯朵夫》?人们定会有种种不同的感受与回答。

我所见的《约翰·克利斯朵夫》,是一部散发出艺术圣殿气息的书。它的主人公就是一个音乐家,而且是以几个德国古典音乐家,特别是以伟大的贝多芬为蓝本塑造出来的音乐家形象。这里有着贝多芬式的眼睛与对现实的观察,有着音乐大师的体验与灵感,有着他们内心中那可以包容宇宙万物的奇妙的和声。这部书以语言文字的艺术,传达出音乐天地中的艺术,广泛涉及艺术史领域中一些重大的现象与重大的问题,它本身就构成一个音乐艺术的世界。读这本书,可以得到艺术对心灵的熏陶与洗礼。

我所见的《约翰·克利斯朵夫》,是一部有深广文化内涵的书。书中的主人公不仅是音乐家,也是思想探索者、文化研究者,他既上升到当代思想的顶峰作过巡礼,又在巴黎的文化集市上作过考察,他的经历本身就像一条思想文化的长廊,包容了当代的哲学、历史、社会学、文学艺术等各个领域的现状与课题以及对它们的见解与思考,这使小说居于高品位的层次,具有严肃深邃的风貌。读这本书,可以增添学识,有益心智。

这是一部昂扬着个人强奋精神、人格力量的书。主人公是一个反抗、进取、超越的形象,他通过顽强的奋斗,冲出了贫穷的市民阶层的局狭,突破了德国小市民庸俗、虚荣、麻木、鄙陋氛围的窒息,排除了上流社会冷酷现实与金钱关系的束缚,超越了当代欧洲文化的传统与现状,而成为了世界的艺术大师。他是一切偶像、一切权威的挑战者,他是一切虚伪、低级、庸俗、保守、腐败、消极的社会现象与文化现象的不妥协的否定者。他不迎合时尚,他敢抗拒潮流,他具有强悍的个性、铮铮的铁骨。他集英雄精神、行动意志与道德理想于一身,他提供了一个强人的范例,展示出一个超人的意境。读这本书,可以振奋精神,坚挺人格。

这是一部洋溢着人道主义精神的作品。作者让奥里维、安多纳德以及约翰·克利斯朵夫等好几个人物,从不同的角度、以不同的程度体现这种精神:对博爱人生观的宣扬、对结合着基督精神与一切正直思想的宽容的向往、对诚挚友爱的追求、对劳苦大众的同情、对济世方案的探讨、对缔造全新社会与全新文化的憧憬、对个性发展与社会义务相结合的重视,等等。正是这种人道主义精神,使作品中出现了不少温馨动人的篇章,也使整个作品具有一种高尚博大的风格。读这部作品,可以涤荡偏狭与狂热,可以开拓心胸。

这并不是一部充满抽象观念与枯燥内容的作品,它的艺术气息、思想文化内涵、人格精神、人道主义热情,都表现在十分丰满的生活形象与人物形象之中。它的生活图景,从德国到瑞士到意大利到法国,具有罕见的巨大规模;它的人物来自各个不同阶层,都有真实的性格,特别是主人公约翰·克利斯朵夫,既是一个超人,也是一个凡人,他有自己的情欲,有自己的过错,有内心中的矛盾、软弱与痛苦。由此,我们可以说,《约翰·克利斯朵夫》既是一部发散出浓烈的文化艺术气息、闪耀着智慧灵光的书,同时又是一幅生活的画卷,一组人物的雕塑。我个人更看重作品的前一种特质,因为凡有描写才能的一般作家,都可以使自己的作品具有一定程度的画卷与雕塑的性质,而只有像罗曼·罗兰这样学者型的作家、思想家型的作家,而且是像他这样对艺术史、文化史、思想史有广博学识与精深研究的作家,才能写出《约翰·克利斯朵夫》这样的巨著。

毫无疑问,《约翰·克利斯朵夫》中的思想文化内涵、艺术气息、人格力量、人道主义,是历史长河中至今最良性的一部分积淀,是人类精神发展中最优秀的一部分积累。它们以自己的光辉对照出无知、愚昧、狭隘、偏激、狂热、暴虐、猥琐、自私的阴暗性。它们的价值是永恒的,不会随制度、路线、政权、帝国、联盟的嬗变而转移。从这个意义上来说,《约翰·克利斯朵夫》这样一部作品,是世世代代的读者所需要的,它永远不会"破产",破产的倒正是那种乘风借势对《约翰·克利斯朵夫》的讨伐与批判。

阿波利奈尔的坐标在哪里？
——《烧酒集》及其他

在我们面前的，是20世纪第一个大诗人，是20世纪诗歌道路一位勇敢的开拓者，是一个以其才情、智慧、敏锐、开创精神以及远见的理论视野，指引着20世纪诗歌新潮流的人物。一眼望去，就可以看到他身上一些令人瞩目的明显标志：

是他，在1913年献出了在法国20世纪诗坛上将要算是最出色、最重要的一本诗集《烧酒集》。诗集问世于人们厌倦了帕纳斯派诗歌的一丝不苟之时，体现了对诗歌的一种新追求，它继承了法国诗歌最纯粹、最直接的传统，既有龙沙式的精雕细琢，也有维庸式的自然、强烈而又动人的粗朴无华，而与传统成分并存的，则是浓重的现代色彩。其现代色彩既来自波德莱尔·兰波所首倡的应和、通感、默启、暗示的象征主义艺术，也来自诗人发轫于对20世纪现实生活节奏与速度的敏感之中的对诗歌动感的追求，还来自他在诗歌的语言与形式上的反传统精神：从放弃标点符号、只根据呼吸的停顿与内心感情的起伏来划分诗节，到无视诗歌语言与散文语言的界限、不拘于诗的句型、糅用民歌谣曲的风格与俗词俚语，等等。这部给法国诗歌带来了浓浓新意的集子，在整个20世纪上半叶的巨大影响是任何别的诗集所不能比拟的，而且这种影响至今不衰。

是他，面对着20世纪现实生活的巨大变化、科学技术的长足发展，以争取艺术领域中人类精神解放的执著观念，不断追求艺术风格与艺术形式的创新变革,热情参与那个时代一切朝向这个目的的文化活动。早在1905年至1907年,他是毕加索创建立体主义绘画的赞助者、参与者,是他完成了立体主义的理论建树,被毕加索称为"立体主义的教皇";1913年,他又以宣言式的文章《未来主义的反传统》为诗歌中立体未来主义树立了一面旗帜,成为未来主义在法国诗歌中的主要代表、在整个欧洲诗歌中成就最高的人物。

是他,继《烧酒集》之后,又向20世纪文学献出了一个新颖的、充满大胆创新精神与探索尝试的诗集《图画诗集》。这位与法国20世纪初期绘画运动几乎形影不离、并且在绘画方面不乏才能的诗人,从中国象形文字得到启发,第一个把造型艺术的意念引入了诗歌,创造出了著名的象形诗:以心为题者,其诗句字母排列呈苹果般的心形;以雨为题者,排列呈斜雨飘洒之状;以喷泉为题者,排列如泉水喷涌;以镜为题者,排列像一面圆镜;以领带为题者,排列像一根垂着的领带,等等,至于排列成埃菲尔铁塔形、鸟形、梯形、辐射形或配以简单图画的诗,更是不一而足。这种诗反映了现代社会信息化的要求,在语言符号之外,开辟了另一个图像信息符号的途径,增加了诗歌的形象性与表象性,使诗更能引起想象与遐思,不失为诗歌现代的过程中的一种创造,事实上,它后来在20世纪世界诗歌中也产生了明显的影响。

是他,在1917年左右,就开始成为新一代诗人的精神领袖,周围聚集着不久后即将成为超现实主义文学运动主将的苏波、布勒东等一批文学青年。他以不倦的探索创新精神、敏锐的感受与活跃的理论思维,最先提出了"超现实主义"一词,对"超现实主义"这一复杂的现代派艺术思潮做出了最初的界说,并且创作了著名的诗剧《蒂蕾齐亚丝的乳房》,为超现实主义提供了一份最早的文学实绩。紧接着他的这些奠基活动,震撼世界文学的超现实主义从20年代起就在法国酝酿、发轫并发展壮大起来,成为广泛而深远地影响了文学、戏剧、电影、造型艺术等各个领域的现代主义文艺思潮。至今，谁也不能否认，阿波利奈尔是20世纪最大、最主要的一次文艺运动、文艺思潮的助产婆与导师。

阿波利奈尔生于1880年，1918年去世时正值38岁的壮年，他从1905年左右开始从事文学艺术活动，在短短10多年的时间里，就以焕发的才华、不断超越的精神，在20世纪新的文学潮流中推波助澜，造成声势，开拓局面，做出了举世瞩目的贡献，以至我们今天完全可以这样说，他本人就是20世纪现代派文学历史的一个重要组成部分。

对于一个诗人来说，进行新的诗歌实验、探索新的诗歌形式、提出新的诗歌创作纲领、开辟新的文学纪元，都足以在文学史上留名，但要求永久地活在后人心中，却必须创作出能永远打动人心、具有持久的艺术魅力的杰作。传诵不绝，对诗人之永恒不朽，是至关重要、不可或缺的条件。阿波利奈尔就是一个具有这种优势的诗人。

如果人们要在20世纪文学中选一首最脍炙人口、流传最广的名诗，那么，阿波利奈尔的《米拉波桥》有极大的可能性入选。它的首句"米拉波桥下塞纳河水流"，早已成为传诵不绝的佳句，只要人们对时光流逝、世道沧桑以及人生变化中的经久与瞬间、物故与人非有所感慨，往往就会加以引用，如同中国人在远游思乡、异地思亲时，往往会吟诵"床前明月光"、"独在异乡为异客"这类诗句一样。

这首爱情诗之所以成为一代绝唱，不仅在于具有浓郁真挚的感情、民歌般的清新格调，而且在于它现代的抒情方式与新颖的美感。它以不同于浪漫主义的满溢、渲染、夸张的方式，避免了感情的膨胀与情态的铺张，把绵绵旧情、失恋的遗憾与惆怅，都凝为情人伫立米拉波桥的一幅静止的画面，也仅仅只凝为一个静止的画面，让流淌着的河水、逝去的时光与破天难再的爱情，构成一个充满了流动感的背景，衬托出那幅爱情画面的伤时性、忧郁性、悲怆性，并使人感到它具有一种悠悠不尽的情势，一种生命，就像静物在移动着的背景前显得活起来一样，这种感情转化的美、动感的美、参照的美，正是传统艺术中比较少有，而构成了现代艺术的一种要素，因此，《米拉波桥》一诗，并不如有的评论家所说的那样，是传统诗美的体现，而是现代诗艺的杰作。

我们从《米拉波桥》一诗开始，全然不是因为它是阿波利奈尔三个诗集中第一个诗集的一个初篇，而是因为这首闻名遐迩、传诵不绝的佳作，在某种意义上是阿波利奈尔整个诗歌创作的一个窗口，它反映了阿波利奈尔作为一个诗人的主要特征，或者说，至少是集中地反映了他的两个特征，那就是他的悲剧色彩、忧郁情调与他的通感艺术。

阿波利奈尔的悲剧色彩与忧郁情调，从根本上来自他诗歌中的失恋题材，这里，不仅是个题材问题，而且是个诗人的"深感点"与"感受精华"的问题。诗人对世上万物均有感受，这不在话下，但一个诗人总有感受得比较集中、比较深挚的对象与方面，我们不妨称之为"深感点"；而诗人的感受中又总有提炼得最为浓缩、最为纯粹，并且以他所具有的最佳的艺术水平表现于创作中的一些部分，我们不妨称之为艺术创作中的"感受精华"。每一个在文学史上得以永垂不朽的诗人，莫不都有自己的"深感点"与"感受精华"，构成他们突出的精神与风格的特征，李白有"人生在世不称意"的"深感点"与那种慷慨悲歌、豪迈放浪的"感受精华"，王维有田园生活的深切体验与对水光山色的精妙美感，柳永有怀才不遇、宦途潦倒的痛触与羁旅行役中的"多感情怀"，苏轼有在四方迁移中的忧患余生与他惆怅落寞、狂放旷达的人生感触。

如果要到阿波利奈尔的经历中去找他的"深感点"，我们很容易就会发现，失恋在他的生活中占据了一个重要地位。他恋爱过多次，在他主要诗集《烧酒集》创作的1898年至1913年这个时期里，他三次重要的恋爱都遭受了失败：一次是追求友人之妹兰达的失败；一次是在当家庭教师时追求英国姑娘安妮的失败；再一次就是追求女画家玛丽·罗朗的失败：在从18岁到33岁这一青春恋爱的黄金季节，一连遭到几次失恋，这不能不在他的生活感受上打上深深的烙印，何况，阿波利奈尔天生敏感，以诗抒情又是他的自然需要，于是，他的诗歌中就经常出现了失恋的主题，痛苦与惆怅成为他第一个诗集，也是他诗歌创作最主要成就的《烧酒集》中的一个基调。著名的《米拉波桥》是他与玛丽·罗朗恋爱失败的产物，长诗《失恋者之歌》更是他对失恋痛苦的一次总抒发。其他好些有关爱情的诗，也都深深渗透着失恋的阴影与忧伤，在《秋水仙》里，"你的眼睛像秋水仙啊深紫色／像这秋天像这花里的黑眼窝／你的眼睛也慢慢毒化我生活"，在《克洛蒂尔德》中，"你恋的倩影逝去／千万要追逐挽留"，在《茨冈女人》中，"沉重爱情如耍熊……人生何必讨苦吃"，在《秋》中，"农民边哼边唱走向田头／哼唱着恋爱负情的小曲"，在《钟》中，"你倒远走我独泣／也许因此伤断魂"，在《打猎的号角》中，"每一个不相干的鸡毛蒜皮／无不使我们的爱情凄婉"，在《生命献给爱》中，"爱已在你的双臂中死去／你忆起曾与它相逢"。这些诗句出自作者流血的心口，忧郁悲伤，真挚感人，正如他自己曾经这样吟诵的："我的爱，我是为后世才给你创造永生，你会把我的姓名传给后来人"，它们成了阿波利奈尔的绝唱，使他得以传诵于后世。

也许正因为爱情在青年人的生活中所占的地位实在重要，阿波利奈尔在爱情中的痛苦感受与凄凉的心理，自然很快就扩充到人生之中，就像一滴浓墨在白纸上迅速渲染为一片阴暗。既然"我为付出的每个吻在痛苦／如同打落的核桃向风哭诉"，因此，也就形成了"我爱果实而憎恨花朵"的秋凉心理，以至"秋之纹章总佩戴于我"（《纹章》），"我"之所见的人生社会也就无不一片萧瑟阴暗了。在他看来,整个人生就像"墓地一片凄清冷寞",熙攘的社会就像充满了幽灵的"死人之屋"(《死人之屋》),"生活依然是一片苦海"(《海豚》),人生景象不过是"一片衰败凋残的暮色里/好几种爱在相互磕碰"(《凋残的暮色》),"假面具成群地过去/玫瑰落花顺水漂流"(《我的秘密》),"没有一人好命运/身似枯叶落纷纷"(《玛丽姿比勒》),放眼世界,这是一个"垂吊的世纪","惟有三两人/没有戴上锁链"(《锁链》),"炮弹嘶鸣,垂死之爱的气息飘在将干涸的血河中"(《1915年4月之夜》),"在大地上的章鱼不断蠕动/我们这么多人要自掘坟墓"(《土地的海洋》)……

阿波利奈尔既是忧郁的诗人,又是"行吟者",是无根的"流浪人"。作为一个私生子,他生活中没有父亲,作为一个波兰弃妇的孩子,他随母来到法国后,并没有自己的祖国,他的法国国籍,直到他逝世前两个月才获批解决。"无家无国"、"无根",在生活中没有自己可靠的位置,这就是他的存在状态。从17岁起,他便独自谋生,过着浪迹社会的生涯,由此对城市都会中种种人生景象有了深切的感受,他诗的题材,诗中的形象、灵感,往往来自城市,特别是来自巴黎,他像一个踯躅街头的行吟诗人,他不少诗作《区域》《葡月》《夜晚》《蒙帕纳斯》中,都充满了城市的形象,发散出浓厚的20世纪城市生活的气息,近似波德莱尔的《恶之花》在一定程度上是对巴黎街景的描绘。他在现代文明的这个大地狱里浪迹人海、沉浮不定的存在状态带给他的痛切感是可想而知的,何况,他1915年还曾因卢浮宫艺术品失窃案与毕加索同蒙不白之冤而入过狱。他还在20世纪人类第一次大屠杀中,满脸蒙尘在战壕里生活过,因此,他诗中的阴影、城市的阴影、监狱的阴影、战争的阴影,要比光明浓厚得多,他的诗构成了20世纪初期生活现实阴暗的映照。只是他1914年后与路易丝·德·科利尼-夏蒂荣短暂的爱情幸福,使他的创作中添增了一些欢乐愉悦的篇章——《献给璐的诗章》。

不论是痛苦还是欢乐，惟其因为是产生于漂泊沉浮的亲身经历之中，自然要比悠闲漫步在街头、匆匆来往于人生的感受深切得多，把这种深切的感受带到自己的诗里，触目的形象、尖锐的情绪、浓郁的色彩就不时可见。痛苦的如："圣心教堂的鲜血在蒙马特尔把我淹没"，可怕的如："巴黎女人都血肉横飞"（《区域》）、"一角夜空狰狞面"（《狱灯》），狂放的如："我像狂人一样生活但华年流淌"，强烈的如："我这太阳载体在两片星云中燃烧"（《我不再怜悯我自己》），急切的如："我是渴望之火，忠心为您效劳"（《预言》），怪诞的如："酿蜜的月亮有一副疯子的嘴唇"（《月光》），浓烈的如："我看见巴黎已经醉醺醺"，"让我一醉方休"，"我喝下了全宇宙酩酊大醉"（《葡月》），滑稽的如："待把我彩屏展开／屁股露了出来"（《孔雀》），肉感的如："你乳头微甘好比柿子无花果／你的臀部喜人宛如糖渍水里"（《我要再次对你说》），等等，等等，所有这一切形成了阿波利奈尔强烈而富有刺激性如烧酒一样的风格。

让我们再回到《米拉波桥》这个窗口，从这个窗口，我们还能看到阿波利奈尔诗歌艺术的精髓，通感的象征艺术。

《米拉波桥》所要表现的是失恋后惆怅凄凉的感情，但它与传统爱情诗有所不同，它并没有去铺陈渲染作为爱情诗主体部分的感情本身，甚至既没有诉说感情的根由、内容与始末，也没有描绘感情的情态，而是代之以桥头两人对面而立的静场，这样，诗的全部感情内容与形态，也就完全转化为一个静止的画面，诗歌的描述艺术转化为绘画的造型艺术，莱辛所论述的传统的诗与画的界限被阿波利奈尔逾越了，对此，我们不妨称为一种通感的艺术，即把心理内容变为视觉内容的艺术，把抽象的无形的感情变为具体的造型的艺术，只不过这造型的材料不是绘画的颜料与雕塑的大理石，而仍然是语言。不论怎样，在这首诗里，一个故事、一桩情事、一个过程、一种感情，是由一个静止的画面来涵包着、代表着、象征着的。

有了通感，也就会有象征，对两个看来相距甚远的事物有了连通的感受，也就可能以这一个象征另一个，也就可能在诗里创造出某一种意象，用以表现实指的对象。如果我们从《米拉波桥》这个窗口已见阿波利奈尔通感与象征艺术的端倪，那么，从他另一首著名的代表作长诗《失恋者之歌》里，则可以看到更为典型的通感的象征艺术。

《失恋者之歌》所写的不是一次失恋，而是诗人从多次失恋中凝聚出来的人生感受，爱情失意的痛苦。这首诗很容易使人联想起19世纪象征主义诗歌先锋兰波的杰作《醉船》。兰波在此诗中，把自己放任不羁、摆脱了传统与规范的人格精神，用醉船这一形象来加以象征，描写它自己漂荡在大海之上，与后来英国诗人艾略特用荒原的意象来象征20世纪的欧洲，写出著名的长诗《荒原》，同为象征主义诗艺的典范。与此相似，阿波利奈尔的《失恋者之歌》也是把自己的失恋转化为意象，转化为象征。这个象征是一个游荡者，他出现于伦敦雾蒙蒙之中，手插衣兜吹口哨，在城市屋海之中放声悲歌，恨不得周围砖墙倾塌，房舍燃烧，他眼中的女性戴着爱情的假面具，像母大虫一样可怕，他回到历史中去，羡慕尤利奈斯与沙恭达罗的爱情幸福，他在地狱里祈求遗忘，他在冬季里盼望日出，他愿在太空里飘向那无穷的宇宙，他浑身有血淋淋的伤痕，他的心像无底桶一样空洞，蛇与他为伴，阴影与他相随，他在巴黎街头悲歌，歌尽天下的曲调，还有他失恋的罗曼史……在这样一个具有丰富形象性的象征中，失恋痛苦各个方面的意味，都得到了充分的挖掘，也得到了别具一格的表现。《失恋者之歌》不愧为《醉船》式的经典名诗，在20世纪文学批评中，它甚至成为大型评论著作的研究专题，70年代初，在法国就曾出版了克洛德·莫朗日－贝盖（Claude Monhamge-Bègnè）的一部很有分量的专著《对〈失恋者之歌〉的文体学与结构学之考察》，该书出版后颇受重视,销售一空,到 80 年代又重新再版。

《失恋者之歌》的这种通感、象征的艺术,还可以在阿波利奈尔的诗歌创作里见到不少:在《死人之屋》里,以坟场、死人之屋的意象来象征人生场;在《我在火场中燃烧》中,以燃烧的火场象征自己的生活;在《山丘》中,以巴黎上空两架相搏击的飞机象征青春与未来的冲突;在《景观》中,以斯芬克斯成群象征世间景象;在《1909 年》中,以花枝招展的女人来象征 1909 年;在《葡月》中,以葡萄园象征秋天的巴黎;在《美丽的棕发女郎》中,以他心爱的妻子,美丽的棕发女郎来象征他艺术创新的美神,等等。至于表现了诗人对不同事物连通感受的诗句,更是俯拾即是:"话语"可以"化为星辰"(《我不再怜悯我自己》),"过去的岁月"成了"尸体"(《我有勇气回顾》),"酒杯打碎的声音"如同"一声狂笑"(《莱茵河之夜》),"秋天到处是砍断的手"(《莱茵河秋日谣》),"我的酒杯斟满星辰大口地喝"(《酒杯斟满星星》),"喊声编织成了绳索","白色和光束"也使广场成了"绳索的广场"(《锁链》),"月亮"能够"酿蜜",又有"一副疯子的嘴唇","贪食果园与乡镇"(《月光》),"埃菲尔铁塔"成为了"牧羊女"(《区域》)……所有这些来自通感艺术、象征艺术的诗句,其表现力之强、联想之新颖、艺术魅力之动人,都是显而易见的。

通感作为一种认知感受方式与艺术表述方式,是由象征主义两个先行者波德莱尔与兰波首先提出来并作出了阐释的。波德莱尔在他著名的十四行诗《应和》中,宣告了诗歌创作中的一种新感受的哲学。按照他这种哲学,宇宙万物皆有"灵性",都会发出信息与象征,并且相通相应,诗人的任务就是感应,在万物之中,在各种色彩、声音、气味之间建立连通的感受,感受万物隐秘的应和,默悟万物灵性的密码,充当其译者。由于首倡了一种崭新的感受方式与表达方式,这首诗成为后来波澜壮阔的象征主义诗歌潮流的启示录。到 1871

年，法国诗坛中的天才人物兰波又有《元音》一诗问世，这首脍炙人口的诗，是波德莱尔的《应和》一诗的发展，它将波德莱尔首倡的连通感受加以具体的运用，它描写了五个元音字母A、E、I、O、U各自的颜色、形状、容貌、身份与精神品格，赋予了字母本来并不具有的一些东西，既为奇妙的通感方式提供了范例，也为象征的艺术表现方式提供了范例，与波德莱尔的《应和》同成为象征主义诗歌的创作纲领。波德莱尔与兰波所提倡的象征主义新的感受方式与艺术表现方式的实质，不仅是对传统诗歌感受方式与表现方式的突破，而且是对整个传统世界观、传统认知体系、传统感受系列的逾越，它要求诗人对万物有自己独特的感受与认知，在感受与认知上有不同于陈规旧习的系列与思路，要求诗人发现万物之中未曾发现的那种隐秘的应和关系。毫无疑问，这是诗歌中划时代的艺术变革，它的巨大意义，直到今天，还没有完全显示完，它广泛而深远的影响，至今还没有终结。

我们在阿波利奈尔的诗作中所经常看到的，就正是这种新的感受方式与象征方式。这种方式，使他的诗充满了奇思妙想，使他的比兴之中有令人意想不到的新意，使他的描绘中常见大胆与奇谲，使他的联想如天马行空，难以追踪，使他的诗情上天入地，贯穿于万物、历史、人世之间而毫无阻隔，使他诗的意象与意境脱尽传统与俗成的气息，使他笔下的形象与比喻，犹如泉涌，不可遏止，使他微妙隽永的佳句可随手拈来，请看：

这是一个月夜："月光把令人失望的辉光放在我手里／却从风的玫瑰花中取走了月光蜜"[1]（《月光》）；

这是秋去冬来："可怜的秋／死得洁白而富有"[2]（《病秋》）；

---

[1] "风的玫瑰花"原文为"La rose des vents"，"月光蜜"原文为"Sou miel Lunaire"，《烧酒集》第123页，Gallimard出版社1920年版。

[2] "死得洁白而富有"，原文为"Meurs en blancheur et en richesse"，《烧酒集》第132页，Gallimard出版社。

这是黎明的天空:"天上的星斗在等待收获的晨曦"①(《葡月》);
这是雨景:"暴雨梳理着炊烟"②(《锁链》)。

……

毋庸讳言,在阿波利奈尔的诗歌中,有不可否认的晦涩神秘的成分,像"窗户就是从我眼里流出的河"(《土地的海洋》)这类费解的诗句,也并非罕见。同样,这也是连通感受的方式与象征艺术所带来的一个结果,因为这种方式在促使诗人发现万物之间隐秘的、崭新的关系的同时,难免又会引导诗人走向难以为常人所理解、所捉摸的奇特感受,甚至走向神秘主义的感觉,这就为20世纪的超现实主义的"下意识写作法"与对梦幻、潜意识的刻意追求,打开了一扇方便之门。

在我国的外国文学评论中,阿波利奈尔一直被划入未来主义的行列,但是从阿波利奈尔诗歌创作的基本特色来看,从我们以上所述法国19世纪后期以来诗歌创作的倾向与发展来看,阿波利奈尔实居于20世纪从象征主义到超现实主义这一诗歌主流之中,他是这一主流中承上启下的人物,是继承了19世纪的象征主义、开创了20世纪诗歌新局面的人物,是法国20世纪名副其实的第一位大诗人。

这就是我所见的阿波利奈尔的坐标。

---

① "收获的晨曦",原文为:"La vendage de l'aube",《烧酒集》第136页,Gallimard出版社1920年版。
② 原文为:"Violente Pluie qui peigne les fumées",《图画诗集》第23页,Gallimard出版社1966年版。

基督教——象征主义戏剧的代表作
——克洛代尔:《缎子鞋》

《缎子鞋》在法国20世纪戏剧中占有显著的一席地位,它作为保尔·克洛代尔这位大诗人、大戏剧家的代表作而著称,一出现就显示了吸引人的魅力。它发表于1929年,当时读了它的西蒙娜·德·波伏瓦在她后来著名的回忆录里,就记述了她与萨特对这部刚问世的剧作的喜爱:"那时,在法国并没有什么特别出色的作品出版,我们虽然对克洛代尔颇为反感,但我们很赞赏他的《缎子鞋》。"[1]而此剧于1943年首次上演后,我们又可以在反映当时巴黎生活的著名小说《荒唐的游戏》里,看到人们在咖啡馆里谈论着这一部戏。直到七八十年代,《缎子鞋》仍是法国舞台的保留剧目。

《缎子鞋》初看之下,篇幅冗长,结构松散,魅力何有?

这里有一种雄浑博大的美。

剧本一开始,你就可以感到一种博大宏伟、奔放不羁的气势。根据作者的说明,天幕可以马马虎虎,布景也可以随随便便,整个世界就是这出戏的舞台,一揭幕就是在赤道以南的大西洋海面上,背景是太空中的大熊星座、小熊星座、仙后星座、猎户星座、南十字星座……随着剧情的发展,人物从欧洲到非洲再到亚洲,剧中的地点不断变化,西班牙的加的斯、马德里,意大利的罗马、西西里岛、热那

---

[1] 西蒙娜·德·波伏瓦:《年富力强》第一卷,第56页,巴黎folio版,1960年。

亚、拉丁美洲的巴拿马，捷克的布拉格，非洲的摩洛哥等等，相继成为剧情的场所。如此无垠的空间、如此广阔的场景，我们在戏剧史上形形色色的剧作中还极为少见，这样巨大的空间，是提供给什么样的戏剧场面来扮演？任何细腻的、日常的、精巧的、平凡的东西，不论是如何具有戏剧性，都充塞不了这阔大的空间，必须要有凝重的历史内容、壮威的活动、众多的人群、巨大的哲理主题，才能与这空旷的天地相衬，而要在戏剧舞台上把这一切都展现出来，无疑是一个难以掌握、难以完成的艰巨课题，是一条充满了困阻的崎岖之路。敢于给自己规定这样一个课题，该具有多么恢宏的创作气势，多么雄浑的艺术风格，多么渊博的生活知识，多么高明的调度才力。这显然是斗室里的剧作家所做不到的，而克洛代尔却具有这种条件。早在1919年至1924年创作《缎子鞋》以前，他就早已是一个具有全球眼光与世界阅历的作家兼外交家了，他在美国、中国、捷克、巴西、丹麦、日本、比利时都担任过外交职务，足迹几乎遍及整个地球，心里装满了全世界的气象万千。

《缎子鞋》的剧情以16世纪的西班牙故事为题材。那是文艺复兴的暖流席卷欧洲的时代，整个欧洲大陆生气蓬勃，充满了活力。追求开拓，是这个时代的精神；绚烂多彩，是这个时代的特色。在这个时代里，出现了莎士比亚、塞万提斯、拉伯雷、洛普·德·维迦这些才情奔放、雄浑有力的文学巨人，拥有了达·芬奇、米开朗基罗、拉斐尔、提香这一批泼洒出一片辉煌灿烂色彩的艺术天才。对于西班牙来说，16世纪似乎就是它的世纪，它称霸于欧洲与海上，几乎成了当时世界的中心，它野心勃勃，充满了进取、开拓、扩张的精神，从事冒险与征战。《缎子鞋》正传达出这种时代气息，它突破了戏剧的局限性与舞台的界线，把那个世纪丰富的历史内容表现了出来，政治、外交、征战、爱情、宗教、航海等等都成了剧作的有机成分，构成了那个世纪一幅壮阔的历史画面，显示了一般戏剧作品难以具有的博大风度。在这里,这些丰富的内容固然是通过主人公罗德里格活动的主线呈现出来的,但却远远不限于附着于这一条主线。剧本中的线索是多头的、而非单一的,生活是多方位的、而非片面狭隘的,这就造成了一种如浩荡的江面、如辽阔的大海一样的生活气势。剧情的发展也不是局限于一段集中的时间里,而是随着主人公的荣衰历程长达数十年之久。不难想象,这样巨大的时空内容要求剧本有巨大的篇幅,全剧分为"四幕",与其说是"四幕",不如说是"四部",每部都有丰富的内容,而全剧的规模与篇幅,足相当于一般剧本的两三倍,这种规模与长度,又使剧本更有了博大的诗剧的风貌。

显而易见,这是对戏剧成法一种狂放不羁的突破。戏剧要求集中,虽然像"三一律"那样要求情节、时间与地点完全一致的刻板戒律早已被文学戏剧的发展所否定,但情节、时间与地点的相对集中,总还是戏剧这种搬演于舞台的艺术形式本身的规律所要求的,是为一般戏剧家所经常尊重的。克洛代尔在《缎子鞋》里,却以巨大的魄力、气派与才力,完全无视成法与规则,而按照自己所要表现的时代历史内容、根据自己的艺术构想,完成了一种雄浑、奔放的艺术形式。在这里,通常的戏剧性并非作者刻意追求的目标,通常戏剧人物之间那种具有高度张力的对话也很少见到,而是被话语的哲理意味与语言的诗意所代替。克洛代尔是诗人,这正是他的所长。于是,他的《缎子鞋》由于其规模与语言特色,也就具有了一种史诗的规格,也许只有注意到这一点,才能充分领略这个剧本的艺术之妙。这种雄浑、浩瀚、奔放、满溢的戏剧,在戏剧史上是否有过?它使我们不太困难就想起了莎士比亚,对莎士比亚的风格,法国浪漫派诗人雨果曾经这样赞美:"莎士比亚丰富、有力、繁茂,是丰满的乳房、泡沫满溢的酒杯、盛满了的酒桶、充沛的汁液、汹涌的岩浆、成簇的嫩芽,如滂沱大雨一般浩大的生命力,他的一切都以千计,以百万计,毫不吞吞吐吐,毫不拘束,毫不吝啬,而像造物主那样坦然自若而又挥霍无度"①，"他好像原始森林；他好像滔滔的大海"②，这样的赞词，是否也适合克洛代尔在《缎子鞋》中的风格？

随这种雄浑浩大的美而来的，是一种繁茂的美。

从整体上来看，剧本所表现的是16世纪西班牙对外的扩张与征战这一历史内容与人物在这一历史进程中的命运。这构成了剧本中粗实的主干，而这主干又分为三大枝干。一是以罗德里格为线索的枝干，从他追求堂·佩拉日的夫人堂娜·普萝艾丝，到接受国王的任命前往美洲任总督，到率兵前往非洲救助普萝艾丝，最后进入老年，成了残废，以叛徒罪被当作奴隶出卖。二是以普萝艾丝为线索的枝干，从她爱上罗德里格、奋力私奔，到接受国王的任务去担任非洲摩加多尔要塞的长官，从而与罗德里格天各一方，心心相印，到丧夫后不得不嫁给了佩拉日那个后来成了穆斯林异教徒的表弟卡米耶，到请求罗德里格撤走来援的军队而把自己的女儿七剑交托给他，到最后死于疆场。三是以佩拉日的堂妹缪西卡为线索的枝干，从她逃婚出走到经历种种艰辛险阻，九死一生来到了意大利，与那不勒斯总督邂逅相遇、结成良缘，最后她的儿子娶普萝艾丝的女儿七剑为妻，又一同远征土耳其。这三大枝干平行发展，前后过程经历了两代人，每一个枝干的主要情节又都不是被藏在幕后或只在人物的台词中一笔交代而过，几乎都一一搬演在幕前，而且，这三大枝干中的每一个环节又几乎都分出自己的枝条，丛生出繁茂的叶簇。仅以作为全剧开端部分的私奔一事而言，就又有好些分场的戏与情节，先是堂·佩拉日委托巴尔塔萨护送妻子到他在非洲的府第去的一场，接着是卡米耶向普萝艾丝献殷勤遭拒绝的一场，然后是巴尔塔萨的护送人马整装待发前普萝艾丝实

---

① 雨果：《莎士比亚论》，《雨果文学论文选》第162、167页，上海译文出版社，1980年版。
② 同上。

言相告的一场,国王与掌玺大臣商议派罗德里格去西印度群岛任总督的一场,罗德里格与他的中国仆人谈他的恋爱与人生态度的一场,罗德里格在途中为搭救一对兄妹而在战斗中受伤的一场,普萝艾丝在途中遇到逃婚出来的缪西卡互相信任交谈的一场,罗德里格的中国仆人与黑女人相遇、互相沟通关于罗德里格与普萝艾丝两人情况的一场,普萝艾丝在途中逃出旅店的一场,巴尔塔萨的护送队伍为普萝艾丝免遭劫走而抗击来袭的一场,巴尔塔萨捉住中国仆人进行审问的一场,巴尔塔萨在抵抗中死去的一场,普萝艾丝来到罗德里格母亲的城堡来会罗德里格但未被允许的一场,佩拉日也来到城堡要拆散妻子与罗德里格的一场,最后则是佩拉日说服妻子并以国王的名义把非洲的摩加多尔要塞交给她管辖,普萝艾丝接受了任命、离开罗德里格前去上任的一场。

所有这些戏一场场都写得充分而细致,都装纳了丰富的内容,以巴尔塔萨护送队伍出发前普萝艾丝实言相告的一场而言,在这里,不仅表现了巴尔塔萨出于与普萝艾丝之父的交情对她的爱护与普萝艾丝推心置腹的信任,而且普萝艾丝与罗德里格相约的情节,普萝艾丝过去的婚姻历史以及她对丈夫、对情人的感情,她的宗教信仰,本剧名为《缎子鞋》的缘由等等,也都是在这里表现出来的。其他各场戏涉及政治的,就把16世纪西班牙统治者的扩张主义政治路线及有关的战略部署与措施表现得明白而透彻,如国王与掌玺大臣议事的一场;涉及人生观的,就把人物处身涉世的思考与原则表现得富有哲理意味,并力图展示出不同文化背景在这个问题上带来的差异,如罗德里格与中国仆人进行议论的一场;涉及感情的,就把人物的心理状况展示得清澈见底,情态毕露,如普萝艾丝与缪西卡谈心的一场;涉及剧本情趣的,就把插科打诨、滑稽逗乐的情景表现得淋漓尽致,如中国仆人与黑女人相遇的一场。在整个剧本里,不仅每场戏都很丰满,而且每一场戏中人物的语言也是铺陈式的而非简约式的。于是,整个剧本也就呈现出丰满、充实、繁复的风貌，它就像一株蔚为壮观的大树，有粗实巨大的躯干挺直而立，有纷繁披洒的枝系向四方伸展，有茂密厚实的叶丛构成郁郁葱葱的华盖，气象万千，充满了生气，闪现着五光十色。

《缎子鞋》具有魅力，还在于作者在剧中明显地致力于对象征美的追求。

对象征美的追求，是象征主义的主要标志。象征主义起源于法国的诗歌领域，它产生于19世纪的70年代，出现了马拉梅、魏尔伦、兰波等这样一批才人，创作出《希罗底亚德》《醉船》与《元音十四行诗》等传世不朽的诗篇。到80年代，象征主义形成流派与运动，更扩大了它的理论宣传，马拉梅作为这个流派的"掌门人"，每逢星期二在自己的寓所接见一批信仰并热衷于象征主义的文学青年，史称"马拉梅的星期二"。虽然诗歌中象征主义的流派运动在80年代后逐渐退潮，但它的余波从90年代起又迅速转移到戏剧舞台上，而且，它巨大深远的影响到20世纪文学中又造成了一个象征主义诗歌创作的黄金季节。克洛代尔是从象征主义这所学校里毕业的，他就是当年"马拉梅的星期二"中的一个成员，与在20世纪成名的象征主义大诗人瓦莱里是"同班同学"。他也是19世纪末期象征主义转移到戏剧舞台上以后一个活跃人物，早在20世纪20年代创作出《缎子鞋》以前，就已有一系列著名的象征主义剧作问世：《金头》（1889）、《城市》（1890、1897）、《少女维奥莱娜》（1892、1898）、《交换》（1894）、《正午的分界》（1906），三部曲：《人质》《硬面包》与《受辱的父亲》（1916）。当然，他在创作《缎子鞋》的时期，也已经作为象征主义诗人在法国文学中享有地位了，因此，象征的艺术对于克洛代尔来说，早已是轻车熟路了。

在象征主义的艺术表现中，就像在任何一种艺术表现中一样，也存在着思想与形式、题旨与表现、意念与意象、本体与形貌、原意与呈显这样两个方面互相依存的关系。但是，在象征主义的艺术表现中，却有这样三个特点：一是象征主义艺术"从不深入思想观念的本质"[①]，也就是说，它对前一个方面，即思想、题旨、意念、本体、原意，从不规定其确切的内容、清晰的界线以及外延的范围，从不细察其中的成分与因素以及内在的关系，从不探究其根源与起因，以至象征主义艺术表现中的意念、思想、题旨往往只是一种朦胧的、隐约的、飘忽的、不确切的存在，就像迷雾中的山峦。二是象征主义的表现形式是一种敏感的形式，它的意象、形貌、呈现，往往都是丰富的、充沛的、繁衍的、细腻入微的、层出不穷的，因而都富有表现力，富有诉诸力，富有感染力。三是象征主义者认为万物间均有互相应和的内在关系，即使是照一般常理常情看来似乎风马牛不相及的事物之间也互有应和，问题在于诗人、作家要有那种奇妙的通感，能感受出那种隐秘的、微妙的、奇特的应和关系。于是，在象征主义者的表现艺术中，思想与形式、意念与意象、题旨与表现、本体与形貌、原意与呈现之间的关联与联系，往往就是非常规的、非逻辑的、非理喻的，而是秘密的、奇特的、奥妙的、意想不到的，就像两者之间有一条深藏不露、细曲疑复的幽径。正是象征主义表现艺术的这三个特点，毫无疑义地构成了象征主义艺术表现的神秘色彩。

象征主义的表现艺术自有其独特的魅力。对于作家来说，将一个泛泛的题旨、混沌的意念、含混的思想，衍化、变幻、显现、铺陈为千变万化的姿态、丰富多彩的形貌，就像兰波那样把自我化成为一条在世界各地漂流、见识了各种奇景的醉船，把各种颜色化为有形状、有性格特征、有精神风貌的字母，这无疑是一种特别需要有灵气、有才情的美学创造，在这种创造中，诗人作家感受着通过妙不可言的幽

[①] 莫里亚斯：《象征主义宣言》，见《象征主义、意象派》第46页，中国人民大学出版社，1989年。

径由此一境界到彼一境界的艺术满足。对于读者来说，他们在阅读中面对着象征主义的这种表现艺术，则感受着另一种享受与满足，这种美感享受不仅是象征主义的丰富形象与感染力所提供的，而且也是通过那妙不可言的幽径由彼一境界发现了此一境界而获得的，这种通过幽径由彼及此，就像从气象万千的江面溯流而上，寻找到了那潺潺细流的神秘源头，也像透过了云霾与迷雾，得见了庐山的真面目，还像撩开了柔软的轻纱，触摸到一个美妙的形体，均可得到意想不到的奇趣与快感。

如果说，在诗歌中，象征主义的表现艺术是以诗的意象来象征诗的原意与本体的话，那么，在戏剧中，象征主义的表现艺术主要就得靠事件框架、情节发展、人物形象来构成戏剧的意象了。在《缎子鞋》中，最核心、最关键、最主要的意象，无疑就是那只缎子鞋了。当普萝艾丝为了追求自己的私情幸福而要奔逃出去与罗德里格幽会时，受命护卫她的巴尔塔萨以家庭、婚姻以及她丈夫的名义进行开导与劝阻，这固然引起了普萝艾丝内心的矛盾，却始终未动摇她追求个人幸福的意志，在这种心情下，她脱下一只缎子鞋挂在圣母雕像的手上，表示把自己交给了圣母。当然，她这种自我交托是不彻底的，是"善"与"恶"参半、两者妥协的，她这样解释说："我把鞋子交给了您，圣母玛利亚，把我可怜的小脚握在你手里吧……我要告诉您，再过一会我就要离开您，我就要违背您的意愿行事，但是，当我试图向罪恶冲去时，愿我拖着一条瘸腿，当我打算飞越您设置的障碍时，愿我带着一扇残缺的翅膀，我所能做的都做了，请您留着我的鞋吧，请您把它留在您的心口。"[①]

从心理上来说，普萝艾丝此举只是为了弥补自己私奔而在良心上的不安，但从情节上来说，这只缎子鞋却成为一个关键、一个悬念。从这里开始，读者与观众一直关心着这只缎子鞋将在普萝艾丝的追求

---

① 本剧第一幕第五场。

中"起什么作用";或者更贴切地说,关心普萝艾丝这种"缎子鞋"弥补心理将对她的追求发生什么影响,导致什么结果。看来,这只缎子鞋的确不容小视,且看普萝艾丝此后的行为与心理的轨迹历程即可证明:她原来是下定了那么大的决心"朝罪恶冲去",但她先来到罗德里格母亲的城堡时,却由于种种原因而未能与罗德里格见上一面,更谈不上两人的结合;而后,她丈夫又把非此即彼的严酷选择放在她面前,她不得不听从了功名事业的召唤,并对灵与肉的问题有所感悟,这就导致她与罗德里格从此天各一方;后来,她给罗德里格的求援信偏偏晚了10年才到罗德里格的手里,等罗德里格率兵来到时,她又不得不要求他退兵;到了最后,她最初的那场追求只落得了一场空。这是她自己那"缎子鞋"弥补心理在发展、在起作用,还是留在圣母雕像上的那只缎子鞋在起作用?以至她从跨出第一步之后就像瘸着一条腿,就像冥冥之中老有一种力量在不断地给她的私情与追求设置难以逾越的障碍?在剧中,缎子鞋就这样成为一种象征,一种神秘的存在,读者与观众都力图通过这个象征、这个意象去把握那个隐隐约约、难以捉摸、难以理喻的本体,于是,在这条通往本体的幽径上,自然也就感到一种美感乐趣了。

同样,罗德里格的历程也是一个意象、一个象征。在这个人物身上,忠于爱情与热爱扩张事业是他的两大特征。在爱情上,他与普萝艾丝始终心心相印但却未能结合,最后他只剩得了一个"任何东西都不能治愈的伤口"与普萝艾丝交给他抚育的女儿七剑;他接受了这个女儿,也就意味着他永远属于普萝艾丝;他与七剑情同真正的父女,但这个女儿最后也离开了他,投入保卫基督教文明、遏制异教徒扩张的斗争。在事业上,罗德里格雄才大略,野心勃勃,他为西班牙的扩张主义开疆辟土,建立了巨大的功勋,他自称来到这个世界上是为了"扩大陆地"的,他"要的是完美无缺的苹果——环球",他的理想就是在环球上建立基督教式的天堂秩序。然而,他最后又年老又有残疾的时候,却被自己为之效力卖命的西班牙王朝贬为奴隶。更有意蕴的是,最后的罗德里格既不是悲愤不平、抢天呼地,也不是自怨自艾、悲苦愁伤,而是心境平和,泰然自若,安之若素,乐天知命,甚至"庆幸自己与自由紧密结合在一起",剧本的故事就这样以他将"在修道院门口剥蚕豆"的结局而告终。罗德里格的一生历程,他的兴盛与衰落,他的理想与遭遇,他的信仰与结局,无疑将引起观众与读者的深思。作者在这一个历程中,在这一个巨大的意象中,似乎藏有某种寓意、某种意义、某种本体、某种谜底,吸引着读者与观众去追求、去解答、去把握、去阐释,而在这一幽径上行进,也就自然会得到某种美的满足。

毫无疑问,这象征形象之中的原意、本体、底蕴完全是基督教的,作者藏在深处似乎在向人昭示,只有当一生的功勋业绩不仅毫无奖赏、反而落得如此下场但又对此乐天知命时,这才显示出建功立业是一种使命而非一种腾达之途。这种昭示显然是宗教的,而非世俗的。克洛代尔是一位宗教作家①,他的剧作与诗歌往往都致力于表现宗教的意向。仔细分析与评论他的宗教思想体系、宗教思想根源以及宗教思想内部各种观点的关系与逻辑,也许对宗教研究者是很有意义的,但我们的任务是分析他的艺术表现,何况,对于象征主义者来说,重要的是意象、形象、显现、象征,而不是深入到思想的内部与本质。而以艺术表现而言,我们又不难发现《缎子鞋》所表现出来的,正是基督教的诗意与美趣,它那博大宏伟的气势,不是很像罗马圣彼得大教堂、比萨大教堂那显示出宇宙一统、无所不包势态的巨大圆形穹窿?它那繁复、细腻的风格,不是很像巴黎圣母院那细部极为丰富、韵律复杂多变而被称为"石头的交响乐"的奇妙建筑?它那充满象征意味的事件、形象、场景、对话,不是如圣经中一个个小故事那样寓有深意?

---

① 他使"左"倾激进的青年萨特与西蒙娜·德·波伏瓦反感,也许正是这个原因。

基督教曾把自己的理想、诗情与趣味的烙印打在建筑艺术之中，它的思想家、作家如夏多布里昂也曾力求按近代生活的需要来发掘与证明基督教在文学艺术中的美[①]。谁把基督教的美学趣味推上戏剧舞台并赋予现代的色彩？克洛代尔显然要算是一个，从这个角度，我们不妨说：《缎子鞋》是基督教——象征主义戏剧的一个代表作。

[①] 夏多布里昂（1768～1848）的《基督教精华》（1802）至少有四部分与此有关，即第二部《基督教的诗意》、第三部《美术和文学》与第四部《信仰》，特别是第二部、第三部。

二、从心理现实主义到意识流及心理现代主义

20世纪心理现实主义高峰的启示
——莫里亚克的小说

从拉法耶特夫人的《克莱芙王妃》到罗伯-葛利叶的《嫉妒》,法国心理小说在近300年的时间里,经历了漫长的过程,发生了巨大的变化。这些变化总起来说,不外是在两个方面进行的:一是对人的心理活动、心理机制本身的认识不断深化;二是表现不断被加深认识的心理机制的艺术方法日益多样化、现代化。而在这两个方面,19世纪末心理现代主义的萌芽与出现都是一个标志,这标志区分出两种显然不同的心理小说,即传统的心理小说与反传统的心理小说。

传统的心理小说,不论是心理现实主义的还是心理浪漫主义的,不论是心理分析的还是心理倾诉的,不论是由作者出面转述的还是由"我"来进行自述与剖析的,都具有一些相同的特点而从根本上有别于反传统的心理小说即心理现代主义。这些不同大致有这样几个方面。

在心理内容上,传统心理小说都是写内心世界上的表层意识、明确意识;而反传统的心理小说则往往更多地深入到内心世界中的深层意识,甚至是无意识、潜意识的层次。在心理活动的形态上,传统的心理小说所描述的经常是经过条理化、规整化的井然有序的心理活动;而反传统的心理小说所描述的经常是看起来颇为混杂零乱、原始本态的心理活动。在与心理活动直接有关的时空关系上,传统心理小说所写的往往是既定的时间与空间里的心理活动,在这里,时间是顺序的,空间是固定的;而反传统的心理小说所写的,则往往是心理活动中的时间与空间，在这里，时序往往颠倒混乱，空间往往错位或重叠。在心理活动所围绕的事件上，传统的心理小说中的现实生活事件往往是完整的，即所谓有一定的故事情节，有从始至终的过程；而反传统的心理小说中的现实生活事件，往往是零碎的，不构成一个完整的过程，不一定具有故事情节，或者说，有散文化的倾向。在作品的内涵上，传统的心理小说往往较多地追求某种社会意义、道德意义以及思想意义；而反传统的心理小说则往往较多地追求心理描写的艺术形式与表现技巧。从作品的制作来说，在传统的心理小说中，作者往往无处不在，无所不能，无所不晓，是万能的叙述者；而在反传统的心理小说中，作者则往往退隐消失，至少在形式上似乎退隐消失。所有这些不同，使两种心理小说泾渭分明，甚至相互对立。

自从19世纪末以来，法国反传统的心理现代主义较之于传统的心理小说，有了更为长足的发展，就其拥有的大作家与名著的数量与重要性而言，似乎成为20世纪心理小说的主流。然而，这决不意味着传统的心理小说在20世纪已经被完全取代，事实上，在法国20世纪文学中，与心理现代主义同时并存的，还有传统的心理小说。如果说，那种感情倾诉式的心理浪漫主义由于已经不投合这个世纪的读书趣味而愈来愈少见的话，那么符合艺术创作的规律、蕴含着丰富的现实意义、以细致深刻的剖析见长的心理现实主义，却仍然在20世纪文学中保持着旺盛的活力，而且，由于它在以往的文学发展历史中具有久远的渊源与强大的传统，由于它所运用的基本方法比较适合大多数企图从阅读中得到愉悦效果而并不想进行研究与求索的读者的需要，它肯定还会保持长久的生命力。而心理现代主义，虽然它由于要求读者在阅读中付出更多的努力以达到透彻的理解而较少地向他们提供一般意义上的愉悦效果，但它所提供的新的理解、新的角度、新的方法却有深刻的艺术哲学意义，对于发掘与表现内心深处的复杂成分具有某些优越性，因此，它也将有长久的生命力。传统的心理小说与反传统的心理小说的同时并存,特别是心理现实主义与心理现代主义的同时并存,已经是这个时代文学中的一种现实,并将成为将来时代文学中的现实。

值得我们特别注意的,还不是两者的并存与对立,而是两者的互相渗透与潜移。首先,法国心理现代主义在20世纪20年代的高度成就与它所产生的影响,就相当清楚地说明了这一点。以普鲁斯特为代表的法国心理现代主义在20年代的出现,既是在杜雅尔丹之后的又一次对传统文学而言的创新,在某种意义上又可以说是对传统文学的一种继承,因为普鲁斯特在他那种意识流的大结构中,运用了精细而有条不紊的传统的描述方法。文学史上任何一次创新总是与固有的传统有这种或那种关系,法国心理现代主义第一次高潮中渗透了传统的成分是很自然的,也是容易理解的。

其次,足以说明传统心理小说与反传统心理小说的互相渗透与潜移的是,心理现代主义取得令人瞩目的成就后,又对传统的心理小说发生了影响,并且对固有的心理小说传统进行了渗透。这种文学现象更需要我们多加考察,多加研究。而法国20世纪心理现实主义的杰出代表人物弗朗索瓦·莫里亚克正是这种文学现象的一个范例。

莫里亚克(1885~1970)出生于法国西南部吉隆特省波尔多市一个庄园主兼商人的家庭,从小生活在自己的故乡,直到中学毕业后才离开,波尔多市与覆盖着茂密松林的朗德平原,日后就经常成为他小说作品的背景。他1907年来到巴黎上文献典籍学院,但一年后就退学专门从事文学创作。他最初以两部诗集的成功进入文学界,不久就开始写作小说。第一次世界大战中断了他的文学生涯,战后才又重新恢复,并连续有作品问世。他在小说创作上进入成熟期是以1922年问世的《给麻风病人的吻》为标志,整个20世纪20年代至30年代初则是他创作上的黄金时代,他在法国20世纪文学中享有盛誉的杰作几乎都是发表于这个时期：《母亲大人》（1922）、《爱的荒漠》（1925）、《黛莱丝·德斯克罗》（1927）、《蝮蛇结》（1932）。莫里亚克以其辉煌的文学成就于1932年当选为法国文学家协会会长，次年又被选入法兰西学士院，1952年荣获诺贝尔文学奖。

莫里亚克是严格意义上的现实主义作家，继承了巴尔扎克的传统，不过，他不像巴尔扎克那样以时代历史的书记自命、力求自己的创作包容广阔的社会生活现实，他只是像巴尔扎克经常所做的那样，致力于写资产阶级家庭的矛盾。他总是从他早年在南方故乡的生活经验中汲取题材，叙说朗德平原上、波尔多市里一个个地主资产阶级家庭的悲剧，从一个重要的侧面反映了自己时代的社会生活。莫里亚克笔下的家庭悲剧较之于巴尔扎克作品里的戏剧性的冲突少一些，而人性的、心理上的隔阂与矛盾则多一些，他很少写巴尔扎克那种以争夺财产的事件为中心而展开的悲剧，而经常是写家庭日常生活与琐细交往中所展现出来的"爱的荒漠"。莫里亚克小说创作中这种题材上的特点，决定了他对故事情趣的舍弃，而作为一种对小说的补偿，也出于他的诗人的天赋、性格内向的素质与虔诚的天主教宗教信仰，他追求柔和的诗意与深刻的心理描写。在作品的诗意上，他同样显示了与文学传统的深刻关系。他很受俄国作家契诃夫作品中那种色彩忧郁的诗意的影响，并结合着他处理家庭题材中丑恶与罪过时那种悲天悯人的宗教感情，形成一种阴暗但柔和的诗意；而他对心理描写的自觉追求，则使他的小说在不同程度上或多或少带有心理作品的性质，《给麻风病人的吻》《母亲大人》《爱的荒漠》都莫不如此，《黛莱丝·德斯克罗》与《蝮蛇结》更是名副其实的心理小说。

莫里亚克的心理描写，是传统的心理现实主义在20世纪的一个高峰。他像以往的心理现实主义作家一样，在自己的小说里力求将对人物心理的描述分析与对现实生活的反映结合起来，赋予它们明确的现实内容与一定的思想意义。在他心理小说的主要代表作《黛莱丝·德斯克罗》中,他通过主人公黛莱丝围绕毒害自己丈夫一事的心理活动,力求表现出朗德平原上豪门望族中那种偏狭、虚伪、功利、鄙劣、冷酷的气氛对人的窒息与毒害,家族观念对个性的扼杀。在另一部心理小说代表作《蝮蛇结》中,他通过一个吝啬老头充满了积怨的自白,力求表现资产阶级家庭中那种自私、仇恨、残酷的家庭关系,并企图宣扬宗教的爱的精神。在其他心理描述成分占很大比重的小说中,同样也存在着作者说明问题与阐释意义的明确意图,《给麻风病人的吻》中一个年轻美貌的姑娘被不合理的婚姻囚禁一生,是对豪门望族坑害人的罪行的又一次无情的揭露。《爱的荒漠》中父子二人同时迷恋一个无行的女人,则是对资产阶级家庭关系中感情的冷漠与日常生活的卑琐的又一次写照。在这些小说中,人物的心理活动直接或间接地都朝着主题的方向汇集,形成了作品中心理描写的清晰的既定的归向,使小说具有明显的思想意义与社会意义。

在所描写的心理内容的性质上,一方面由于莫里亚克所处理的现实生活题材无不阴暗卑琐,另一方面更由于他那种属于一个强大思想传统的天主教世界观与人生观,他总是不忘记挖掘人物心态中的"罪"与"恶"的成分。因此,莫里亚克笔下的人物心理无不带有"恶"与"罪"的性质:自私、冷酷、自我中心、虚伪、吝啬、卑鄙、仇恨、庸俗、猥琐等等。这些"恶"的成分不同程度地存在于不同人物身上,即使是受害者如黛莱丝也不例外,甚至在有的人物身上,恶的成分有时还发展到令人震惊的程度,如《蝮蛇结》中那个满怀仇恨的老律师。莫里亚克心理描写与刻画的这种尖锐无情的笔触,在加深了对人物内心世界的揭示的同时,无疑又增强了对阴暗现实的批判意义。值得注意的是,莫里亚克并不因此就把这些人物漫画化与恶魔化,相反,他以哀其不幸的眼光看待尘世中这些背负着原罪、因为自己无法控制的人性恶而同时损害着他人与自己的芸芸众生,以贴切的、理解的态度来展示这些带恶的内心世界,把他们内心中的骚乱与困扰表现得真实自然、合情合理。不论是黛莱丝对丈夫的谋害还是吝啬老律师对家人的仇恨，都有着极其复杂而又自然而然的心理动机。莫里亚克不仅以同情的态度对待这些在罪恶深渊里盲动着的人物，而且还出于他的宗教感情在这些人物的心灵里安排一两颗向善的种子，他总是从事情的结局写起，让人物有可能审视与剖析自己的恶的内心历程，在反省之中，他们的灵魂里就出现了爱与善的一线光明，这样一种对带恶的历程的剖析性的回顾，就不可避免地带有人物抒情的成分，何况作者也投入了自己的感情，他的转述与人物的内心独白往往融合在一起，再加上他经过反复锤炼的精粹优美的文句，就形成了一种特殊的诗意，一种在心理小说中不常见到的诗意。

在心理描述方法上，莫里亚克是拉法耶特夫人与龚斯当传统的继承者。他既像拉法耶特夫人那样善于通过平凡的生活细节来刻画人物的心理活动，又像龚斯当那样善于以严格的逻辑力量对内心中的情感、动机、愿望等等作定性的分析。他经常采取的方式是作者转述中的内心独白，而有时他又沿用心理浪漫主义所常用的书信体（如《蝮蛇结》）与日记体（如《昔日一少年》），但又在其中运用了心理现实主义的方法。他总是写明确的、表层的意识，将它们加以条理化、规整化，并尊重时间的顺序与空间的界线。如果说他的文笔有散文诗般的特点的话，那么，他整部作品却并不是散文化的，它们都有着一定的故事情节与发展过程。所有这些特点都说明了莫里亚克的小说具有明显的传统的性质，是心理现实主义传统在20世纪高水平的发扬。然而，与此同时，在莫里亚克的小说里还存在着另一种倾向，即心理现代主义的倾向。

莫里亚克的重要作品，几乎都是在20世纪20年代至30年代创作出来的，正是在法国文学中已经出现了心理现代主义第一个高峰之后。从1913年至1927年，普鲁斯特的心理小说巨著《寻找失去的时间》已经陆续全部问世。普鲁斯特的成就使莫里亚克深为折服，他曾写信给普鲁斯特,尊称他为"年轻的导师",并受到了普鲁斯特的深刻影响。他的小说中有着这种影响的不可磨灭的印记,最为明显的是,莫里亚克不止一部小说的总体结构实际上是意识流式的结构,其中的人物都自觉或不自觉地在自己脑海里进行普鲁斯特式的"寻找失去的时间"的努力。在《黛莱丝·德斯克罗》中,是女主人公从法庭出来后在回家的旅途上追忆与分析自己犯罪的实际过程与心路历程;在《爱的荒漠》中,是男主人公在若干年后脑海里再现出青年时期的一段生活。而且与《寻找失去的时间》中茶杯里一小块玛德莱娜点心就引出在贡布雷的全部生活那著名的方式相仿,黛莱丝是在出法院后从父亲话语中的一个用词("遮掩"),就联想起她的外祖母而又再联想起自己的命运的;《爱的荒漠》中的男主人公则是由于一个女人的出现而"在他身上打开面孔激流的闸门的"。而且一旦意识的闸门打开,过去的生活与心理活动像潮水一样涌来的时候,虽然这一股潮水被作者在转述中或在"我"的自述中加以条理化,然而,由一个事物到另一个事物,由一个意识到另一个意识,经常是以内心独白与自由联想的方式进行的,因而也就形成了一种自然流动之态,而不是由作者人工化地分门别类,或者像以往传统的心理分析那样加以综合、归纳、抽象与解析。在莫里亚克小说中这种普鲁斯特的意识流中,虽然不存在时间的颠倒与空间的错位,但却存在着由"现时的感知—过去的回忆—现时的感知"这样反复进行的跳跃,正符合意识流往返于现时与过去之间的状态。此外,虽然莫里亚克在小说中所展示的基本上是已经被意识的心理内容,然而,他有时也着意表现某些未被明确意识到的含混的心理内容,表现人物内心世界的某种朦胧的状态,我们可以把这种内容与状态划归潜意识或下意识的范围,如黛莱丝急于结婚似乎是为了追求避难所,而又说不清楚究竟是什么避难所;又如,黛莱丝婚后的性冷漠与接到安娜的来信后感情的波动以及对安娜男友莫名其妙的敌对情绪。作者对这些心理反应的描写,显然带有现代心理分析的色彩。

莫里亚克的小说创作中的艺术现象，充分地表明他身上汇合着传统与现代的两股潮流，他的心理描写方法既属于传统，又面向现代，这是他作为一个伟大作家的重要标志之一，而在法国心理小说的发展过程中，他的创作又清楚地显示了心理现代主义对于心理现实主义的渗透，现代派文学潮流对于传统文学的渗透。

人类的艺术创作本来就是总体的共建，各种方法、各种思潮、各种流派之间，并无绝对不可逾越的界线，莫里亚克的心理小说证明了这个艺术真理。既然法国第一次心理现代主义的高峰对 20 世纪 20 年代传统的心理现实主义有这样的影响，那么，在"新小说"派掀起了 20 世纪法国第二次心理现代主义的高潮，又提供了一些新的艺术经验之后，70 年代至 80 年代以后的传统文学，包括传统的心理现实主义是否会受到新的影响，是否会被进行新的渗透呢？这是一个将由时间来加以证明的问题。在我个人看来，新的影响与新的渗透完全是可能的。

法兰西女性"难养也"的"发条"种种

——莫里亚克的黛莱丝四部曲

弗朗索瓦·莫里亚克一直关注着、同情着这个女人,她的名字叫黛莱丝·德斯克罗。

"黛莱丝……我多年来细心观察你,常常在路上拦住你,揭开你的假面,我知道有你这样一个人……我曾多次欣赏你那稍嫌大了一点的手……多少次,我的目光透过一家人组成的活篱栅,看见你蹑手蹑脚地打着圈子;你还用忧伤而狡黠的眼光打量着我……黛莱丝,我真愿你伴着痛苦去见上帝,我也曾久久地希望你配得上圣女洛居斯特的芳名,我至少希望,在我把你抛弃的街头,你只是孑然一身。"(《黛莱丝·德斯克罗》序)

他于1927年把这个女人抛弃在"街头",他的中篇小说《黛莱丝·德斯克罗》问世了。后来,他又不断对她进行追踪报道,先后有了两个短篇小说:《黛莱丝看病》《黛莱丝在旅馆》。最后,于1935年,他又用一个中篇《黑夜的终止》宣告了这个女人最后的结局。这四个作品在莫里亚克的小说中构成了一个引人注意的"四部曲",虽然它的篇幅规模并不大,但却继福楼拜的《包法利夫人》《一颗简单的心》,莫泊桑的《一生》之后,又从始至终地展示了又一个法国女人一生的过程。

幸福的女人大体一样,不幸的女人各有各的不幸。法国文学中那些著名的女性爱蕾诺尔、包法利夫人、约娜等,都有令人同情的不幸命运，但比较起来，黛莱丝·德斯克罗的命运似乎更惨：在她那些同胞姐妹的生活中，总还有过昙花一现的人生佳境，有过曾一时令人心醉神迷的欢乐与享受，有过勉强说得过去的安稳的日子、平静的心情，而在黛莱丝的生活中连这些有限的东西也都没有，倒是另有一些其他人没有碰上的可怕的东西：仇恨、毒药、控告、监禁、戒备、挑拨、诬陷……这些东西一直环绕着她、包围着她，让她在其中受煎熬了大半辈子，以至她整个的生命过程就像一个寒冷、黑暗的长夜。

黛莱丝的不幸，不属于"珂赛特"型，她不愁衣食，不愁温饱，出身于富裕人家，下嫁到有产业的大家庭，是个少奶奶，只是夫家那种僻闭局促的环境，沉闷阴霾的气氛与庸俗猥琐的关系叫她受不了。她渴望解脱而又难以解脱，于是寄希望于丈夫的死，以致对丈夫进行慢性下毒，事情败露，不得不面对法庭，夫家把此事遮掩过去，使她免于被刑事起诉，但一回到家里，就被当作怪物、疯子软禁起来。她自杀未遂，不进饮食，只求自由。丈夫与家族只得放了她，让她独自去巴黎居住。在巴黎，长期孤独沉闷的生活，家族的无形压力与背负前科的精神负担，使她身体每况愈下，刚四十开外，就已重病缠身。她好心要促成女儿的婚事，却不意被拖进了女儿的未婚夫病态的感情泥沼，更糟糕的是无意中误入了这个男人同性恋的雷区，成为嫉恨、中伤、离间、诬陷的目标。她在巴黎生活不下去，不得不自投其夫家的牢笼，在防范、监视与冷漠中离开了这个世界。

黛莱丝的少女时代过得怎样？只能从她犯了下毒罪而又被开脱之后的回忆中略见几个一闪的场景，虽说不是那么美好动人，至少也可以说是无忧无虑的，她自己把那个时代视为"最脏的河流源头上的白雪"，她对自己这样说："在我成为妻子与母亲以前的中学时期，现在看来简直就像天堂。"嗯，这几乎是法国文学中女性一致的共同点，爱玛与约娜都经历过幸福温馨的待字时期，即使是那个贫穷辛劳的全福，她的少女时代有过一两桩甜滋滋的往事，该死的事情都是从婚后开始的，日常生活的沉闷单调、婚姻生活的平庸、难产、抚育的操劳、一方的不忠与欺骗、一方的不安于室与婚外私情，甚至引发出纵欲通奸、享乐挥霍、负债破产、毒药、谋害以及酷烈的遗产争夺……所有这些都发生在法国天主教婚姻的框架里，这个国度里这种性质的婚姻，其流弊与通病，何止如恩格斯所说，只是"一顶绿帽子"？这就是《包法利夫人》《一生》《红与黑》《高老头》《高利贷者》《夏倍上校》《戴蕾斯·拉甘》这些名著中所描写的富家少妇们的状态与遭遇。

文学中的女性，不论在夫权婚姻的框架里有何种遭遇与命运，从其主观精神、感情倾向与行为模式来说，一般可分为两种类型，"安于室"的类型，与"不安于室"的类型。值得注意的是，前一种类型的女性，安于室的状态大体上都是差不多的，不外是顺从婚姻家庭的各种规范，一切以丈夫为中心，完全成为夫权（由丈夫而至儿子）的附庸，莫泊桑《一生》中的女主人公就是这样一个自始至终"安于室"的典型。至于"不安于室"类型的女性，则就各有各的"不安于室"的方式了，有的在生活里闹对立，搞摩擦，有的找外遇、纵情享乐，过多夫生活，有的出走、出逃，有的进行谋害，有的在内部偷梁换柱，孕育他人的骨肉，有的在家庭中进行腐蚀争夺，掏空家财，向他处转移，等等，比较起来，法国文学中，"不安于室"的女人似乎要比"安于室"的女人来得多，她们不安于室，在女权主义批评家看来，都带有不同程度的合理性、必要性，以至某种正义性，可谓"叛逆"、"反抗"甚至说得上是"奋争"，但如果按照孔老夫子的观点看来，恐怕就属于"唯小人与女子难养也"之列了。

不安于室的行为方式虽然各有不同，但不安于室的行动与"发条"看来却不外有那么几种。一种是精神型、人格型，易卜生笔下的娜拉，不满于在精神上对丈夫的依附，不甘心当家庭中的玩偶，因此出走了，她要算是具有这种"不安于室"的"发条"的一个典型的代表，法国著名女作家乔治·桑摆脱自己粗野、鄙俗的丈夫，离弃自己的家庭，其动力也带有要求精神独立与人格独立、追求自由的性质。另一种"不安于室"的"发条"可以说是感情型，女性人物的"不安于室"是由于对爱情生活心存浪漫主义的幻想而不满自己现实的婚姻，不能忍受自己平庸无趣的丈夫，福楼拜的《包法利夫人》写的就是这样一个人物的故事，世上因为这种"发条"而跨出了第一步以至遭到猎捕、引来屈辱、陷入困境、最后身败名裂的女性显然要比上一种类型的女人来得多，福楼拜就说过，他听到有很多很多包法利夫人在哭泣。第三种"发条"则是情欲型的，女性人物"不安于室"，完全是因为在婚姻与家庭生活中性欲得不到满足，或者因为企图在性生活中追求新奇与变化，左拉的《戴蕾斯·拉甘》中的女主人公，《娜娜》中的莫法伯爵夫人都是这种类型，前者由通奸而合谋犯下的谋害亲夫罪，后者在古老的贵族世家中与丈夫过着拘谨的生活，由心羡情欲刺激而成为一个外遇不断、放纵情欲的荡妇，著名小说《查泰莱夫人的情人》中的女主人公，不论被劳伦斯多么加以诗化，其实也是由于性欲而走出自己的贵族府第，跨进守林人的小舍的。

"不安于室"的不同"发条"类型，是妇女行为方式不同的人性根由，它们根本不存在社会意义的正或负、道德标准的高或低这样的问题，甚至也不存在是否有社会意义，是否符合道德的问题，只是在它们引发出的行为方式在社会生活中、在人与人的关系发生这样或那样的作用、造成这样或那样的后果时，才存在社会意义与道德意义的问题。

黛莱丝·德斯克罗是一个"不安于室"的女人，这自然不在话下，问题是她"不安于室"的"发条"是什么？莫里亚克没有在她身上安装感情苦闷、缺爱苦闷的"发条"，她不像爱玛那样渴望得到小说里才有的风雅的浪漫的爱情，整日想入非非而精神恍惚，若有所失；莫里亚克也没有在她身上安装性苦闷、性饥渴的"发条"，让她像戴蕾斯·拉甘与莫法伯爵夫人那样，有出墙的越轨行为，倒是相当明显但又含糊其辞地暗示了她颇有性冷淡的特征,虽然她面对的是一个生理正常的男人。她既然不存在这两种本来对一般妇女来说是自然性的、平常式的根由,看来就只存在那种不太平常而带有超常性的根由了,那就是精神根由、个性根由了,这种根由所以是超常性的,是因为一般妇女并不普遍具有,或者说,在人类社会发展的一定阶段,大多数妇女还只来得及有求温饱的要求,有饮食男女等基本的要求,还无暇顾及更高的精神要求、个性要求,只有少数妇女出于自觉程度各个不同的某种观念、某种价值观、某种理想、某种追求以及某种不一般的精神个性,才萌生出叛逆性、反抗性的行为,至于这种观念、价值观与精神个性是否就像中国的读者所通常以为的那样,或者如茅盾写女性投身时代大潮的小说所讲述的那样,是革命性的,而其引发的行为是否一定带有社会意义、革命意义,最后会汇入"革命的大海",那就不一定了,也许还可以说往往是"不搭界"的。

还是让我们来具体看看黛莱丝的缘由。在莫里亚克的笔下,黛莱丝"不安于室"的发条,可以说有那么两段,一段是她自然的个性,自然倾向。毫无疑问,她的个性不同于很多窈窕淑女,温情少妇,有那么一点怪异,她的习性与派头颇显野气,例如,像一个大兵那样抽烟,她的眼光、感受直至对客观事物的反应与态度,都带有若干辛辣尖刻的成分,看什么事都不如意,看什么事都不称心,在她心目中,几乎没有惬意的事,没有值得她看的人,身边的人在她眼里不是像"小猪"就是像"田鼠",或"恶狗"。她似乎生来就是与世界格格不入的,似乎生来就是看谁都不顺眼的,不仅如此,她还不时有一种无名的歹念恶意,小说中有这样一个细节,她无缘无故在照片上一个从未见过面的陌生青年的心口上戳一个洞,然后把照片扔进厕所,拉水冲掉,这个细节就足以使人感到她性格的不善了。一个如此辛辣发涩的个性在婚姻家庭中会是怎么样的呢?她似乎从没有经历过少女与少妇那些自然的感情,没有感受过恋爱的愉悦与婚后的温情,虽然她的对象不论从她本阶级的标准来说，还是从与她相比较的条件来说，都要算是一个并无恶德过失、相当说得过去，甚至无可厚非的对象。在没有结婚的时候，她急于要结婚，急于找到自己的归宿，确定自己在生活中的地位与价值，急得像要避开"她自己也说不清楚的危险"找一个避难所似的，何况，她还有"财产欲"，乐意结一门增加财富的亲事，但一到举行婚礼的仪式上，她却又觉得自己"走进了牢笼"。她从婚姻生活一开始，就有并无客观原因而完全应由她自己负责的性冷淡，这种性冷淡既是生理性的也是带有宗教意识色彩的，她因自己被丈夫"使用过"，因自己不再有"孩子般"的纯洁而深感痛惜，她这种性冷淡又迅速发展成性蔑视、性厌恶，而在这种心理温床上，又进一步产生了她对事对人的厌烦与对立，以至在婚姻家庭框架里的被束缚感、被压迫感与不能忍受感，甚至在怀孕以后，她也没有产生过为母者自然而然的欢欣，而是不想把孩子生出来。从婚前到婚后，她所经历的是"围城"式的心理过程，一时要冲进婚姻的城堡，一时又要冲出婚姻的城堡，只不过，这一个心理过程的演绎与完成并不是外力迫使她的结果，不是由他人应负的责任引发的结果，而是她纯自我感觉变化的结果，正像小说里所描写的：一个人"看到天空中的云像一个长着翅膀的女人"，别人"还来不及看出这个形象时"，此人"又说女人变成了一头躺卧的怪兽"。善变的黛莱丝！在孔老夫子的面前，她肯定会被划入"难养也"之列。

如果莫里亚克只安装了这一段"发条"，就让黛莱丝在丈夫的饮料里下毒，就让她产生了毁灭天性的恶念：到灌木最浓密的森林里，扔下烟头，燃起一场"浓烟污染了晨空的大火"，那黛莱丝就只是一个不令人同情的恶妇了。为了改变她的性质，莫里亚克又赋予她第二段"发条"，让她具有一种精神，一种思想，一种哲学，他安排了只在黛莱丝的回忆中出现了几次的影子般的人物阿泽韦多，充当黛莱丝的启蒙者与导师，让他在五次散步中轻而易举就完成了莫里亚克所要求的对黛莱丝的精神教育,在这种启蒙教育下,黛莱丝接受了一种超越精神与自我意识:"得超越自己才能找到上帝","承认自己……脱去面具,进行无诈的战斗",同时,她又从自己的环境与状态中发掘出了不可调和矛盾:"这儿和别处一样,每个人有自己独特的命运,然而都得服从这个阴郁的共同命运","这单调的茫茫冰原,心灵都在这里冻住了,有时冰裂开了一道缝,露出黑水,有人挣扎,消失了,又结了一层冰","在这里,你不得撒谎一辈子,一直到死",既然她也认为环境如此可怕,存在状态如此悲惨,那就当然应该挣脱环境的一切羁绊,彻底超脱,追求新的生活与环境了,她的哲学教师所指点的新的生活与环境,其实并不高深莫测,不过是巴黎单身女人的生活而已,"在那里的法律,就是'成为自己'","自己养活自己,不靠任何人,没有家庭,只由她的心来挑拨家庭,不是按照血缘,而是按照精神,也按肉体;去发现真正的亲属"。这就是黛莱丝精神上的最高理想,最终极的目标,"要找到自己,努力忠实于自己",在这种理想与目标的招引下,她愈来愈不能忍受外省环境周围的一切,愈来愈不能忍受她在婚姻、家庭中的位置与状态,而为了要摆脱这一切,她就走上了对丈夫下毒的道路。

到巴黎去,到巴黎去,黛莱丝的这个精神口号,与易卜生《玩偶之家》(1879)中娜拉毅然出走的冲动,基本上颇为相像,虽然"发条"有所差异。鲁迅曾在1923年提出了一个发人深思的问题:"娜拉走后怎样"?照他看来,娜拉"实在只有两条路,不是堕落,就是回来",因为他认定:"一只小鸟,则笼子里固然不自由,而一出笼门,外面便又有鹰,有猫以及别的什么东西"(《鲁迅全集》)。鲁迅是个阶级论的斗士,喜欢讲阶级斗争,时时不忘把矛头指向旧社会的恶劣环境,但有时未免绝对化,难道在过去的时代、过去的社会里,娜拉冲出家门后就没有一点生存与发展的空间?不见得,很不见得,事实上,冲出了家门在世上傲然而立、潇洒而行的娜拉也为数不少。黛莱丝来到巴黎后怎么样？不能说巴黎没有她立足之地，没有供她实现自我的空间，问题就看她自己了。遗憾的是，她不像斯达尔夫人那样有高超的智慧，能在巴黎造就她的辉煌，她不像乔治·桑那样富有浪漫才情，能在巴黎建立起自己的文学殿堂，她也不像柯莱特那样有股不可阻挡的闯劲，硬在恶劣的社会环境中冲出一条成功之路，她的启动发条的质地显然不高，她的底蕴远非深厚，她到巴黎后的下场虽然没有像鲁迅预言娜拉出走之后可能饿死的那样惨（因为她一直有归她名下的一份财产），但却病病恹恹，灰溜溜，无所事事地过了若干年，最后陷进一场卑污的男女纠葛，被迫不得不回到自己曾千方百计要冲出的"围城"，倒真的灵验了鲁迅所预言的那条"回来了"之路。她的悲剧，在一定程度上，也是她个性的悲剧。

黛莱丝的生平故事与整个命运，是莫里亚克倾其心力写出来的，这个女人的"四部曲"成了他的力作，他要通过这个女人的命运表述什么？说明什么？他想要使读这个"四部曲"的人感受、理悟出什么？他不是社会学家式的作家、哲人式的作家，他对妇女状况、妇女问题、妇女命运谈不上有多少深刻的思考，没有提出什么发人深思的问题，他在这个女人的故事里还只来得及把那外省偏僻的荒原上单调、沉闷、粗俗的环境氛围以及一个女人在这个氛围里的被制约感、被压迫感表现出来，只来得及把巴黎这个城市人与人之间的隔绝、猜疑、窥测、病态的情欲与卑劣的手段表现出来，他似乎只想确认与证实黛莱丝所生活的这个尘世绝非乐土，她所见识过的生命之旅只不过是一场黑夜。他这一理解带有一点宗教的意味，是的，莫里亚克自称是一个"宗教作家"，他往往通过"我的宗教良心"来观察与表现现实社会与人类状况，他显然也怀着宗教感情来看待他所有的人物，不袒护、不宽待任何一个人物，力求将他们内心中的混沌、阴暗、卑污都展示出来，他似乎又是在确认与证实生活在这个尘世上的芸芸众生，都有一个有恶德与罪愆有待宗教的圣水去洗涤的灵魂，他的黛莱丝也不例外，虽然他对这个人物更为专注，更有几分同情。

莫里亚克是一个特具心理洞察力的作家，他对人心理观察之深刻已达到了专业心理学家的水平，他善于剖析人物的每一根神经，直至其末梢，他也善于细察人物的每一阵心绪。也许他是出于宗教感情，顾忌亵渎了自己的文笔，他总避免去触及人物血肉之躯的自然情欲，因而他的人物有时不像在他之前就已经有了的法国自然主义文学中的人物那样具有血肉机制的透明度，尽管如此，他却善于在人物的心理心绪中容纳那样多的社会内容、人文内容与个性内容，使他的人物具有真实而充分的内心世界，具有真正活人的丰富性与生动性。莫里亚克是一个特定类型的叙述艺术大师，有别于"巴尔扎克—左拉"式传统叙述类型的艺术大师，你可以列出他在叙述艺术上的诸多特点，但其中最主要的、最突出的一个特点，那就是他善于几乎全部通过人物主观的心理心绪折射出所有的内容：社会现实、生活环境、事件过程、人物关系、场景细节，等等，这种方法往往被称为"意识流"方法，其难度是显而易见的。莫里亚克以极其精湛别致的技艺运用了这种方法，在所要表现的客观现实内容与用来作为载体的人物主观心理心绪机制之间，保持了一种令人赞叹的经典式的平衡。从他对现实内容的执着与他有别于以往传统的叙述艺术的巨大成就而言，我们完全可以把他称为"20世纪的现代现实主义的大师"。

心理现代主义的产生与发展

在不止一种文学体裁上,法国19世纪后期的文学都开20世纪文学之先河,在心理小说上也是如此。这个时期的自然主义小说对下个世纪文学中的心理描写与心理分析的影响自不待言,就是20世纪大为昌盛的心理现代主义也应溯源于19世纪末期心理学的新发展与新型心理小说的出现;正是由于心理学的发展提供了对心理活动更为深入细致的认识,再加上文学表现方式的更新,才造就了声势浩大的心理现代主义。

心理现代主义的小说以及与它相关的理论学说,是一种泛欧美的文化现象,它先后出现于欧美各国的时间不过一二十年:在心理学理论上,1890年,美国心理学家威廉·詹姆斯提出了意识流的新概念与新理论,由此到20世纪初,又有法国哲学家柏格森提出了内心意识的绵延说,奥地利心理学家弗洛伊德提出了意识、前意识与无意识的理论;与此相应,心理现代主义小说也出现于这一阶段,1887年法国杜雅尔丹的《月桂树已被砍尽》就是心理现代主义小说的第一只燕子,不久,在20世纪初又出现了奥地利作家施莱茨勒的《古斯特少尉》(1901),而后,到20世纪二三十年代,欧美心理现代主义小说就出现了普鲁斯特、伍尔夫、乔伊斯为代表的高潮。

杜雅尔丹(1861~1949),受过系统的高等教育,多才多艺,兴趣广泛,他所学的专业是音乐,对文学创作也很有兴趣,青年时期,正赶上象征主义思潮在法国高涨，他曾深受其熏陶。他在音乐喜剧、悲剧、小说、宗教研究方面都做过尝试，但没有锲而不舍的精神，加以生活浮华，有时不务正业，因而成就有限，除了在音乐方面写过一些出色的评论外，他重要的文学业绩就只有《月桂树已被砍尽》了。

这部作品在心理小说史上具有划时代的意义，它第一次运用了意识流的方法，并且日后直接启发了英籍爱尔兰作家乔伊斯写出意识流小说的经典名著《尤利西斯》。小说的内容相当简单，只是写一个青年人与一个歌女一次约会的过程，从一天的傍晚至深夜，几乎无故事情节可言，仅有他赴约在街上闲荡的细节与其间的心绪而已。故事情节在作品中如此不占重要地位，淡化到这样的程度，这在传统的心理小说中是少见的，在这点上，《月桂树已被砍尽》显示了新的现代风格，完全摆脱了对具有戏剧性的生活过程的追求。值得注意的是，小说对时间的处理：虽然小说中人物活动的时间是从傍晚到深夜短短几个小时，然而，在这段时间里，人物的心理活动中却具有更大的时间跨度；在他这段时间的心理活动里，既有对现时的感知，也有对过去的回忆与对未来的想象，这就出现了柏格森后来所区分的实际时间与心理时间。小说正是建立在这两种时间的差距上，即通过有限的实际时间中的心理时间，表现出更为绵延的实际时间中更多的生活内容，使读者从这个青年这一次毫无结果的约会看到过去很多次类似的约会，看到相当长一个时期里他对这个歌女的徒劳的追求与他的精力与钱财的白白消耗，从而对那个象征意味十足、其隐喻来自一首民歌的首句"月桂树已经被砍尽，美人把树枝捡个干净"的小说标题有领悟。更值得注意的是小说中人物心理活动的形态，与传统小说中那种带有持续性、逻辑性、条理性、明晰性的心理活动不同，这部小说里的心理活动是非逻辑性的——有些零乱；是非持续性的——断断续续，不时闪现；是非条理性的——往往杂然纷呈；是非明晰性的——有些模糊、不自觉。总之，这里的心理描写已经表现了西方现代心理学中所谓的意识流的那种自然、零乱、混杂的动态，虽然小说在对时空的处理与对意识流的描写方面还相当简单幼稚，甚至有些原始，但它已经第一次显示出了心理现代主义的若干重要特色，而这些特色后来到普鲁斯特、乔伊斯那里又有了进一步的发展。

在法国现代心理小说中，普鲁斯特至今仍占有着至高无上的地位，就像巴尔扎克在社会写实的领域、雨果在浪漫激情的领域里那样。普鲁斯特借以获得这种地位的文学成就主要就是一部篇幅浩大的长篇小说《寻找失去的时间》。这部小说在规模上几乎可与巴尔扎克的《人间喜剧》、左拉的《卢贡－马卡尔家族》媲美；在对内心活动、内心感受的入幽入微的描写上，则是无与伦比的。而且，它置身于心理现代主义的潮流中，在观念上与技巧上又提供了新的理解与新的经验，从而使心理现代主义获得了它的第一部经典名著，大大推进了心理小说的深入发展。

普鲁斯特（1871~1922）是一个富家子弟，受过良好的教育，从小喜爱文艺，中学期间，接触并钻研过柏格森的哲学，青年时期常涉足巴黎的上流社会与文艺界，早年发表过一点随笔、纪事之类的作品，也翻译介绍过英国艺术评论家罗斯金的作品。他从小体弱多病，1906年后就因哮喘病而闭门简出，倾其全力创作了《寻找失去的时间》，他在世的时候，发表了小说的前四卷，后三卷是他去世后才问世的。

《寻找失去的时间》在某种意义上是普鲁斯特病榻生活的结果，是他抚今追昔的精神状态的产物。在蛰居或卧床的日子里，惋惜自己的岁月流逝一去不复返，于是产生了"寻找失去的时间"的企图与意志，以这种意念与毅力，他终于把那些逝去的时间重新寻找回来，使它们凝聚为他的这部长篇小说，在这个意义上，他的整个创作活动就是在厚重的岁月积淀下搜索与挖掘一段段深埋的时间，用文字使它们成形复活。然而，实际的、客观的时间是不可能找回来的，他所能找回来的只是他心理中的时间，即他自己所谓的"想象中的时间"。正因为他怀着这样一个独特的创作思想，所以这部作品不像传统的小说有一个或两三个主要角色，又不像自传或回忆录有一条发展的主线，如果说它有什么主要角色或什么主要内容主要成分的话，那就是时间，是柏格森哲学中所谓的"心理时间"，或者说，就是已经逝去的实际时间在作者心理中的再现。小说的这一根本的性质与其中所体现的作者的观念，决定了小说在内容与表现方式上的一系列特点。

小说按照事物本来的原始、自然的面目，从心理时间的勾引而出，到心理时间的扩张、充实、繁衍、发展，从记忆与想象的闸门打开，到记忆与想象中的内容大释放、大流泛，本身就表现出了一种意识的流动。小说的空间起点最初是作者本人的房间与病榻，实际时间的起点是养病生活中的不眠之夜，意识呈辐射形向四处流动，伸伸缩缩，没有固定的方位与着力点，偶尔由如今所躺卧的房间联想到了儿时在贡布雷的卧室，由目前的失眠联想到儿时在贡布雷时晚间的不乐于就寝，由此，有关贡布雷时期童年生活的种种景象纷至沓来，联想翩翩，形成了一个定向的意识之流，不断地泛出。但是，泛流而出的毕竟只是那一部分感触最深的景象，其他大量的东西仍然埋在脑海的深处，一时难以把它们寻找回来。偶然一次，一块名叫小玛德莱娜的点心勾起了对儿时吃这种点心时的味觉的回忆，这次味觉的再得，又引发起更多的儿时在贡布雷生活的记忆，这一次闸门打开得更大，早已逝去的在贡布雷度过的全部时光以及与这段时间不可分的空间里的种种人与事都复活了起来。整个小说就是按照这种极为独创的线索、按照心理时间的连续复得而成为七大部分：《在斯万家那边》《如花似玉的少女们》《盖尔芒特家那边》《索多姆与戈摩尔》《女囚》《女逃亡者》《重现的时光》。这七大部分形成了外观十分壮阔的意识之流，或者说，一条巨大的意识之流是由七个水域宽广的湖泊连接而成的，我们也可以把它们称为一条主线上的七个大部件。这种意识流的结构不仅体现在小说的大的整体上，而且也存在于每一个"大部件"中的每一个"小部件"即每一章中，还存在于每一个"小部件"中的每一个"环"即每一个段落之中。在这里，"大部件"与"大部件"之间、"小部件"与"小部件"之间、"环"与"环"之间，都有一个"诱发点"，也有一个"起爆点"，由一个事物诱发出另一个事物，由后一个事物又爆发出更多的内容，一环套一环，如此持续不断、形成了线形的发展，形成了链条式的延续，意识的流动。

  不言而喻，普鲁斯特笔下这一段段生活片断，都是心理时间的绵延与持续，它与已经逝去的实际时间当然很不相同，最大的不同就在于，它们既然是通过自由联想产生的，就不可能保持原有的实际时间的先后次序，而出现了时序的变换、颠倒与混乱，这就根本有别于传统的从始到终的叙述方式，既与传统的回忆录或自传性作品不同，也与传统的心理小说不同，这是小说作为现代派艺术特征的一个标志。还有另一个标志是，既然它以自由联想、意识流为作品的主干与线索，它就不可能有统一的故事情节，甚至在相当多的篇章里几乎无情节可言，其内容只是在内心中再现出来的一个个生活片断、一个个见闻、一种种心境或感受等等，带有明显的散文化的特点。这个特点，对于一般的小说而言虽是小说趣味的丢失，但对普鲁斯特的心理小说而言，却并非一种损失，因为普鲁斯特是以他对一段段"被重新寻得的时间"的细腻的心理感受取胜。而且，普鲁斯特在复活已逝去的一段段时间的时候，固然很注意复活与这些时间不可分割的空间（环境、场景）以及在这些空间中的人与事物，但他更注意复活他自己在当时当地的思想、情感、心境、心理，这更足以保证了小说作为心理作品的性质。如果说，普鲁斯特具有一种善于把即使是再平凡不过的情景、事件与人物也描写得栩栩如生、趣味盎然的杰出才能的话，那么，他那种深入内心幽深境界的笔触简直就令人惊奇了。首先，他心理感受之丰富与心理辨析之深刻远远超过常人，他心理感受灵敏细腻到对几乎每一个细小的对象都有丰富的反应,不仅对某一事件或某一人物,而且对一个动作、一种气息、一种味道、一个音节、一个普通名词都有敏锐的感受,并且能在各种感受之间迅速建立通感的渠道,而一旦对某一事物产生了某种感受,这一感受还有所深入有所发展,形成不同的层次。与这种极其丰富细腻的心理感受能力相适应的,是普鲁斯特颇具特色的语言风格,他非常善于运用结构复杂的长句,他的文句往往如春蚕吐丝,一段又一段,不绝如缕,使人经常有"山重水复疑无路,柳暗花明又一村"之感,正是在他这种九曲十八弯、蜿蜒不尽的文句中,一个个形象、一种种感受,得到一轮又一轮地扩充、一层又一层地深入。

在20世纪西方文学走向一体化的趋势下,继法国以普鲁斯特为代表的心理现代主义之后,在英国文学中又出现了伍尔夫、乔伊斯这两个作家,特别是乔伊斯以其不朽的名著《尤利西斯》把意识流的方法又推进到一个新的水平,对心理现代主义做出重大的贡献,只有不忽略这一个关键性的发展阶段,我们才能理解,在普鲁斯特去世若干年后,于50年代出现的法国心理现代主义的又一次新高潮所具有的特点。

如果细致地加以比较,乔伊斯的意识流小说较普鲁斯特的小说确实有所发展,这种发展大致有这样一些方面:

一、以更多的呈现性代替描述性。在普鲁斯特的小说里,意识与心理活动往往都是由作者加以描述的,即作者对一种心态与反应都有一种旁白性的解释或交代,因而,作者的加工在作品里是显而易见的。在乔伊斯的小说里,意识与心理活动的出现或变化,往往都是采取自身呈现的方式,而并不伴随着作者旁白性的解释或交代,作者在作品中至少看起来是完全隐退了。由于这种区别,在普鲁斯特的小说里,时空即或有错位与颠倒,但一一被作者画下了界线,而在乔伊斯的作品里，时间的颠倒与空间的重叠、交错，往往并无明显的界线。

二、更多地运用零碎的形象或单个的意识符号来表现心态的变化与心理。在普鲁斯特的小说里，一种心态、一段心理活动、一种感受往往是通过一系列形象的组合或通过动作的过程、事件的过程表现出来的，而在乔伊斯的作品里，心境、心理活动、心理感受则更较多地通过零碎的形象、更较少地通过系列形象的组合或一个过程来表现，还往往只通过一个隐喻式的意识符号来表现，这种符号既可以是一个形象，也可以是一句话、一个词、一个动作甚至一种颜色等等。

三、更多地具有前意识与潜意识的心理内容。在普鲁斯特的小说里，几乎一切心理活动都是清晰的、明确的、自觉的，尽管意识活动的内容极为丰富复杂，而乔伊斯的作品则再现了较多的不自觉、非理性的意识活动内容，再现了尚未形成自觉意识的前意识或潜意识。

总之，在普鲁斯特之后，西方文学中的心理现代主义又有了相当大的发展变化，这种变化从所表现的心理意识内容而言，是成分的更为复杂与非理性成分增加；从所表现的心理意识形态而言，是更符合人脑杂乱交错的意识之流的原始自然之态；从艺术创作的过程来说，则是作者从人物的内心活动中隐退，当然，只是表面的隐退。乔伊斯所带来的这些变化与新的艺术经验，成为在他之后的西方心理现代主义小说创作的共同财富，20世纪后半期法国心理现代主义的一次高潮——"新小说"派的心理小说创作，就是在这个基础上发展的。

心理现代主义的新发展

法国的"新小说"作为一种文学潮流，发端于20世纪50年代初，相继产生了罗伯-葛利叶、克洛德·西蒙与米歇尔·布托这样几个代表人物，加上早从30年代就已经开始进行"新小说"实验的娜塔丽·夏洛特，形成了一个声势浩大的文学流派"新小说"派。

"新小说"派并不是一个专门从事心理作品写作的流派,它的全部内容并不是只以心理现代主义一词就能概括的,而且这四个主要代表作家又各有特点,彼此之间的差别也相当明显。虽然有这些不同,但总的说来,这是一个有理论、有创作实践的流派,其成员的共同点是力图摆脱传统小说窠臼,致力于新的小说技巧的实验,而其实验的范围又相当广泛,因而在小说技巧的各个方面都有所涉及。心理描写的作品只是他们文学创作的一个组成部分,心理描写的方法只是他们进行探索与实验的一个方面。如果我们从心理小说的角度来看,那么,这四个主要作家中,米歇尔·布托与克洛德·西蒙可归为一类,他们更明显地继承了乔伊斯的传统;罗伯-葛利叶与娜塔丽·夏洛特则另当别论,他们都各有创新发展。

米歇尔·布托(1926~),青年时期当过教师,20世纪50年代开始进行小说创作,1954年以其第一部小说《米兰巷》登上文坛,后又相继发表了《日程表》(1956)、《变》(1957)、《度》(1960)等著名小说。60年代以后又转向散文、诗歌与文艺批评。布托在小说创作中进行了多方面的探索与实验,他是"新小说"派中显示了多方面才能的作家,以其多样化的百科全书式的小说技巧而闻名。他有"新小说"派的"物主义"的倾向,对物往往有非常细致的描绘;他对时空的理解精细入微,并在小说中时空的处理上有层出不穷的新手法;在心理描写方面,他也很下功夫,他的代表作《变》实际上就是一部心理小说。他是法国心理现代主义潮流中的一个重要成员,其主要特色是对乔伊斯的意识流手法的继承与合理变通。他的名著《变》就体现了他的这个特色。

《变》在结构上很容易使人想起乔伊斯的《尤利西斯》来。《尤利西斯》写的是主人公一天之内的经历;《变》也把实际时间压缩在一天之内,叙述主人公24小时之内从巴黎坐火车到罗马的过程。这一实际过程中除了极为琐碎的旅途细节外,并无任何构成事件的情节;

从具体空间而言，是在一个固定不变的狭小车厢里。然而，作者却把这固定不变的空间放在一个不断变化的广大的空间即由巴黎到罗马旅途的广大空间之中，同时又在这一实际的短暂的一天时间里，填进了极为丰富而又漫长的心理时间。具体来说，就是让主人公在这一次旅程中，想到他曾经往返于巴黎至罗马的多次旅行，在一天的时间里想到他一些年来的往事，以此展现出这个人物在自己的妻子、家庭与自己的情妇之间的双重生活与分裂心态以及他在这次旅行中心情的变化。变化最终凝聚为他做出了改变这种生活方式的决定，放弃了要把情妇接到巴黎去共同生活的计划，而准备从事写作。这种时空环套的总体结构显示了作者巧妙的匠心，是对乔伊斯结构方式的一种继承。

布托对乔伊斯意识流方法也有所变通与发展，首先，他减少了人脑中意识流杂乱呈现的程度，而把这种流之中混杂的单个意识加以条理化；其次，他减少了作者隐退的程度，在时间的交叉颠倒与空间的化出、化入以及重叠之处，或多或少画出了界线；此外，他又减少了意识流中前意识或潜意识的成分，而较多地表现清醒意识的流动；他在小说中既不是采用第一人称"我"进行"自述"，也不把人物作为"第三者""他"进行旁述，而是直指第二人称"你"进行叙述，这就加强了小说中的分析意识与清醒自觉的程度。布托所有这些变通，似乎是在普鲁斯特与乔伊斯之间作出某种折中，这使他的小说远不像乔伊斯的《尤利西斯》晦涩难懂。

克洛德·西蒙（1913～2005），在"新小说"派中是一个名声后来居上的作家，他原来的地位并不居于前列，但1985年获得诺贝尔文学奖，一举而声名大震，被视为这个流派在艺术上的代表。他青年时代在英国受过教育，也学习过立体派绘画，后来参加过西班牙内战与第二次世界大战，从40年代初，他即开始文学活动。战后，一面在外省种植葡萄园，一面潜心从事小说创作，在隐士般的生活中，建树了他的文学业绩,他至今已出版 20 来种作品,其中《风》《草》与《弗兰德公路》是他的代表作。

在克洛德·西蒙的小说中,很难找出一部真正严格意义上的心理小说,但他的几乎所有的小说都或多或少地带有心理现代主义的成分。之所以说他的作品中没有严格意义上的心理小说,是因为他在小说里并不以写心理活动为目的,并不力图展示人物内心世界本身的内容与形态,而往往只着意于通过不止一个人物心灵的窗口来展现一幅幅并不连贯、并不构成一个统一体或一个完整过程的现实画面。他的兴趣在于描绘,在于把绘画艺术引入小说。他朝这个既定方向的努力,使他的小说达到了诗与画结合的意境,这正是他借以获得诺贝尔文学奖的主要艺术成就。之所以说他的小说都或多或少具有心理现代主义的成分,则是因为它们都不同程度地通过人物心灵的窗口、运用意识流的方法来实现作者预定的描绘场景画面的目的;在人物的印象、感知、回忆、想象与思考杂然纷呈这点上,在他们的"意识中有那么多事物同时存在、互相掺和"这点上,克洛德·西蒙是乔伊斯的继承者,而在以绵延不断的长句来表现复杂的心理内容这点上,他又与普鲁斯特相近。

在"新小说"派中,对心理现代主义做出明显、独特贡献的是娜塔丽·夏洛特(1905~1999)。

夏洛特属于俄罗斯血统,两岁时来到法国。青年时期在大学念过社会学,曾游学到英国牛津大学,毕业后从事法律事务,20 世纪 30 年代即开始小说创作,并在创作中自觉地进行新的探索与实验,是"新小说"最早的开拓者。1950 年,她发表了后来被公认为"新小说"派第一篇理论宣言的重要论文《怀疑的时代》,奠定了在"新小说"派中的先行者的地位。她的文学创作在 40 年代末至 60 年代期间处于高潮,几部重要的代表作《陌生人肖像》《马尔特洛》《天象馆》

《金果》《生与死之间》均出自这一时期。

夏洛特具有十分明确的创新精神与超越意识，她一开始就选择人的内心世界作为自己文学表现的唯一的固定的领域，她接受了普鲁斯特、乔伊斯、伍尔夫的启示与影响，致力于心理现代主义的艺术方法，同时，她又很自觉努力另辟蹊径，绝不与普鲁斯特或乔伊斯有所雷同，开辟出为她自己所特有的园地。她的小说几乎都没有情节，人物也没有完整的经历，甚至身份与姓名也被隐略，读者在这些小说里所读到的，全是这种像影子一样的人物的"内心独白"（用夏洛特本人所使用的术语来说）。如果考虑到在法国文学批评中，"内心独白"是一个笼统的概念，与意识流几乎等同，那么，就必须看到夏洛特的"内心独白"与以往心理现代主义几位大师笔下的"意识流"的区别。在心理活动的对象上，夏洛特不像普鲁斯特那样表现围绕着一个时期或一个阶段完整的生活的心理活动，也不像乔伊斯那样表现围绕着若干生活片断、若干人物的心理活动，她所表现的"内心独白"，几乎都是人物对于眼前琐事、细节、微物（如室内的窗帘、门上的把柄等）的内心活动，而且，这些琐事细节都是零碎的，由此，人物对于每一个事物的内心活动也就不具有持续性与完整性，也往往不集中为一个"焦点"，更不反映出现实中某一事件的完整过程。尽管有这些缺点，这些内心独白却更为琐细入微。在心理活动的形态上，夏洛特不像普鲁斯特那样精细地去描绘经过理性分析与回忆补充而在内心中完整呈现出来的某些场景与画面，不像普鲁斯特那样以其从容的描绘给人以静止凝固的印象，虽然这些描绘实际上也连成了一个"流"；她也不像乔伊斯那样展现出一条有连续性的活动着的意识之流，而是带有更大的跳跃性与间隔性，并且一旦着于某点，各种心理反应几乎就同时迸发而出。

更为重要的是，夏洛特发现并开发了新的心理描写领域，即她自己所谓的"内心独白的前奏"，与"潜对话"。夏洛特的"内心独白的前奏"实际上是比意识,甚至比前意识更为原始的心理反应,它远未成形,不仅还没有来得及形成清醒意识,甚至也没有形成定型的前意识,而近乎弗洛伊德主义中的作为"一种混沌状态"、"一锅沸腾的激情"的伊德式"无意识",用夏洛特评论《陌生人肖像》时所比喻的,则是内心中那种"像伸伸缩缩的阿米巴变形虫似的蠕动",我们不妨称之为原始的下意识的心理反应。夏洛特的"潜对话",则具有更为丰富的内涵,它不仅包括了在意识中已经形成但未发而为声的内心独白与内心独白中的复调模式即在内心中进行的对话,而且还包括了明确的规范化的交往中的语言形式掩盖下的种种原始的反应、冲动、意向。夏洛特把她的"内心独白的前奏"与"潜对话"视为人内心中最真实的东西,她以自己几乎全部的作品去表现这种心理真实,虽然她的创作往往丧失了一般读者认为小说作品所应该有的情趣,但她却把描写人一根根神经末梢上那种原始的生理性的反应的艺术推进到一个新的水平。

"新小说"派中另一个主要作家罗伯-葛利叶(1922~2008)对心理现代主义也颇有独创性的贡献。他20世纪50年代初登上文坛,以他独特的小说,特别是以他两篇反对文学传统、鼓吹进行"新小说"实验的著名论文《未来小说的道路》与《自然、人道主义、悲剧》,而成为50年代中期以后逐渐正式形成的"新小说"派的主将。罗伯-葛利叶具有强旺的创作精力,他不仅写小说,而且还写电影剧本并参加制作与导演,他已经发表的作品近20种,其中主要的代表作有:小说《橡皮块》(1953)、《窥视者》(1955)、《嫉妒》(1957)、《在迷宫里》(1959),电影剧本《去年在马里昂巴德》等。

罗伯-葛利叶与米歇尔·布托一样,他的全部小说创作也不能以心理现代主义一词概括无余,他的"新小说"实验远远不止于心理描写领域。从题材上来说,他有一些作品并不是心理小说,如《橡皮块》《纽约革命计划》《欧洲快车》等；从技巧来说，他所有的小说中，即使在可算是与心理题材相近的《嫉妒》《在迷宫里》与电影剧本《去年在马里昂巴德》里，它实验性的技巧的主要标志也不是心理现代主义的描写，而是他的"物主义"。在"新小说"派中，这种"物主义"虽不是罗伯－葛利叶一人所专有的（如布托也相当明显地具有这种倾向），但却是以他为主要的代表，不仅在他的创作中表现得最为鲜明，而且只有他从理论上进行了阐述，在理论上加以最高限度的强调。在我们对法国心理现代主义的发展进行论述的时候，之所以不能无视罗伯－葛利叶的"物主义"，正是由于它似乎与心理领域相距甚远，但在罗伯－葛利叶那里却偏偏与心理表现方法不可分割。

在罗伯－葛利叶的文艺理论体系中有一个核心论点，那就是认为传统的现实主义文学从一定人的观点去描写现实事物，恰巧掩盖了事物的面目。他在《自然、人道主义、悲剧》中指出，在传统的文学中"围绕我们的一切，从最熟悉的用具到自然现象，都被文学裹在一些观念性或感情性含义的网袋里，从而剥夺了我们同外在现实的直接接触。古典小说就是这样把世界加以'人化'，这样它就在世界与读者之间设置了铁丝网与隔障"，而在他看来，"物就是物"，"对人不发出任何信息"，因此，文学应该表现出物的"中立性"与"陌生性"，文学描写中应剔除一切人的色彩、人的因素。罗伯－葛利叶带着这种观点进入小说创作，其作品中往往就充满了大量的、繁琐的客观主义的对物的描写。

这种特殊的"物主义"看来与心理题材完全格格不入，很难想象能把它运用在心理表现上，然而，罗伯－葛利叶却创造性地进行了尝试，并获得了奇特的效果，这便是他的代表作《嫉妒》。《嫉妒》所处理的内容完全属于心理题材，是一个在非洲的种植园主如何观察自己的妻子与一个男邻居相处的情形以及他如何猜想他们的一次奸情，实际上所写的是一个固定的人物围绕着一件事从始至终的心理活动，正符合我们关于何谓心理小说的一个标准,完全称得上是心理小说。然而,这部小说不仅与任何传统的心理小说截然不同,也与以往的心理现代主义作品颇有差异。在这里,作者完全退隐,根本不存在作者对主人公的感情所作的任何说明与分析,甚至连丝毫的暗示也没有,更为奇特的是,也不存在一个自述者"我",实际上那个作为主人公的自述者也完全从作品中隐退了。而且,在整部作品中,也看不到这个主人公任何一点感情的游丝,更谈不上他的嫉妒感情的踪影;在小说里,只有一件件物、一个个场景,可以说完全是一个由物与景象所组成的世界,只不过,这些物与场景都是围绕着妻子与邻居的,它们不断重现,不断组合,这就使得读者首先明确地感到,其中的一些物与片断场景是在实际的空间与时间中的,另一些物与片断场景则是在心理的时间与空间之中,而后,读者又隐约地感到收录这些与妻子、邻居有关的物与场景的那双在作品里隐退着的眼睛,是多么警觉、多么敏感、多么焦躁,那组合着这些物与场景而也在作品中隐退着的脑海,是多么动荡不安。由此,读者就清楚地感觉到了在那些物与场景中,渗透着一个隐形的东西:嫉妒;而这双眼睛、这个脑海、这种嫉妒,都是属于那个隐形的种植园主。对于罗伯-葛利叶在这部小说中所使用的方法,我们不妨称之为物主义式的心态显影,它无疑是对心理现实主义的一个贡献。罗伯-葛利叶在他另外两部小说《窥视者》与《在迷宫里》中,也运用了这个方法,又更多地结合了乔伊斯式的时间颠倒、空间错位的意识流方法,前一部作品呈现出了一个犯罪者的心态,后者表现出一个士兵在陷于现实的迷宫的同时,又陷入了自己心理的迷宫。此外,他描写一对引诱者与被引诱者的故事的奇特电影剧本《去年在马里昂巴德》,虽然不是严格意义上的心理作品,但其中的象征性与心理深度却使它成为轰动一时的名作,甚至有的批评家根据弗洛伊德的方法,把这一对引诱者与被引诱者解释为精神病患者与引导她的精神病医生的关系。

普鲁斯特传奇

——《寻找失去的时间》[①]

在文学史上,很少见到有一部伟大名著的命运,像普鲁斯特的《寻找失去的时间》这样具有戏剧性的变化。

当作者于1912年将这部长篇小说的书稿,呈献在法兰西文坛面前的时候,没有任何出版社愿意接受,主宰着文学舆论的《新法兰西评论》也拒绝了它,而其主编正是当时的文坛泰斗纪德。已经40岁出头的作者只好次年自费出版了长篇的第一卷。但事隔若干年后,法国权威的文学史家与批评家安德烈·莫洛亚在总结20世纪前期的法国文学时,却这样指出:"对于1900年至1950年这一历史时期来说,没有比《寻找失去的时间》更值得纪念的小说巨著了。"[②]时至80年代末,法国竟有多家出版社争相出版这部长篇,普鲁斯特仅以此作就被视为20世纪一位伟大的小说家,批评界有人甚至认为,后普鲁斯特时代至今尚未来到。

如果认为20世纪的文学还没有走出普鲁斯特所投射的身影,那显然是夸大其词,但如果说普鲁斯特的小说艺术中发明了一些新的东西,那确实并不言之过分。正是这些新的东西使习惯于传统文学趣味的人最初对它采取了摒拒的态度,而且,它正因为愈是崭新,才愈是

[①] 该书目前常见的中译名为《追忆似水年华》,因涉及小说的特点与作者的用意,本文直译其名。
[②] 安德烈·莫洛亚:《〈寻找失去的时间〉序》,《寻找失去的时间》第一卷,第7页,Pléiade版。

被拒绝得彻底。这是新东西经常碰到的遭遇，要知道，种牛痘的技术与抗疟疾的金鸡纳霜到18世纪在法国还遭受过诅咒。

它的确是一本令人不太习惯的作品，如果怀着阅读传统文学作品的惯性，想在其中看到引人入胜、环环紧扣的情节，完整集中而带有戏剧性的故事，贯彻始终并作为作品中心的主人公形象，那肯定会大失所望。这一部有七大卷、巴黎"七星丛书"本有密密麻麻3000多页、译成中文约有300多万字的长篇小说，所写的似乎只是作者一生中所亲身经历的或所见所闻的日常生活，这里没有重大的历史事件，没有带深刻社会意义的生活场景，没有典型的人物性格，似乎只有一堆堆表层的生活现象与身边琐事。如果要从这几百万字的篇幅中找几段比较集中的生活内容的话，那就只有叙述者"我"的童年生活、两个邻居斯万家与盖尔芒特家的家事以及"我"的爱情经历。这样一部作品居然被世人认为长篇小说！而且是"杰出的长篇小说"！

这部小说巨著的主题究竟是什么？主要角色是谁？对这两个问题，批评家都答曰："是时间。"没有看过这部作品的人一定会感到难以理解，这对于一部文学作品来说，简直就是一件不可思议的事！但实际情况的确如此。作者在写这部作品的时候这样说："时间的观念今天是如此强有力地压在我的心头"，"我一定要把这个时间的印章打在这部作品上"[①]。他给作品取了这样一个富有哲学意义的标题：《寻找失去的时间》，就准确无误地概括与标明了整部作品的目的、主旨与内涵。只要他果真达到了这个标题的要求，那他显然是对冥冥时序进行了一次勇气非凡的挑战，他在文艺创作中赋予自己这样一项使命，无疑也是一次前无先例的创举。

人类可以征服空间，以物质的形式在空间里占据自己几乎永不磨灭的位置，金字塔、长城、纪念碑、陵墓、庙宇、雕像都是这种征服

[①] 安德烈·莫洛亚：《从普鲁斯特到加缪》第33页，Acadèmique Perrin版。

的标记。然而，时光流逝，如烟消云散，人如何才能征服那一去不复返的时序，把转瞬即逝的时间凝固为具体的形式而与世长存？固然，人可以求助于史书与回忆录，但这两种形式的征服显然带有极大的局限性。史书以简约的记载概括一个个历史时期丰富复杂的真相，不可避免地要剥除其全部的血肉，而且，哪一个史家能见证先于他的那些时光中活生生的历史情景？而回忆录在一定程度上也是经过理性思维筛选、归纳与概括的产物，它分门别类，条理清楚，固然能反映历史真实的若干概貌与细节，但当时大量细微的感性内容必然遗散在"门类"、"条理"之外，而且，它们早已随着消逝而去的时光隐没了，正像普鲁斯特所描写的那样，它们"太遥远、太模糊，我只能勉强看到一点模棱两可的映象，其中混杂着一些变幻不定的色彩所形成的难以捉摸的旋流"[1]，有谁能够把它们找寻回来？用什么法子？历史上有哪一个回忆录的作者做到了这点，使自己所经历过的那些时光以其原有的全部丰富的感性而复活呢？所有这些疑问都清楚地表明，人要征服时间、捕捉时间之难，这就是普鲁斯特所面临的一个人生的、哲学的难题，而在他看来，这种征服与捕捉只有通过艺术的途径才能实现："除非用艺术这一永恒的形式，任何事物都不能真正被固定下来并为人所了解。"[2]既然这个难题是客观存在并具有普遍的意义，那么，普鲁斯特首先发现了它，具体感受了它，并决意要通过艺术的途径去加以解决，这就要算是他带给人们的一个新观念、新意向了。

1901年，开始写作《寻找失去的时间》的普鲁斯特，已是一个精于艺文、具有深厚文化修养的巴黎上流社会里的雅士，当他打定主意要创作自己的鸿篇巨制时，他一定非常清楚地认识到了他所面临的文化传统与文学环境。既成的道路与已有的典范似乎是应有尽有了，仅以19世纪而言，就已经有了司汤达具有高度典型意义的人物塑造、

---

[1] 普鲁斯特：《寻找失去的时间》第一卷，第46页，Pléiade版。
[2] 安德烈·莫洛亚：《从普鲁斯特到加缪》第32页。

梅里美的精巧技艺、巴尔扎克宏大的社会生活图景、雨果的磅礴气势与浪漫主义激情、左拉的科学描写方法……如何才能在这样一个领域里树立起自己的纪念碑？普鲁斯特的结论是另辟一条道路。虽然他缺乏司汤达那种在激烈阶级斗争中大起大落的遭遇，巴尔扎克那种丰富而充满了挫折与困顿的人生阅历，他不拥有蕴藏量丰富的社会历史的"矿脉"可供开采，而只有他作为一个富家子弟那点安稳舒适、优哉游哉的生活与经常出入上流社会的见识，只有这一个涓涓细流的泉源可以汲取。但他对此并不缺乏信心，因为在他看来，"作品采用什么题材，并不能决定天才的形成。天才能使任何题材添色增辉"[1]，他将根据自己的条件，发挥自己的优势，谱写自己的传奇。

以某种文艺观看来，普鲁斯特此举实属冒险，他竟然要在这贫瘠的矿脉上开拓出一个富矿，而且，他还是一个身罹顽疾的病人。从10岁左右起，他就患上了敏感性的哮喘病，而且，病情不断恶化，到35岁的时候，已经变得相当严重，他经常遭受哮喘与失眠的折磨，已不能像健康人那样正常地生活：杜绝了社交活动，像隐士一样深居简出，为了避免声音的干扰，他请人将卧室的墙壁全部加上软木贴面，为了避免植物气味诱发哮喘，他房间的窗户从不打开。正是在这传奇般的室内环境里，他传奇般地进行了文学创作，花费了21年的时间完成了他的整个长篇，最后取得了传奇般的成功，至今，任何一种观点的批评家都没有人不承认他这部长篇是一个奇迹。

他具有什么样的条件能谱写出如此的人生传奇？

首先，是他异常敏感的禀能。这种禀能甚至灵敏到了病态的程度，这使他对生活中哪怕是最细小不过、最微不足道、最容易被人忽略的东西，都有丰富、细腻、深层的感受，正如我们在他的长篇中所见到的，不仅家庭生活、人际关系中最微妙的意味都在他灵敏感应的

---

[1] 安德烈·莫洛亚：《〈寻找失去的时间〉序》，《寻找失去的时间》第一卷，第7页。

范围之内，而且，诸如室内外气温的细小差别、市场上的尘埃、一抹斜阳的变化、一句乐曲的某几个音符，也都能引起他敏锐的感受，而感受一旦产生，往往又发生原子核分裂式的变化，或者由一种感受通向其他种感受，形成了丰富的通感，或者，最初的感受由对象中心而扩充到悠远玄妙的境界，就像一块石子在池塘里激起的波纹，一圈又一圈，不见平息。内心中既有如此丰富、层出不穷、细致深入的感性内容，普鲁斯特也就拥有了自己取之不尽的矿脉，虽然他不拥有巴尔扎克、司汤达那样的社会历史的富矿。

其次，普鲁斯特如果不是法国作家中最学者化的一人，也是少数智力高超、出类拔萃的人物之一。他有广博的学识与精深的文化修养，不仅长于哲学、文学、绘画、音乐，而且对心理学、生理学、物理学、化学、植物学、建筑学也多有涉猎，这种高度的文化素养造就了他异常宽广而充实的精神世界，这又变成了使他受益无穷的又一"矿脉"。正如我们在他的长篇中所见到的，他对当代哲学新发展、对柏格森关于时间的哲理研究与深刻见解，正构成了他"寻找失去的时间"的哲学基础，他对文学、绘画、音乐的真知灼见与精微美趣则使他的作品不时闪现出一片片灵光，而他对自然科学中各部类的广博学识，又给他的观察方式提供了意想不到的助力，给他的描写与比喻提供了特殊的营养，安德烈·莫洛亚就曾指出："普鲁斯特文笔的科学性是很出色的，他笔下许多最美的形象都是从生理学、物理学、化学借用来的。"[①]学识这一条使他受益匪浅的矿脉与感受那一条他取之不尽的矿脉，决定了他文学创作的内向性，即在自己的感受与精神世界中下功夫，决定了他将成为一个非巴尔扎克型的作家，这样，他也回避了一个他大有缺陷的社会历史领域，而飞入了一个任他展翅翱翔的天地。

作为普鲁斯特素质的另一个重要条件，是他对细腻风格的爱好、研究与磨练。正像很多作家都有自己的学业年代一样，普鲁斯特在创

---

① 安德烈·莫洛亚：《从普鲁斯特到加缪》第35页。

作自己的长篇杰作以前，也有过研习的时期，不论是1892年、1893年为《宴会》杂志与《白色评论》撰稿，还是1896年出版第一部作品《欢乐与时日》，都属于这一个时期。尽管有的批评家把《欢乐与时日》视为他后来鸿篇巨制的一个"雏形"，但我以为，对他来说，这个预备期里更为重要的文学实践却是他所从事的罗斯金两部作品的翻译：《亚眠的圣经》与《芝麻与百合》。罗斯金是英国19世纪著名的散文家、批评家、美学家，"他的视觉几乎像显微镜一样入微"[①]，他的风格属于精致细腻的类型。正是在罗斯金这一个精细的精神世界里，普鲁斯特深深地受到了熏陶，他敏感纤细的心地与罗斯金那种细致地观察、分析与描写的方法一拍即合，他字字必究的迻译也使他在文字实践里，真正学到了罗斯金那种精致风格的精髓，他将这些东西带到他的长篇中去，并且不论在静物、场景、风光，还是在事理与感受上，都把细腻入微的风格发展到远远超出罗斯金的程度。

所有这些条件与素质固然重要，但还不足以构成《寻找失去的时间》这一部杰作最关键性的东西，还不足以使普鲁斯特成为真正的普鲁斯特。每个作家都有自己最主要的东西，要获得这种东西，往往要借助于某个契机、某把钥匙。普鲁斯特的契机是如何来到的？他的钥匙是什么？这种契机、这把钥匙，我们在长篇小说的最后一卷里可以见到：它来自一种感觉、一种联想。

有一次，他走进盖尔芒特贵族府第，一只脚踩在断裂为二的台阶上，当他重新迈出一步，"一只脚在那块较高的石板上，另一只脚踏在那块较低的石板上的时候"，他产生了一种感觉，这感觉使他突然之间再次获得了他过去有过的同样的一次感受，他"几乎立刻就已辨认了出来，这是威尼斯……刚才那一步又把从前踩在威尼斯圣马可教堂两块高低不平的石板上产生的感觉带还给了我"[②]，不仅如此，在

---

① 安德烈·莫洛亚：《从普鲁斯特到加缪》第21页。
② 普鲁斯特：《寻找失去的时间》第三卷，第867页。

威尼斯"那一天所有其他的感觉也都随之而来"。此外,他在盖尔芒特府上做客时,调匙碰盘子的响声又唤起他对过去某次听到的铁路工人铁锤声的回忆,上了浆的餐巾给他的手感使他也联想起过去在一家旅馆就餐时的餐巾,等等。对他来说,像这样"重新找到了曾经感受过的东西",是一种"沉醉",一种"幸福",他珍视这些重新再现的感受,把它们视为"重新找回的时间"的精髓,因为,在他看来,如果不找到已经逝去的时间中全部生动活泼的感性内容与主体在当时的细微感受,就谈不上重新找回过去的那些时光。正是在这种感受的连通与意象的联想中,他产生了找回已经逝去的时光这一奇思妙想,产生了以艺术的形式把已经逝去的时光重新捕捉下来的宏伟意图,而且,更重要的是,他发现了"盖尔芒特府上的台阶→圣马可教堂前的石板"这种无意识联想,这种自发通感的妙用,他可以以此作为"寻找失去的时间"的途径与手段。至此,普鲁斯特就找到了自己关键性的东西,找到了进入自己角色的钥匙,用表演艺术的一句行话来说,就像一个演员终于找到了自己的"感觉"。

于是,他的长篇从他的病榻生活的不眠之夜开始,由失眠想到儿时在贡布雷家中就寝时的烦恼、对母亲的依恋,由此,在贡布雷时的家庭琐事、亲友往来、环境风光,连同当时的内心感受都一幕幕地纷呈而出。贡布雷的生活又似乎是一个窗口,朝一边望去,是斯万家的生活,朝另一边望去是盖尔芒特家的生活,斯万家属于新富的资产阶级,而盖尔芒特则是传统的古老贵族家庭,回忆从贡布雷转向这两个家庭,最后以创作这部小说的动机、意图与方法作为结束,这就是普鲁斯特从1902年到1913年所写出的长篇小说的三大卷:《在斯万家那边》《盖尔芒特家那边》与《重现的时光》。从1913年至1922年,他又以"我"的爱情生活为主要素材,增补了四大卷:《如花似玉的少女们》《索多姆与戈摩尔》《女囚》与《女逃亡者》。长篇的几大卷并非截然无关,几大内容在各卷中互有关联,常有重叠,互相渗透,就像是一个建筑物的几大部件由纽带与环扣连成一体，也像是一阕和谐完整的乐曲，某一乐章的主旋律既可在前一乐章有所预示，也可以在后一乐章又有再现，而每一卷中丰富、复杂、细致的内容，都不是按传统小说叙述学的既定陈规写出来的，也不是根据故事情节与人物形象性格的要求写出来的，而是以随意自然的形式娓娓道出，如行云流水，自由飘浮流淌，如常春藤攀壁，枝条恣意舒展延伸。七大卷如此下来，"我"的生平中一段段早已逝去的时间连同这些时间里所包容的空间场景、人物事件、见闻观感、体验感受以及色、香、味、温差、湿度等等具体而微的全部内容，都被寻找了回来。而在最后一卷中，当"我"得以把过去的时间捕捉回来，"看到那么久远的年代"的时候，抚今忆昔，就产生了要把失去的时间浇铸在艺术形式之中的决心，这才有了从贡布雷儿时生活忆起的小说开篇。于是，这部长篇的首尾就连接了起来，整个作品形成一个奇妙无比的浑圆，正是在这样一个浑圆中，早已消失的漫长时间竟被镶嵌在文字艺术与结构艺术的形式之中而成为有形的存在。在这个浑圆的轨迹上，作者创造性地实现了时间的转化，他不仅实现了柏格森时间哲理中的"实际时间"向"心理时间"的转化，而且真正实现了"心理时间"向"艺术时间"的转化，即赋予"心理时间"以有形的永恒的艺术形式，这样一个创举在艺术哲学上的意义是怎么评价也不会过分的。

　　由实际时间转化为心理时间，一般都不是通过理性思维活动达到的，甚至只通过理性制约下的有意的回想也是不能充分奏效的，正如普鲁斯特自己所说："我们努力追忆往事，总是枉费心机，绞尽脑汁都无济于事。往事藏在脑海之外，实非心智力所能及，它藏在某种我们意想不到的东西之中（藏在那东西所给我们的感觉之中），而那件东西我们在死亡之前能否遇到，则全凭偶然，或者我们到死也碰不到。这已经是很多年以前的事了，除了同我上床睡觉有关的一些场景与情节外，贡布雷的其他往事对我来说早已无影无踪，不复存在"，"如果有人询问我，我也许会说贡布雷还有别的事物，别的光景。但我所想起来的东西，只不过是有意回忆、靠智慧帮忙的结果，而有意回想出来的东西，则不像往事本来的面目那样有声有色。"①怎样才能找回"有声有色的往事"？普鲁斯特根据自己的经验，深知只有那种"盖尔芒特府上的台阶──→圣马可教堂前的石板"式的无意识联想，才能在内心世界里充分地复活过去的时光，他在自己的长篇里十分详细地描写了他无意识联想中一个典型的例子，那就是著名的"小玛德莱娜点心"：

> 有一年冬天，"我"回到家里，母亲见"我"冷成那样，便劝"我"喝点茶暖一暖，并着人拿来一块名叫"小玛德莱娜"的点心给"我"，带点心渣的那一勺茶刚一碰到我的上颚，就使我浑身一颤……一种美妙的感觉传遍全身……这股强烈的快感是从哪里来的？我感到它同茶水和点心的味道有关，但它又远远超出这种味道，肯定不同于味道的性质……在我内心深处颤动着的一定是形象，是视觉的回忆，它同味觉混杂在一起……突然，我回忆起来了，那点心的味道也就是我在贡布雷时某一个星期天早晨吃过的"小玛德莱娜"的味道……我一旦品出那点心的味道同我的姨妈给我吃过的点心的味道一样，她住过的那幢临街的旧灰楼立刻就像舞台布景一样呈现在我的眼前……随着灰楼而出现的则是城里的景象，从早到晚每时每刻的景象……整个贡布雷和它周围的景物，全都显出形貌，真切而实在，街道巷里、园林花圃无不从我的茶杯中清晰浮现而出。②

---

① 普鲁斯特：《寻找失去的时间》第一卷，第44页，Piéiade版。
② 同上书，第44~48页。

在文学史上，至今还没有一个作家对无意识联想、自发性通感作过如此细致而出色的描述，在普鲁斯特以前，也没有一个作家对无意识联想有如此深切的感受并自觉地把它运用在自己的创作中，正是这杯茶与这块点心打开了他对贡布雷生活联想的闸门，由此才结束了第一部《在斯万家那边》的第一卷第一节中对儿时回忆的"山穷水尽"，使"早已化为乌有的贡布雷其他往事"重新复活，形成了第二节中儿时生活回忆的新天地。显然，玛德莱娜点心在书中成为一种"催化剂"，一个"爆发点"，它令人意想不到地诱发出、裂变出无数活生生但早已被埋没的生活内容，而且，在这一部作品里，像这样的"催化剂"、"爆发点"远远不止一个，实际上是不计其数，以至我们可以说，整个作品中丰富细致的内容都是由这种无意识联想中一物诱发一物，一环引出一环而杂然纷呈的，形成了这部作品的无意识联想自由流淌的态势，这就是为什么人们把《寻找失去的时间》划入意识流小说范围的原因，也正是在这种自由流动的意识活动中，叙述着"我"一生所经历过的实际时光，以心理时间的形式复活了起来，虽然这种心理时间不可能保持实际时间原有的时序而往往是时序颠倒混乱或无时序的状态，虽然它也不可能保持实际时间原有的全部的无所遗漏的内容，但是它却保持着原有实际时间历历在目的全部活力。

当然，意识流方法并非普鲁斯特的发明。意识流作为人的一种心理活动早已客观地存在着，只不过是在1884年才由威廉·詹姆斯第一次在理论上加以明确地概括，20世纪初柏格森关于心理时间与"绵延"的哲理，实际上也是对意识流问题的探讨。在文学创作中意识流方法的运用，最初见于1887年法国作家杜雅尔丹的小说《月桂树已被砍尽》；尔后，20世纪初又见于奥地利作家施莱茨勒的《古斯特少尉》；到了20世纪二三十年代，英国则出现了典型的意识流代表作家乔伊斯与伍尔夫。可见，意识流作为一个心理学问题与作为一种文学表现方法，都是泛欧现象。毫无疑问，不论是在全欧文学的范围里，还是在从 19 世纪末到 20 世纪 30 年代的文学发展过程中，普鲁斯特的这部长篇都占有重要的地位，这不仅因为它是建立在作者关于时间哲理与无意识联想的自觉思考的基础上，而且它的规模比哪一个先行者的意识流小说都要大得多，其细致程序与技艺水平，更是任何一个先行者都无法相比的。如果要把普鲁斯特与后来的意识流小说代表作家乔伊斯加以比较的话，那么，不妨说乔伊斯是西方 20 世纪心理现代主义的巨匠，而普鲁斯特则是实现了传统的心理小说向 20 世纪心理现代主义过渡的大师。在普鲁斯特的长篇里，虽然线形的结构、长河般流动的态势都是通过心理现代主义的重要手段无意识联想而形成的，但这种结构与态势中所有的环境、场景、人物、对话等等，都是以传统的叙述方法与描写方法来表现的，并且堪称传统文学的典范篇章。也正因为普鲁斯特保留了传统的方法，在表现角度上不像心理现代主义那样完全实现作者的退隐，只采用客观呈现的方式，在内容上不像心理现代主义那样多地追求潜意识、深层意识或本能的心理反应，在时空问题上不像心理现代主义那样热衷于空间的分解、重叠与重新组合以及时间的过度混乱与颠倒，所以，他的长篇也就不像乔伊斯式的西方现代心理小说那样像天书一样难懂。在这个意义上，普鲁斯特体现了一种适度的古典的美学趣味。

从复活已经逝去的时光这一创作意图出发，通过无意识联想而写成的这部长篇，在体裁形式上要算是文学史中少见的一例。虽然它是根据作者生平材料写成的，但既不是自传也不是回忆录，这不仅因为作品中回忆录式的自述往往变成了小说式的描绘与叙述，其形象具体、无微不至的程度超出了回忆录与自传所容许的范围，只有借助小说的艺术想象与艺术描绘才能达到；也不仅因为作品中的"我"并不像在严格的回忆录或自传中那样局限于一维空间，而往往是无处不在、无所不知，包括能洞悉所有人物心中最细微的活动，就像小说家在非自述体小说中享有那种可以潜入他人内心的特权一样；而且还因为作品中的人物形象带有一定程度的想象补充与艺术加工的成分，如夏尔·斯万这个人物就是以一个名叫夏尔·阿斯的花花公子为原型加工而成的。另一方面，尽管作品具有这样一些小说成分，但它又不可否认地保存着回忆与自传的若干的面貌，而且还明显打破了小说固有的叙事规格，往往大大地淡化了情节，致力于散文化的描写与说明，长篇中好些篇幅甚大的章节甚至毫无叙事的功能，如《维尔巴里斯家的日间聚会》《盖尔芒特家的晚宴》《亲王夫人家的晚会》《拉普利埃城堡的晚会》与《盖尔芒特府邸的日间聚会》等部分，篇幅都在百页以上，但几乎都不具有叙事效益与情节作用。实际上，普鲁斯特在他的长篇里让小说的成分与散文的成分互相渗透，让小说功能与散文功能并存不悖，从而打破了小说与自传、回忆录之间的界线，提供了一部具有"两栖性"的体裁形式的作品，对这样一部作品，人们既可以说是自传性的长篇小说，也可以说是长篇小说式的自传回忆。这种体裁形式上绝对界线的消除、不同成分与功能的互相渗透转化以至"两栖化"的倾向，即使不是普鲁斯特首创的发明，也是他带来的一种文学变革，它日后在20世纪文学中逐渐屡见不鲜，以至在20世纪的后期，体裁形式之间界线的打破，已成为西方现代主义文学的标志之一。

在普鲁斯特传奇性的文学创作中，他驾驭与运用语言的艺术也是使人赞叹的。普鲁斯特是法国文学史上迄今最为显著、最为出色的长句作家，他那些长句首先是与他丰富的感受、精细的观察、深入的剖析相适应的，他对每一个事物、每一项事理竟然有那么多东西需要表达，以至思如泉涌，一个个简单句远远容纳不下，而必须在主句的躯干上让从句丛生。于是，在他的长篇里，往往一个独立的文句就长达一两页甚至两三页，这种长句像春蚕吐丝，不绝如缕，像潺潺细流，九曲十八弯，它给人以变化无穷、层层渐入、幽远深邃的美趣。我们不能说这种长句一定比凝练简洁的短句的美学价值更高，但是，这种长句中思维容量的博大与精微程度、词汇的丰富的确都是惊人的,而且构设这样一个长句所需的劳动,显然要比锤炼推敲式的语言加工更为复杂繁重,在一个文句中需要调配那么多的意思、从句与词汇,一字之差就要引起多米诺骨牌似的变动,而不回避这种遣词造句之艰苦的,偏偏是一个体弱的病人,他在病榻的旁边,以传奇般的毅力,殚精竭虑,从事这种艰苦的文字劳动达21年之久,终于用这种形式的艺术语言,把自己借助丰富而细腻的感受力所捕捉回来的早已消逝的时光固定了下来,就像把一个个彩蝶钉在厚厚的标本册上。

已经有不止一个批评家、学者把普鲁斯特的《寻找失去的时间》与巴尔扎克的《人间喜剧》相提并论。这并非浮夸过分之举。就《寻找失去的时间》的规模与篇幅而言,它是法国文学史上仅次于《人间喜剧》与左拉的《卢贡-马卡尔家族》的第一流杰作,以其创作的难度与所体现出来的气魄与毅力,普鲁斯特也可与巴尔扎克、左拉媲美;而就作品对人间现实的展现而言,普鲁斯特的长篇亦不下于19世纪那两位大师的杰作,只不过前两者所追求的是社会历史的真实性,而普鲁斯特所专致的则是个人生活范围里具体事物细微的真切性。但也许正是由于这一点,对普鲁斯特的高度评价在中国会引起某些异议。

每个作家都有自己的领域与使命,普鲁斯特从没有像巴尔扎克与左拉那样立意要为法国社会历史的发展充当书记。他的意义不在于社会历史方面,他的意义在于他提出了人类在艺术中征服时间这样一个可以说是伟大的课题,并且以饱和着丰富艺术哲理的创作实践完满地加以解决。毋庸讳言,他在艺术领域里,无疑具有"上帝的选民"的贵族化倾向,他的长篇不是为那些一心要到作品中找引人入胜的故事情节的读者写的,而似乎只是为那些在文学艺术领域中进行创作与探索的人们而写的,甚至也不是为那些把编排故事情节视为至高无上的美学事业的作家与批评家而写的,而似乎是专门为少数对如何把时间转化为艺术这个深刻艺术哲理有探讨兴趣的人而写的,正如司汤达声明《红与黑》是"献给幸福的少数几个人"一样。可以肯定,它不会给一般追求消遣的读者提供多少乐趣,但它所提出的课题与艺术哲理,它的观察方式、感受方式与描写艺术,对于真正追求更高境界的创作者与研究者来说,将永远是一座受益无穷的学校。

凝现时序的纪念碑

——中国法国文学研究会致普鲁斯特国际学术讨论会的贺词

任何一次学术会议都有这种或那种的必要。今天这次学术会议，在我们这个学界，无疑具有格外的重要性。1991年，中国人在自己的首都，与来自法兰西的学者讨论普鲁斯特这位富有现代性的文学大师，显然具有多方面的意义。普鲁斯特现象即普鲁斯特及其巨著《寻找失去的时间》在文学史上的出现，堪称普鲁斯特传奇。这个传奇是人类智力劳动的奇迹，是人类艺术创造的奇迹。

如果巴尔扎克如他自己所说，是一个"精神苦力"，那么，普鲁斯特似乎更是如此，他以远比巴尔扎克虚弱十倍的躯体，完成了其难度绝不亚于《人间喜剧》的艰巨劳作。他不是一个编写故事的人，不是一个倾泻自我感情的人，他给自己规定了极高的标杆，他提出了这样一个具有划时代意义的课题：时光流逝如烟消云散，人如何才能征服那一去不复返的时序，把转瞬即逝的时间凝固为具体的形式而使之像金字塔那样永世长存。他以超人的丰富而细腻的感受，奇妙地把实际时间转化为心理时间，又以令人惊叹的艺术天才，把心理时间转化为有形的、纪念碑式的文学巨著，从而以饱和着丰富艺术哲理的实践完满地解决了人类如何在艺术中征服时间这一个可以说是伟大的课题。尽管他具有"上帝的选民"的贵族化倾向，但他的艺术实践与艺术哲理，他的观察方式、感受方式与描写方式，对后人将永远是一座受益无穷的学校。普鲁斯特是现代的，他却将愈来愈成为人类优秀文化传统的一个组成部分。

由于种种历史与文化的原因，中国人认识普鲁斯特是很晚的事，基本上是最近10多年改革开放以来的事。然而，这种认识的速度与深度是令人惊奇的，其重要的表现就是普鲁斯特的巨著《寻找失去的时间》已经在中国全文翻译出版，这件事说明了改革开放使中国人在文化上具有多么强旺的接受能力。我们认为，这种接受能力应该作为现代中国值得自豪的事物而受到珍视。

1991年11月1日

娜塔丽·夏洛特与心理现代主义

——《天象馆》及其他

  这是一本奇书,不仅在法国当代文学中甚为奇特,而且在20世纪整个西方文学中亦甚为奇特,它的奇特在于它的独具一格的现代性。

  25年前,我曾经译出了其中的一章作为法国当代先锋派文学中不可或缺的一个样品给一家刊物。今天,在编"法国二十世纪文学丛书"的时候,我又深感如果缺了它,就会造成"丛书"的不完整,虽然我知道,这部作品的现代性会使一般的读者很不习惯。它肯定不会给人带来通常读小说的那种消遣性的愉快,而只会给那些对文学现象有研究兴趣的人们带来一个探讨的课题,因为这部小说出自一位以其独特的实验性的小说艺术在法国20世纪文学史上奠定了令人瞩目的地位的作家之手,它已经被法国文学界公认为法国当代一个强大的新派文学潮流的一部重要代表作,这个学界的眼光与鉴定是值得信赖的,它的承认基本上能使得一部又一部法国作品获得世界性的声誉。

  法兰西是一个崇尚独创性的国家,对文学艺术尤其如此,凡具有独创性、另辟蹊径的作家,总要比那些即使技艺纯熟但却是承袭了既定的创作法规与艺术方式、重蹈了前人道路的作家,更能引起人们的关注与赞赏。娜塔丽·夏洛特的成功就在于她的独创性。在独创性这个词在艺术部类中已经广泛运用、似乎到了无人不有的普及化程度的今天,有必要指出,独创性也有它的层次深浅。娜塔丽·夏洛特的独创性可不是那种普及化了的"独创性",个别方面的独创性,局部表现方式上的独创性，遣词造句等细枝末节上的独创性，而是涉及文学的根本观念、文学的传统形式与基本要素的独创性，一种深层次的、因而又非常鲜明突出甚至触目惊心的独创性。

事情还是从头讲起。她几乎与20世纪同龄，1902年生于俄国，而今87岁仍然健在。两岁的时候，她随父亲来到法国，从此一直在巴黎长大、求学、生活，也曾游学过英国的牛津。她学的是法律，年轻时从事过律师的职业，很早就结了婚，是一个家庭的主妇、三个女儿的母亲，这很可能就是她没有在律师的职业上继续发展下去的原因，但家庭主妇的生活，却并不妨碍她走上文学创作的道路。她喜爱文学由来已久，在文学这个浩瀚的大海中，是什么对她起了导航的作用？"我是在1924年读了普鲁斯特的作品，以后，1926年、1927年又读了伍尔夫与乔伊斯的作品，他们对我都有很大的影响，使我发现了自己。"[1]普鲁斯特、伍尔夫、乔伊斯这三个名字，意味着20世纪文学的一股新潮，代表着20世纪欧洲文学中第一次心理现代主义的高峰，娜塔丽·夏洛特受到了新潮的感染，也投身于这一股潮流，致力于心理现代主义的文学创作，并力求在其中"找到我自己的道路"[2]。她于1932年开始写她的第一部小说，这部作品到1939年才出版，这就是特殊心态描写的小说《向性》。第二次世界大战以后，她于1947年写出了第二部小说《陌生人肖像》，萨特为此书写了一篇著名的序言，他从这部小说里发现了古代小说"正在进行自我反思"，他概括出当代小说的"反小说"的性质："反小说保存了小说的外貌与轮廓……但是，小说自己否定了自己。"[3]毫无疑问，在萨特看来，娜塔丽·夏洛特的小说就是这样一种新式的"反小说"，它作为一种心理小说，从艺术表现上来说，"探索出了一种技巧，比心理学

---

[1] 请见拙著《巴黎对话录》第152页、第153页，湖南出版社，1983年。
[2] 同上书，第152页、第153页。
[3] 萨特：《〈陌生人肖像〉序》，《陌生人肖像》第11页，巴黎，伽里玛出版社。

更能从人的存在本身获致人的真实性"[①]，而从心理内容上来说，则开辟了一个崭新的领域，即特殊的神经原始本能的"原生物"式的心态活动领域。这一部小说与萨特的这篇序，本来未尝不足以引发出一场先锋派小说艺术的运动，可惜却未产生多大的反响。显然，还缺少时势。于是娜塔丽·夏洛特在"小说自我反思"的道路上孤独前行。1950年，她把自己对小说的反思写成了著名的论文《怀疑的时代》，对传统的小说形式与表现方式以及其人物描写、故事情节等，提出了一连串带根本性的质疑与挑战：巴尔扎克式的小说传统有助于读者获得"可靠的真实性"？能否满足现代读者对真实性的兴趣与需求？传统小说对生活外表、人物外表无微不至的描写是有助于读者与作者的认同还是会导致读者对作者的戒备？传统小说中虚构的故事情节会使人物栩栩如生还是会使人物"像木乃伊一样死硬僵化"？现代小说是否可以把人物写得既无外貌、姓名也无个性，而致力于开拓其无限丰富的内心独白与无意识的心理领域？传统小说中那种无人称的叙述角度是否能使读者信服？是否有助于揭示人的心理真实？等等。同样，这一篇充满了根本性怀疑的理论文章，本来也足以构成一次新文学运动的宣言，然而，它也未能达到这种效果，也许是夏洛特时运不济，也许是因为她没有进行为掀起一次文学运动所经常需要的一些"文学活动"。

直到1953年以后，法国文坛上来了一匹活跃的"黑马"——罗伯-葛利叶，他接连发表了两部与传统小说迥然不同的小说《橡皮块》与《窥视者》，1956年后又接连发表了两篇向传统小说提出根本挑战的理论文章：《未来小说的道路》与《自然、人道主义、悲剧》，再加上他的一些"文学活动"，从这时起，文学中的新的小说实验与新形式的小说之存在，才引起了广泛的注意。于是，人们才回想起夏

[①] 萨特：《〈陌生人肖像〉序》，《陌生人肖像》第11页、第15页，巴黎，伽里玛出版社。

洛特从 30 年代以来的所作所为；于是，人们把 50 年代那些也在进行新小说创作实验的米歇尔·布托、克洛德·西蒙等等都一起算上，把这股力量视为文学中的新潮，视为小说中的先锋派，把他们的作品称之为"新小说"，或者启用萨特第一次评论娜塔丽·夏洛特的作品时所创造的那个术语，称之为"反小说"；于是，这批具有反传统的共同倾向的文人被装进了一个口袋，得到了"新小说派"的称号，虽然他们的创作特色又各有不同。在这个流派中，公认的擎大旗者，是罗伯-葛利叶，而娜塔丽·夏洛特则由于她所走过的道路而得了先行者的独特地位。

法国"新小说"派是在反传统的共同倾向中的多元创作风格的一种组合，娜塔丽·夏洛特无疑是其中重要的一员，她不像罗伯-葛利叶那样致力于文学中的"物主义"，力图滤除客观物的存在图景中的人为色彩，她不像米歇尔·布托那样多方面地试验其百科全书式的新小说技巧，她也不像克洛德·西蒙那样在分解性的文学图景中追求绘画的效果，她数十年如一日，始终专致于对人的心态作她独具特色的探测与展现，不论是在她第一部小说《向性》中，还是在后来为数不多的几部小说：《陌生人肖像》（1948）、《马尔特洛》（1953）、《天象馆》（1959）、《金果》（1963）、《生与死之间》（1968）中，都是如此，而且，她是从真实而深刻地描写人的心态的需要出发，才在《怀疑的时代》《对话与潜对话》等等一系列著名文论中向传统文学提出带根本性质的质疑与挑战，进而以她那种对人类心理特殊的观察方法与展现方法为中心，建立起反传统文学的创作论思想体系。她，从创作到理论，贯穿一线，浑然一体，自成一家，这样，她就在"新小说"派中鲜明地突出了自己的特色。如果说，她以反传统文学的老资格与她早已制作了新形式的小说作品而在战后法国最大的现代派文学"新小说"中占有了一个举足轻重的地位，那么，她对人类心态的特殊描写所具有的意义，就不仅限于"新小说"派的范围，而且在整个西方心理小说发展史上也是不可忽视的了。我们只有把她放在西方心理小说发展过程的背景上,才能充分说明她的独创性以及她这种独创性的文学价值。

在某种意义上,法国小说的进程是西方小说发展的一个缩影,就心理小说而言,不论是古典的心理小说还是现代心理小说,法国都要算是一个"故乡",一个"摇篮"。毋庸置疑,小说中的心理描写是古已有之的事,但有心理描写的小说并不就是心理小说,由小说中的心理描写发展为心理小说这一过程,在人类文学史上竟长达好几个世纪之久。直到17世纪,法国才出现了第一部具备完整形态与充足特点的近代心理小说《克莱芙王妃》,它在当时的欧洲文学中要算是一个罕见的典范。因此,我们不妨把它视为不仅是法国心理小说,而且是欧洲真正心理小说的一个开端。心理小说在18、19世纪西欧文学中有了很大的发展。首先,在浪漫主义文学盛行的时期,以自我感情宣泄为主要表现形式的心理浪漫主义代表作几乎是成批成批地出现。在法国,卢梭的《新爱洛绮丝》、塞南古的《奥培曼》、夏多布里昂的《勒内》等作品就是这股潮流中最为著名的几部。心理现实主义继《克莱芙王妃》之后在法国也有了更大的发展,龚斯当的《阿道尔夫》、司汤达的《红与黑》在现实主义的心理分析与心态描写上达到了高度的艺术水平,构成了法国心理现实主义发展的一个高峰。19世纪下半期,法国心理现实主义由于自然主义的出现又获得了新的活力,布尔热的《弟子》与左拉的《戴蕾斯·拉甘》、莫泊桑的《皮埃尔与让》就是其中令人瞩目的代表作。经过这200多年的发展,有了这样一批名家杰作的示范,心理分析、心态描写的基本经验,如感情的直接倾泻、对人物思想感情的定性解析与综合、内心活动与行为表态的契合一致或矛盾差距、心理机制与肉体机制的相互影响与作用等等,似乎在古典的传统的小说里都已经应有尽有了,后人似乎只有跟随着前人这一条路可走了。山重水复疑无路,柳暗花明又一村,也正是在19世纪下半叶,法国文学又出现了一部堪称为划时代的作品——1887年出版的《月桂树已被砍尽》。这部小说的作者是一个颇有才华的人——杜雅尔丹,他一生主要的成就就是这部小说。虽然它并不是高水平的艺术杰作,但它第一次运用了意识流的方式,并对后来英籍爱尔兰作家乔伊斯产生了直接的影响,启发了他创作出意识流小说巨著《尤利西斯》。20世纪意识流小说艺术因而发展到了一个高峰,对此,杜雅尔丹与他的小说功不可没,如果说拉法耶特夫人的《克莱芙王妃》是西欧传统古典心理小说的源头的话,那么,杜雅尔丹的《月桂树已被砍尽》则可以说是以意识流为其基本方式的西方现代心理小说的一个开端。

意识流小说的出现与发展,意味着欧美文学中一次现代派文学的高潮,如果我们把现代派文学理解为传统形式的文学在一定程度上的对立面的话,在一部以表现人物内心世界为主要目的的小说里,如果使用意识流的方法,势必出现一连串破坏传统小说形式的后果。意识流的方法要求作家完全内倾或内移,整个地潜入人物的内心世界,采取自我隐退的方式,展现出人物内心世界中感知、回忆与想象相混杂,清醒意识与模糊意识、表层意识与深层意识相混杂的思想意识的流程,就必然使得客观现实与人物本身主体存在都肢解、消融在这一杂乱的流程中。于是,在这种新式的心理小说里,再没有完整的故事,再没有连贯的情节,再没有人物命运的发展、精神性格的全貌以及身份职业、形体面目的特征,总之,出现了与传统小说完全相对的惊世骇俗的后果。这种心理小说形式,我们可以称为心理现代主义,而娜塔丽·夏洛特就属于这一个范畴,就属于我们世纪的这一个标新立异的行列。

下面的问题就是把她放在这个范畴里,再进一步看看她在这个行列里的独创性、她的与众不同之处了。

20世纪二三十年代西方心理现代主义的主要成就是在法国文学与英国文学之中，法国的普鲁斯特与英国的乔伊斯就是两个巨人般的人物，他们的鸿篇巨制把心理现代主义的艺术推进到了空前虽不绝后，但至今仍是难以企及的高峰。普鲁斯特的《寻找失去的时间》，是作者在厚重的岁月积淀下搜索与挖掘一段段逝去的时间并把它们用文字凝固下来的艺术结晶。这里，作者找回来的不是实际的、客观的时间，而只是柏格森心理学中所谓的"心理上的时间"，亦即普鲁斯特自己所说的"想象中的时间"，因此，这部作品的主要内容与主要角色，不是别的，就是心理活动中的时间。小说按照自然的、原本的面目，从心理时间的勾引而出到心理时间的扩张、充实、繁衍与演变、发展，从记忆与想象闸门的打开到记忆与想象中的内容的大释放、大流泛，本身就表现出了一种意识的自然流动。从眼前的卧室联想到儿时的卧室并进而联想到儿时生活的种种，由一块名叫小玛德莱娜的点心所引起的味觉，联想到过去食用时的味觉并又扩展到过去生活中的种种，整个小说就是按照这种独特的意识之流的线索发展成为七大卷，每一卷中都充满了一段段特定的时间以及与之相关的空间、场景、人物与感受的再现，而由一段时间到另一段时间、由一个事物到另一个事物，既有前一时间、前一些事物的诱发点，又有后一时间、后一事物的起爆点，一环连一环，一段连一段，形成了意识之流的运动。在这样一种意识流的运动中，原有的实际时间的先后次序就不可保持了，而出现了时序的变换、错位与颠倒；原有的客观实际生活的全貌也不可能保存了，而分解为一个个生活事件、一个个生活片断、一个个见闻、一种种心境、一种种感受等等，形成了与传统小说迥然不同的结构特性。普鲁斯特以他敏锐深刻的心理感受与细腻入微的描写见长。他心理感受的丰富细致与心理辨析的深入精到是超过常人的，而他又以深入内心幽深境界与事物核心的笔触加以刻画，这就使他复活了的一段段时间、一个个事物非常真切，栩栩如生，所有这一切连绵不断、徐徐舒展,构成心理时间中的一个漫长而辉煌的流动画廊。正是以这部规模宏大、新颖奇特的巨著,普鲁斯特获得了他在20世纪法国文学史上的第一流大师的地位。

心理现代主义的"首席代表"还是乔伊斯,他的长篇巨著《尤利西斯》把意识流的方法运用到登峰造极的水平,是迄今为止的最为典型的意识流小说的代表作。应该承认,乔伊斯所运用的意识流方法,比普鲁斯特又有了更进一步的发展,他的发展至少有这样几个方面:首先,在乔伊斯的小说里,人物的意识的出现、变化、发展,往往是采取自身呈现的方式,形成了一种客观存在的意识之流,而不是通过作者旁白性的叙述、解释与交代,至少是作者的叙述已少到了最低的限度。这就是说,作者乔伊斯在自己的小说里是隐退得更加彻底,虽然从作家是作品的制作者这一基本事实来说,作者从作品中绝对的消失是不可能的,但看起来,乔伊斯在自己的意识流小说里,似乎是隐退了。由于这种较为彻底的隐退,小说中时间的颠倒与空间的交错重叠也就更没有明显的界线。其次,乔伊斯在自己的意识流小说里,更多地运用了零碎的形象或单个的意识符号来呈现人物的心态变化与心理活动,而较少地通过一系列形象的组合与动作的过程来加以表现,他所利用的意识符号往往带有隐喻性,既可以是一个形象,也可以是孤立的一句话、一个词、一个动作,甚至一种颜色,这样就更有利于呈现出人物内心世界中那种混杂着复杂内容的意识流的原始的客观状态。再次,乔伊斯在小说里,固然也写一些清晰的、明确的、自觉的意识活动,但他比以前任何一个心理小说家更有意识地深入清醒意识以外的领域,而再现了较多的不自觉的意识活动、非理性的意识活动,再现了人内心世界里尚未形成自觉意识与明确意识的那种前意识与潜意识。总之,乔伊斯小说里的心态图景,从所表现的心理内容而言,是更为复杂的非理性成分的增加;从所表现的心理意识形态而言,是更符合人脑中杂乱交错的意识之流的原始自然之态;而从艺术创作过程来说，则是作者从人物内心意识活动中的隐退，造成了作品更为客观真实的效果。由此，我们可以说，乔伊斯的小说是那种多成分、多层次、多形态的人类内心世界最确切自然的再现。

普鲁斯特与乔伊斯已经把心理现代主义推进到如此高的水平，要在这条道路上继续前进，还有什么胜地可觅？还能找到什么新意？还能发挥什么独创性？还能开辟出什么新天地？似乎没有别的可能了，似乎又只存在沿着前人的足迹走下去这唯一的一条出路了。然而，娜塔丽·夏洛特，这一个瘦小的家庭主妇在投身于心理现代主义这一个天地的时候，却顽强地否认了这种艺术上的绝境状态，她面对着大师已经开辟出来的道路，却决意要另辟一条路来。经过从20世纪30年代至70年代长期的辛劳，她终于铺设出了一条她自己的道路，真正意义上只属于她一个人、只为她所拥有的一条道路，从而在心理现代主义的天地里获得了她自己的一片天地，以至我们可以说她构成了20世纪欧洲文学中第二次心理现代主义高潮中的重要内容之一，如果我们把普鲁斯特、伍尔夫、乔伊斯称为20世纪第一次心理现代主义的高潮的话。

娜塔丽·夏洛特在西方心理现代主义中的独创性，大致上在于三个方面：第一，她发展了内心独白这种心理描写技巧，把它推进到了现代的水平；第二，她第一个提出了"潜对话"这个心理学概念，并开辟了潜对话这个特定心理描写领域；第三，她发现了"内心独白的前奏"这一个心态领域，并艺术地把它表现在小说中。

应该指出，自从心理现代主义作为一种泛欧美文学现象出现以来，在法国的文论语言与批评术语中，一直不存在"意识流"这样一个词条，法国人总是用他们自己的词条"内心独白"（monologue intérieur）来代替英美文论与德语文论中的"意识流"（Stream of Consciousness; Strom des Bewußtsein），他们根本无意于根据威廉·詹姆斯提出的这个术语,相应地在法语中创一新词,就像我们中国人创"意识流"这个新词一样。但是,"内心独白"却偏偏既是一个早已被认识的心理现象,又是一个早已在文学中,特别是在戏剧中被运用的心理描写方法。毋庸置疑,法国人是"内心独白"技巧的能手,在戏剧中,莫里哀的《斯卡纳赖尔》第17场关于戴绿头巾的内心独白;博马舍的《费加罗的婚礼》第5幕第3场中费加罗关于平民价值观的内心独白;在小说中,司汤达的《红与黑》第74章中于连在监狱里关于时代与命运的内心独白,都可算得是文学史上有典范意义的章节。娜塔丽·夏洛特继承了自己的民族传统,着力于在"内心独白"上下功夫,使"内心独白"在她的笔下具有了崭新的现代风貌。在传统的小说里,如果有人物的"内心独白"的话,那几乎都是通过作者转述出来的,《红与黑》中于连的独白就经常插入了"于连对自己说"、"他带着苦笑自言自语"之类的作者的旁注以及作者对于哪些是人物的思考、哪些是回忆的说明,而娜塔丽·夏洛特笔下的"内心独白"却变传统小说中的间接转述为直接呈现,排除了作者本人的插入与干预,就如同打开人物内心独白的话匣子,任其自在地播放。这可以说是在小说中的叙述性向戏剧的直陈性的转化,它基本上实现了作者的隐退。不仅如此,它比戏剧的直陈性走得更远,它还实现了人物本身物质存在标志(外貌、形体、服饰)的消失,而让读者只听到人物的内心独白的声音。对于她这位作者来说,她只不过是打开"内心独白"这一个窗口、这一条通道,她甚至把人物的身份、历史、家庭关系、所处的具体环境、所与之交往的对象等等,全部融入了人物的"内心独白"之中,让它们若隐若现、若明若暗。这种现代风格的技巧不仅体现于个别的段落章节,而且贯穿于整部小说的始终,这就造成了一部部风格独特的作品。

娜塔丽·夏洛特笔下的"内心独白"与传统文学中的"内心独白"相比较,既有相同之处,也有不同之处,它的不同之处就是它的现代性，而它在心理现代主义中与意识流相比较，同样既有相同之处，也有不同之处，而其不同之处就是夏洛特的独创性。夏洛特笔下的"内心独白"与传统文学中的"内心独白"的不同，就在于它比后者具有更为复杂、更为深层的内容。在传统文学中，内心独白的基本成分是思考、分析、概括、推理等理性的东西与明确定型的情感形态，本身也具有逻辑连贯性；而夏洛特的"内心独白"则接近意识那种杂然纷呈、自然流动之态，往往不一定具有连贯性、逻辑性，它的内容也不仅只有思索与考虑等理性范畴的成分，而是混杂着想象、回忆、猜度、敏感以及非明确意识等等复杂的成分。但夏洛特的"内心独白"，又并不完全与意识流相同，相对地说，它的流动性要比乔伊斯式的意识流来得有条理，也有较多的逻辑性，其构成也比意识流具有较多的明确意识与清醒意识，更少一些朦胧意识、深层意识。更为主要的是，在夏洛特的"内心独白"中，一切都基本上是以相当完整的语言形式出现的，只不过这种语言并未发而为声而已，人物内心中意识流动的每一段、每一环节，基本上都是意义明确清楚的语句，虽然有时语句也可能是不完整的，有时甚至只是单个的词语，但都已经在人物的头脑里明确到了清晰语言的程度，而不像乔伊斯式的意识流那样，有些段落、有些环节带有极大的含糊性、极大的隐喻性，有时只是一种颜色，有时是一个象征的图景，有时是一种声音，有时只是一个字母，等等。

沿着"内心独白"的技艺之路深入钻探下去，夏洛特就得以开辟出一个崭新的天地：潜对话。"潜对话"这个概念是娜塔丽·夏洛特在她著名的文论《对话与潜对话》中提出来的。虽然她并没有给她的这个概念下一个定义，但是，从她创作的小说作品来看，它既不是发而为声、书写成文的对话，也不是如有的人所理解的那样是"表现与语言相反的动作、沉默、暗示、语调、身姿、表情等等"，它之所以是"潜"，就在于它不外化、不表现、不具有外在的具体的某种形式，就在于它完全发生于内心之中，潜伏于内心世界里。它的内容有三个范畴。一个内容范畴是指心理活动中的对话，这种对话既可是某一个人物想象中可能发生的对话，也可以是某一个人物回忆中已经发生过的对话，还可以是人物之间目前在内心中所发生的并未发而为声、也不一定形之于色的对话。正因为是心理活动中的对话，是人物内心世界里的应答，因而，我们也可以称之为人物内心独白中的复调模式，从这个意义上来说，它是内心独白的一种发展。另一个内容范畴则是不止一个人物在内心世界里所进行的那种与他们各自在实际交往中正在进行的对话并不一致的对话，这种对话的产生，是由于人们实际交往的对话往往都在规范化、程式化的语言形式下进行的，并不能真正代表其内心中那些隐秘的复杂的本意，而这种本意正是内心活动的原动力，正是内心中潜对话的内容，因而，潜对话有时只是与实际对话有程度上的差异，但更多的时候则与实际对话完全相反，可以说是在"口是心非"的现象中与"口"相矛盾的一种潜在的内心对话。夏洛特的潜对话的第三个内容范畴则是指人与人之间那种难以言状的相互感应关系，这种相互感应往往是模糊的、朦胧的、难以言状的，没有任何具体的表现形式，既未形成相互的对话，也未见诸互相的行为、动作、身姿、态度、暗示等等，但它的确发生于人与人之间，并在相互的内心中引起了某种微妙的感觉，就像一种看不见的电流，使人与人之间产生了某种奇特的感应。

  同样，娜塔丽·夏洛特在内心独白的技巧之路上进行扩充与延伸，自然也就开拓出另一片新天地——"内心独白的前奏"。她所创造的"内心独白的前奏"，是指人物内心独白产生之前所发生的那细微的、隐秘的、复杂的心理反应。对此，夏洛特作了这样的说明："隐藏在内心独白后的东西，是一堆数不清的感觉、形象、感情、回忆、冲动与任何内心语言也表达不出来的隐秘的小动作，它们蜂拥到意识的大门口，聚集成一个密密的群体，突然冒起，随后又分散开，换一个样子重新聚集,以新的形式再一次冒现。"①例如一个人产生了羞愧感而脸红,但他为什么会产生羞愧感?他内心里产生羞愧感之前产生了一些什么复杂的、难以言状的活动?这就是夏洛特的"内心独白的前奏"的范围,用一位批评家的话来说,夏洛特所表现出来的"内心独白的前奏",就是"在明确的意识之下,每时每刻都同时发生的那些危险地萦绕着我们神经纤维末端的极其复杂的感觉……一些像光亮一闪而过的冲动"②,从心理学来说,夏洛特的"内心独白的前奏",实际上就是没有达到知觉意识之前的那种"潜意识"与"无意识"的"一种混沌状态,一种沸腾的激情",早已为弗洛伊德所指出过,在科学上并无创见的意义。但是,夏洛特却是在艺术上第一个发现了这个领域,并相当专注地致力于艺术地表现这个领域,因而,她也就提供出了一种独创性的心理图景,对于这种心理图景,萨特曾经这样评论说:"娜塔丽·夏洛特把我们的内心世界看作是一种原形质的活动图景,请你把日常用语的障碍搬掉,你就会发现喷吐物、唾液、分泌物以及一些伸伸缩缩、变形虫式的运动"③,"如果我们应作者之邀,去看一看人物的内部,我们就会看见一种柔软的、像触角一样的伸缩物在蠕动。"④

娜塔丽·夏洛特在以上三个方面的艺术努力与独创性,对心理现代主义在20世纪中期的发展做出了令人瞩目的贡献。总起来说一句话,夏洛特所做的一切就是全身心地钻入人物的内心世界,用显微镜去观察人物神经末梢微妙的活动与变化,并将它们表现为艺术图景。不可否认,当她全部钻入人物的内心世界如此贴近地探幽观微的时候,她不可避免地要"见木不见林",她必然把一些整体性全局性的

---

① 娜塔丽·夏洛特:《怀疑的时代》第115页,伽里玛出版社,1956年。
② 查尔达·蔡尔特纳:《娜塔丽·夏洛特与不可能的现实主义》,见《法兰西水星杂志》第1180期。
③ 萨特:《〈陌生人肖像〉序》,《陌生人肖像》第12页,伽里玛出版社。
④ 同上书,第11页。

东西完全置于她的视野之外，更不用说她还有意去表现这些东西了，如现实关系、人际交往、故事情节、人物经历等等，如果这些东西在她的小说里也多少有一些的话，那也分解为零碎不堪的细节，偶尔在幽深的神经末梢的反应中闪烁一下而已。于是，夏洛特的小说自然就不存在传统小说那种对事物完整性以及人物性格完整性的追求，自然也失去了传统小说那种完整美的价值与叙述的情趣性，这是使一般读者感到不适应的根本原因。然而，虽然她在自己独特的追求中失去了外部生活的真实性，然而她却达到了内心世界的真实性，并以这种真实性表现出了人存在状态中的人性本质的一个方面。尽管她描绘内心世界的技艺似乎过于刻意求微，她的内心世界图景也似乎过于琐细入微，但她的独特的艺术方法无疑将汇入人类文学心理描写技艺的经验之库，将不会被后来的文学家所遗忘。

除了晚年用传统叙事方法所写的自传《童年》外，娜塔丽·夏洛特的全部创作几乎都是心理现代主义的作品，她后期创作的《天象馆》则要算是其中的代表作。在这部小说里，很难找到完整的故事情节、完整的现实画面、完整的人物性格，整个小说自始至终都是不同人物的内心独白，每章写一个固定人物的内心独白，全书则由贝尔特姑妈、阿兰夫妇等人的内心独白所组成。在这种心理现代主义的结构中，外部世界中一切现实的事物与关系，都只是在人物的内心独白中零星闪现，如贝尔特姑妈装饰房间的过程以及她与装修工人的争吵、阿兰与吉赛尔两夫妻的关系以及他们的生活、他们的矛盾等等，都是通过内心独白才隐约可见。这些人物的内心独白，其内容繁琐而复杂，广泛而细致，其态势自行演绎、蔓延、流淌，如行云流水变幻无常，倾向不定，显然不汇合成一个个中心，如果小说中这些人物的内心独白还有什么具体汇合点、交叉反映出某一个具体事件的话，那就是围绕贝尔特姑妈这一套房间的纠葛与矛盾。尽管这部作品没有像传统小说那样以描绘与叙述的方法提出完整的现实生活图景，表现出明确的社会历史内容，然而，那些不断闪烁在内心独白、意识潜流中的现实的碎片，却也组合在一起反映了一个巴黎小资产阶级家族中的关系以及其中的人物的存在状态；尽管作品从内心独白这个唯一的窗口没有展现出某种在一定程度上完整的社会历史真实，然而，从内心独白这个窗口却展现出这几个人物最大程度的心理真实，这里有人物内心中无数的、大量的对现实生活、对人情世故、对相互关系、对目前境况的主观感受与心理反应，其敏锐、细致、复杂、丰富、真切的程度，与传统的心理分析小说相比较，也有过之而无不及。当你一打开这部作品，一个老妇人在如何布置自己那一套房间，特别是要换一个门把的问题上的内心独白，就占了整整一章的篇幅，围绕着这个门把的内心独白，不仅反映出事情的过程，而且反映出这个老妇人的习性、癖好、趣味、美感、待人处世的心态、对某些社会现象的观点、对情况做出反应的方式，等等，真可谓"通过一颗露珠看阳光，通过一朵野花看天堂"的技艺，你怎能不表示赞叹？

在《天象馆》这部小说的内心独白的方法中，人们肯定会注意到这样一个现象，那就是夏洛特总是用第三人称，似乎作者采取了旁叙的立场，横在人物与读者之间，并未实现作者的隐退。然而，如仔细加以体察就可以发现，这往往是一种伪旁叙角度，是作者的"假介入"。这种表面上的旁叙与巴尔扎克、司汤达、福楼拜的真正旁叙是完全不同的。在这里，夏洛特是有意识地利用了人实际心理活动中人称的微妙性。因为在一个人的内心独白过程中，当他想到自我的时候，第一人称"我"并不经常出现，经常出现的是无人称，甚至有时是隐蔽的第三人称，特别是当他回顾自己、审视自己的时候。夏洛特一定深知，在一部内心独白的小说里，要完全绝对地避免叙述性的角度与语言是不可能的，因而，她巧妙地利用了实际心理活动中人称的微妙性作掩护，来运用一个作家作为一部作品的创造者实际上所不能根除的旁叙的权利。但是，她从内心独白技艺的要求出发，始终坚持一点，那就是当她使用第三人称的时候，她也不站在人物的身外，而始终待在人物的内心之中，始终与人物的自我内视角度保持一致。这样，她就成功地保持了内心独白的基调，避免了作者自己明显的插身与介入，实现了作者的"隐退"，达到了内心世界图景的直陈性、真切性。这种细腻的艺术匠心，不能不得到人们的称道。

在《天象馆》里，夏洛特展现潜对话与"内心独白的前奏"的技艺，也更全面成熟了。我已经指出，她笔下的潜对话有三个内容范畴。夏洛特在《天象馆》里，显然不像在《向性》与《陌生人肖像》里那样多地致力于表现作为潜对话之一种的人与人之间那种隐蔽的、难以捉摸、不可言状的感应电流或"向性"，因而，我们在这部小说里较少地看到这一类对神经原始本能反应的描写："他的思想好像鱼吐出来的一种唾液一样向她渗透，紧紧地贴住了她，深深地黏在她身上"[1]，"像一头受惊的小动物尽力挖掘自己的地洞"[2]，"像一只被拉出壳外的螃蟹"[3]，等等，也较少地看到这一类对交感电流反应、对"特异感觉"的描写："她的后背感觉到了我"，"一种几乎感觉不到的微小震动"，"一种魔力又开始缠住我，像吞没我的一股轻气"，"我只知道在他们周围打转，带着一种奇癖的狂热去找寻一个隙口，脆弱得像婴儿的天灵盖，我似乎觉得在里面有点什么东西，像很难感觉到的脉搏，在轻轻颤动。我便老挂念着，盯着，于是我感到在它们之中一下就涌出来、流出来一种奇异的东西，像淋巴液、像血液一样毫无声息，这种淡泊的流动的东西，在我手里流过，又再流出来。"[4]夏洛特之所以在《天象馆》里减少这一类描写，一方面可能是考虑到这类描写的对象属于神经本能、下意识的范围，往往缺乏清晰的人性

---

[1] 娜塔丽·夏洛特：《向性》第11页，巴黎，午夜出版社，1957年。
[2] 娜塔丽·夏洛特：《马特洛》第23页，巴黎，伽里玛出版社，1956年。
[3] 娜塔丽·夏洛特：《陌生人肖像》第39页、第72页，巴黎，伽里玛出版社，1956年。
[4] 同上书，第39页、第72页。

含义，而心理真实是与人性不可分的；另一方面则可能是考虑到这类描写会令读者费解，在阅读中陷于一种困惑的状态，而对大多数读者来说，文学阅读毕竟还不应该成为一种解方程式的精神劳作。当然，在《天象馆》里，夏洛特并没有放弃原始向性的手法，但她增加了这种向性中的人性成分与精神内容，使这种向性脱离了神经原始本能的层次，而上升为一种心理的态势。如像对那位女作家面对自己的手稿时的"向性"，她是这样描写的："正像一个女人流落在被炸弹炸毁的房屋废墟上，用呆滞的眼睛无目的地望着什么东西，或者是一个物件，或者是一把扭弯了的餐叉、一个压扁了的不锈钢咖啡壶的盖子，下意识地把它们收集起，机械地摩擦着它们，同样，她现在也用无神的眼睛望着没有写完的一页稿子、一个短句、一个字或什么别的东西……这是什么？动词的时态不对，但这没什么……这个动词并不合适……什么？一个刚现形的字……她向前俯身……她的精神类似一个汽车发动机，里面的电池没有电了，一转动方向盘，汽车就打空轮，再一次发动，也只是再一次乱转。"[①]这种向性描写与以往的描写显然有了很大的不同，这种变化是自然的，可以理解的，因为夏洛特写《天象馆》的时候，毕竟是在自己艺术道路上已经探索了20年之后。

在《天象馆》中，夏洛特描写得较多的潜对话，是另外的两种，其一为人物自我内心独白中想象的对话与回忆的对话，其二为人物与人物之间的隐藏在日常交往语言之下的内心对话。《天象馆》作为夏洛特成熟期的作品，在这两个方面都显示出了高超的技巧。

人物的自我内心独白是《天象馆》的主要内容，如果在内心独白始终只有一个声音、一个角度，那么，势必形成作品的单调与呆滞。夏洛特深知有必要避免这种危险，她大力地致力于内心独白中复调模式的艺术，让她每一个人物的自我内心独白中都充满了他想象中的与他人的对话以及他回忆中的与他人的对话。这样，小说中人物的内心

---

① 娜塔丽·夏洛特：《天象馆》第192～193页，巴黎，伽里玛出版社，1959年。

独白中就充满了人称、角度、语调的迅速而丰富的变化，显得生气勃勃，而这些丰富的变化又标志着空间、时间以及人物对象的变化，正是在这种内心独白的复调模式中隐约地显露出事件过程、现象端倪、现实关系、人物性格、境况情势、环境氛围等等。如第三章与第四章所写的都是少妇吉赛尔的内心世界，但在她的内心世界里，却不时响起母亲、丈夫以及他人的声音，与她自己的声音互相引发、互相应对，正是从这种多声部的内心独白中，读者就可以看到吉赛尔少女时代的一两个镜头、母亲的关心与宠爱、结婚时的花絮、婚后生活的不愉快、丈夫性格的粗暴与盛气凌人、夫妻关系的不平等以及她怯懦忍让的感受等等。在夏洛特的内心独白的复调结构里，每一个段落、每一段的调门都短小精悍，但却有很强的表现力，如小说的第四章中有这样一小段落："钥匙轻轻开门的声音……可怕的决裂即将完成……他平静地把外衣挂在门口的衣架上，在镜子面前捋捋头发……'你在家，吉赛尔？你回来了……'在他的声音与漫不经心的语调里，有着某种错了位的奇怪的东西……她把自己的头藏在坐垫下，她受不了……"①这里不仅可以看到隐伏的场景与时间、心不在焉的丈夫晚归的气氛，而且可以看到吉赛尔痛苦的心理活动以及对丈夫虚情假意的觉察，如果是在传统的小说里，要表现出这样一些内容，显然要动用更多的笔墨。

在《天象馆》里，人物之间貌合神离的应对关系、人物之间内心里的潜对话，也是夏洛特耕耘有方、多姿多彩的园地。在夏洛特看来，日常交往的语言只是人们聚会碰头的一个公共场所，这个公共场所并不代表每一个人的内心世界，它往往还掩盖着人们的内心世界。当人们以常规的、俗套的、程式化的语言对话时，他们的内心里往往进行着相异的，甚至是相反的心理活动，这是人的社会生活与心理生活的一个普遍的规律。因此，随着自己在心理探索艺术道路上的开

---

① 娜塔丽·夏洛特：《天象馆》第80～81页，巴黎，伽里玛出版社，1959年。

拓，夏洛特愈来愈多地在这种潜对话现象上下功夫。这样，在《天象馆》里，每当出现人际关系，每当出现不止一个人物的空间，我们就可以听到两种同时进行的对话，人物之间口头上的对话与内心里潜在的对话，只不过，有不少时候，没有表层的口头的对话，而是有共处时某种表层的态度或程式化的举止。如第一章中，老姑妈与装修工人们关于门把的那一场交涉与对话，就是一个生动的例子。在老姑妈这一方面，表面上是客客气气的态度，低三下四的调门，苦苦哀求的话语，内心里却是一大堆埋怨的、愤怒的、诅咒的、轻蔑的语言；在装修工那一方面，表面上是不冷不热的解释与推诿，内心里却是一种厌烦、蔑视、轻狂、侮辱的念头。这来自两个方面的四股语言感情之流，交错进击，相映成趣，居然也造成了几分戏剧性。当然，娜塔丽·夏洛特的用意并不在于完成这种戏剧性，她最大的兴趣还是要揭示人的心理真实，在她看来，心理对话才是心理真实的直接表现，而人们之间通过日常语言所进行的交往、按照规范与程式所采取的举止行为，都带有或大或小的装饰性、掩盖性。而她之所以致力于同时写这明暗两种对话，显然是为了揭示出人的社会生活与心理生活之间这个绝大的矛盾，为了揭示掩盖物、装饰物下面的真相。在这部小说里，你一定会注意到贝尔特姑妈与阿兰的父亲所进行的那一场谈话，那是老姑妈因为阿兰夫妇要打她那一套房子的主意而去投入告状的。那场谈话是夏洛特的潜对话的妙笔，一个诉苦抱怨，一个表面上表示善意，采取不承认主义，心里头却为儿子的行径洋洋得意，在这里，作者把家庭关系温情脉脉纱幕下自私、贪婪、冷酷、粗野的真相揭示得相当深刻，而且在表现人物的性格上，也有明暗对照的戏剧效果。

既然提到戏剧效果，我们还应该补充一点，那就是夏洛特在《天象馆》里追求潜对话的戏剧效果的时候是不畏难的，她不满足于甲乙双方潜对话场面的难度，还有意地给自己设置更大的困难，去写多个人物场面中的潜对话，似乎只有这种场面中语言的与心理的明流与潜流之错综复杂，才显示出她高超的技艺。如小说的第二章是写阿兰如何在晚会上把姑妈换门把的故事当作笑料讲给一些在场的人听。在这里，对话与潜对话的声音就不止两个人了，有阿兰的声音，有他妻子的声音，还有其他人的声音。内视点与叙述角度也就不断迅速变化，构成了一个热闹的、有多方面语言反应与心理反应的场面，其中多股内心独白、对话与潜对话之流杂然纷呈，使人应接不暇。

同样，夏洛特的"内心独白的前奏"的技艺，在《天象馆》里也比在她以往的作品里发展得更成熟。她对为她所特有的这种心理反应的展示，其实就是把短暂时间里（一分钟甚至几秒钟）的心理活动过程细致地表现出来，让人看到一种感情、一种心态如何从其发轫到形成，如何从复杂的混沌之状态中脱颖而出。在这方面，她的确显示出出色的独特的才能，《天象馆》里不乏其例。请看第五章第一、二节，这两节所写的是阿兰如何给他所追求的一个女人打电话。从他开始拨电话号码到打通电话、与对方约定见面，整个过程为时不到一分钟，最后以他春风得意的自我感觉为结束："他笔挺地站着，他强而有力，自如地掌握自己，他所有的官能都处于活跃状态，他头脑清晰，充满勇气，满怀成功感与幸福感，行径狡黠而又具有尊严，对答如流，嗓音热烈而动听，是那么招人喜爱以至他自己也被迷住了。"[①]而他最后这一瞬间的那种全面的自得感，正是短短时间里内心经历了复杂变化过程的结果，也就是说，在这最后的自我感觉之前，有着复杂的"前奏"，这"前奏"中混杂着各种成分，有他对自己家人的逆反心理与猜疑，有由这种猜疑所引起的"气愤"、"狂怒"，有报复情绪，有豁出去的冲动，有拨电话号码时的激动与期待感，有可能被拒绝的顾虑与惶恐，还有得到对方肯定答复时如释重负的轻松感，所有这些在以分秒计的短时间里一涌而来，导致了最后的自得感。这短暂时分中复杂的心路历程，被夏洛特用将近2000字的篇幅全部再现了

[①] 娜塔丽·夏洛特：《天象馆》第90页，巴黎，伽里玛出版社，1959年。

出来，使读者就像面对着慢镜头的电影一样，看到了人物内心中神经末梢的每一个"颤动"，而且，这些"颤动"都是形象的、生动的，如他对家人的反感情绪之一，是觉得他们老是监视他，窥探他的生活，而他的这种反感在他内心世界里则是体现在这样一个他所讨厌的形象中的："老姑妈翕动着鼻子嗅来嗅去，兴奋的双眼在起皱纹的眼皮下转动着。"[①]而另外有些无意识的"颤动"，则都一一被夏洛特用清晰的语言形容出了其混沌朦胧之态。我们仅从第五章此例，就不难看到夏洛特形象再现"内心独白的前奏"的艺术水平，面对着这样真切入微的心理图景，谁能说娜塔丽·夏洛特的心理现代主义是反真实性的？是反现实主义的？

---

① 娜塔丽·夏洛特：《天象馆》第78页，巴黎，伽里玛出版社，1959年。

三、人文主义传统中新的人性观照

一份真实人性的形象资料

——尤瑟纳尔:《一弹解千愁》

在作者已经就她这部小说写了一篇序、对她的创作意图作了一些说明之后,我们似乎没有必要再说什么,但是,正因为作者惟恐读者对她作品的理解不符合她的原意,才在序言里说了不少话,所以,当这个作品的译本问世,并实际上存在着如何理解它、如何评判它的问题的时候,看来译本序仍有必要。不难理解,围绕着如何评价一本书的问题,有时可能比作者创造一本书的意图要复杂一些,甚至要复杂得多。

这部小说的题材来自20世纪。相对地说,尤瑟纳尔较少写当代,她的小说主要都是写历史。《阿德里安回忆录》是虚拟公元2世纪罗马皇帝阿德里安的自述;《苦炼》以16世纪一个知识分子的事迹为题材;《像水一样流》中的中篇小说,有的是写16世纪意大利的恋爱故事,有的是写17世纪荷兰普通人的经历;《东方奇观》则更是由一些古代异国的传奇所组成。她真正以当代生活为题材的作品只有两部,这就是《一弹解千愁》与《一枚传经九人的银币》,前者的故事发生在十月革命后波罗的海沿岸地区的战争环境中,后者写的是第二次世界大战前夜意大利社会生活中形形色色人物的活动。

《一弹解千愁》所反映的时代历史内容是非常尖锐的。那时,苏维埃红军与外国干涉武装、白俄武装力量正在波罗的海沿岸地区进行拉锯战，故事的三个主人公都出身于注定要灭亡的贵族阶级，都置身于注定要毁灭的敌人阵营，在一支驻守着一个城堡的白军队伍里，最后，出走的出走，战死的战死，逃亡的逃亡。按照人们过去读苏联那些描写十月革命的文学作品的经验，很容易就会认定，这是革命战争的题材，贵族阶级临死前挣扎的题材，也很容易带着过去阅读的惯性期望并要求作者写出红军的英勇，白匪军的残酷、腐朽，贵族分子的精神空虚与颓废以及他们灭亡的必然性，既然小说中出现了一个从自己的阵营中出走、投效红军并参加革命战争的女主人公，那么她就应该是叛逆者、革命者的形象，作者就应该写出她的革命精神的生长过程，写出一些无损于她作为一个革命者的精神品德。

经验并不一定是真理，更不可能是放之四海而皆准的真理，经验主义往往不大可靠。可惜的是，我们一些人常常不自觉地过分执著于过去的阅读与评论的经验，甚至把某一种经验视为绝对的真理。既然根据过去的经验，只要一涉及写出身于旧世界、旧阶级的知识分子在革命战争中的经历与命运，就把阿·托尔斯泰的《苦难的历程》当作一种理想的模式，而且还带着对这种模式的理念，带着这类苏联文学的经验去衡量其他的作品，那必然就会责怪尤瑟纳尔的《一弹解千愁》有根本的缺陷，责怪她只看到战争的残酷，看不到革命战争的正义性，同情没落的贵族阶级，为他们唱挽歌，丑化叛逆者、革命者，等等。事实上，这种指责也的确已经存在。

这种出于经验的评判是否合理？如果一个作家是在写一个历史时期、一个地区的全貌，是在表现一次革命战争的宏观图景，是在描写一代人的历程与历史命运，那么，对她作上述种种要求还是可以的。问题在于，尤瑟纳尔的创作意图并非如此，固然，她在自己的作品里也反映了整个战争的某些形势、战区生活的一角以及没落的阶级力量徒劳无益的反抗，但她并不是要写一个时代、一次革命、一场战争，她在这部作品里是要写一个爱情的故事，通过这个故事来剖析人性中的层次，探测人性中的深度，表现人性中的戏剧变化以及它在实际生活中所造成的事件与变故。在这里，战争生活的浮光掠影，酷烈斗争的某些细节，只不过是作者在研究与表现人的内心生活时偶尔地、点滴地触及而已，只具有某种背景与伴奏的性质。因此，你怎么能把这样一部作品作为一次革命战争的形象历史来加以要求？你怎么能要求它达到《联共（布）党史》的历史论断？

可以说，这完全是一篇爱情小说，在这里，作者几乎把全部的笔墨都用来叙写男女主人公埃里克与索菲的爱情悲剧，而它作为爱情小说，又是属于《阿道尔夫》的类型，即主要篇幅都是用来展示与分析爱情的心理，而不是用来叙述爱情故事的具体情节。至于作为爱情悲剧，它的故事无疑是惊心动魄，不仅结局以男女主人公的死而告终，而且，女主人公还是死在自己情人的手里，就像梅里美那震撼人心的《卡尔曼》一样。

虽然这篇小说以其自述的形式与心理剖析的风格而完全属于传统小说的范围，然而，它所表现出来的爱情，较之传统小说里的爱情，却别具一格。在传统小说里，对哥哥的友情最终都会以对妹妹的爱情为结束。索菲从12~18岁之间所读的小说就都如此。本来，这种格局也是常见而自然的，那么，既然埃里克那样爱索菲的哥哥孔拉，而索菲又如此爱自己哥哥的这位好友，为什么这种自然而然的结局却没有出现？相反倒是出现这种意外的局面：索菲要求埃里克来枪毙自己，而她最后也的确是死在埃里克的手里。是由于有难以克服的客观障碍或客观干预破坏了他们的关系？是客观环境或其他人为的因素不允许他们相爱？不，从事情的开头到最后的结束，都不存在（至少可以说基本上不存在）这种客观的阻力与障碍，使人感到惊奇的是，最后的悲剧根由完全在于他们的爱情心理，完全在于他们之间那种含混不清、捉摸不定、剪不断、理还乱的爱情纠葛，完全在于他们作为现代人形象所具有的复杂的思想感情，完全在于人性的复杂。

是的，在传统小说里，爱情的色彩、爱情的线条都是清楚分明的，爱就是爱，不爱就是不爱，爱有一定的方式，爱有一定的表现形式，爱有自己的规范，而在这里，爱却似乎要复杂得多。

这种复杂性首先表现在埃里克身上，他是这场爱情悲剧的主要矛盾。毫无疑问，他对索菲是有感情的，有对自己挚友的妹妹那兄长般的感情，有无话不谈、可以倾心的朋友式的感情，有作为一个青年男子对一个美丽少女的柔情，有不愿她与其他男性来往的妒情，有被她的温情与肉体所吸引而不能自禁的热情，也有被她的软弱与痛苦而打动的同情与怜悯之情，还有身处于同一革命风暴的冲击下同命运的感情，等等。这些感情成分每一种都有一点，但哪一种都不是绝对的、主宰一切的，它们形成了一种含混复杂的状态，远非男女之爱中最常有的爱慕之情、占有之情、结合之情那么单一分明、集中纯粹。而且，他宁可到妓女那里去发泄自己的肉欲，却从不曾对身边这个更美、更有柔情、更有吸引力的索菲产生占有的企图，因而，他对索菲的感情又远非一般的欲情可比，要比欲情深刻得多。尽管他们没有结合成情侣，他们之间的感情在某种意义上却又比单纯结合了的情侣的感情更广泛、更深厚。然而，不论怎样，埃里克毕竟又没有接受索菲献在他面前的爱，而使得他拒绝了索菲的感情，同样也是含混而复杂的，是他像兄长一般的感情妨碍了他去扮演情人的角色？是他对于索菲被奸污后又不止一次委身于人而怀有嫉妒，因而不自觉地要在感情上对她进行报复与折磨？是他作为一个强悍的、妄自尊大的男性对女性有一种居高临下的轻视？是由于他坚硬的意志力对索菲那种强烈但又脆弱的激情的一种摒弃？是像一个初次遇到女人爱情的男人经常有的那样，产生了一种担心、怯懦的情绪，因而犹疑不定、裹足不前？是出于一种自私的虚荣心，不自觉地要从一个少女为自己而丧魂落魄的痛苦中得到某种满足与乐趣？凡此种种，看来每一种都有一点，但哪一种也不是绝对的、主宰一切的，又形成了一种色调不单一、不明朗的状态。

　　在索菲身上，同样也存在着复杂性。从某种意义上来说，她作为一个女人，在严酷的战争环境中所面临的矛盾，比埃里克与孔拉都要尖锐得多。她是一个贵族小姐，具有上层社会的教养，但她在革命以前就已经与革命者有了联系，从那里得到了新知识与新信仰，形成了她的社会地位与新思想影响的矛盾。革命的爆发冲击了她生活与社会地位的根基，又形成了革命与自己切身利益的尖锐矛盾。她不得不置身于为自己的生存利益而反抗的没落阶级的行伍里，而正是在这个行伍里，她丧失了她的贞操，造成了身心上的创伤。她在本阶级行将彻底崩溃的世界里，在这个进行着徒劳无益的反抗而又充满悲观与颓废气氛的行列里，实在是看不惯、不以为然，但埃里克的来到又使她稳定下来并成为这个行列中的主妇，这又加深了她内心世界与客观环境的矛盾，在这个行列里，她仅仅只能以不向红军放枪来维持她精神上的平衡。她对埃里克的爱情是真诚、炽热而纯洁的，似乎这是她在这个严酷混乱环境中唯一的精神支柱。但她在埃里克那含混不清的感情面前，就像碰上了柔和却使人困顿的软壁，对此，她做出的反应又不是单纯的、执著的爱的追求，而是一种越出了爱情规范的反应：与其他男性胡来。她这种行为是出于苦闷？出于抱怨？还是由于失身女子在混乱战时的某种惯性？这是难以说清楚的，但非常清楚的是，这种行为使得事情愈来愈糟，它引起了埃里克的反感与愤怒，而埃里克蔑视的态度与尖刻的言词，又反过来在索菲心灵上造成了更深的伤口。如此反复，如此恶性循环，终于索菲忍受不了这种痛苦，离家出走，投效了红军，等到再见的时候，已经是在两军恶斗的战场上。索菲被俘后坚强冷静，拒不招供，她只可能被处死，而埃里克的地位与职务也要求他非处死索菲不可，两者个人的感情似乎都消融在各自的政治社会职能里。然而，在这种阶级性、集团性的尖锐对抗的关系中，仍然出现了没有剪断的个人感情的游丝。出乎埃里克的意料，索菲竟要求由他来执行死刑。埃里克以为这是索菲仍然爱着自己的表示，即使他预料错了，至少索菲也是出于一种情怨，一种感情上的惩罚与报复，这个行动本身就在客观上表明了，这两个人之间的关系之深，表明了直到最后他们之间仍有纷纭复杂、细致微妙的感情在牵肠挂肚。

这是一个使人感动、令人深思的爱情悲剧，但也是一个有点特殊性的爱情悲剧，它的特殊性来自男女主人公复杂、纤细的感情与严酷的战争环境的不协调与矛盾。如果这两个主人公一直是待在客厅里，待在优雅的环境中，他们也许只会演出《傲慢与偏见》式的喜剧，在其中，猜疑试探、感情纠葛、矛盾摩擦、互相带有酸味的言词、情怨苦闷、失眠的痛苦，等等，可能都应有尽有，但绝不至于闹出什么大事。但他们的现实生活却是那么粗硬、混乱、严峻、无情，而且战火横飞，充满了你死我活的激烈斗争。在这样的环境中，个人之间的感情纠葛任其发展，后果是难以预料的。这两个人物的出身与教养决定了他们的感情性质与状态，决定了他们之间的"傲慢与偏见"式的"对立"与"纠纷"，而这种"对立"与"纠纷"所带来的爱情上的"阴差阳错"，在严酷的战争条件下最后必然酿成那震撼人心的悲剧结果。

尤瑟纳尔在写这个爱情故事的时候，不可避免地要面临一个巨大的难题：她所处理的故事毕竟是发生在20世纪人类历史上一次重大的阶级斗争中，一次决定着两种制度生死的革命战争中，而对这次斗争与战争，世界上又存在着两种尖锐对立的党性的评价，资产阶级的评价与无产阶级的评价。看来，尤瑟纳尔力求超然于两种对立的党性立场之外，因此，她在小说里，既写了双方严酷的战争手段，也写了双方人物所具有的人格与精神力量。在她笔下，革命者格里戈利·勒欧与白军头目埃里克，作为个人，都有各自的尊严。当然，埃里克又绝非一个正面的理想的人物，而在他的阵营里，也还有沃克玛这种面目可憎的人物。更为明显的是，尤瑟纳尔不仅力图避免对这场战争作历史社会的结论、对这些人物作道德伦理的评判，而且努力超出政治历史的范畴，而集中力量于展示人性的状态。她明白地说过："《一弹解千愁》的成书正是为了它所具有的人的资料价值，而不是政治价值。"①她的这个意图值得我们重视。因为，人性毕竟是一个永远有待探索的问题。在文学中，一份真正的人性的资料，要比一份关于某个具体事件的资料，更具有长久的价值。

---

① 《作者自序》，引文请见 F·20 丛书本。

异国情调、东方色彩之今昔

——尤瑟纳尔:《东方奇观》

顾名思义,这部作品写的是"东方",是"异国",对于法国人以至西方人来说,这是一部充满了有趣的异国情调的作品,对于东方人来说,则可能使人感到亲切。

从19世纪起,法国作家看来比任何国家的作家更喜欢追求异国情调,他们喜欢把异国的风光、习俗、风土、人情以及轶闻趣事带进自己的作品,以此来吸引与打动法国人的似乎与其天性有关的对新奇的特殊爱好。

19世纪初的夏多布里昂,即马克思指出"浑身都是浪漫主义的化妆"的夏多布里昂,是最初发现这个方便法门的第一个天才。他灵机一动,在小说《阿达拉》里,将读者带到一片与法国相距万里的奇异非凡的天地里。那里,茫茫草原上,三四千头野牛在悠闲游弋,老野牛长着新月形的犄角与古意盎然的胡子,像河伯一样在得意地欣赏眼前大江的浩渺波流,而在峡谷之中,则是馥香四溢、蔽日参天的奇树异木,"吃醉了葡萄的黑熊"、"在湖中沐浴的野鹿"、"气味如龙涎香一般的鳄鱼"出没其间……据夏多布里昂说,这就是北美密西西比河流域的风光,虽然后来有人指出,实际的密西西比河根本不是那么一回事:"《阿达拉》中对这条河的描写像是出自一个从未见过这条河的作家之手。"但它毕竟轰动一时,不到一年,就印行了六版。

继而又有雨果，他要在诗歌创作中摆脱他青年不成熟期的保王主义倾向、彻底改变他过去的诗人形象而以崭新的姿态出现于诗坛，是靠什么方式？他也是用自己高超的诗艺去和异国的题材结合，以缤纷浓烈的色彩描绘阿拉伯世界的风光与生活：伊斯兰教的清真寺、埃及的无花果树、摩尔人的华邑、东方情调的美人……他的诗作《东方集》产生了"令人惊奇得发呆"的奇异效果，尽管这位诗人自己并没有到过东方。

还有梅里美，那时他还只是一个初入文坛的新秀，并不广为人知。也许是为了要引起公众对自己作品的注意，他在自己的身上也涂上了异国色彩，乔装域外人。一次是冒充一个"西班牙著名的女演员克拉拉·加楚尔"，发表了一部西班牙题材的戏剧集，甚至他还化装成这个女演员，把扮装的肖像画附在戏剧集的前面；另一次，他又假托意大利流亡者的名义，发表一部他所仿造的中欧地区的民歌，其异域的地方色彩曾使歌德与普希金也信以为真。

到19世纪下半期，还有洛蒂，他登上文坛也是求助于异国情调。他在《阿姬雅黛》里写土耳其，在《菊子夫人》里写日本。他还有不止一部异国题材的随笔：《耶路撒冷》《吴哥的朝圣者》《北京的末日》……他不是一个大作家，气派不恢宏，意境不高超，思想更不丰富，才力也难以说是雄浑深厚的，但他在法国文学中也占有了一席可观的地位，其原因之一，就在于他毕竟是法国文学中一个以描写异国风光为特色的代表。

这只是几个多少带点戏剧性的例子，此外，在法国文学中追求异国情调的还大有人在。福楼拜有埃及题材的《圣安东尼的诱惑》与迦太基题材的《萨朗波》，法朗士也曾以埃及的故事写出了他的名作《黛依丝》。同样，这种对异国情调的追求在其他艺术部类中也很突出，德拉克洛瓦绘制过色彩浓烈的《希阿岛的屠杀》、五光十色的《阿尔及利亚妇女》等等名作；安格尔笔下也曾出现过《土耳其宫女与女奴》《土耳其浴室》……因此，可以说，写异国题材、表现异国色彩已经成为法国文学艺术中的一个传统。

何谓"异国"？在法国的文学艺术里，异国情调主要意味着遥远地域里的事物的新奇特色，英国与德国虽为异国，但似乎还没有达到具有异国情调的标准。达到这个标准的，主要是指东方的地区与国度，只要是东方，就能引起人们的好奇。对于法国人来说，遥远的远东当然特具神秘性，中近东也大有神奇的魅力，即使是东南方向的意大利、希腊也有几分吸引人的所在。于是，"异国情调"的核心，在这里也就主要是东方色彩了。

尤瑟纳尔的《东方奇观》，继承了法国文学中这一早已有之的传统，当然，它与过去的传统也有不同之处，我们可以称之为"东方色彩之新追求"。

不同在哪里？最显而易见的一点是：在过去的文学里，异国题材主要是来自中近东、埃及、土耳其、巴尔干半岛，而尤瑟纳尔则采撷到了比过去更为广泛丰富的异国色彩，特别是东方亚洲的色彩。她的笔下不仅有希腊的故事，南斯拉夫、阿尔巴尼亚的传说，而且还出现了中国、印度与日本的题材。其题材如此广泛，在19世纪只有洛蒂一人可以和她相比。因为洛蒂是一个海军军官，在海上任职达42年之久，足迹遍布了大西洋、太平洋与印度洋的沿岸地区，埃及、波斯、印度、中国、日本这些具有特殊色彩的地方，他哪里没有去过？与他同世纪的法国作家当然都不具备他这样广泛旅行的条件。尤瑟纳尔丰富的异国色彩是现代生活的产物，是旅行已成为习惯与必需的现代人生活的产物。尤瑟纳尔是旅行家。如果要说她平淡无奇的生平有什么特点的话，旅行多就是最大的特点。她从小就随着富有的父亲饱尝了旅行的乐趣，仅在她35岁发表《东方奇观》时，她就已经有20次以上的旅行经历了，至今，她在世界各地的旅行何止一二百次而已。大学旅馆的一间精致的房间里,两个旧行李箱搁在一旁,这就是我1981年在巴黎见到她时的情景,这就是她旅行生活的缩影。也正是从不断在世界各地的行走中,她得到了开阔的眼界,正像她笔下那个经历深广的老画家科尔内柳斯·贝格一样,她的眼界里曾吸进了世界上几乎所有的色彩。

虽然19世纪文学在对异国情调的追求中,也曾推出具有强烈思想性的作品,如雨果《东方集》中歌颂希腊人民解放斗争与坚贞品质的诗作,但无疑具有相当大的猎奇成分,或者说,具有相当多的追求满足读者好奇心理的成分。尤瑟纳尔摒弃了猎奇精神,而代之以探求的精神、思考的精神,摒弃了好奇的心理与眼光,而代之以辨析与比较的兴趣。这在交往日益扩大、日益频繁,现代化的交通工具大大缩短了地理上的距离,电影与摄像手段也大大丰富了人们对异域的感性认识的20世纪,也是自然而然的事。一个人只有一直待在严格封闭的环境里,才会对可口可乐感到好奇。对于一个熟悉异域的旅行者来说,其兴趣必然更进一步,而要进行联系、比较与思索,这就产生了对异域事物的探究的精神与比较的方法。尤瑟纳尔就是如此。

请看,她在《马尔戈的微笑》里是如何描写一个不同于西方传奇英雄的"东方英雄"的?是如何在这个英雄形象身上贯注深沉的思考的?

马尔戈,这位塞尔维亚民族反抗土耳其人统治的坚强斗士,其勇猛刚强不下于荷马史诗中的阿喀琉斯,其本领高超足以与尤利攸斯媲美,而在他作为民族英雄的正义性质中,又夹杂着几分草莽英雄的粗犷野性,更动人的还是他对女性的那个微笑。他讨厌那个当了他情妇的徐娘半老的官太太,什么粗话都骂得出口。而当一个美丽的少女在他面前起舞时,他就不禁微笑起来,虽然,这时他已落在敌人手里,不得不装死躺在地上以便伺机逃脱;虽然他身上已受重刑,痛楚难熬;虽然他只要有丝毫表情就会被敌人发现而将他完全杀死;然而,他还是绽开了一个动人的微笑。为什么他经受着极为可怕的酷刑仍能纹丝不动地装死,而一个美妙的舞姿却使他坚持不下去而露出了表情?为什么他宁可冒生命的危险而要对一个舞姿表示自己那唯美主义的欣赏?这就是尤瑟纳尔对异域人性的思考与探究。这里,没有对异国情调、异国风光的猎奇,而有着一种强烈的研究比较的兴趣与耐人深思的启示。由此,她提出了一个在文化史上具有挑战性的问题、一个有丰富历史内容的问题:为什么这样的微笑在荷马史诗中的英雄身上没有?

在《被砍头的女神迦利》这个印度神话与《暮年之恋》这个日本传奇里,她要追求的又是什么?同样,她的兴趣也在于异域的精神与哲理,而这也正是她所要表现出来的东西。她笔下的迦利女神在印度平原到处游荡,她有仙女的头与容貌,但被安上了娼妇的身躯。因此,她过着可怕的双重生活,美好纯洁的"灵"与淫邪罪恶的"肉"互相对立的双重生活。她带着痛苦与烦恼得到了佛家的指点,将领悟到一切皆空的哲理而解脱。在这里,尤瑟纳尔实际上是在异国的神话形式里,探究着人生中普遍存在的"灵"与"肉"的矛盾以及这种矛盾在异国的精神文化体系中是以什么方式得到解决的。在《暮年之恋》里,尤瑟纳尔固然是要表现典型的古代东方的爱情——男子的唯我中心主义与妇女的柔顺屈从,但她更感兴趣的是要探测与揭示这种爱情中某种带喜剧性的悲剧矛盾:对源氏王爷来说,他双目失明后自以为在邂逅相遇中得到了"两个情妇",其实这不过是他从前一个婢妾的两次化妆;他对这"两个情妇"都充满了美妙的回忆与深厚的感情,但这"两个情妇"的同一本体花散里夫人过去一直被他视为粪土。这里,虚妄的、不可靠的感觉和感情与客观现实之间存在着喜剧性的矛盾。对于花散里夫人来说,她虽然实实在在承受了王爷的两次挚爱,但却因为王爷根本不记得她作为被冷落时的婢妾的名字而痛不欲生。在这里,"名"与"实"之间同样也存在着喜剧性的矛盾,存在着自我"实"的一种异化。作者的描写无疑带有一种辨析性的讽嘲，可以说是对东方封建爱情心理一次绝妙的形象的批判考察。

不难看出，正由于尤瑟纳尔不是以猎奇的眼光去看待东方，而是以研究与思考的态度去对待东方异域，她的《东方奇观》就得以具有盎然的思想情趣与隽永的哲理。当然，仅仅把这归于20世纪东西方交往扩大后互相研究的精神与互相比较的方法的发展，确还稍嫌笼统。关键在于，尤瑟纳尔是一个学者型的文学家、研究者型的文学家，她作为法国历史上第一个进入法兰西学士院的女性这个事实，就足以表明她在学识上的广博与精深。她不仅精通西方的历史与文化，而且对东方的文明也很有修养。特别难能可贵的是，她在文化历史问题上，具有一种相对主义的、多元主义的立场与态度。她并不绝对地、笼统地维护某一种渊源、某一个地域、某一种体系的文明，而能够站在相对主义的立场上，肯定多元的文化中各自合理的成分；善于从截然不同，甚至完全对立的体系中兼收并蓄，力图将那些不同的互相矛盾的成分调和在一起。她的这种调和的精神与本领，在《东方奇观》的一篇写得才情横溢的故事《燕子圣母院》里，可说是表现得再妙不过。

一个天主教会的修士对希腊神话中的山林女神深恶痛绝，向她们进行了斩尽杀绝的围剿，最后，把她们赶到一个山洞里，像法海用雷峰塔镇压白娘子一样，在洞口造了一座圣母院要把山林女神们都锁在洞里不得好死。这时，圣母来到了这里，竟为女神们求情，把她们变为一大群燕子藏在自己的披风里带出洞口，放她们飞向天空，并且立下了一条规矩，以后她们每年都要回来，还有权在圣母院里做窝栖身。这里所涉及的是一个重大的信仰问题与文化问题：天主教一直把希腊的多神教视为应予消灭的异端，这位修士就体现了这种宗教迫害狂。这偏狭的宗教狂热、这种精神文化上的极端的独家主义，在人类历史上不知造成了多少可怕的惨剧。面对着这严峻的事实，一个气度雍容的反问以一种近乎潇洒的方式提出来了:"难道你想不出一个办法来调和仙女们的生命与教徒们的永福吗?"[1]尤瑟纳尔就这样用一个轻巧有趣的故事让水火不相容的双方调和到一起了,让山林女神与圣母相得益彰,结合为燕子圣母院。这是多么巧妙的想象,多么美的构思,多么有吸引力的象征!它出自作者对人类不同文化体系汇集融合的理想。

怀着这种理想,她站在西方,向东方看去,她所注视的就不是阿拉伯清真寺的圆顶、印度妇女额上的朱砂痣、日本的和服,更不是中国的发辫与小脚……而是东方的精神美,东方的精神力量,异域的风采,异域的精华。

在希腊,她看到了为了爱可以舍弃一切的热情。在她笔下,那个草莽英雄把情妇的名字用刀刻在自己的胳肢窝里,那个不幸的妇女抱着情人的头颅跳下悬崖(《寡妇阿芙罗狄西亚》),不是比《红与黑》的结尾,玛特尔在马车里捧着于连的头,更富有浪漫主义的忘我激情?

面对着阿尔巴尼亚,她被那偏僻乡野里纯朴而深厚的母爱所感动。在她笔下,那个已经身亡但仍不断向自己的婴孩供奶的母亲(《死者的奶汁》),其感人之深,正如她所指出的,绝不下于拉辛著名悲剧中的母亲形象安德洛玛克。

对中国,她高度赞颂了其国粹山水画非凡的艺术魅力。她笔下的那个老画家王佛的画艺是那么神奇,他所画的一切,其真实性都胜过了原物:他被迫在大殿上为国王作画,先画宁静的大海,很快海水就淹没了大殿;再画一叶扁舟,小船就驶到他身边。于是,他跳上了扁舟,逃出大殿,驶向大海,即刻消失在海面,免遭要加害于他的国王的毒手。还有什么比这个传奇故事更能传达出一种对中国画形象与意境的深刻感受?还有什么比这更美的对中国画艺术性的礼赞?

---

[1] 本作品引文请见F·20丛书本。

马克思、恩格斯曾经指出，在 19 世纪，随着各民族交往的频繁与扩大，世界文学开始形成。当然，真正为世界上一切民族充分理解、完全接受、最大限度地共同享用的世界文学，是要经过漫长的历史过程才能得以形成的。将来的历史也许会证明，在这过程开始的时候，超出狭隘的地域与民族界限，以研究、思考的态度来对待异域的事物，善于发现不同民族、不同国度、不同文化体系的精华，并把它表现在文学形象中而诉诸世界人民，是何等重要的一步。正是在这个意义上，尤瑟纳尔的《东方奇观》自有它的价值。

学者型文学大师笔下的爱情标本

——莫洛亚:《情界冷暖》

在法国20世纪文学中,有一批真正可称得上是学者型的作家,他们绝不是那种经常生硬地把一些学术名词术语塞进自己作品中某一个地方,或者让自己的人物也奢谈一些学术文化问题以标榜自己博学的文人墨客,他们莫不有广博深厚的文化修养,且都学有专长,有自己精湛擅长的学术领域,有自己传世不朽的学术性作品。在这一批才智之士中,人们很容易就可以看到居于前列的有专长艺术史的马尔罗、有对希腊罗马文化有精深造诣的尤瑟纳尔、有对女权问题有划时代专论的西蒙娜·德·波伏瓦、有在哲学研究与作家研究方面硕果累累的萨特等这样一些赫赫有名的大师,至于像写过《王尔德传》的罗贝尔·梅尔勒、在理论专著与翻译方面颇有建树的让-路易·居尔蒂斯、对俄罗斯历史学富五车的亨利·特洛亚等这样一些"二排人物",就为数更多了。

莫洛亚属于这一批杰出人物。他的文学品级似乎介于大师与二排人物之间,在纯文学创作方面,他的成就不及那些居于前列的大师,而在学术性作品方面,则又大大超过那些"二排人物",甚至也超过了那些居于前列的第一流人物,从这个意义上来说,莫洛亚堪称一位偏重于学术性的第一流的文学大师。

莫洛亚作为学者,他的杰出成就主要在历史与历史人物传记这两个方面。他的历史论著卷帙浩繁,有《英国史》(1937)、《美国史》

（1943）、《法国史》（1943）、《美苏对比史》（1962）等巨制鸿篇。他的历史人物大型传记总共有十四部之多，其中有十部以上是以文学家为对象，最为著名的有《爱丽儿或雪莱传》（1923）、《拜伦传》（1930）、《屠格涅夫传》（1931）、《莱莉亚或乔治·桑传》（1952）、《奥林庇欧或雨果传》（1954）、《普罗米修斯或巴尔扎克传》（1965）等。这些传记资料丰富，记述入微，传真留影，言必有据，具备严谨的真实性与高度的学术价值，与此同时，它们又具有高度的艺术性与文学价值：文笔光彩动人，叙述富于形象又有情趣，细节生动真切，并且长于性格写真，更具深入细腻的心理刻画，一部部皆可视为特殊类别的文学精品，在法国文学中，开辟了小说式文学传记的特定领域，并提供了光辉的样板。仅此一成就即足以奠定莫洛亚在法国当代文学中崇高而不可磨灭的地位，何况，他还是一位杰出的小说家。他较为著名的长篇有：《贝尔纳·盖斯奈》（1926）、《情界冷暖》（1928）、《家庭圈子》（1932）、《幸福本能》（1934）、《乐土》（1945）、《九月的玫瑰》（1956）。他短篇小说创作的实绩也颇斐然，在这个领域，他技艺娴熟，风格更见隽永，情趣更为盎然。正是这几个方面成就的结合，使莫洛亚成为一个占有特殊地位的第一流人物。

这里推荐给读者的，是莫洛亚长篇小说创作中最为出色的一部：《情界冷暖》。

这部小说写的是一个"阴差阳错"的爱情故事，这里的男女爱情，一件件都是没有对上号，没有接上头，没有吻对契合的。在第一部中，主人公菲利普爱的是奥迪尔，他在意大利与她相遇后，就一直处于迷醉状态，很快就娶她为妻，即使奥迪尔对他日益生烦，并且成为海军上尉弗朗索瓦的情妇，他仍然容忍着、迷恋着这个不贞的妻子，如果不是他的妻子为了要与情夫结合而主动提出离婚，他仍会缩在自己屈辱的角落里不出来。另一方面，他自己被奥迪尔的女友米查痴心地爱着，虽然占有了她，却对她毫无爱意。而奥迪尔牺牲了自己有产者太太的优越的社会地位与舒适的生活条件嫁给了弗朗索瓦后，又得不到他的挚爱，最后绝望地开枪自杀。在第二部中，同样也是没有吻合上的爱情。主人公菲利普再婚后，他美丽的妻子伊莎贝尔非常深挚、温柔地爱着他，但他却神不守舍，念念不忘弃他而去的前妻，经常将奥迪尔的影子拿来与伊莎贝尔对比，而后，他又爱上一个有夫之妇索朗日，即使索朗日待他情薄如纸，轻如弃履，又另有新欢，他却痴恋如故，直到病重弥留之际，仍呼唤索朗日的名字，而正是他的妻子伊莎贝尔以感人肺腑的深情冒充索朗日给丈夫一吻，使他在最后的时刻带着一个甜美的幻觉去世。

就爱情故事的结局而言，不外是圆满的、皆大欢喜的爱情与不圆满的、欠缺的、悲剧性的爱情两种，在严肃文学的描写中，后一种爱情似乎为数更多，而这种悲剧性的、裂变式的、裂痕式的爱情之造成，又不外有内部原因与外部原因两种。一般地说，在描写封建宗法制社会环境中爱情悲剧的文学作品，往往是社会与家族方面的外部阻力或压力造成悲剧，而在写现代社会条件下爱情悲剧的作品里，原因则往往来自男女双方之间的"内部原因"，不是个性方面的内部原因，就是心理方面的内部原因。写个性方面内部原因造成爱情悲剧的，法国文学中最早也是最经典的作品是龚斯当的《阿道尔夫》，它把一个极端维护自我独立自由的个性如何毒化并破坏了一对情人已达到的结合的悲剧过程表现得极为细腻深刻。而写心理方面内部原因造成爱情悲剧的经典性作品，在法国20世纪文学中则可以纪德的《背德者》为代表，在这里，是一种不正常的性心理造成了一对夫妻的悲剧。安德烈·莫洛亚的《情界冷暖》大体上可以划在此种心理式系列的一边。

小说中一系列阴差阳错的关键，基本上在于主人公菲利普，此君的爱情心理不说很不一般，至少有那么一点特殊。在一般人的爱情心理中，总是自觉或不自觉地期望着对方的奉献；在爱情关系中，要求对方体贴、温柔、照顾、维护、委身甚至自我牺牲，凡此种种往往皆被视为合情合理之事，而所有这些要求无一不是以期望对方对己方的奉献为前提的。菲利普之所以有那么一点特殊，就在于他似乎有那么一点处于这种通常的心理模式。他与四个女人有关系，这四个女人对他的态度恰分为两种而截然相对，米查与伊莎贝尔对他充满了一片真诚深挚的爱，忠心耿耿，舍己为他，近乎痴情，很明显地都具有一种向他献身、为他作自我牺牲的忘我精神，而奥迪尔与索朗日对他则由半心半意而发展为欺骗、背叛与抛弃。小说的重点不在于写这四个女人对他如何或厚或薄及其由来与原委，更不在于写环境氛围的影响，而在于写菲利普对这两种截然相反的遭遇的看法、反应与态度。对于米查的委身与忠心耿耿，他几乎毫无情义，甚至嫌弃、反感、敌视，最后实际上是与明明已给他戴上绿头巾的妻子默契配合，反将爱他的米查排除出他的生活。对于伊莎贝尔的一片柔情蜜意，他也毫不珍视，薄情寡义，屡屡辜负。另一方面，他对奥迪尔与索朗日这两个女人对他的欺骗背叛，却既不愤恨，也不嫉妒，相反，还对背弃行径从一开始就持一种谅解性的看法、袒护式的立场、开脱性的解释，并且对这两个弃他而去的负心女子依恋不舍，怀念不止。他何以会有这两种截然相反的态度与感情？作者没有忘记向读者点明并不是由于这四个女性的条件不同，就其美貌体态而言，米查与伊莎贝尔丝毫不逊于奥迪尔与索朗日，而就性格之温婉动人而言，则是后二者远远不如的。于是，作者就只给读者留下一个解释菲利普爱情上冷暖温差的余地，那就是菲利普本人的性爱心理。

菲利普本人的性爱心理的第一个层次，是不合常规地对向自己奉献来的爱并不特别热衷、特别动情，甚至不太感兴趣，而似乎是倾向于自己奉献出去的爱，在小说的开头，菲利普在自叙中就表白从小"为别人牺牲时自己有一种快感"，深深地为故事中士兵们为绝代佳人披肝沥胆以博得她嫣然一笑的奉献之爱所激动,并在他性格中打下了烙印。当然,施爱于人,向对方作奉献,为对方而克己、而自我牺牲,也是一种正常的爱情,是一种更值得赞赏的爱情方式,问题在于,在这种施爱与奉献中,为什么取此而舍彼,厚此而薄彼?这就涉及菲利普性爱心理的第二个层次了。

就小说中两对女性的存在状态与条件而言,并不存在社会地位、财产状况、职业能力、容貌体态的优劣高下之别,甚至米查、伊莎贝尔这一对还略优于奥迪尔、索朗日那一对,如果这两对有什么重要的差别的话,那就是米查、伊莎贝尔对菲利普是奉献,而奥迪尔、索朗日对菲利普是亏待,但菲利普偏偏全身心地倾向后一对,而离舍前一对,据此,我们只能说,在菲利普性爱心理的第二个层次里,是习惯于对方的亏待而不喜爱对方的奉献,正是在这一点上,菲利普的爱情心理有那么一点特殊。

在西方人动不动就要问询心理分析大夫的今天,我们也不妨对菲利普这种心理再多说几句,如果考虑到法国文学中曾经有过萨德侯爵写性变态心理的作品,如果考虑到莫洛亚是在20世纪已经出现了弗洛伊德心理学以后的时代进行小说创作的,就不难理解《情界冷暖》中菲利普这种有那么一点特殊的爱情心理。显而易见,对这种心理,也未尝不可以弗洛伊德主义精神分析的批评方法加以阐释与解析,就像把哈姆雷特解释为一个恋母欲的形象。但是,作者莫洛亚是一个儒雅的学者型的作家,对美文学的追求是他从小就怀有的一种理想,他的趣味高雅,因而在自己的作品里也力求含蓄、优美,而力戒裸露、粗野,他这部小说虽然写的是男女性爱,他却严格固守在"情"这个层面,而从不逾越到"欲"的领域,而且,他还努力以美的原则来安排小说的故事与结构,使之像一支高雅的乐曲:"首先是一支笛子吹出一节短短的主旋律,它唤起小提琴的响应,随即是大提琴,接着铜管乐器也奏响了,于是整个音乐厅乐声澎湃起伏。"

既然作者有他的风范与分寸，我们分析小说的形象表现与人物时，也就应该尊重他本人的意图与行止，正像不必把"我愿变一只小羊，蹲在你身旁，让你的皮鞭轻轻打在我身上"一定说成是受虐恋的表现一样。尽管如此，这部小说所写的情事毕竟有那么一点特别，因此人们却又完全可以把它视为一种非一般化的爱情心理的形象标本。

20世纪圣徒文学的一个标本

——贝尔纳诺斯:《在撒旦的阳光下》

这部小说曾于1970年在法国由皮埃尔·加尔狄拉尔改编成电视剧搬上荧屏,这也许能说明一点问题并构成我们对它进行分析说明的一个出发点。

在当今影视事业空前发达的时代里,改编成电影或电视剧的文学作品,既有纯文学性的名著,也有非纯文学性的、娱乐性或消遣性的通俗文学,我们这里只在纯文学性的名著范围里进行讨论。正如我们所见到的,虽然并非所有一切不仅具有内在的价值,而且还具有生动有趣、引人入胜等外向型特点的文学名著,都能被改编为电影或电视剧,但得以被搬上银幕或荧屏的文学名著,却几乎都具有某些外向型的特点:故事性强、描写生动、场景独特、有戏剧性、能激起人们的想象与回味,等等。根据这种常情,当你读完眼前的这部小说后,你也许会产生一个问题:这样一部小说怎么可以改编成电视剧?

当你产生这个问题的时候,你的注意力与着眼点是放在这部小说某些不生动的场景上、放在人物的某些抽象的对话与某些神学气味十足的精神活动上,放在某些被蒙上了一层宗教的纱幕因而令人难以窥其真相的事件上。总之,所有这一切会使你感到,这部作品不充分具备某些外向型特点,不足以改编成有吸引力的电视剧。

当然,编导选中这部作品不无原因,如果说它有些章节没有什么戏剧性、没有这种或那种吸引人的因素的话,但它的故事框架,它所表现的那么一件事，却具有十足的戏剧性，具有足以引起人们的兴趣甚至好奇心的内容与成分。

乡村姑娘穆谢特，青春的精力无处宣泄，为了追求浪漫的经历，反抗单调的日常生活，她委身于当地的一个乡绅卡迪尼昂侯爵，成为他的情妇并怀了身孕，她本想与卡迪尼昂私奔，不仅遭到拒绝，而且眼见自己就要被抛弃，愤怒之下，她用猎枪打死了这个厚颜无耻、卑劣自私的破落贵族。而后，她又与当地另一个老爷、专区议员、好色的医生卡莱私通，求卡莱给她施行人工流产，又遭拒绝。在歇斯底里大发作后，她生下了一个死婴，成了闻名的荡妇。当地的本堂副神甫、年轻的多尼桑教士，信仰虔诚，品性忠厚，德行高洁，在教区深得民心。一个神秘的黑夜里，他在荒野与穆谢特偶然相遇，有了一段奇特的经历，他洞悉了穆谢特的罪过，认定她为撒旦所掌握，终于使她忏悔了自己的罪孽。这个已经被撒旦剥夺了一切，包括自己罪恶的女人，最后只有以自杀结束自己的一生，临终前，多尼桑把她背到了教堂，此事引起了轩然大波，多尼桑神甫被迫进了精神病院。出院后，他被派到边远的地区任一小差事，他继续致力于与撒旦的斗争，他没有成功，他被人世间的深重的罪恶耗尽了自己的精力，最后死在自己的职守中。

这样一个故事框架无疑是很容易被影视编导格外看重的：独特的乡村生活、不寻常的事件、包法利夫人式的追求、性、私通、情杀、神秘的邂逅相遇、善与恶的斗争、修行者的坚毅与软弱、殉道者的奋斗与悲剧……所有这些内容与基因都可以用影视的手段加以渲染、放大、绘声绘色，足以生产出一部既吸引人、使人感到"有看头"又引人深思的佳作……

是的，你会承认这部作品的故事题材的确能引起人们的兴趣，但是，当你在读这本小说的时候，你却又的的确确有枯燥之感，你会感到奇怪，为什么这样一个"有看头"的故事被写得如此没有吸引力，被写成了这样一本需要有耐性才看得下去的书。如果这本书真是失败之作,那你可以把它丢下了事,不再一顾,但这部书却偏偏是法国现代大作家贝尔纳诺斯的一举成名之作,它已经作为一部名著进入了法国20世纪文学的经典文库,闻名于世的"七星丛书"在选入贝尔纳诺斯的时候,就选入了此作……这的确是一个矛盾,作品与阅读的矛盾,这个矛盾颇值得加以分析。

首先,应该承认你的感受是事出有因的,这部作品某些章节的确使人感到枯燥,读起来需要有耐心,而造成读者这种感受的原因不外是这么几个:一是有些章节无故事情节与生活场景可言,而是充满了书中几个教会人物莫努-斯格雷神甫、德芒日神甫、吕扎尔纳本堂神甫、多尼桑神甫等人之间关于宗教事务、宗教哲理的对话,而且这些对话既不是以作者的语言加以复述,也没有由作者加以注释,而是完全用教会人士特定的宗教语言与表述方式进行的。二是有些章节亦无心理描写与心理分析可言,而是充满了教会人物头脑中那种玄学式的思考。三是有些章节在对事件与对人物进行分析与评述的时候,经常不是用我们所熟悉的世俗的语言与概念,而往往也是抽象的、形而上学的分析,同样也带有浓厚的宗教玄理的色彩。有了这些情况,要使读者兴趣盎然就很不容易了,而且还应该指出,这些情况所占的篇幅还不少,除了"序幕"以外,不论在第一部还是在第二部,也就是说在将近三分之二的篇幅,都不同程度地存在着上述那些情况。

根据这些情况,你也许会认定作者显然缺乏形象思维与形象描绘的能力,显然不善于利用这样一个吸引人的故事框架,在一个个生动充实的现实空间里,搬演一段段、一节节富于变化的生活进程,不善于以叙述的艺术引人入胜,看来作者是一个缺乏小说家重要的禀能与技艺的人,一个喜欢在抽象的、形而上学的唠叨中使人厌烦的人。然而,你在真正要做出这种结论的时候,你又会感到有些犹疑,你会想起你在读这本小说的"序幕"的感受,这种感受会制止你对作者做出上述的判决，甚至会使你得出相反的结论，因为占全书将近三分之一篇幅的"序幕"，与后两部分恰成鲜明的对照。它是对世俗生活生动而真实的描绘，它是对人物内心深刻的剖析与揭示，它完全是巴尔扎克式的小说，是伦勃朗式的图景，它充分地显示了作者的小说家描写与叙述的才能，不仅仅是小说家的才能，而且还有戏剧家的才能！

"序幕"里集中了穆谢特的故事与经历：她的包法利夫人式的追求，她的失足沉沦、凶杀、堕胎等等；也集中了所有的矛盾：穆谢特与两个情夫的矛盾、她与自己家庭的矛盾以及她的家庭与败坏者的矛盾，等等；另外，乡村环境的丑陋、人与人关系的粗俗、人心的卑劣、情欲的狰狞等这些现实内容，也都在这一部分里得到展示，而所有这些又都是通过穆谢特家庭中一两个场景、她父亲与侯爵吵架的场景，特别是通过穆谢特与两个情夫打交道的场景表现出来的。我们知道，在场景的构成中，对场面景况的描绘、对人物在场面中状态的叙述以及对时空两方面的有关背景的交待，固然都是重要的成分，但场景中人物的对话无疑更为重要，它能带动其他成分形成一个活跃的整体，它能给予场面以生气或灵魂。贝尔纳诺斯在"序幕"里证明了自己是写对话的能手，他非常善于写世俗生活中充满生活气息的对话，他利用对话既把过去的故事背景巧妙地透露出来，又自然地推动着目前事态的进展，而且，他还通过对话把人物之间绷紧的张力与对话双方内心深处的活动、意图揭示无余。对话写得如此成功，其中竟浓缩着如此多的事件内容与心理内容，充满了如此丰富的戏剧性，简直可以说是戏剧语言了，因此，"序幕"中一个个场景以其紧凑集中而言，也就像是戏剧中一场场扣人心弦的戏。这就是贝尔纳诺斯小说家艺术才能之一显示，是他形象描绘能力之一明证，是他的《在撒旦的阳光下》作为文学名著之一标记。

那么为什么到了第一部、第二部里，情况有了截然不同，几乎完全消失了人们所谓的"吸引力"、"可读性"？根本原因就在于作者在这两部分所描述的内容以及他对这些内容所采取的独特的描述角度。

小说的第一部与第二部都是以多尼桑神甫为中心，从情节来说，是叙述穆谢特事件在教会中给他带来的影响与后果，从生活内容来说，是在教会的"政治"中多尼桑神甫境况的变迁，从人物的发展变化与精神状况来说，则是多尼桑神甫对待善与恶、上帝与撒旦的态度以及他的矛盾斗争，总而言之，作者描述的内容都没有离开宗教问题、宗教事务与宗教人物，而这两部分又占有了整个作品的大部分篇幅。既然全书的重点如此，可见作者是在致力于一种宗教文学，写一本宗教题材的书，一部宗教小说。他所描述的这种内容，其吸引力与可读性的程度显然要比《三剑客》《查泰莱夫人的情人》来得低。因此，当他在这部小说里由穆谢特的桃色故事转向多尼桑神甫充满了灵性的经历的时候，当他的笔锋一转的时候，企图在小说中找有趣的故事情节的读者，肯定会兴味大减。

更为关键的原因还不在于描述内容变化，而在于作者对这一内容所采取的独特的描述角度。为了说明问题，不妨举两个例子。

其一，多尼桑神甫一个黑夜里在野外的经历。如果作者采取雨果在《巴黎圣母院》中描述克罗德·孚罗洛神甫那样的角度来加以描述，那肯定是另一番光景，另一番趣味。雨果对孚罗洛描述的角度是旁观的、自外而内的，他站在孚罗洛的旁边，向读者介绍与描述这个人物的所有一切，从历史到现状，从行为到内心，就像讲解员站在展览品的旁边进行讲解一样，他对这个人物而言，无异于上帝对于造物，他了解、洞悉这个人物的一切以及与这个人物有关的一切。而在眼前这部小说里，贝尔纳诺斯却不充当多尼桑的全能讲解者的角色，他并不想把多尼桑神甫在这黑夜里的经历都说明得一清二楚，都解释得明明白白，他虽然并没有采取人物自我叙述的角度，虽然保持着一种形式上旁观的叙述角度，但他并不作为旁观的造物主全视野地把人物的一切都描述出来，而只是从人物主观感受的窗口、从这样一个特定的带有极大限定性的角度来加以描述,而且这些感受又是来自一个充满了宗教感情、头脑里满是宗教神秘主义成分的青年教士。因此,这一夜的经历被描绘得缺乏客观的、实在的明确性。它像噩梦一样,朦胧不清,扑朔迷离,充满了神秘主义的气氛与色彩,使人难以辨识其中的真相,更谈不上具体的细节了。读者只能通过模糊不清的事实的幻影、那些奇特的带有象征意味的对话与动作,隐约地感到那是一段奇特的经历:多尼桑所遇到的很可能不是一个男人而是一个女人,这女人看来也许就是穆谢特。而在这奇特的黑夜里,年轻的神甫与这个神秘的人物之间有了一种不寻常的关系。这样一个故事情节,如果作者从使人爱读的目的出发,采取旁观的、全视野的描述角度,本来可以把它写成浪漫情调十足、使人感到"可读性强"的一章,而今在贝尔纳诺斯的笔下却需要读者在阅读中仔细加以辨析,原因就在于他没有采取通俗小说中常有的那种描述角度。

其二,穆谢特事件后,教会对多尼桑神甫的处置。自杀的穆谢特临终前要求把她抬到教堂去咽气,多尼桑不顾她父母的反对,竟亲自背着她去了教堂,此事在地方上与教会中都引起哗然,在教会看来,此举极为有失体统,不啻是一大丑闻。为了保全教会的面子,教会当权者宣称多尼桑神甫有精神病,把他送进了精神病院。要把一个精神正常的人送进这种病院,教会当然得设法取得诊断医生的合作。这个小小的阴谋如果作者采取巴尔扎克在《杜尔的本堂神甫》中的描述角度与方法去加以描叙,他完全可能写成深刻揭示教会事务的有戏剧性的篇章。巴尔扎克在他那部小说里以客观的全视野的描述方法,把教会人物围绕着现实利益,甚至是鸡零狗碎的小利所展开的勾心斗角表现得十分有戏剧性,使读者并不因为其题材的平淡而失去阅读的兴味。但是,在贝尔纳诺斯的这部小说里,虽然多尼桑案件的每一个环节几乎都是有戏剧性的,然而,贝尔纳诺斯却把这一切都压缩在主教给议事司铎的一封信里,让所有这一切通过一个教会人物的立场、眼光与语言来加以概述，而这样一个教会人物的看法显然有很大的限定性。贝尔纳诺斯采取这种描述角度，当然不可能像巴尔扎克在《杜尔的本堂神甫》中那样，把事件表现得充分、透彻而淋漓尽致以使读者感到满足。

叙事者与故事的关系、叙事者的角度，是从来的小说家都十分用心的问题，一个作家采取某种描述角度即使不是合理的，对他来说，也是有意的、自觉的、事出有因的。当贝尔纳诺斯十分自觉地丢舍了叙事的情趣，致力于把小说写得"不吸引人"的时候，他是为了什么？看来，他的目的只有一个，那就是从一个新的角度、一个接近宗教界与宗教人物的角度，来展示这个领域与这一类人物。

因为宗教与教会的统治曾给人类带来了黑暗的中世纪，也因为宗教与教会在历史上是与那已经被否定的封建主义紧密相连的，所以，在近代的文学中，宗教与教会人物总处于一种被揭露被批判的地位，当作家带着否定的倾向，以一种冷眼旁观的角度来对待与描述他的教会人物时，他作品中的这类人物不是可笑就是可憎。然而，作为一个相当庞大的社会组织，教会所拥有的人数众多的神职人员难道不是可笑就是可憎？须知，低级的教士往往出自社会的下层，何况，神职人员、教士也都是具体的人，只不过是在特定的观念体系支配下控制下的人而已，特别是随着教会在资本主义关系确立以后的社会里所具有的地位与作用的变化，文学描绘中的漫画化倾向就更开始成为问题。当然，文学中也有正面的神职人员，如像雨果的《悲惨世界》中的卡福汝主教，但这样的人物头上又有着一种特异的光圈，完全是作者理想化的结果。贝尔纳诺斯是在教会学校完成他的中等教育的，他受到宗教的熏陶自不待言，而且，在这期间，他结识了修道院院长拉格朗热，他的成名作《在撒旦的阳光下》中的多尼桑神甫就是以拉格朗热为原型塑造的。他所受的教育与他的交往经验既给他提供了写作的题材与灵感，也造成了他要尽可能就近地、贴切地描述这种人物的自觉意图，使他选取了这部小说中这样一种描述角度。正如我们所看到的，他着意于描述他们平淡无味的生活，他们如何交谈，他们用什么特定的语言方式，他们如何进行思维以及他们对事物有什么样的感受等等，即使是对客观现实生活中不平常的事件，他也是从他们的角度、他们的眼光、他们的感受去加以描述的，虽然他在小说中并没有以"我"的形式让教会人物自述，"现身说法"，但他所选取的描述角度无疑是最贴近人物的，如果不说是已经合二而一了的话。

特别与这部小说的描述角度、描述方法有关的，是作者以多尼桑神甫为作品的中心，而多尼桑又是一个忠于上帝、忠于信仰、忠于职守的教士。世界上任何一种思想体系、主义学说，都有自己忠实的、积极的、抱着绝对的主观真诚、具备忘我的献身精神的信奉者与追随者，也就是说，自己的"圣徒"。在这部小说里，多尼桑就是一个名副其实的圣徒。对于圣徒式的人物，以常人的标准往往难以理解，特别是对于这样一个与我们的文化传统相距很远的思想体系的"圣徒"更是如此，如像他说话用的全是宗教语言，他进行思考全是以宗教概念，他的感受总带有神秘主义色彩，他不仅把真正属于人间罪恶范畴的东西，而且也把一切与教义不符的东西、一切与自然人性有关的东西，都视为来自撒旦，他几乎与一切世俗的观念、世俗的希求决裂等等。这岂不是一种抽象精神的化身？岂不是一个概念化的人物形象，一种主观臆造的产物？然而，如果考虑到任何主义都有自己绝对忠诚的成员，那么在天主教思想体系中出现多尼桑这样的圣徒也就不足为怪了，多尼桑那种圣徒的语言也就是可以理解的了。多尼桑这个圣徒形象正揭示了一种主义学说，特别是一种曾经与政治统治权结合在一起的主义学说，对于人心人脑的控制与支配可以深入到什么程度。正是为了真实地表现出一个圣徒，贝尔纳诺斯才在自己的小说里着力写圣徒的语言、圣徒的思考方式与感受方式，这也就决定了他在小说里的描述角度与作品的风貌。

如果多尼桑神甫这个形象只具有这一面，那他终究是一个苍白的、没有血肉的形象，一个贝雅特丽齐式的理想化身，一个顶着光圈的半人半神。但是，多尼桑具有另一面，他身上存在着灵与肉、上帝与撒旦、教义与人性、教规与人情的激烈斗争。为了压制自己身上、自己内心里的后一个方面，他竟穿上了那样可怕的苦行衣，还把自己的肉体鞭打得伤痕累累。他那身苦行衣、他身上那些可怕的伤痕、他在荒野黑夜里所感到的"眩晕"、"痛苦"、"迷乱"、"幻觉"，都说明了他身上两种倾向、两种成分、两种"人格"斗争的激烈程度。直到他的晚年，这种斗争也没有结束，以至他整个一生都不断施用"惩罚自己的酷刑"，用"严重损害了身体"的方法"折磨自己"。他这样忠于上帝、忠于教义而扼杀自己身上一切世俗成分、自然成分的精神搏斗，的确是惊心动魄的。然而，他终于认识到这种努力是徒劳的，撒旦无处不在，难以清除，也难以从自身中根除。从这个意义上来说，他是一个悲剧形象。他的悲剧是深刻的，因为正如作者的书名所指出的，他是在"撒旦的阳光下"。《在撒旦的阳光下》，多么深刻的题名！这里没有上帝的阳光，只有撒旦的阳光普照，因为这个世界是人的世界，人性的世界，而不是上帝的世界，抽象教义的世界，要在这样一个世界上实现上帝的完全胜利、抽象教义的绝对统治，那是违反自然，难以达到目的的。

最后，让我们回到读书趣味的问题上来，这里不妨把读书趣味区分为两种：一种是追求生动有趣的情节故事，甚至追求消遣娱乐的读书趣味；另一种则是求知、追求思考与研究乐趣的读书趣味。当我们怀着前一种趣味来读《在撒旦的阳光下》时，我们会感到某些失望与不耐烦，因为贝尔纳诺斯的确丢舍了一些叙事的情趣；但当我们怀着后一种兴趣来读这部作品时，我们则会深感有所获、有所悟，因为贝尔纳诺斯在作品里向我们展示了一个我们很感陌生的精神世界与一种相当特殊的人物，使我们看到他们如何言行、如何对待事务、如何经受自己灵魂中的骚动与困扰。不可否认，这是一本难写的书（比编写一个通俗小说故事要难上百倍），一本难译的书，因而也是一本难读的小说，然而它又是一个向我们阐明了一个思想体系的书，一本足以引起研究的兴趣与思索的启示的书。

打开教士的心扉

——贝尔纳诺斯:《一个乡村教士的日记》

这是一本自叙体小说。

自叙体小说与一般自叙性作品并非一回事,前者是以第一人称自我的形式叙述某一经过了不同程度艺术加工的现实生活,后者则是作者叙述自我实际经过的某一现实生活。两种不同的作品,从文本上来看,都有相同的特点,即在叙述上的第一人称方式,但实际上却存在着本质的区别,即各自所叙述的现实生活内容在性质上的根本不同,一个是并非实际生活中原原本本的现实内容,而是经过一定程度的艺术想象,掺杂了若干虚构成分;另一个则是原原本本的现实内容,是实际生活中确曾发生过的真实历史,自传、回忆录、自叙性的诗歌与散文都属于此一大类。

小说就是小说。由于在古老的历史中,小说是从讲故事演变而来,最初小说的叙述方式一直都是旁叙,旁叙的方式对讲故事、对全面表现某一个事件的多方面与全过程无疑是再方便不过的,因为在这种叙述方式中,旁叙者被赋予了无处不在、无所不能、无所不晓的"叙述上帝"的方便与特权。

小说领域中旁叙方式占绝对统治地位,至少继续到了18世纪,这个时期,由于要适应更多、更真切地表现人物自我精神世界、心理变化的需要,小说中出现了第一人称自我叙述的新方式,这就是书信体、日记体、自述体小说的产生。这种变化是在欧洲各国文学中同步发生的，各个国度，几乎都推出了自己在世界文学享有重要地位的名著：在英国，有《鲁滨逊漂流记》；在德国，有《少年维特之烦恼》；在法国，有《新爱洛绮丝》《危险的关系》《吉尔·布拉斯》。及至19世纪、20世纪，小说中的自叙方式几乎已经占有"半壁江山"，而自叙体小说名著杰作已经是多得不胜枚举了。

虽然只是叙述方式问题，但与叙述的内容题材也不无关系，自叙体小说有相当大的数量是与作者本人的生活经历或心理经验有关，在法国文学中的这类名著，夏多布里昂的《勒内》、龚斯当的《阿尔道夫》、柯莱特的《流浪女伶》、拉迪盖的《魔鬼附身》等等，在不同程度上都有作者本人的影子或成分。正因为多少是以作者本人的生活经历或心理经验为基础，作者才采用了自叙体的形式，以求自己的作品在人物的生活感受与心理活动上达到更深切自然的程度，反之，如果作者自己与他所描写的主人公在时空与状态上相距很远，他一般是不会采取自述体形式的，当然，也有特别"艺高人胆大"的例外者，法国20世纪文学大师尤瑟纳尔写《阿德里安回忆录》（1951）就是著名的一例。

《阿德里安回忆录》以自述体形式写出了公元117～138年的古罗马皇帝的生平与事迹。阿德里安是罗马历史上一位雄才大略的君主，一生在内政外交方面颇多建树，要写出这样一个人物真实的生平与史绩，经得起历史学家的考核与推敲，这已经殊非易事，何况作者给自己规定了一个高难度的标准，既非写一部"史记"，更非写一部"传奇"、"野史"或"戏说"，而是要虚拟、揣摩人物自己的思想写出一部"回忆录"，不仅是符合历史实际、有"信史"价值的回忆录，而且是历史人物合情合理的内心世界与思想轨迹的"笔录"，这就几乎难于"上青天"了，这样艰巨的创作只有像尤瑟纳尔这样对古代历史与文化有精深研究的学者型作家才敢于从事，才能够完成并取得巨大的成功。此作的难度与成功,无疑成为尤瑟纳尔于1980年当选为法兰西学士院有史以来第一位女院士的主要基石之一。

贝尔纳诺斯的《一个乡村教士的日记》也有类似的难度,其难度就在于贝尔纳诺斯不是教士,他却要写出一个教士的日记,也就是说,他不仅要熟悉乡村教士的生活,而且要洞悉乡村教士的内心,要虚拟出这种内心世界的状况、轨迹以及隐秘。既然是一本日记,总得有一些不为常人所知、不为常人所有的私事。

教士,这是法国文学中出现得最多的人物中的一种,大概是因为在封建专制时代,教士属于特权阶级,教会不仅占有巨大的资产,而且拥有极大的权势,所以从中世纪到18世纪的法国文学中,教士形象几乎没有一个不是面目可憎的。在中世纪的小故事中,教士个个嘴馋、贪欲、吝啬、好剥削人。在16世纪人文主义作家拉伯雷的《巨人传》中,教士被称为"可怕的猛兽"。17世纪莫里哀著名的世态讽刺喜剧《达尔杜弗》中,天主教士号称"良心导师",实际上是破坏平民家庭、骗取掠夺市民家财的恶棍。在18世纪文学中,教士更是普遍地遭到了鞭挞,在几个启蒙思想大师的笔下,教士个个可恶,伏尔泰《老实人》《天真汉》中的教士不是上层社会淫乱链条中重要的一环,就是特务活动中为害甚烈的鹰犬。狄德罗的《宿命论者雅克》中,教士有的是为贵族淫荡的生活服务的皮条客,有的是阴险无比、玩弄权术诡计的阴谋家。在卢梭的《忏悔录》中,教士之下流简直不堪入目。显然是因为处于资产阶级大革命的前夜,社会矛盾极其尖锐,教士作为特权阶级在社会上已触众怒,即使是没有意识形态色彩与政治目的的文学作品,也对教士很不容情,产生于这个世纪的第一部法国性小说《好家伙修士无行录》中,教会修道院被描写成为乱交、群交的大淫窟,各种稀奇古怪、扭曲变态的淫行,都来自教士的发明。

到了19世纪,宗教与教会在社会中的特权地位没有了,文学中的教士形象也大有改善,除了像《巴黎圣母院》这样以暴露封建专制社会为目的的作品外,反映19世纪生活的作品对教士也变得心平气和了,不再把教士都描写成魔鬼,倒是经常把他们描写得通情达理,难能可贵,甚至德行高尚,人们熟悉的几部文学名著都是如此。在巴尔扎克的《乡村教士》里,主人公是一个心怀社会理想,为社稷人伦呕心沥血的改革家;而在《杜尔的本堂神甫》中,也有一个忠良憨厚、老实善良的皮罗多神甫;在司汤达的《红与黑》,彼拉神甫与谢朗神甫都是"最好的教士,德行完善的君子",他们学识渊博,洞悉世态人心而又悲天悯人,忠于宗教的原则而又宽厚大度,严于教旨而又通情达理,惜才爱才,主人公于连从他们那里得到不少帮助。在雨果的《悲惨世界》里,卡汝福神甫更是一个集所有人道主义高尚精神于一身的人物,慈祥、仁爱、宽宏、善良、克己、磊落、高尚、廉洁、公正,有正义感,充满了睿智……几乎所有的美德他都应有尽有。

应该说,到了19世纪文学中,教士形象的情理化基本已经完成,读者可以从中看到这种特定身份与特定职业的人物的行为规范、行为模式以及他们所显示出来的人性特征与水准。当然,对他们的描写与展示,都是作者从他们的外部,站在旁观者的立场上去进行的,人们所看到的都是他们的客观状态,即使作者也结合他们的客观状态,掀开他们内心世界的一角帷幔,但也是非常有限的,加以在身份与职业上的特殊,这种人物往往具有更为复杂、更为幽深,甚至带有神秘主义成分的内心世界。这个世界对读者来说,一直是一个陌生而隐秘的领域,展示这种人物真实的内心世界,特别是钻进这种人物的内心,从内而出,采取"自我说法"的表现形式,对文学来说,似乎还是一个有待完成的任务,一片有待开垦的园地,但这样一个新鲜的园地,偏偏几乎无人进入,其原因不外是,当过教士的作家毕竟甚少,即使当过也不见得就愿意"现身说法",而没有当过教士的作家,也由于难以猜透、揣摩这种特定人物的特殊内心生活故望而却步。

因此，当贝尔纳诺斯作为一个非教士出身的作家，决定钻进一个教士的内心世界，以第一人称自叙体来写一部小说的时候，他无疑是给自己揽了一件"瓷器活"，一项并非易事的任务，现在就看他是否有"金刚钻"，是否能用"金刚钻"把这件"瓷器活"好好地完成，是否可以真实地表现出一个教士的实际生活与内心世界。

贝尔纳诺斯没有当过教士，对他写教士而言，这的确是一种"先天不足"。不过，没有当过教士，也可以对教士有相当了解，巴尔扎克在他《杜尔的本堂神甫》中就证明了这点，何况，贝尔纳诺斯还是一个终生笃信宗教的人，对宗教是体知甚深、虔诚信奉的。这至少使他在两个方面具有揽下这桩"瓷器活"的条件：一是与教士比较接近，对教士的生活比较关注、比较熟悉；二是对宗教世界观，对教士的复杂的精神生活、幽深的内心世界比较容易理解，容易体察，容易透析，容易揣摩。

在《一个乡村教士的日记》中，首先可以感到作者对乡村教士实际生活厚实的了解，可以看到一个乡村教士现实的存在状况。

正如在几乎所有对教会人物进行过描写的文学作品中所能看到的那样，乡村教士原本都是出身于农村贫寒家庭，为了糊口与生计进入修道院或神学院接受教育与培训，以通过这一途径获得乡村本堂神甫或其他基层神职人员的职务，谋求终生都吃上这碗饭。即使是在封建专制、教会享有特权的时代，这种乡村教士从其出身与实际地位而言，都属于社会的低层，虽然肩负一方教化、众生引导、公共慈善的责任，他们仍属于社会上的小人物之列。

贝尔纳诺斯这部"日记"的主人公就是这样一个小人物。他自称"出身穷人世家"，"也是个农民"，祖上都是包身工卖苦力的，或者是当女佣的，相当于我们所说的"贫雇农"，12岁就出家来到了修道院，结业后当上了一个可怜巴巴的村庄的本堂神甫。薪俸有限，日子过得很寒碜，饮水都没着落，只好忍痛花钱请人到泉边去打水，膳食费付不起，也只好不用女佣了事，至于穿着，内衣的褴褛使他甚感惭愧，缝补过多次、渍痕斑斑的外衣更是显出一副穷困潦倒相，经济上甚至还偷偷接受有钱的同事的施舍。他年纪轻轻，胃部就已经患上了不治之症，常为此而受折磨，但他仍极为忠于职守，每天都奔波在自己的教区，路上步行的时间实在花费够多，以至他自己也哀叹"我一生的全部精力将耗尽在这片沙路上"。其实，他这样辛劳的奔波几乎是徒劳无益的，他所面对的是"精疲力尽"的农村，是充满了"多脏的秽物"的世界，"堂区是很脏"，"基督教国家还要更脏"，他就陷在这样一个世界的一大堆鸡毛蒜皮的琐事中忙忙碌碌，进行他无济于事的修修补补……他并不就因此而心安理得了，他常为自己涉世不深、不熟谙农村经济事务以及实际生活的某些基本情况而战战兢兢。对于与农业生产有关的种种专业知识，他也准备"顽强地去进行钻研"，因为，他认为所有这些经济事务、实际生活与专业知识都是他的职务要求，自己必须了解与精通的。虽然他严于克己，非礼不为，非礼不视，品行端正，但带有性意味的诱惑、含着邪意的骚扰以及含沙射影的恶意讥讽他都经常碰见……

　　这一个特定乡村教士整个的生存状态与生活图景，作者既不是通过戏剧性的故事与事件，也不是通过完整的"自述"展现出来的，而是通过"日记"中的只言片语、零星记述编织而成的，其精到细致，真有如"勇晴雯巧补孔雀裘"。尽管是丝缕线索，但最终却构成了统一的意境与象征，以这个青年乡村教士操持之努力与有恒，来对照其实际效应之徒劳与无效。两相对照，显然形成了一种悲剧性的意象，如果用我们所熟悉的比喻来说，简直就如西西弗在推石上山。看来，这个悲剧性的意象是贝尔纳诺斯有意造成的，这种悲怆性的意境是他有意构设的。

更重要的是，贝尔纳诺斯在法国文学中第一次打开了一个教士的心扉，这里不是弗罗洛式的充满了灵与肉，混杂着邪恶、阴谋与罪恶的内心世界，也不是脱罗倍式的充满了世俗功利心、权术与算计的内心世界，而是一个从少年时候就出身在宗教教义的"染缸"中浸泡了十几年，因而宗教行为规范与天真自然感性在身上占有主导地位的教士的内心世界。这里所记载的，不是某个以功利与情欲为内容，困扰着、折腾着灵魂的戏剧性故事，也不是绘声绘色的日常见闻，甚至也不是鲁迅日记式的每天大大小小事务的流水账，而是严肃性十足的思考，正经性十足的内心感受。

他具有十分真诚的敬业精神，热爱他的工作，认定自己并非供职于一个虚设的行政机构，而是精神道德机制中一个不朽的活动细胞，深信自己的职责在社会生活中的重要性，他并没有把自己的教区视为安身立命的所在，没有视为继续升迁的跳板，更没有视为作威作福、鱼肉乡民的势力范围，而是当作一个与自己生命同在、为自己深深挚爱的对象。虽然，它只是一个"宛若精疲力尽的牲口，躺在湿漉漉的草地之上"的小村庄，请看他这种深情激动的呼唤："我可怜的堂区，也许是我生命中第一个也是最后一个堂区……我希望我能死在这里。我的堂区啊，这是我叫它时不能不激动，不能不产生一阵爱的冲动的一个字眼呀！"

他对自己职责的艰难性有充分的认识与感受，对上，他感到上帝是他"怎么也说不清楚的"；而对下，对他面前需要领牧的芸芸众生，他又深感其人性的复杂与难办，"畜生的需要甚微，总是一模一样，而人则远非如此"，"人人都愿意谈论乡下人的单纯朴实，而我倒觉得他们复杂得可怕"。即使是面对堂区那些少女的夏娃式的狡黠，他都不止一次地不知所措，事后总是一整夜一整夜地"由灵魂受苦"……他毕竟也是一个人，而且是一个年轻人……

他颇具思想家的品格，很关心一些社稷人伦的历史、现状与可能的未来,经常思考国家、社会、道德等等大课题,特别是贫富问题,他把这个问题与历史、宗教、制度、世态、人心联系起来加以思考,很有若干深刻的见解,并且还包含了对社会前途的憧憬与设想,他无疑带有理想主义的倾向:"任何社会没有理由存在贫穷"。怎样改变"上帝的合法继承人穷人"的状况呢?怎样才能做到"恢复穷人的权利又不安排他们的权力"?以社稷兴亡为己任的当政者所操心的这些大问题,居然缭绕在辖区仅一小村庄的这个乡村教士的小脑袋里。

他虽然只管理本堂区里一些鸡毛蒜皮的琐事,但他在精神上颇有点期望变革的倾向:"我钦佩革命者,为了因炸药炸毁一垛垛高墙堡垒,他们费尽了心思,要是思想正统的人那一串钥匙能为他们提供方便,以便他们能从从容容从大门进去而又不惊扰他人,那该多好。"

他当然没有少考虑宗教问题,他深知宗教与教会的力量与恒久性,他认识到:"教会是一种拥有自己的法律、自己的官员、自己的军队的主权国家……它正朝着跨越时空的方向进发,它要依靠各种连续的制度和社会生存下去。"他道出了宗教教会与不同社会形态、国家制度之间的依存关系,他悲叹,也许正是在这种依存的历史过程中,基督教"走了样","在日渐堕落","修道院院长们的乐观主义已寿终正寝"。他看到世风日下,"许多特别操心维持社会秩序的教徒,说穿了是维护他们自己"。他提醒自己"倘若我事事顺从这些人都乐意让我扮演的角色,我会成为什么样的人呢"?颇有点自我操持的气节。

当然,他在跟教会的同道的交往与关系中有不少体验,他对自己的言行举止有不少自省,他对周围的世态人心也有不少观感,如果如他自己所说"修士们真是了不起的内心世界观生活的主人"的话,那么,所有这些就都是他内心世界的组成部分。这些内心生活的内容固然都给读者以深刻的印象,但最令人感动的,可能还是这个乡村教士心灵深处那种悲天悯人的感情与他自己对人之存在的悲怆感,他把人世概括为"人们眼睁睁看着烦恼横行无忌"的苦海,在这里,"烦恼是一种尘埃,您在来往之中不会看到它,但您在呼吸它,您在吞吃它,您在吮吸它。它是那样的细小,那样的纤薄,以至在牙齿下甚至没有声响。可是您停留片刻,它就盖满了您的脸庞,盖满了您的双手,您必须不停地晃动才能抖去这种尘埃细雨。"他把自己视为这个烦恼世界上一个匆匆的过客,当人们读到以下这样的段落时,是很难不被深深感动的:"我只不过是小教堂门前的过往行人,而远在修建小教堂前的15世纪,这座村庄就在这里,耐心地忍受酷暑严寒,雨打风吹,它曾几度兴衰,几度沧桑,它牢牢地抓着这块贫瘠的土地,吮吸着它的精华,又把它的亡灵归还黄泉。它的生命历程该是怎样的神秘,怎样的深沉!它如同带走别人一样将把我带走,而且我比别人肯定走得更快。"

应该说,贝尔纳诺斯所打开的这个内心世界,理性的内容显然大大多于感性的内容,而且教士本来就是思想幽深,甚至多少有神秘主义倾向的人,这个乡村教士又是一个爱好思辨的人,加以,他写这部日记的唯一目的"就是自己对自己交谈",他写下来的东西也就只求自己看得明白,而并不求别人看得明白,因此,其中的思想有时不免晦涩,现实关系与人际交往线索过于隐蔽,人物面目有失鲜明,某些意味过于微妙含蓄。不能不承认,这是一本并不容易读的书,是一部爱好思考、有研究兴趣的读者才愿意一读的书,它不是一本可提供消遣乐趣的书,而是一部有思想深度与心理深度的书。

当然,这本书的一切一切都是贝尔纳诺斯有意安排,一手造就的。显然,他只想表述自己的思想与见解,展示出一种人生态度、人生哲理,他并不想把自己的书写得"好看",他本来就是一个安于清贫、淡泊名利的人,甚至在1927年就拒绝了接受荣誉勋章,他怎么会在1934年自己的小说创作中投合通俗小说的趣味呢?

一种"凌绝顶"的意境
——圣爱克·苏佩里:《夜航》与《人类的大地》

　　有开拓进取精神的人,应该读这本书,它能给人补充新的勇气与奋斗的力量;仅仅以闲暇心情追求读书之乐的人,也应该读这本书,它能使人从高超的文笔所引起的愉快中,开拓精神视野,获得一般书籍所难以提供的人生感受;经常在空中飞来飞去旅行的人,也不妨读读这本书:不论你是因商务洽谈,还是因政务出差,或者是为探亲访友,当你对机舱中一切都习以为常,向舱窗外的天空与飞云漠然而视,甚至感到无聊的时候,你不妨打开这本书读读,肯定会比读一本旅行用的通俗小说或消遣性的小报强得多。虽然它几乎没有多少故事情节可言,更没有任何其他刺激性的文学作料,但它可以使你得知同是在机舱里,有人曾经有过多么刻骨铭心的体验,有过多么惊心动魄而又智勇超群的经历,这肯定能使你在机舱中的精神状态上升到一个高高的意境。

　　此书出自圣爱克·苏佩里之手,由他的《夜航》与《人类的大地》组成,我们把它们合为一集,是因为它们在题材、生活内容、精神格调与风格意境上,都是融通一体的。

　　在法国以至世界作家之中,圣爱克·苏佩里是一个很有特殊性的人物,他的特殊性来自他那不平凡的特殊生活经历与他独特的文学创作的结合。

　　圣爱克·苏佩里有"蓝天白云的耕耘者"之称,他的存在意味着他首先是一个飞行员、航空家。早在他4岁的时候，他就梦想将来飞上天空，而在12岁时，一位著名的飞行员就带他实现了他的愿望，这还是在航空飞行尚属罕见的20世纪初期，对一个少年儿童来说确是一次非凡的经历。1921年，21岁的他终于自费学会驾驶飞机，不久，就成为一名空军飞行员。从20年代直到1940年，他一直在航空领域任职：当过飞行教练；驾机开辟过从法国南部到摩洛哥与塞内加尔的邮政航线；担任过航空站的站长，多次出色完成空难救险任务；在南美洲与非洲当过飞行员；亲自开通过从卡萨布兰卡到马里进而到达喀尔的航线；在第二次世界大战中担任过空军的技术教官，并争取当上一个战斗飞行员，执行空中战略侦察任务。他的生活中充满了传奇性的经历：体验过航空事业开拓者艰苦的生活，在不止一次飞行事故中负过重伤；以其飞行业绩荣获过法国荣誉团骑士称号；试飞水上新机种时险些丧生；曾迫降在荒漠之中五天五夜之后才被救出；在"二战"中以其成绩受到过法国空军的嘉奖，荣获过十字军功章，等等。他在生活中不断进取，不断进行新的挑战：曾试图发明一种喷气式飞机；曾试图打破飞越大西洋的纪录……他自强不息，战斗不止，1940年退役以后，他于1943年又长途跋涉到北非，恳求在盟国部队中服役并参加实战。1944年7月31日，他驾机执行他的第9次空中侦察任务，一去不复返，正如一篇悼念文章所写的，"魂返天国，星宿归位"。

圣爱克·苏佩里作为一个大写的人而存在过，他的生存活动达到同时代一般人所远远没有达到，也不可能达到的高度与范围。比起他的航空事业，他的文学创作在他的生活里似乎是一种派生物。他在从事飞行四五年之后，才从事文学创作，并且一开始就是以他的飞行生活经验为题材，这就是他1926年初次发表的短篇小说《飞行员》；1927年，他又在飞行生活的空隙，利用两只汽油桶架起一块木板，伏在上面完成了他的第一部杰作《南线邮航》；此后，他的几部代表作，1931年出版的《夜航》，1939年出版的《人类的大地》与1942年出版的《战区飞行员》，都是在工作与战斗生活的暂歇时期写出来的，而且无一不是以航空飞行生活为题材，统观他全部的文学创作，其中只有哲理童话《小王子》等一两种是例外。

圣爱克·苏佩里是一个理想宏博、胸襟宽广、开拓进取、不屈不挠、坚毅卓绝、大智大勇、勇于牺牲、视死如归的人。而在文章之事上，他的笔致洁雅，趣味纯正，意境高远，格调悲怆深沉，其感受的敏锐、热情的蕴藉、英雄主义的力度与现代精神水乳交融、化为一体。在他这里，人格是文格的依托与基础，没有他这种特定生活中的人格，绝不可能具有像他这样雄浑、刚毅、悲怆、深沉的风格；另一方面，他的文格又是他的人格的依托与基础，"我思故我在"，"我写作故我在"；如果他没有进行过写作，特别是没有在写作中凝练出他那优美高超的文笔，而又用以这种文笔来物化他那种生活与精神，那么，他也不可能作为一种精神人格的文化体现与存在而长存不朽。《夜航》与《人类的大地》就是他这种人格价值与文学价值的主要体现。

《夜航》于1930年出版后，第二年即获费米纳文学奖，《人类的大地》于1939年出版后，当年亦获法兰西学院小说大奖，前者的销售量曾达到250万册，后者很快就被译成英文并成为"畅销书"。

这两部作品所描绘的，与其说是生活故事，不如说是生活类别。从事航空事业的这种特定的人群，即使在航空航天事业已很发达的今天，仍然是现实社会中的"稀有族"，何况是在本世纪的上半期。圣爱克·苏佩里深知这种职业不平凡与令人神往，他满怀信心以平实的描述去呈现飞行员的生活内容、生活方式与生活情景：他们如何驾着远非先进精良的飞机，冒着生命的危险，开辟一条条航线；他们如何在死亡的阴影下像铁人一样，泰然自若地生活，尽忠职守去进行每一班飞行；他们如何以无比的勇气，了不起的沉着，高度的智慧与精良的技术在空中与乌云、雷电、狂风以及高耸的险峰周旋，不断地摆脱、不断地突破、不断地飞越；他们是如何充满了人情人性，然而工作却使他们很难能享受到爱情的欢乐与家庭的温暖，他们只能以硬汉的刚毅承受着这种柔情的失落；他们的工作纪律是如何像铁一样严格，不容许丝毫差错，即使出自客观原因，也要面对严酷无情的惩处。这种生活机构单调，危机四伏，但无疑是一种壮丽崇高的生活。

在圣爱克·苏佩里的笔下，这些以青铜铸成的硬汉完全不同于20世纪文学中那些富有才情、容貌出众，但却害有世纪病的"芸芸众生"：或者是因为"上帝已经死去"、精神没有寄托与归宿而悬空飘浮，或者是因为认识了生存的荒诞与现实的荒诞而沦于虚无，或者是因为眼见了世界经历着可怕的纷争、屠杀与毁灭性战争而萌生出世界末日的悲观绝望，或者是因为有现代物质生活的极度享乐而反陷于颓废，或者是在谋求社会与人群的出路之中误入空想与偏激，等等。他们身处高空无边无际的寂寥中，却情系大地上的人类，充满了"对某种伟大事业负责的道义感"和职业的骄傲感。走在城市的人群中，深感自己肩负着他们的重托；飞在天空中，"尝到了勇敢献身的自豪与陶醉"。他们外表有时不免粗暴，显得高不可攀，但却有"天使的面目"，他们眼见着一个又一个伙伴一去不复返，甚至不知葬身何处，既没有感伤与眼泪，也没有对同类的巴斯喀式的悲天悯人之哲理思考，甚至似乎有点无动于衷，然而他们最重伙伴的义气，把友谊珍藏在内心深处。在他们那个世界里，从没有意气相争、勾心斗角、尔虞我诈；他们的精神境界超凡脱俗，摆脱一切物质功利，彻底地认识到了"如果我们只是为了物质利益而工作，我们就给自己建造了一座监狱。钱财本是身外之物，根本不能给你提供任何有价值的生活"，"夜航和成千上万的星星，那种宁静，那几十小时的神圣的至高无上的权力，金钱是买不到的"……总之，圣爱克·苏佩里笔下的人物，都是有崇高价值标准，有人生理想的人，除了他们身上那种坚硬性具有某种清教徒式的严酷色彩外，他们要算是近代文艺复兴以来那种对人的理想的具体体现。

　　这就是圣爱克·苏佩里在自己的作品里倾其大力所表现的人文内容，这种积极向上的内容，使他成为一个"道德家"，严肃但合情合理的道德家；成为一个"理想家"，热情而不流于空幻的理想家；成为一个杰出的人道主义者。尽管他作品中的这些人文内容，在相当大的程度上是传统的，但却在20世纪世界文学中吹拂着一股清新的气息，保持着一种"会当凌绝顶"的意境。

　　圣爱克·苏佩里不仅以人文内容的思想力量取胜，而且以高超的文笔使他的作品对读者具有艺术吸引力。他的这两部代表作，要算是20世纪文学中相当典型的散文化的小说，在小说所能依伏的种种艺术手段里，圣爱克·苏佩里只给自己留下了文笔这一种。要把夜班值勤、气象观察、机械检查、察看地图、接受电讯、识别航标、审视仪表、驾驶操纵等等这些枯燥的技术内容以及单调的马达声、电波声等等写得居然不令人乏味，简直就是一个"文笔奇迹"。圣爱克·苏佩里令人极为惊叹的是他真正写出了航空飞行中才能见识到的大自然奇观：黑夜的神秘、星空的灿烂、云海的壮丽、时空的辉煌、雷电交加的惊心动魄、乌云阵足以令人丧魂的漆黑……是他提供了航空生活中才能领略到的种种新奇而锐利的感受：超越感、升华感、俯视感以及身陷范围达数千里的大风暴之中，或迫降中以闪电为发的崇山峻岭迎面扑来时的恐怖感……他把这一切带进了文学，开辟了文学表现的一个新的领域。时至今日，航空飞行对很多人来说都已经是一种日常生活，文学艺术中有关航空飞行的描述与表现已经司空见惯，然而圣爱克·苏佩里在这个领域仍保持着他至高、至尊的地位。

田园牧歌传统中的超前性新意
——让·吉奥诺:《山冈》

1929年,吉奥诺发表他的成名作《山冈》时是34岁,并不年轻,但如果考虑到他参加过四年的第一次世界大战,还为了谋生糊口而干过好几年的"杂活",很迟才步入文坛,那就应该说他当时只是一个初入道的"文学青年",如果再考虑到他在此作之前,只写过一些无关紧要的诗,那就应该说,《山冈》实际上是他的小说处女作。这部作品一发表就得了布伦塔诺文学奖,并在法国文坛引起了轰动。这对一个初入道的小说新手,可不容易。由此亦可见这部作品肯定具有独特的魅力,系来自作者生活经历、精神生活的深层,是生活积淀与精神积淀的凝聚品。

小说的魅力,一开始就被人定性为牧歌式的田园风格。当时的文坛泰斗纪德称作者为"写散文诗的维吉尔"。

古罗马诗人维吉尔是田园文学的祖师爷,自从有了他的《牧歌》十章后,后世的田园牧歌型的作品就绵延衍生,前呼后应,成为西方文学中一个特定的传统。这种作品一般都具有这样几个特征:一是以农村生活、乡野生活为素材;二是写作者对这种生活情不自禁的迷醉与赞赏;三是由这种迷醉与赞赏而必然导致的对这种生活的美化与诗化。这几个特征几乎是浑然一体,水乳交融,不可分离,其核心的灵魂是作者的迷醉与赞赏,其主要的外在表现形态则是作者的美化与诗化。因而,田园、牧歌文学经常有的那种光明、完美、理想化的色彩并不是农村田园生活本身所具有的内在的本质,而是写作者所赋予的外在的附加物。

田园、牧歌文学之所以具有这种特征,与写作者本人的条件与状态往往有密切的关系,至少有两种情况可引发田园、牧歌性质作品的产生。一种是作者对农村乡野生活原本真实状况的隔膜与缺乏实感,法国17世纪一批著名的长篇田园体小说就是如此,它们都出自远离乡野、依附于贵族沙龙的文人之手,他们为了填补贵族男女空虚的精神世界,满足这些人在虚无缥缈的想象中讨生活的需要,编织出了以田园为背景的悲欢离合的艳情故事,其中的牧羊人、牧羊女,沉湎于缠绵悱恻的爱情中,谈情说爱,赋诗作文,唉声叹气,要死要活,其实只不过是披着牧人外衣的贵族,这类作品中最著名的是《阿丝特莱》,其作者奥诺莱·于尔菲本人就出身贵族,在城堡中长大,在巴黎受教育,并无农村乡野生活的经验,但他写牧人牧女故事的这部小说竟长达五大卷六十册,据史家考证,小说是以他本人青年时期的爱情经历为素材,只不过,原来的贵族青年男女到小说里乔装成了牧人牧女。

另一种情况不是因为作家本人缺乏农村乡野生活的经验与实感,而是因为他并没有利用这种经验与实感,倒是由于对社会现实的某种失望或逆反精神倾向,将自己的某种愿望与社会理想,附丽于自己所熟悉、所怀念的农村乡野的生活形态之上,就像乔治·桑那样。这位法国女作家在童年时代纯粹是一个乡下孩子,长时期与农家儿童为伍,深受农村生活的陶冶。但她在自己的田园小说中,并没有让她的文学描写从她的真实经验与实感中滋生而出,而是赋予了她的文学描写以明亮的空想社会主义理想的色彩。在这里,人际状况、家庭关系都充满了泛爱的气氛,到处是温情脉脉,而不存在现实利害的成分,女子"像圣母",小孩"像天使",男人也健美高尚,完全是一派诗情画意的理想化的图画。

古奥诺则不同，他从小就生活在自己的故乡普罗旺斯－马诺斯克。第一次世界大战后，他脱下军装立即又回到了故乡，并长期定居在偏僻的马诺斯克。显然，乡野生活的经验与实感他都是不缺的，这成了他小说创作的一个泉源。直接运用了自己的经验与实感，而不是凭空臆造，也不是附丽美化，这就是吉奥诺的不同，就是他在田园牧歌文学传统中的独特性。

现在的问题是，他如何运用他的对农村乡野生活的实感？且看他在其早期代表作《山冈》中是如何运作的。

他从一开始，就没有去讲述乡野生活中一个个富有地方色彩的轶事与趣闻，就像都德在《磨坊文札》中所做的那样；他也没有去搬演富有戏剧性纠葛与冲突的故事，就像左拉在《土地》中所做的那样，他是致力于表现农村人的生存状态与精神状态。在这部作品的内容中，如果可以说有什么事情发生了的话，那就是一个小村子的人如何碰见了一场森林大火，读者看到围绕着这个中心事件，一幅幅形象十分鲜明突出，细节非常生动真切的情景：简朴粗糙的生活条件，与草木禽兽为伍的原始状态，勤奋熟练的耕作，顽强不息的生存斗争，在天地大自然中张狂的行为方式与渺小无能为力的实际处境，自然灾难逼近时的恐慌，相互之间的隔膜与危急时刻的齐心协力、团结互助……这是一幅真实、严酷而又洋溢着人的奋斗精神与生趣的乡村生活写照，你看到作者满怀兴味描绘着耕者一来到田头，从放下食物、整理工具到开始劳动的操作程序，满怀兴味描绘着村民与干旱缺水进行斗争的过程，你不会不承认他就像维吉尔有浓厚的兴趣去描写种葡萄与橄榄树，去描写牧马养蜂那样，如出一辙，你不会不感觉到他有着维吉尔式的货真价实的田园牧歌情结，如果你自己身上也有田园牧歌细胞的话，你便会赞赏这一幅真正的田园牧歌画面。

不言而喻，重要的还有文本的节奏与语言，什么样的节奏与语言，最适于表现这种粗糙而朴实的乡野生活？很难想象巴尔扎克描写伏尔盖公寓的那种大段大段的文字与左拉描写万象剧场那样板块式的段落可以相宜。吉奥诺运用了简短的段落与朴素的文句，他这就对了。简单朴素的段落不仅与回归大自然的题材、淡泊的思想风格契合一致，而且近乎散文诗的篇章形式，给读者留下想象回味的空间。在这种篇章形式中，文句几乎都是高度浓缩、高度凝练的，如"暮色已弥漫山谷，擦着山腰扩展"，"风的土地，也是飞禽走兽的土地"，"山冈就像烈马一样不好对付"等等。如此言简意赅的语言构成了诗式的格调，使作者对"一个写散文诗的维吉尔"这一评语当之无愧。

如果说，吉奥诺这部作品在题材与语言形式是田园牧歌式的，那么，在哲理内涵上则更是田园牧歌式的，是20世纪彻底的田园牧歌式的，真正的田园牧歌式的。

在这部作品里，吉奥诺既没有流于田园牧歌拜物教的态度，对农村乡野生活以及大自然盲目进行歌颂，也没有流于田园牧歌猎奇心理，对农村乡野生活以及大自然进行趣味性的展示，他持一种可以说是崭新的角度，至少对传统而言是全新的角度，来观察与描绘乡野生活与大自然，致力于阐释与展现出他关于人与大自然的哲理以及他那种极为独特的泛大自然论的思想。

吉奥诺十分有意识地表现人与自然之间既亲和又对立的关系，他不像历来的田园牧歌倾向那样，把大自然只视为臣服于人、供人观赏的"摆设"，供人消遣、散心的场所，而只是把它视为与人的生活、人的命运息息相关的存在。在他看来，大自然在人的面前似乎是被动的、任其摆布的，其实却是决定人类命运的真正的主人，人在大自然的面前，似乎是主动的、为所欲为的，其实却是被动的、无能为力的附属物，人似乎无所不能，其实力量有限，不堪一击，大自然似乎软弱无能为力,其实威力无穷,不可抗拒。

为了明确阐释他的这种观点,作者安排了一个即将寿终正寝、终于得以窥见天机的老人作了一席谈话,他明确指出"大地才是真正的主人",大地不以人的存在为转移,他提醒对自然灾难逼近的危险感到惶惶不可终日的世人说:"你想知道该怎么办,却对你所生活的这个世界一点也不了解",他的劝诫是:"大地不是为你一个人造的,不能让你一个人没完没了地使用。"作者还让一个奋力掘地的农民"打量着遍体鳞伤的大地",产生这样的感受:"要是它被我的铁铲铲疼了,动了起来呢?"这样他就把人依存于大自然、不能对大自然采取急功近利的思想表现得具有丰满的形象了。在作品的开端,还有一个富有寓意与象征性的《序幕》。在那一章里,拟人化为一个神威英雄的大自然,令人可怕地惩罚了那些破坏大自然的群氓,有了这个序幕,作者的这种尊重大自然、保护大自然的思想,可以说是表现得很是饱满酣畅、有声有色了。

吉奥诺不仅在田园牧歌文学传统中注入了尊重大自然、保护大自然的思想主张,他走得更远,把他的思想推到了泛大自然论的激进地步。毫无疑问,地球是一个以人为中心的星体,以人为本,是人考虑与对待自然万物、考虑与对待天地环境以及人自身的当然前提,这是从猿到人,而后人又创造了辉煌文明的漫长历史过程的必然结果,是自然史与社会史长期发展的必然结果,即使是尊重大自然、保护大自然这样一个大课题,也不可能脱离人本主义的这一个必然的前提,它实际上是一种明智的人本主义的自然观、环境观,或者说是自然与环境问题上有节制的人本主义。

但吉奥诺有那么一点惊世骇俗,他越出了人本主义的界线,他走出了人类一元论,而进入了泛大自然主义的万物多元论。他赋予大自然中的万物、赋予草木与石块以人的感觉、人的思想情感、人的生命,因而具有了各成一元的权利。在他看来,"自从盘古开天地,树木就和大地在一起,那时还没有人哩","一块这样的石头就耸立在那里,在你、我、草木,总之一切祖先存在之前就有了",因此,它们都拥有生命的权利。于是,在吉奥诺的笔下,农人担心锄草砍树都属于"杀生"而有所顾虑,担心害怕大地被挖掘得遍体鳞伤时,会产生蠕动与震动,还以为蛤蟆与蚯蚓被铲死时,也会有类似人的那种临终痛苦。

如果从尊重自然、保护自然出发,进入了泛大自然的万物多元论,任"万物霜天竞自由",人的生存范围与生存空间恐怕就会大大缩小,甚至难以生存下去。吉奥诺在思想深处,也难免有如此的自我诘难,他把这种自我诘难也写进了他的代表作,让人看到这样的后果:"假如你不砍不伐,不在自己周围清理出一块地方,而把铁器束之高阁,那遍地的青草就会淹没你的脚,淹没你的房屋,把一切变成废墟。"人"就不再意识到他作为人的强大,只感到恐惧,吓得在自己的躯壳里缩成一团,就像核桃壳里的核桃仁","成了一具被恐惧震慑的大活尸"。

人在生存斗争与发展开创中,如何尊重自然、保护自然,这本来就是一个极为巨大、极为复杂的社会课题。如何在这两者之间保持合理的科学的平稳,如何在人类的开拓发展中保护自然,如何在保护自然的同时又维持人类的开拓发展,这也不是一个作家所能做出完满的答案的。作家没有责任开出药方,他思考了这一个问题,他形象地表述了这一个问题,这就足够了,这就足以使他的这部作品具有别开生面的思想内容,具有独特的思想深度,具有发人猛醒的思想冲击力。

大自然在一个作家那里,具有如此重要的地位,在这一点上吉奥诺与卢梭颇为相似。100多年前的卢梭,曾把大自然推崇到了极致的境界,把它视为净化的乐土。在他那里,纯朴的大自然与罪恶弊端层出不穷的现实社会是对立的,他几乎把大自然当作解脱恶浊人类的大救星，大自然是洁净的泉源，它取之不尽，用之不竭。到了吉奥诺这里，大自然同样被强调到了压倒一切的地步，问题却严峻得多，如何对待大自然已经是一个与人类命运休戚相关的问题了。问题之所以发展到了如此严峻的地步，原因很简单，那就是近代西方社会经过了100多年的发展，到了工业化的时代，大自然环境在人类急功近利的开发过程中，已经被破坏得不像样子了，对大自然采取什么态度，已经是决定人类未来生死存亡的一个大问题了。吉奥诺在20世纪20年代就提出了这个问题，达到了我们今天环保意识的高度，显示出了他田园牧歌倾向的超前性。

20 世纪文学中少见的英雄塑造

——让·吉奥诺:《屋顶上的轻骑兵》

让·吉奥诺显然对自己的描述天才特别自信,即使在文学史上状物叙事的领域里已经高手如林,巨匠络绎不绝,他也要以他这部代表作来充分地展示自己的这种能力。何止是展示而已,简直就是大大炫耀了一番,而且是选择了一个比以往的高手巨匠更为狭小的描述范围来进行这番炫耀,就像掌握平衡的大师不在两座摩天大楼之间的一条细细的钢丝上走个来回,就不足以证明自己惊人的本领一样。

"描述的范围",这个概念比较笼统费解。有必要加以具体的说明。我们且把"范围"理解为种类上的量或度。种类的数量与度量之多,也就意味着范围之大。

以地理空间而言,作家写距离与反差甚大的不同地域、不同国度、不同城市,其地理空间的"种类"与"度量"愈多,这种描述范围也就愈大,就像我们在洛蒂的小说中所看到的那样,这里有各种各样的异域图景:希腊岛屿上充满芳香、略带神秘意味的氛围,太平洋的小岛上风和日丽、郁郁葱葱的景象,非洲国家的赤道风光,土耳其的特殊情缘,冰岛布列塔尼区阴暗荒野的景色以及各种时空、各种海域、各种气候条件的海面……

以社会现实而言,就像我们在左拉的家族史小说中看到的,这里有巴黎的工人区,外省的矿区,外省的农村,巴黎的交易所,巴黎的菜市场,巴黎的大百货商场,巴黎的"红灯区"妓院,有普法战争的战场，有巴黎官场，有医学界，有小市民生活……同样，以生活方式、生活情景而言，我们在司汤达、巴尔扎克的作品中无不看到各种类别、各种形态，正如巴尔扎克自己所说"千殊万类"，"有如动物世界"。

可见文学史上那些描述大师，总是要扩大自己的描述范围，避免狭隘化、单一化，以达到对现实、对社会全景式的、百科全书式的反映，以满足读者对各种时空、各种现实、各种情景、各种状态的好奇心、求知欲，以使自己的作品显得丰富多彩、五彩缤纷，以充分显示自己驾驭不同题材、展示各种图景的才能……

吉奥诺在《屋顶上的轻骑兵》中的行事方式颇有不同，一开始他把人们带进了法国普罗旺斯地区炎炎夏日下的山野平原，让人们跟随主人公昂热洛在那个荒凉的被霍乱席卷的地区一程程、一村村走下去，一直走了整整一章。有古典文学阅读经验的读者这时也许会想，这不过是像巴尔扎克在《高老头》的开篇时所做的那样，对伏盖公寓加以详尽描写，以烘托那一出即将发生的巴黎悲剧的氛围。但是，读者估计错了，到了第二章、第三章，吉奥诺仍没有把他们带出这个热得令人窒息、瘟疫席卷逞凶的地区，虽然这个村子、那个村子的景象有这种或那种的差别，但都有尸横遍地，活人上吐下泻，成群的乌鸦在上空盘旋，准备啄食人肉的描写。于是，读者不再存有看到其他生活景象的期望了，果然，小说直到最后，主人公仍然没有走出这个霍乱魔影笼罩着的地区，仍然在与口吐白沫的病人打交道，只不过意大利已经遥遥在望了，已进入了他的视线，那是他的祖国，是他要奔赴的地方。小说就这样结束在主人公充满希望的眺望中。

这是一本什么小说？作者的笔没有超出一个地区，那就是法国南部与意大利相邻的地区，也没有从一种性质的生活，一种状态的现实游离开去，那就是霍乱成灾的生活与赤地千里的状态，作者敢于用整整一本小说从事描述一种单一的生活状况，的确有一种走钢丝的艺高人胆大的勇气，而且，他也的确显示出了他杰出的描述天才，他竟然把这种单一地区、单一性质的生活,而且是令人窒息、充满了腐烂味的生活写得情景各异,变化多端,他的笔调充满了活力与灵敏。仅以写炎热的天气一事而言,他就能使书中时时掀起一阵阵热浪,使读小说的人时有炎热之感。

杰出的描述才能确实有,问题在于把这才能用在何处?从小说的现实内容来说,就整个的小说故事就是这个轻骑兵穿过瘟疫灾区的经历而言,我们似乎可以名之为《赤地千里的跋涉》,于是小说的性质也就不言而喻了,这是一本灾难小说。

作者明确地指明了小说中的灾难就是1838年蹂躏了他的故乡普罗旺斯-马诺斯克地区的那场霍乱大流行。早在他1929年的成名作《山冈》中,他就提到了那场可怕霍乱的若干情景,有的村庄"一天就死十个人"。霍乱过后,就出现了不少荒无人烟的村子,等等。那场灾难一直萦绕在作者的脑海里,成为他文学创作中的一个重要的情结,直到20多年后的1951年,他才终于在《屋顶上的轻骑兵》中充分地将它加以纾解。

说起灾难小说,不能不提到20世纪法国文学中赫赫有名的杰作——加缪的《鼠疫》。此作写整个一个城市面临着鼠疫的威胁,人群像苍蝇一样一大堆一大堆地死去,即将面临彻底毁灭的危险。各种人在死亡的威胁面前,有各种各样的反应,而后,他们又按照各自的方式振作起来,互相团结了起来,群策群力,以集体的力量战胜了鼠疫。显而易见,这部小说具有明确的寓意性,鼠疫象征着曾威胁全人类自由生存的法西斯,而小说中那一场与毁灭性瘟疫的殊死较量,则令人想起了第二次世界大战中人类的奋力抗争。如此宏大的主题、如此有力的象征性、如此与人类重大生存命运的紧密结合,使得加缪的这部作品成为一部使世界人民深为共鸣、极为感奋的名著。

加缪的名著发表于1947年,当时产生了巨大的影响。吉奥诺的《屋顶上的轻骑兵》出版于1951年,迟于加缪的小说4年,从时间的次序与内容的相似而言，我们实在不能说吉奥诺绝没有受加缪此作的影响，就题材的"专题性"、"单一性"与这位轻骑兵穿过死亡区的沿途所见识到世人的种种反应来看，我们也不能说吉奥诺的作品与加缪的名著完全没有相似之处，如果要定位的话，我们不妨把《屋顶上的轻骑兵》视为"二战"后的第二部重要的"灾难小说"。

不可否认，吉奥诺此作比之于《鼠疫》，显然缺少一种磅礴宏大的气势，一种灵动象征的力量，一种启迪暗示的潜能，总之，我们似乎很难把它视为一部有明显象征性与寓意性的作品。如果没有这种内蕴的、升华的性质，那么，作品对同一地域、同一种性质的现实进行大同小异的描写，就难免会使人有发闷之感，这种描述只会成为技能的展览与炫耀，吉奥诺肯定很懂得这一点，他也力图在这种炫耀性的描述中贯注某种东西，赋予它某种目的，那么是什么呢？看来，他是在他主人公身上动脑筋、打主意。

穿过赤地千里的瘟疫地带，在死人堆里开路前进，这一番经历本身就赋予了这个主人公一种不平凡的传奇的色彩，吉奥诺既然让他在如此可怕的境况中坚定不移，勇往直前，显然就是要让他接受承受力的考验而显英雄本色。果然酷热难熬的天气，一个个人口死绝的村子、小镇，尸体腐烂的臭气、乌鸦啄食的恶心情景以及望不到尽头的像罗网一样笼罩在整个地区的死亡阴影，都没有使这个轻骑兵畏而却步、转头逃遁，他义无反顾，冲出了死亡的重围，吉奥诺让他成为一个勇敢英雄的形象。

在这样一个可怕行程中，他不断遇到垂死的人，已死的人，逃亡瘟疫的人，于是，救死扶伤，清理场地，不断给人提供帮助的种种难题都层出不穷，接踵而至，他不仅要出力，要出钱，要不怕累，不怕脏，而且要冒被染瘟疫的危险……他都义无反顾、毫不犹疑地一件件、一桩桩完成了。吉奥诺让他成为一个慷慨仁义的人道主义的形象。

在这样一个艰困的行程中，一个美丽妇女的出现无疑是一道彩光,足以使读者的眼睛一亮,并且期待在这恶劣的可怕的环境中会看到一个不顾死活的爱情故事,然而读者最后失望了,不是因为这个同样落难的贵族美妇与这个轻骑兵没有共坠爱河的时间与场所,更不是因为这个美丽的少妇对他没有热烈的爱慕,倒是这个军人以高度的自制力,把自己的深深的爱情十分严格地控制在一种冷静优雅的绅士风度中,始终保持着冷静的态度与有礼貌的距离。吉奥诺使他的轻骑兵成为一个品格高尚的、情趣优雅的骑士。

别忘记这个轻骑兵是个意大利人。他作为一个贵族,作为一个地位颇高的上校,似乎都无关紧要,只要他是个意大利人就行了,而意大利人性格在法国人的笔下,总是一种充满激情、不顾功利得失、不顾任何后果的形象,他一旦认定某种人生目标或生存价值,就会为之不惜牺牲、不畏任何险阻。司汤达是写这种意大利人形象的能手,《帕尔马修道院》中的男主人公与《法尼娜·法尼尼》中的女主人公,就是为了爱情而奋不顾身,宁可粉身碎骨、身败名裂的人物,至于那个烧炭党人主人公,更是真正体现出了"生命诚可贵,爱情价更高;若为自由故,二者皆可抛"的精神与激情。这种真正闪现出品格光辉的人物,在法国文学中已久不见矣!真难能可贵,吉奥诺推出了一个。他这个轻骑兵在死亡地带中勇往直前、仗义行善,甚至把个人的爱情也抛在一边、深藏不露,就是因为他心怀一个远大的、正义的、无私的目标,他要奔赴他的祖国意大利,献身于自由事业。

在 20 世纪法国文学,以至整个 20 世纪西方文学中,流行色调基本上是灰色。在这里,人物绝大多数都是灰色的、正面的、积极的、带有英雄性质的人物,也都多少有些灰色基调,光辉的、真正意义上的英雄人物,几乎可以说根本就不存在,即使像阿拉贡这样的"社会主义现实"作家的《共产党人》这样音调高昂的作品,其中好样的汉子也带有几分灰色。比较起来,吉奥诺笔下这个轻骑兵的精神高度与品格光亮度,可谓绝无仅有了。这个人物与其说是现实生活深层的瑰宝，不如说纯粹是作者浪漫理想的产物，请注意这个小说的故事发生在1838年，这几年之内，在意大利并没有发生什么革命事件，这个人物并不是某一革命力量的具体体现，也许跟19世纪30年代初期至40年代中期活跃的马志尼派有那么一点微弱的关系，但实在是微不足道的。但不论怎样，作者的这个主人公的理想主义性质，甚至是乌托邦性质，确实使这部作品具有一种特殊的文学意义。

这里有他的灵魂
——亨利·特洛亚：《莫斯科人》

这是世界近代史上一次惊天地、泣鬼神的战役，一个最富有戏剧性的历史转折：

1812年，几乎征服了整个欧洲的拿破仑率军60万，进攻俄罗斯，挥戈直向莫斯科。俄帅库图佐夫避不迎战，弃城而走。拿破仑本以为大军可在莫斯科得到休息与给养，以坐待俄国降服，但俄国抵抗者纵火将全城焚烧一空。在寒冷与饥饿的威胁下，拿破仑不得不全线撤退。库图佐夫乘胜追击，大获全胜。拿破仑几乎全军覆没，并由此导致了威赫一时的拿破仑第一帝国的崩溃。

从那以后，这个历史事件在1814年后就成了历史学家们追述与总结的课题，也是文学家经常在自己的作品里加以描写的题材，只不过，它在俄国文学中描写得多，而在法国文学中则描写得少。在俄国文学里，托尔斯泰就是以此为题材写成了辉煌的巨著《战争与和平》；在法国文学里，不仅没有这样的力作，而且很少有作家专门以此为描写对象，甚至是当时曾亲身随拿破仑大军远征过莫斯科的《红与黑》的作者司汤达，虽然他的笔经常不放过自己时代重大的历史事件，但征俄之战的失败，却在他的好几部以描写时代为己任的长篇小说里没有得到丝毫的表现。两国文学中这两种不同情况的形成，也许是因为：这次战争对俄国人来说，是光荣与骄傲；而对法国人来说，则是隐痛与创伤。

在20世纪的法国文学里，却有一个重要的作家出来打破了这种局面。他在法国文学里声誉高，拥有的读者面广泛，是法国最高文化权威机构法兰西学士院的院士；他所获得的"不朽者"的称号，从18世纪以来，就是法国文化人在自己领域里达到了高度成就的一种标志。他是亨利·特洛亚。他描写这个著名历史事件的作品就是出版于1974年的著名小说《莫斯科人》。

这既是一本历史小说，又不是一本历史小说，由亨利·特洛亚来写最为合适。说它是历史小说，是因为它采用的是历史题材，其中所描写的莫斯科战役的进程与大事，如：莫斯科总督对法国侨民的搜捕与流放、大撤退、民众的抗敌热情与三山集合、法军的进驻与莫斯科大火，等等，无一不是按历史的真实来写。写这样一本小说，无疑需要丰富而精确的俄国史的知识，而这正是亨利·特洛亚的专长。在法国文化史上，进入法兰西学士院的文学家，往往具有一个条件，那就是一身兼具作家与学者两方面才能。如果不是一个正式的学者，至少也是一个具有丰富的学识或专业文化知识的大家。亨利·特洛亚自不例外，他是一位渊博精深的俄国史与俄国文学史专家。早在1959年被选入法兰西学士院之前，他已经拥有了好几部俄国文学史专著，如1950年的《陀思妥耶夫斯基》、1952年的《莱蒙托夫的奇特命运》、1953年的《普希金》；而他进入这个最高权威的学术机构之后，又有了新的成就，如《托尔斯泰》（1965）与《果戈理》（1971）。

小说《莫斯科人》，就是在这种深厚的历史知识的根基上产生的。仅仅从小说关于俄国19世纪曾一度使用过的于连日历、当时法国侨民在莫斯科的总数以及莫斯科皇家剧院的法国剧团最后一场演出等细节的描写，就可以看出特洛亚作为历史学家的素质与兴趣了。

但它并不完全是一部历史小说。作者不致力于纪实，而致力于描写；他在严格历史事实的框架里，嵌进了一幅幅完全出自他想象的画面。当然这种想象的画面，又是以历史真实的知识为基础的。于是，我们就得以从特洛亚的这部小说里看到法俄莫斯科战役时期中的种种情景：撤退中的混乱、克里姆林宫里的祈祷仪式、码头上的生死离别、莫斯科街头的空旷与抢劫、法军进驻过程中的荒诞与暴行、铺天盖地的莫斯科大火、寒冷与饥饿统治的空城、反抗与镇压的搏斗、法军的政治解决的行动以及最后大难临头的气氛等等，所有这些都是以油画般清晰的线条与鲜明的色彩描绘出来的，构成了关于这个历史事件的完整的现实主义的画卷，在文学中填补了过去在这个题材上的描写空缺。因为，即使是托尔斯泰在《战争与和平》里，也没有写莫斯科那场惊天动地、声势吓人的大火以及大火后那样可怕、那样严酷的现实；而特洛亚这种严酷可怕的战争描写，对于20世纪的读者来说，又并不是过时的，它使人联想起20世纪两次空前残酷的浩劫。

在《莫斯科人》里，作为历史学家，特洛亚显示出了他的渊博与精确；而作为文学家，则显示出了他的聪明与巧妙。他没有选真实的历史人物作为他的主人公，也没有选俄国人作为他主要描写的群体，他巧妙地以一个流亡在俄国的法国人阿尔芒作为自己的主人公。这样，就使自己在描写所熟悉的法国人上游刃有余，而避免了尤瑟纳尔以虚构一个罗马皇帝的口气写出巨著《阿德里安回忆录》那样可怕的艰难。他还巧妙地把一个在莫斯科的法国剧团作为他描写的主要群体，又得到像马尔罗在《人的状况》里以写自己熟悉的上海租界里的一群侨民来代替写自己所不熟悉的中国人群体那样的方便。而且，这喧闹的五光十色的剧团，以及剧团中发生的风流韵事，无疑给小说里严峻的战争画面，添加了一些色彩与可读性的因素，使小说在那些对历史题材与战争描写并不感兴趣的读者眼里，也是一本吸引人的读物。看来，特洛亚是在追求一种雅俗共赏的效果，这是他几乎所有的小说作品共有的特点。正因为如此，他的小说在法国往往得到畅销，人们称之为"特洛亚奇观"——据一个法国刊物的调查，特洛亚所拥有的读者在法国曾一度仅次于巴尔扎克。

精神与灵智，是文学作品高层次的重要标志之一，法国文学中一直有着追求精神与灵智的传统。特洛亚很懂得这点的重要，他不满足以历史题材、缤纷的色彩与引人入胜的故事取胜，而力求在《莫斯科人》中写出一些精神与灵智的东西。他通过阿尔芒这个人物表现一种独特的感受，那就是：一个人游离于两种文化、两个民族之间所感受的深刻的矛盾。

阿尔芒在19世纪是一个相当特殊的人。他出身于法国的贵族家庭，但被1789年的法国大革命震出了自己的祖国，他与他的父亲在俄国得到优厚的接待与收容。尽管他血管里流的是法兰西的血液，却完全是俄罗斯哺乳成长起来的。于是，在他身上，就出现了两种文化、两个民族、两个国家对他的双重影响与制约；他既是一个法国人，也是一个俄国人，分属两个民族，两个国家。他向往法国的开明精神与文化传统，在感情上却又与俄罗斯血肉相连，甚至有时他感到自己就是一个俄国人。然而，在法俄民族矛盾尖锐到极点的条件下，他却又被俄罗斯的民族主义排出了他所附属的这个共同体，被周围的俄罗斯人视为异己。这样，他的处境就又出现了对于两个民族、两个国家的双重游离。他深切地感受到法国是不属于他的，俄国也是不属于他的。这样无归宿、无根基的感受无疑是悲剧性的，它带给小说一种深沉的基调。特洛亚在小说里把主人公的这种双重归向与双重矛盾的思想感情贯彻始终，把它渗透在对现实生活的栩栩如生的描写中，甚至把它和阿尔芒的两次爱情经历结合起来，让纳塔莉·伊瓦诺夫娜夫人与波莉娜，分别象征着俄罗斯与法兰西，使整个小说成为一个完整的统一体，成为一本有精神内涵的书，一本有心理深度的书。

任何作品里都有作家自己。既然福楼拜已经说过这样的名言："包法利夫人就是我"，那么我们在《莫斯科人》里的阿尔芒身上看到特洛亚自己，也许就不是一件牵强附会的事了。在某种意义上，特洛亚本人就是一个阿尔芒式的人物，他自己的经历与阿尔芒颇有相似之处。阿尔芒是东去,他是西来。他原名列夫·塔拉索夫,是莫斯科一个资产阶级家庭的儿子。十月革命后,随家逃出俄国,最后在巴黎定居,并且在此开始他的奋斗。从 20 世纪 30 年代起他成为一个用法语写作的作家;而今,法兰西成了他的国家,就像俄罗斯成了阿尔芒的国家一样。虽然不能在他与阿尔芒之间画一个等号,但是否可以设想,阿尔芒所体验与感受到的对两个民族、两种文化的那样双重的从属、双重的爱、双重的依恋与双重的游离以及由此而产生的矛盾与痛苦,正是特洛亚亲身所曾感受到的呢?如果他没有这种复杂深刻的体验与感受,可以断言,他是写不出阿尔芒这个人物的。

如果说阿尔芒这种人物在 19 世纪还比较少见的话,那么,在 20 世纪就大量存在了。不少人安身立命之所在并不一定就是自己原来的故国,特别是在西方更是如此。阿尔芒那种双重的从属感与双重的异己感显然有着某种普遍性与广泛性,由此,特洛亚才可能去挖掘这种矛盾的感受,并把它作为能引起共鸣的东西表现在自己的作品里。从这个意义上来说,阿尔芒的感受是一种 20 世纪的意识,虽然他穿着历史的衣装;也正是在这个意义上,《莫斯科人》不仅对我们了解历史,而且对我们了解现实,都是颇有意义的。

现代的俄瑞斯忒斯怨恨

——巴赞:《毒蛇在握》

这是一个有点惊心动魄的序幕:一个倔强的少年手攥着一条可怕的毒蛇,他们之间进行你死我活的搏斗,终于,他用自己那只赤裸裸的手把毒蛇捏死。这个形象场景,凝聚着小说中的全部内容,成为这个少年人与自己母亲关系的缩影与象征。应该说,这个缩影与象征是真正属于巴赞的一个有创造性的艺术形象,然而,它所代表的题材与所反映的矛盾,却并非巴赞所特有,而是似曾相识。

在西方文学中,家庭矛盾是一大题材,其中父子矛盾、母子矛盾与夫妻矛盾又是经常见到的几大类,而在每一类别中,几乎都可以信手拈出不止一部传世不朽的作品。以母子矛盾为题材的或与母子题材有关的作品而言,最早的希腊悲剧中就有埃斯库罗斯著名的《俄瑞斯忒斯》三部曲以及欧里庇得斯的《美狄亚》,后来,莎士比亚的悲剧杰作《哈姆雷特》也与此题材有关。到了20世纪,这类题材的作品或与这个题材有关的作品似乎为数更多:劳伦斯的《美妇人》以及《儿子与情人》、奥尼尔的《悲悼》以及《奇异的插曲》与《更庄严的府邸》、罗斯的《波特罗伊的诉怨》,等等。巴赞的《毒蛇在握》就属于这个类别,这个题材是如此使人感兴趣,甚至在20世纪70年代的法国,曾出现了两部以同一个杀母故事为蓝本的影片:《我是比埃尔·李维尔》与《我,比埃尔·李维尔》。

对于文学艺术中的这个题材类别,我们可以称之为"俄瑞斯忒斯系列",它正是"俄狄浦斯系列"的对称。自从希腊悲剧诗人笔下出现了俄狄浦斯王因在不自觉的状态下犯了弑父娶母的罪过而痛苦地挖掉了自己的两眼这一惨绝人寰的悲剧后,后世又出现了相当多不同程度地表现了男性人物在情感上倾向母亲而对抗父亲的作品。这种"思母忌父"的心理现象被称为"俄狄浦斯情结",已成为现代文艺批评中心理分析的一把钥匙。与此相称的"俄瑞斯忒斯系列"则正相反,在这个系列中,母亲是被憎恶、被怨恨的对象,而父亲倒得到同情与报答:俄瑞斯忒斯为了替父亲报仇,杀死了母亲与她的奸夫;哈姆雷特因为母亲失身于谋害了自己父亲的窃国大盗而用利剑般的语言毫不容情地戕刺着母亲的心;在劳伦斯的笔下,《美妇人》中那个老实的儿子愤愤地宣称绝不原谅自己的母亲;在奥尼尔的《悲悼》中,拉文尼亚与奥林姐弟二人不折不扣扮演了俄瑞斯忒斯的角色;70年代那两个法国影片中的比埃尔·李维尔,仅仅为了使父亲解脱痛苦与烦恼,不仅杀死了母亲,而且也杀死了站在母亲一边的姐姐和弟弟。在巴赞的《毒蛇在握》中,小勒佐同情与喜爱的是自己的父亲,虽然这个父亲软弱、迂腐、保守,有不少毛病,他却把他视为自己"真正的母亲"。而对那位"母亲大人",他可并不限于把她比喻为一条必须捏死的毒蛇,实际上他曾两次采取行动蓄意把她害死,一次害她落水,见死不救;一次下了重药要她丧命。

对于俄狄浦斯情结的内涵,我们现在可以不去管它,我们在这里想要说明的是文学中俄瑞斯忒斯系列的根由。看来,这种根由在古典文学中与在现代文学中表现得似乎还多少有些区别。

在古典文学中,这种根由往往来自外部、来自人身之外的社会现实关系,是社会现实生活中政治、经济、法权、地位等方面的重大利害,甚至是生死存亡的利害,把人与人之间的血缘关系毒化为敌对的关系并导致尖锐激烈的冲突。俄瑞斯忒斯与自己的母亲及其奸夫势不两立,不仅因为父亲被谋害,在父权制开始取代母权制的时代中,他理应复仇。而且，自己死里逃生，被迫隐姓埋名，流落他乡，他要继续生存下去，获得自己的王国，他也必须把对方置于死地；哈姆雷特所面临的现实与俄瑞斯忒斯有些相似，他要清算阴谋家谋害父王的恶毒罪行，他要夺回应该属于他的王国，成为一个明主，实现自己的社会理想，就要保卫自己、不被暴君暗害，就必须把那与篡位者结为夫妻的母亲当作自己斗争的对象之一；在美狄亚的故事里，母子关系的悲剧并非主要矛盾，但她杀死了两个儿子，也是她与叛卖了她、遗弃了她并将她驱逐出境的死敌、自己的丈夫作殊死斗争的一个组成部分，推动她这样做的，就是人间的恩怨荣辱与利害冲突。

在现代文学中，俄瑞斯忒斯式的冲突的根由，往往不再来自外部的社会关系，对立与冲突的社会原因大大地被淡化，被降低到次要的甚至无关紧要的地位，冲突的根由更多地来自人的自身内部，来自人的心理与人性本身。最典型不过的是劳伦斯的《美妇人》中的描写，那个温文尔雅、老实羞涩的罗伯特，居然有一天表示自己要反抗母亲，指责她只爱自己，一心"想控制别人"，"以别人的生命为粮食"，宣称自己对她将"不予原谅"。他这种怨恨从何而来？他与母亲之间不存在任何世俗的矛盾，不论是经济的、社会政治的、还是宗教的、思想意识形态的。他们的物质生活很富裕，家庭人口简单，关系单纯，气氛和谐，每天晚饭后都有一场愉快的谈话，母子二人还以在一起研究研究古法律文件为乐，可见罗伯特的怨恨完全不是从物质生活与现实关系而来，而是来自他自己内心的心理生活。原因是，30多年，"他全盘的注意力全集中在他母亲身上，就像一朵弱小的花被太阳吸引住了"，原因是："他只是被她迷惑住了"，而在这种状态下，他"不是一个堂堂男子汉"，他身上只有占统治地位的"羞涩感"与"困惑感"。小说中有一句话很重要："罗伯特的困惑一定肇始于他出世之前，在美妇人的肚子里的时候，他一定就非常困惑了。"[1]

---

[1] 《英国短篇小说选》第438页，人民文学出版社。

作者在这里是要道出问题的根由。原来，罗伯特身上俄瑞斯忒斯式的怨恨是来自母亲对他的压抑，不是暴力的压抑，而恰巧是温柔的、迷醉的压抑，是来自他性格深处、人性深处的某种原因，潜意识的原因。这种深层的心理原因，显然属于弗洛伊德学说考察的范围，而现代文学中对俄瑞斯忒斯怨恨的揭示，正如它对俄狄浦斯情结的揭示一样，无疑也带有弗洛伊德学说的色彩。

  类似的揭示在劳伦斯另一个名著《儿子与情人》中也可以见到，虽然这部小说的主人公深挚地爱着温柔文雅的母亲，而憎恶粗鲁酗酒的父亲，是俄狄浦斯情结的体现者，但他在恋爱问题上又总想摆脱母亲的控制与对他的压力，这又多少具有了俄瑞斯忒斯情结的倾向了。同样，在奥尼尔的《奇异的插曲》与《更庄严的府邸》中，作为母亲形象的人物之所以使人感到压抑，也不是外部的社会生活的缘由，而是心理上的、潜意识上的缘由。在法国那两个杀母的影片中，比埃尔·李维尔对自己的母亲如此下毒手，固然与家庭中一些不愉快的纠纷有关，但这种纠纷决不至于尖锐到使人如此丧失理智的地步，他母亲的刁钻与不守妇道，也并没有发展到令人忍受不了的程度，而主要是因为这个青年在家庭关系的恩怨中失去了精神上与心理上的平衡。他爱自己的父亲，与父亲息息相通、相依为命，但他的母亲并不爱他们。于是，他在内心深处偏激地把另有所爱的母亲视为魔鬼，一心要代表上帝伸张正义。从这些西方现代文学的例子中，也许可以作出这样的归纳，俄瑞斯忒斯怨恨在心理上与人性上经常来自这样两个根由，一是因为个性太受母亲的压抑而生，另一个则是由于未能得到母爱、眼见母爱他移而生。

  这就是西方现代文学对母子冲突题材的处理，也许我们会不同意这样来看待与处理母子冲突，但是，在西方现代文学中，这种处理毕竟是一种相当普遍的现象，原因很简单，因为20世纪是一个已经产生了弗洛伊德学说的时代。

在这样一个时代的文学潮流中，我们不能认为巴赞完全是"我自岿然不动"的，虽然他自称"进步作家"，虽然他是法国文学中公认的巴尔扎克-左拉的现实主义传统的继承者之一，他所担任的龚古尔学院主席一职，就标志着他传统的文学主张与艺术趣味。问题的关键是，现实主义从来不是万古不移、一成不变的，传统的现实主义发展到20世纪必然要吸取新的营养、新的成分，因而，20世纪的现实主义不可能再原封不动地保持着19世纪的"风采"了。巴赞的《毒蛇在握》多少可以说明这点，它所展现出来的家庭矛盾，已不再是巴尔扎克笔下那种"金银珠宝下的罪恶"所诱发、推动与激化的家庭矛盾，而是带有相当心理深度的悲剧，悲剧的起因不是来自人生变故、物质利益的冲突，而主要是来自人物的内心深处，人物的感情底层。

如果硬要列举一些"现实生活的事件"来推究小勒佐对母亲形成那样强烈仇恨的原委，不外是这样一些琐琐碎碎的事情：几乎得不到远方母亲的来信，头一次见面就挨了一巴掌，她一来到就宣布了严格的生活守则与学习纪律，如按时起床，饭桌上要规规矩矩，晚餐时只能讲英语，等等。她让他过清苦的生活，如取消房间里的火炉与鸭绒被，早餐用汤代替牛奶咖啡，不给他添置正式的礼服，让他用农村的木头鞋代替橡胶高筒皮鞋，还要求他干一点农活，等等。所有这些的确容易引起孩子的不满与怨恨，但是，在一般的情况下，难道这些琐碎平凡的小事就足以产生像小勒佐那样强烈的仇恨，以至他采取行动要将母亲置于死地？何况这些小事很多都只是属于管教过严的范围。只有少量可称之为虐待。不妨设想，如果是一个苛刻的家庭教师这样对待小勒佐，他肯定不至于有这样偏激的感情与行为，问题的关键似乎恰巧是因为她是自己的母亲，这就有一个心理深度的问题了。须知，小勒佐本来远离母亲，在祖母的照管下长大，一直热切地期待着母爱，这种爱对于少年儿童的宝贵与重要，这种爱与少年儿童的感情生活息息相关、深刻执著的程度，绝不会亚于初恋的爱情对于一个青年。一个青年恋爱得愈强烈，失恋的痛苦也就愈强烈，由此产生的怨恨也就往往导致一些极端的行为。同样，一个少年儿童对母爱期待得愈切，得不到母爱时的失望也就愈深，由此产生的怨恨也就自然格外强烈了。小勒佐正是如此。他不仅没有得到他所期待的母爱，而且眼见这种母爱他移，眼见它完全倾注在他的小弟弟玛赛尔的身上。而根据巴赞在《毒蛇在握》的续篇《衰亡》中的揭示，玛赛尔又是他母亲的私生子，也正因为家庭中存在着这种隐私，他的比较和善可亲的父亲勒佐先生也是母亲福尔科什挤压的一个对象，小勒佐自然把父亲视为自己真正的母亲，而对母亲形成了俄瑞斯忒斯怨恨。除了这种母爱他移外，母亲在心理上造成的压抑感与窘迫感则是另一个根由。母亲福尔科什的确是一个专横、粗暴、虚伪、刁钻悭吝的人物，她不仅构成了对小勒佐个性发展的严重压抑，甚至也威胁到他作为少年儿童理应获得的生活权利。如果说，罗伯特早在娘胎里就感受到了某种窘迫而种下了他日后想要反抗的种子，那么，小勒佐由于这种实际体验到的压抑而产生强烈的反抗，也就是完全可以理解的了。

对于西方社会中青少年反抗的强度与反抗的反理性、反道德的表现形式，我们过去往往是认识不足、理解不深的。在不合理的家庭关系与学校教育的条件下，他们必然产生强烈的逆反心理，而由于他思想的幼稚与周围环境的影响，他们的反抗往往从亵渎宗教、逃学、胡闹、恶作剧这些反规范的行为，发展为反理性、反道德的形式：出走、流浪、盗窃、搞女人以及吸毒、犯罪。这些内容，小勒佐不全有，但也不全无。总的说起来，他的反抗还比较正规，带有世家子弟的味道，其反抗的规模甚至还不如西方文学中那个著名的"麦田里的守望者"霍尔顿。不过，他的反抗中却无疑含有些许恶的因素，如要置母亲于死地，在玩弄了农家姑娘后又无情地嘲笑着扬长而去，等等。除了心理上的根由外，这里还有一个性格问题。小勒佐本人的性格中就具有某些恶的基因，冷酷、狠心、利己、固执、桀骜不驯等，这些基因恰巧是从他母亲的血统中继承而来的。在小说里，他自己不止一次承认自己在精神上与性格上酷似其母，有"作恶的天性"，也十分自觉地要以来自母亲、属于母亲的方式去对抗与报复自己的母亲。不论母子二人性格中的恶是否发展到了狰狞可怕的程度，但他们的关系在本质上就是一种以恶抗恶，也是恶本身的自我斗争与自我报应。作者对于这种恶与恶之间争斗的揭示，对于这种恶自身中矛盾对立的揭示，构成了小说中具有性格深度与戏剧性的篇章。

当然，小勒佐的反抗还具有一定的社会内容，应该注意，他不是一个没有文化、没有思想、单凭本能行动的农村少年，而是一个接受了严格的家庭教育、有知识、有头脑的世家子弟。他出身于一个历史源远流长的诗书门第，祖辈中出现过不少政治、宗教与文化各界的名人，他所受到的一些严格管教与清规戒律的束缚，正是来源于父母亲那种忠于祖先传统、发扬家族荣誉的观念与意志。他具有社会内容的逆反心理也就几乎都针对着自己的家族，他对长辈在政治、社会与道德等各方面的资产阶级保守思想与阶级偏见很不以为然；他对父亲为了世家的派头而不务实创业颇为看不惯；他对母亲为了硬撑家族的体面而挤出大笔款项举行一年一度的招待会更是不满；他敏锐地感到这个古老的家族在风化解体；他认识到这个家族与20世纪的时代潮流脱节，甚至背道而驰。他这样指责自己显赫但即将衰败的家族："如今已是20世纪了，而那些农民仍被当作奴隶对待，这难道不是太古老过时了吗？用冠冕堂皇的外表来掩饰我们的分裂、我们干枯的心灵与精神、我们的蛀虫与衰败，像这样的虚伪，难道有什么体面可言？"[①]有了这种思想基础，小勒佐的反抗就升华到一个新的境界，他不愿把自己的命运与这样一个家族联系在一起，不愿意自己的言行与这个家族的规范合拍一致："他们对所有的传统观念都要说一个可悲的'是'，可我相反，我硬要说一个'不'，我是他们的对立面，

---

① 本作品引文请见F·20丛书本。

我要破坏他们遐迩闻名的耐心,我是一个专捕猫头鹰的猎手,一个弄蛇者,一个将来要订阅《人道报》的人。"并且,他深信:"这个家族在没落,而我却在上升。"作为这种上升性的反抗的象征,是小勒佐常爬上一棵高高的紫杉树去进行观察、反省与思考。第二十章中他在紫杉树上进行的独白,是全书中最有象征意味的场景之一,它与小勒佐用手捏死毒蛇的那个象征性的场面互相辉映,组合成了小说最后小勒佐为自己勾画出来的这样一个形象:"我乃是一个手握蝰蛇前进的人。"这形象复杂而含混,既有恶的因素,也有勇的成分,既有原始的本能,也有朝气蓬勃的精神力量。

　　形象的复杂含混,也许正是这部小说成功的所在。在小勒佐的反抗中,心理上的潜意识、性格中的遗传与头脑里的思想观念,都起了各自的作用。而每一因素的作用又都不是绝对的,作者对每一种因素的描写与展现,都留有相当的余地,给读者的理解力留下了充裕的空间,这就有了余味。作者在这部自传体小说使他一举成名之后,又创作了两个续篇:《衰亡》(1950)与《猫头鹰的叫声》(1972),构成了他的《勒佐一家》三部曲。但在后来两部小说里,他怀着明确的社会学的理解,以脸谱学式的方法去勾画他的人物,虽然给了读者以十分确定的思想观念与清清楚楚的阐释,却反倒不如《毒蛇在握》成功。这件事也许可以给人以某种启示。

卢梭主义的又一次跃动

——巴赞:《绿色教会》

在北京的风沙中,我一直向往着绿。

每当望见漫天的昏黄尘沙,每当看着我窗外一片灰色的房屋,每当看到飞机下方一片黄褐色的大地,我就产生一种强烈的对绿的渴望。

巴黎生活使我难以忘怀,其中一个因素就是它的绿意。我不能忘记住在巴黎郊外时,掩映在我窗口的浓密树阴,不能忘记我在纳意桥区的住处的大门外两排高大而望不到尽头的梧桐树,不能忘记我住过的那家旅馆的带风景的房间,一撩开蓝色的帷幔,在玻璃墙的外面就是卢瓦河碧绿的水流与绵延无际的森林。

我的巴黎生活中也有少绿的时候,那是1981年冬的一个多月的时间里,我住在北站附近一条古旧的街道上,周围都是灰色、黑色、昏黄色的房屋,几乎没有树木,于是,我在巴黎也感到了对绿的饥渴。为了缓解这种饥渴,我只要有时间,就乘地铁到拉雪兹神甫公墓去,在那里,道路旁、空地上、墓碑间,多的是树木花草,要不然就到亚历山大三世大桥附近的塞纳河岸去,那里有宽阔漂亮的林荫大道。就是在我需要费点力气才能寻觅到绿意的这段时期,巴赞的《绿色教会》正好出版,书店里、超级市场里、图书馆里到处都有。它封面上那密林丛薮的墨绿色,在当时就给我一种清凉之感,真可谓"沁人心脾"。而翻开来,它那郁郁葱葱的第一章,它全书中的那种森林野趣、那种绿色拜物教,都亲切地滋润着我的心田。

小说所讲述的是现代社会中一个非常奇特的故事，它的奇特性构成了直到最后也没有完全解答的巨大悬念。村镇的居民发现了一个在森林里过着原始生活的青年，他是什么人？他为什么始终拒绝透露他的身世与姓名？他为什么要舍弃社会、脱离人群、遁入孤独与林莽？他为什么要坚决拒绝使他回到现代社会生活中来的努力？他为什么对社会生活中一切既定的规范、条文、法律、约定俗成的习惯与思想方式抱有如此大的反感与蔑视，并采取了截然对立的态度？他最后自由地离开了这个村镇，他的行踪何去？他的结局如何？所有这一切，作者轻轻地撩开了纱幕的一角，让人隐隐约约地看到一些东西，然而却又未让人完全看得一清二楚。

可以肯定的是，他绝非一个在逃的罪犯，他有良好的教养与相当高的文化水平；他也不是一般的衣食无着的流浪汉，他有财产继承权与宽裕的经济条件；他更不是一个冷酷的仇恨人类、敌视人类的狂人，他在大水灾中勇于冒生命的危险去抢救他人，而对那些对他的离群索居抱有敌意的凡夫俗子，他不过采取一种淡漠、轻视与嘲讽的态度而已。看来，他很可能是一个受到了社会的亏待与损害、心灵上形成了难以愈合的创伤，因而对社会表示了厌弃的悲剧人物，然而，他却又没有这种人物身上常有的那种希克利式强烈的恩怨心理与报复情绪，也没有这种人物身上常有的那种偏激的愤世嫉俗之情，他更没有由于本人的身世与遭遇而发展成为一个对社会明确宣战、对现存秩序进行斗争的叛逆者、反抗者。如果说，他比那几种人物短缺了一些骚怨、火气与斗争性的话，那么他却拥有一种为那些人物所短缺的东西：哲理意味与超脱格调。

在第一章中，无名青年第一次出现在密林中时，有一个细节颇能说明问题，那就是他用力把自己的手表扔得远远的。在这里，手表是作为现代文明生活的一种标志，是作为人类的时间意识的体现被扔掉的，这不仅是对社会现实而且是对人类文明的一种挑战，而这个青年之所以坚决对世人拒绝透露与承认自己过去的身世，甚至甘愿承受法律手续的纠缠而坚持这样做，与其说是为了回避过去生活中的隐痛，不如说是要从自己作为一种"社会关系的总和"的状态中彻底挣脱出来，要彻底割断自己身上所有一切社会纽带而把自己还原到亚当的状态；他之所以固执地不说出自己的姓名，与其说是为了保守身世的秘密，为了获得再回到丛林生活中的方便，不如说是要完全否定自己作为社会人的那个标志，而要完全把自己还原为一个自然人。他冷静地把这种返回大自然、向原始状态的复归、向自然人的还原视为一种理想，视为一种道路，明知走这条路会遇到种种难以逾越的困难，即使就在他眼前，现代生活方式、社会关系、法律条文、行为准则、习俗偏见、人际交往等等，正像千万条纽带一样束缚着他、羁绊着他，他也毅然决然地要坚持走下去。他这种复归的愿望与意志是如此强烈，甚至在他因受伤被收容，又回到了现代社会生活中之后，他宁可利用树影与原始的方法来计时，也不愿意依靠墙壁上挂着的时钟。这样，在他身上就明显地存在着一对对超脱于现实的形而上学的哲理性的命题：社会与自然、文明与原始、社会人与自然人。他对这一对对哲理命题肯定有自己一系列的思考，他的行为就是他的思考的外现。

　　正是他身上的这些哲理命题，使我们很容易就想起了西欧文学中一个著名的人物形象：鲁滨逊，他在人与大自然关系题材的文学中举足轻重，可以说是一种标志，一个代表。看起来，巴赞笔下的这个金色头发的青年人很像英国作家笛福笔下的鲁滨逊，因为这两个人物都生活在荒野里、丛林中，他们都靠丰富的生活知识、惊人的劳动技能来维持自己的生存。但是，在上述一系列哲理性命题上，这个青年人的精神倾向、思想实质，却又正好与鲁滨逊截然相反。鲁滨逊从来就是怀着严格意义上的资产阶级的世俗野心与梦想，热衷于海外经商与财富积累。他流落到荒岛上，开始像自然人一样生活，完全是被迫的、不得已的，而他在荒岛上一旦克服了他生存的困难之后，他就开始按照文明社会的准则与模式,在小岛上建立起自己的秩序,他以火枪与基督教征服了土人,他与礼拜五建立起奴隶主与奴隶的关系,他与一个获救的西班牙人达成了一项政治协议,他俨然成为这个小岛上主宰万物的明智的总督。而且,他始终没有忘记他在文明社会里的账目,并以回到那个社会作为自己努力争取的目标。而巴赞的这个无名氏,虽然置身于文明社会的国土上,生活在人群密布的西欧地区,却偏要遁入荒野;虽然有足够的条件享用现代物质生活方式的种种方便,却偏要给自己设置极大的困难去过原始人的生活;虽然社会与个人之间千丝万缕难以割断的联系不停地把他往回拉,他却固执地予以拒绝。总之,鲁滨逊是在野蛮中创造文明,在原始条件下坚持像文明人那样生活,而这个无名氏却是在文明中选择了原始,在文明社会里坚持过原始人的生活。显然,这是鲁滨逊的对立面,是一个逆鲁滨逊的精神文化的形象载体。而这,正使得这个无名氏青年具有了值得我们再深入探讨的特殊意义。

应该说,这种逆鲁滨逊的精神倾向,在当代法国文学中不是从巴赞的《绿色教会》才开始有的,就我所知,比巴赞较为年轻,也是巴赞所主持的龚古尔学院的成员之一的著名作家米歇尔·图尔尼埃,在他1967年出版的小说《礼拜五或太平洋上的虚无缥缈境》中,就沿用了鲁滨逊的故事与题材,妙不可言地进行了逆向处理,颠倒了原来鲁滨逊与礼拜五的关系,改变了鲁滨逊的精神倾向。其中有一个场景是我难以忘记的:鲁滨逊爬上一株高高的南洋杉,他在一片被微风吹动着的叶丛与花朵的海洋里,又沐浴着初升的阳光,凝望着巨鸟在天空中翱翔,他感到生平从未有过的欢乐,他发现了"野蛮生活"的幸福,他不愿再回到充满了灰尘、耗损与破坏的"文明世界"中去进行种种选择,决定留在这个荒岛上,在这里享受既无过去、也无将来的现时绵延[①]。

[①] 米歇尔·图尔尼埃:《礼拜五或太平洋上的虚无缥缈境》第九章。

这个场景无疑体现了一种精神，一种崇尚自然生活、厌弃文明世界的精神，巴赞的无名氏身上不正是有这种精神吗？他扔掉了自己的手表不正是要"享受既无过去、也无将来的现时绵延"？如果说，笛福笔下的鲁滨逊是18世纪资本主义殖民开拓精神在文学领域里的产儿的话，那么，法国当代文学中这种逆鲁滨逊的形象表现，又是什么精神文化的产物？

1988年5月的一个下午，巴赞先生家宽敞明亮的客厅里，我在访谈中问及他写作《绿色教会》的缘由。据巴赞先生说，事情是这样的：他曾经从德国报纸上看到一条有个人在原始森林里独自生活了10年的消息，这条只有10行字的报道引起了他的思考：这个人的上帝是什么？是大自然。而此人的这种存在方式的价值又是什么呢？于是，带着这些思考，他在短短几个月里，就写出了《绿色教会》。

"在我看来，您这些思考与卢梭的思想很一致，您这部作品是否可以说是卢梭思想传统的一个产物？"我当时这样表述了我对他这部作品的思想渊源的理解，对此，巴赞先生也表示了赞同。

的确，在这部小说里，巴赞通过他的一个人物这样评论了那个无名氏青年的奇特行为："事情的实质，恐怕还是选择粗野的、朴实无华的、孤独的、隐姓埋名的生活，以与众不同而感到自豪，以只属于自己，只属于自然而感到自豪，更确切地说，是属于绿色教会。"而"只属于自己、只属于自然、只属于绿色教会"，这正是卢梭式的理想，特别是"只属于自己、只属于自然"，更是典型的卢梭主义的语言。在卢梭看来，人生而自由，社会关系与文明规范都是人类社会发展起来以后加在人身上的桎梏，人类的黄金时代是原始时期，那时，人自由自在地生活在大自然之中，过着原始的、朴素的、健康的生活，在人性上，仍保持着天真、淳朴、勇敢、勤劳的品质，而文明社会来到后，就有了不平等与压迫，人也开始不幸地变得懦弱、胆小、自私、卑劣、贪图安逸、追求权力以至腐化堕落。对此，他竟如此感叹、如此强调:"我们如果保持了自然给我们规定的那种单纯的孤独的生活方式,我们就几乎可以避免掉所有那些不幸。"①于是,返回大自然,也就成为卢梭主义的精髓。当然,在这位伟大哲人所生活的18世纪,要回到原始人的时代,已经是一种不折不扣的乌托邦,但他仍把自己的这种向往,转化成在社会现实中完全是实实在在的对绿的爱好与对绿的审美情操。

虽然卢梭赞颂原始时代与非难文明社会是非历史主义的,带有明显的偏颇,但他这种精神有非常合理的内核,那就是主张淳朴的人性,就是对人类不平等产生后的不正义的社会现象与阶级文明规范的激烈批判。而他那对大自然的深沉热爱、对大自然的热烈追求,又始终不失为人类的一种美好的情操。因此,卢梭主义在历史发展的过程中一直具有持久的生命力,成为一种思想传统的源头,也就是可以理解的了。它经常在不同的时期引起人们对社会文明所同时带来的弊端的不满,它经常在人们身上形成田园倾向,它经常激起人们对大自然的审美意识。卢梭逝世以后200年以来,思想文化领域里这一传统的发展具有非常丰富的内容,足可以写一部专题性的论著。在这里,我只想指出,法国当代文学中这种鲁滨逊的逆反倾向,正是卢梭主义的生命力的又一次跃动。

这次跃动可谓强矣,在同一个龚古尔学院中,就发生在两位享有巨大声望的作家米歇尔·图尔尼埃与埃尔韦·巴赞身上。巴赞在承认自己的这部小说承袭了卢梭主义的同时,还曾向我强调,他写此书是从当代的现实出发,也是为了当代的现实。其实,在我看来,传统与现实这两个方面正好有关,它们相辅相成地促使着人们对绿色教会的崇拜。如果说,阶级社会的文明在18世纪已经带来了卢梭在他的《论人类不平等的起源》《论科学与艺术》以及《给达朗贝论戏剧的信》等一系列名著中加以激烈批判的那些弊病,如骄奢、轻浮、虚

---

① 卢梭:《论人类不平等的起源》第一篇。

伪、淫逸、放纵、萎靡、自私、暴力、掠夺、贪婪，等等。那么，这些弊病在20世纪则是有增无减，它们还随着社会生活方式的变化泛滥到了更为广泛的社会层面上。不仅如此，当代的工业文明已经极其严重地污染了自然环境，空前地破坏了生态平衡，这是过去任何时代所没有的，再加上当今人类自身的巨大膨胀，人类社会的前景是非常严峻的。愈来愈多的人开始认识到全人类的生存条件已经面临着巨大的危机，认识到文明的发展在带给人类物质生活享受的同时，又造成了人类生存基础的虚弱，有识之士的惊呼声、告诫声早已不绝于耳了，绿色已经成为一种象征，它已经超过所有一切的颜色，包括超过曾成为一个时代象征的红色，为人们所深深向往。正是这种时代要求使得传统的思想又获得了开花结果的气候，使得鲁滨逊的逆反倾向与绿色教会崇拜，成了美的理想。

巴赞一直声称自己是一个社会主义者，他写作是为了有益于现实。为此，他总使自己的作品带有一定的社会批判色彩。在这部作品里，他把地方法官、政府机构人员、见识短浅的资产阶级庸人、没有头脑的市民，当作自己嘲讽的对象，把他们置于"绿色教会"的对立面，他将无名氏青年这个人物投进那个小乡镇与那一片地区的社会环境中，让他验测出在人与自然的问题上种种悖谬世态与悖论现象。在这里，这个人物的出现方式本身就被人视为犯罪，他的流浪被人与偷盗画等号，甚至他的隐姓埋名也被认为是罪过。这样，追求与绿的结合、加入绿色教会、怀着乌托邦的热情向往原始自然的生活，倒成为法律、习俗、成见所不容的过失。在作者的笔下，这显然是正常人性的异化，是对自由社会中真正追求自由生活的自由选择之不可能的一种嘲讽。

为了丰富与阐发他的作品主题，巴赞在小说里安排了两个层面。在第一个层面上的就是那个无名氏青年，他是卢梭主义乌托邦的形象载体。在第二个层面，就是那一对父女。那对父女身上都有卢梭主义的余绪,他们都热爱大自然,反对破坏生态平衡,都向往绿色教会,是那个无名氏的同盟者与支持者,他们先是掩护他,接着又替陷于世俗麻烦之中的他解围,而后又收容了他,帮他渡过难关。他们从第二个层面上烘托着、支撑着这个理想主义的人物。正因为如此,他们在一定程度上也是世俗偏见、条文规范、习惯势力的对立面,他们在小说里起着破坏自然的悖谬世态与背离自然的短视偏见的见证者、数落者的作用。如果说他们都是绿色教会的教友而与无名氏青年有一定程度的结合的话,那么,那位小姐是从人性本能上、从原始性欲上与那个青年结合,她的父亲就曾用母猫来比喻她,无名氏也曾直言不讳地指出,他们的结合只是性欲需要的结合,而不是任何别的结合。而那位父亲,则是在对大自然的热爱上、对世俗偏见的超脱上,与那个青年人精神一致,感情相通。他那种卢梭式的经常在大自然中远足、散步的习惯,他那种在森林里观察动物植物种种生态的乐趣,他那种在果林里、菜园中劳动的愉快,他那种与猎人们为敌、偷偷地保护山林动物的顽皮之举,他那种相对说来比较恬静的生活情调,都被巴赞写得颇有诗情画意,如果巴赞本人没有那么浓厚的田园情趣,没有那么丰富的森林经验,他是写不出这些散文般淡泊而又清新的章节来的。

鲁滨逊早已把现代文明的秩序带到了世界上的每一个荒岛,米歇尔·图尔尼埃的鲁滨逊即使想永远留在没有人烟的荒岛上亦不可能,他回到了文明世界,并且永远再也找不到他那个原始的世外桃源[①];埃尔韦·巴赞的无名氏青年也不可能在这个世界上找到一个原始的隐遁地。在现代工业文明条件下,原始的绿的乌托邦已经完全是一去不复返了。但是,对绿的向往、对绿的情趣、对绿的精心爱护,在这个世界上还是实实在在、经过努力还是可以得到的。

---

① 《鲁滨逊·克鲁索的结局》,见图尔尼埃小说集《大松鸡》之二。

当代法国契诃夫式的短篇小说家

——罗杰·格勒尼埃的短篇小说

罗杰·格勒尼埃在他的短篇小说里,给我们呈现了一片灰色阴暗的天地。尽管这片天地是在世人所艳羡的当代美丽的法兰西,是在繁花似锦的巴黎,但它完全是灰暗的。

这一片灰暗的天地,是翻修、扩建得不成样子的办公楼建筑,是散发着烟蒂味的斗室与寒酸的寓所,是嘈杂混乱的小学校,是荒凉的墓地,是处于饥饿与寒冷重压之下的黑色矿山城市,是冷清的养老院与可怕的精神病院……在这一片灰暗的天地里,人们为了生计而奔波,为了对付贫穷、疾病与烦恼而挣扎,一个人能到咖啡店去喝一杯红葡萄酒就要算是享乐了;要想回家时能借到一点车费也就是幸事;妇女出门挎着的是裂了口的书包;男人把几张可怜的钞票藏在内衣深处的钱包里……这是当代法兰西一个特定的侧面,清贫、寒碜、困顿、拮据、烦恼……正是小人物的法兰西。

小人物的具体成分,在不同的时代、不同的社会虽各有不同,但构成小人物的标志却大致总是如此:地位卑下,生活寒酸,其存在状况与乞丐只有几步之差,而其精神状态,则往往是萎缩有余,振奋不足,其心地性格,则又多在软弱善良之中,掺杂着一些小小的过失,与若干种可笑之处。在阶级社会里,这种人物是芸芸众生,是伟人的陪衬与垫底,是丛林法则中供强者虎狼吞食与欺凌的羔羊。专门以这种人物为文学描写的作家,莫不都有几分悲天悯人的人道主义之情,莫不对不平的社会、强梁的世道有一些愤慨。在这种作家群中,我们中国读者格外熟悉的有契诃夫与鲁迅。

格勒尼埃看来也属于这个行列,他把自己短篇小说的精彩篇幅献给了面对着战争死亡的威胁在街头寻找一点可怜乐趣的普通士兵,在外省庸俗环境的窒息中哭泣的"爱玛",由于青年时期一次调皮捣蛋的行为被关在精神病院里一辈子的受害者,在养老院里像孩子一样哭泣的老人,潦倒穷困的演员,像奴仆一样听使唤的青年学监,在生活中毫无地位被人仅仅视为"一件物品"的老编辑,为维持家计而委曲求全的记者、播音员……总之,献给了在生活的重压下喘息挣扎的那些可怜的人们。对于他们,他深厚的人道主义态度是显而易见的,这使他的笔端满蘸着怜爱与柔情,而这正是格勒尼埃能吸引读者的所在,是他小说的道义价值的所在。如果说,他的小说的确具有感人的魅力的话,那么应该说,这种力量首先来自他自己善良的心地与他深深的同情。

格勒尼埃真实地描绘了现代资本主义社会条件下苦难的人生,在这里,战争、失业、穷困、饥饿、疾病、环境的束缚等等,仍然给普通人带来巨大的威胁与不幸。你注意到《朝拜》中那个由残废、病人、白痴所组成的巨大的朝圣人流吗?这些受苦受难的众生在极端的绝望中,只能到"圣地"来表示他们"对痛苦与死亡的抗议",乞求圣母显灵来解脱他们的不幸,这就是格勒尼埃以悲天悯人之情所勾画出来的"受到痛苦折磨的人类"的缩影;你注意到《亲爱的好太太……》中这样一句话吗:"我们每日每时都生活在不幸、威胁与神经紧张之中,而且这种处境是永无尽头的。"[①]这似乎就是格勒尼埃对人生苦海无边的结论。

这声音我们似曾相识,加缪的《西西弗神话》。西西弗被众神判处把一块巨石推向山顶,由于本身的重量,巨石总是要滚下山去,于

---

① 本作品引文,请见F·20丛书本。

是,西西弗又得把巨石重新推上山,如此反复,永无止境。这就是加缪用来说明人类荒诞的生存状况的寓意形象。而格勒尼埃,正与加缪的关系非比寻常。他首先是加缪的挚友,1944年至1947年,他作为《战斗报》的记者,一直在该报主编加缪的领导下工作。加缪鼓励他走上了文学创作的道路,加缪帮助他发表了处女作《被告的角色》。而加缪死后,格勒尼埃则一直与加缪的家属保持联系,为他编辑出版遗作。同时,格勒尼埃又是加缪的研究者、评论者,他1987年出版的《加缪的光明与阴暗》,就是当代法国加缪评论中的一部力作。关系如此深远,加缪对格勒尼埃的深刻影响是自不待言的。1988年5月我在巴黎访问格勒尼埃先生的时候,他就明确地告诉我,他曾受过存在主义与加缪的影响。

是的,存在主义的影响!我们确实不难从格勒尼埃的作品里看到类似存在主义哲学体系中"生存荒诞性"的阴影,只不过生存荒诞性在格勒尼埃这里,不像在马尔罗、萨特、加缪的体系中那样具有形而上学的抽象的性质,而是具体的、社会的,它表现为社会现实对人的重压。当然,格勒尼埃的作品远不如任何一个存在主义文学大师包括加缪的作品那样具有浓烈的哲学气味,而更重要的区别则是,格勒尼埃笔下的人的形象都是承受者、负荷者的形象,而没有马尔罗作品中那种反抗生存荒诞性的冒险英雄、萨特作品中那种自我选择的英雄、加缪作品中那种反抗者,格勒尼埃的人物几乎都是默默地承受着社会生活的重压,很少有抗争的行动。"我认为人的荒诞状况很难超越,加缪要反抗,而我是在反抗线之下",就是在上述那次访问中,我听到格勒尼埃先生这样说,他当时还引用了马尔罗的好友巴斯喀·皮雅(Pascal Pia)的一句话:"向虚无要求生存的权利,这个要求不容易达到。"

正是从这个"在反抗线之下"、从这个"向虚无要求生存权利的要求不容易达到",产生了格勒尼埃先生的悲观主义。他的短篇显然是渗透着这种色彩。由于我个人对马尔罗、萨特、加缪这些强调行动以对抗生存荒诞性的哲人的偏爱，我对格勒尼埃先生的"在反抗线之下"就不能赞一词了。在我看来，虽然人不可能彻底消除生存的荒诞性，既不可能永存不朽，也不可能完全摆脱现实的束缚，然而，有所为毕竟是超越于死亡之上、超越生存荒诞性之上的有效途径，毕竟是人之所以成为人的价值与意义的所在。因为，当代这样一个水平的世界毕竟是人有所为而创造出来的，毕竟因人的有所为而不断演进。如果说自然属性的生存荒诞性在某种意义上是难以克服的话，那么社会属性的生存荒诞性则完全可以由于人的有所为而不断地被克服。我想，正因为格勒尼埃先生从哲学上把人的荒诞状况视为难以超越的，他的小说也就缺少了马尔罗、萨特、加缪作品中那种傲视荒诞状况的豪气，而只有他惋惜、怜悯、温爱的柔情。

然而，如果蛛丝也有难以想象的抗力的话，柔情往往也有自己不可忽视的力量。格勒尼埃不追求慷慨激昂、豪迈雄健，不进行升华，不洒散一片光明，他却经常让他的人物具有极大的韧性，不论他们遭受到了现实生活多么沉重的压力，不论他们面临的生存状况是如何荒诞，不论他们的人生是如何凄凉，他们终究都挺活下来，没有被碾碎，没有被压垮，没有就此而消亡，就像契诃夫的"套中人"那样经受不住打击。在《诺曼底》中，那个外省的"包法利夫人"并没有因为情夫的侮辱、丈夫的抛弃而自杀；在《祭台上的信》中，那个无辜地被关在精神病院里一辈子的老头，居然没有被那种可怕的生活吞食掉；在《密丽叶》中，穷困潦倒的演员也"活了下来"；在《北京城南》中，那个处境已经糟到不能再糟的老编辑，仍然对未来的机遇抱有希望，随时准备外出采访。这种人生存的韧性也可以说是对生存荒诞状况的一种顽强的抵抗，未尝不是一颗可以萌芽的种子。正是在这里，格勒尼埃先生没有陷于阴暗、消沉与绝望，何况他写这些故事的时候，并没有浸透在黑色的悲观之中，他经常保持着幽默的表情与哲学家的态度，而这对人的生存荒诞状况来说，又未尝不是一种超越。法国当代著名的文学评论家布瓦德福尔曾把格勒尼埃的思想倾向称为"雄性的悲观主义"，看来不无道理。悲观主义，格勒尼埃的确有，但在他的悲观主义之中，却有一股内在的韧性与刚毅。

不论是从当代法国作家辞典中的照片上，还是在他巴黎寓所的客厅里，我所见到的格勒尼埃先生都是衣着整齐、西装笔挺，他表情沉静，举止儒雅，一看就是一个传统的老一派的人物，很像一丝不苟的大学教授。文如其人，他的短篇小说也是古典式的。在传统的短篇小说形式中，他无疑是倾向契诃夫式的，而不是倾向于莫泊桑式的。他不仅不追求戏剧性的情节，而且经常把情节淡化到白净的程度。正像他沉静平和的风度一样，他的短篇小说也具有淡雅清新的格调，他往往是在平淡无奇中以他对现实生活精细的观察与独特的哲理见解取胜。

所有这一切，从题材、感情色彩到艺术风格，使我们有理由把格勒尼埃先生视为当代法国文学中的一位契诃夫。

现代社会芸芸众生的巧合悲剧

——勒内·克莱尔:《巧合的游戏》

任何一部长篇小说的开篇,对于作家来说都不是无关紧要的,它往往是作家特别费心构创的部分。那么,一部短篇小说集的开篇呢?应该说,它也多少总会有一些意义。当然,也许不会像长篇小说那样绝对,甚至不一定具有任何特别的意义,如果这个集子是按短篇小说发表年月的顺序收集起来的话。但我们眼前的这个集子不属于此种情况,因此,我们既无需把它的第一篇小说的代表性特别加以夸大,却又不能完全无视它对整个小说集所可能具有的表征意义。

这个短篇集的开篇是《他们害怕黑暗》,它写的是三个结伙"跑江湖"的艺人的流浪生涯,他们主要以魔术、杂耍为生,但有时也冒充郎中行点医,自称先知、预言家行点骗,其活动的范围是乡村与小镇。这三个人物开朗、皮实、机灵的性格倒也写得相当鲜明活脱,正是以这种性格素质,而不是以神奇的魔术杂耍,更不是以高明的医术,通灵的预言,他们在流浪卖艺中颇受人群的欢迎。"他们害怕黑暗"是指这三个人物吗?不,尽管他们的性格生动形象鲜明,但他们并不是标题中的"他们",标题中的"他们"指的却是欢迎这三个卖艺者的人群,这些人群形象不清楚,面目不分明,他们只构成一个整体。如果他们有什么共同的性格特征的话,那就是对这三个卖艺人的期待、希求、欢迎与依赖,在他们之中,我们所能看得清楚的,只是丢失了妹妹的少女、已经进了修道院的老搭档、被抛弃了的不幸未婚妻、孩子得了顽疾的母亲等等这么几个少数"代表",他们各有各的不幸,各有各的缺憾,各有各的祈求,各有各的期望,他们来到了卖艺人的帐前,希望得到他们的吉利预言,希望得到他们那点可怜的医术的救助。这几个"代表"的这种生存状态与精神、倾向,正是他们所属于的那个人群的生存状态与精神倾向,这就足以说明这个人群何以会怀着那样急切的期待与希求的心情聚集在卖艺人的场子里。于是,在这样一个角度下,人群成为短篇小说的主人公了。尽管他们面目不分明,甚至连姓名也没有,而这三个生动活脱的卖艺人倒成了舞台上报幕人之类的角色,他们的任务就在于以他们令人眼花缭乱的招式,指着背景上的人群,向观众说:"他们的生活中都有缺憾,他们的生活中都有阴影,他们害怕黑暗。"

勒内·克莱尔在他这个短篇集中所做的事,就与这三个卖艺人有点相像,他似乎就是向读者这么示意:看,这就是在生活中感受着缺憾、阴影与黑暗的芸芸众生。

这里有一个小商人的儿子,他是低级的银行职员,他对自己平庸无意义的生活是那么不满,以至不惜任何代价,甚至冒生命危险去假装一个崇尚荣誉的贵族后代;这里有一个演员,他尽管已经成名,并有一个稳定的家庭,但他却在"从一个城市到另一个城市,从一场戏到另一场戏,从一个角色到另一个角色"的人生流浪中,总摆脱不了精神上的缺憾与"凄凉",总要在生活中去扮演他没有经历过的角色;这里有一个老人,他虽然很富有,事业有成,并享有社会声望,但他却不堪自己的孤单与寂寞,只珍视自己儿时所喜爱的一个可怜的玩具小狗熊,最后拿着它自杀,离开了人世;这里有两个青年人,他们在除夕新年之际都有美好的过年计划,但在现实中却全部落空而形影孤单,似乎是无可奈何地凑合到了一起;这里有一个被解雇的职员,他怀着对失业的莫大恐惧铤而走险,用枪去威胁上司,最后落得进了监狱;这里有一个在社会中找不到位置的年轻人,他竭力想诚实地改变自己的处境，却身不由己地陷入了犯罪的关系网之中，他只求改善自己的状况，却残酷地受命运的捉弄，最后成为一个人命案中的无辜的牺牲者被判处了死刑；这里，还有一个贫穷的中学生，在车站与一个有钱的漂亮女子邂逅相遇，心醉神迷，身不由己跟随她进了头等包厢，在检票员来临时，尴尬地结束了自己的初恋；这里有一个富有的英国绅士，他一厢情愿，狂热地去追求自己理想的爱情，却糊里糊涂陷进了一个卑鄙的圈套……

这些人物基本上都是一些小人物。在文学作品中，小人物是一个特有既定内涵的人物类型，不言而喻，他们共同的特点都是社会地位不高，生存状态不辉煌、不光彩夺目，倒是总有几分不如意，捉襟见肘，甚至尴尬、困顿。除了这一层特定内涵外，小人物似乎还另有一层特定的内涵，那就是他们特定的精神状态与人品状态。也许，有的小人物不见得就是贫困卑贱、社会地位低下的人，他也可能是富有者，可能有一定的社会地位与良好的处境，但他却不具有昂扬的精神状态与闪光的人品。不论是什么地位与处境的人，作为文学中的小人物，往往在精神上带有某种明显的平庸、渺小、琐碎、软弱与缺陷，等等。《克里斯托弗先生》中，那个英国绅士虽然富有，属于社会上层，但他情迷入魔，迟钝可笑，仍不免是一个"小人物"；《小狗熊》中的主人公虽然产业巨大，有权有势，但心境孤寂，精神脆弱得叫人可怜，也应算是一个小人物。

正因为小人物身上有这两层内涵，所以，作家在写小人物的时候，往往就有两重态度：一是同情与怜悯，一是讽嘲与针砭。多少有点像"哀其不幸，恼其不争"。短篇小说从19世纪起，就有了写小人物的传统，莫泊桑、都德、契诃夫都是这方面的大师，留下了不少佳作名篇。勒内·克莱尔是这种传统的继承者，他写他的小人物时，也没有脱离这种必由性，也自然遵循着这一种创作塑造的法则。他像上帝一样俯视着自己的人物，了解他们整个的状态，洞悉他们内心里的隐秘,知晓他们合乎情理的希求、自然的缺陷、难免的弱点与闪失。他像一个冷静不讲情面的智者,不客气地评点着这些人物全部的行为举止,又像软心肠的菩萨,宽厚地注视着他们的一切,他的讽嘲与针砭,透出明智的光辉与机敏的情趣,而他的怜悯与温情又散发着亲切感人的气息。这是一种古典的态度,也是一种古典的风格。

如果说勒内·克莱尔这个小说集在继承传统的基础上,有什么自己独特的东西的话,那就应该说是小说的标题《巧合的游戏》所体现出来的某种创意与哲理。在小说里,这些小人物的尴尬、困顿、艰难、不幸、痛苦从何而来?勒内·克莱尔没有我们常见的那种社会历史学的热情,把这一切都归之于社会结构、制度设施、阶级根由、恶势力介入,等等。而是统统简单地归之于偶然性。在《新年好》中,阿莉娜急于去见要娶她的一个年轻人,然而,一连串偶然性使她这个本来并不艰难复杂的计划终于落空,不是叫不到出租车,就是临时找不到车票,再就是忘了提包、找不到汽车、误了地铁等,她就像是卡夫卡的小说《城堡》中的主人公那样,城堡就在眼前,却因为冥冥中似乎有某种神秘的原因而永远进不了城堡。在《一个无辜者的回忆》中,主人公一跨进社会,就像被注定要与某种偶合连在一起:他偶然地碰上了一个有犯罪背景的老板;而后,按照这个老板的信条行事,他又正栽在这个老板手里,进了监狱;出狱后有了一个情妇,夺走了他情妇的正好又是已经改名换姓了的昔日的老板;而他所赢得了的恰巧却是老板的女儿;为了这个少女,他潜入老板的家,鬼使神差地却又碰上了老板本人;更加鬼使神差的是,老板用了他的手枪枪击身亡,而他又一念之差取走了自己的手枪,成为洗刷不清难逃法网的凶杀嫌疑犯。他的整个社会行程中都存在着老板这样一个巨大的阴影与克星,而一连串的偶然性则决定了他永远也走不出这个阴影。同样,在《一堂处世课》中,一个图谋不轨的青年正好碰上一个早有不轨行为的老谋深算者;在《梦中的女人》中,一个可怜的中学生正好碰上与自己地位相差天壤的女人；《小狗熊》中，一个原来心态尚属平静的老人，一个晚上正好打了三个落空的电话就引发了他的自杀……在勒内·克莱尔的小说里，人就是这样受偶然性的拨弄，受偶然性所体现的命运的决定。他们在偶然性与命运的面前，无能为力，难以做主，听任摆弄，脆弱不堪，像那个无辜者一样，在社会现实的面前，从来不求助自己的自主意识与理性判断，而总是乞求幸运偶然性的降临，靠连猜带蒙碰运气过日子，但好运却从来也碰不上。也许，读者会觉得克莱尔这种认识流于消极悲观，但这正是他对现代社会与现代人生存状态的带有悲怜色彩的认识。

　　勒内·克莱尔不是一个纯粹的作家，他的主要活动领域是电影，他是享誉全球的电影艺术家。他所导演的《沉默是黄金》《魔鬼的美》《大演习》与《巴黎屋檐下》都是近半个世纪以来世界电影史上的经典名作。他不仅是著名的导演，而且是杰出的编剧与渊博的电影史家、深刻的电影评论家，1960年，他以其多方面的才华与业绩当选为法兰西学院院士。他的这个短篇集在艺术上既表现了他那种清澈纯净的古典风格，又显示了他那种现代电影艺术的明快利索的叙述才能。

富有文化内涵的《走出凯旋门》

近几年来，寻根认祖题材的影视作品相当多。比较起来，《走出凯旋门》要算是最出色、最有品位的一部，叫人看得下去，而且，很有吸引力，很引人入胜。不过，如果只把它称为寻根认祖的影片，那远远是不够的，那实际上会大大贬低它，会大大缩小了它的意义。寻根认祖是以血缘文化、家庭文化为内涵的，是一种东方式的文明。《走出凯旋门》的文化内涵要比这丰富得多，深刻得多。

应该承认，《走出凯旋门》较丰富的文化内涵首先来自原作，即勒内·韩的自传体小说《布尔高涅的一个华人》与《一个布尔高涅人在中国》。勒内·韩的小说曾在法国获得过三次奖，有两个奖是小奖，如法文表达奖，但还有一个是名声比较响亮的大奖，即法兰西学院奖。如果原作没有法国人所认同的文化内涵与文学价值，它是不可能一而再、再而三在法国获奖的。

首先，电视剧最表层、最明显、也最动人的文化内涵，是它的人道主义精神。我不能说法国人是人道主义精神最强烈的民族，但法国人毫无疑问是最善于在文学艺术作品里把人道主义精神表现得最感人的民族，我们大家所熟悉的《悲惨世界》就是典范。在《走出凯旋门》里，洛里奥夫妇把一个中国血统的弃儿抚养成人，在发达国家的夫妇到落后国家领养孩子的今天，似乎算不上什么，但问题在于洛里奥夫妇很穷,而且他们还把这个中国弃儿培养成为法国社会中一个高层次的文化人,这个事件本身就是人道主义的故事,有点像冉·阿让在艰苦条件下把柯赛特抚养成人那样感人。这种超越国界的人道主义之爱的起因,也许,可以说是同情心与怜悯心,对一个被父母遗弃的孩子的同情心与怜悯心。但这是一种纯度很高的同情与怜悯,它不求任何特别的回报,甚至可以说只是自己对被施爱对象的一种施爱的需要。这是一种最自然、最朴素的人道主义的爱。而且,它更深刻的意义在于它体现了一种对人存在价值的理想与追求,洛里奥夫妇不是仅仅只让杨辉活着、活下来,而且,激励他追求更高的人生目标,更高质量的人生境界。他们把帮他达到这个境界视为自己人生的意义。说实话,这种深刻的、高尚的人道主义精神,并不下于在中国被广为传颂的白求恩。

洛里奥夫妇的人道主义的爱是纯朴的,两个法国演员的表演也是纯朴的,几乎没有掺杂任何做作性的成分,根本就不像是在表演做戏,编剧与导演给他们的台词,也再平常普通不过,没有任何煽情的、自我表白的、伤感的话语。但是这种再纯朴、再自然、再普通不过的语言,却表现出一种深沉感情的张力,给人以强烈的触动。我觉得这样一部弘扬人道主义精神的电视剧的摄制与放映,将会给坑蒙拐骗成风的社会环境,吹来一股清新的风。

《走出凯旋门》还是一部有法国现代哲理韵味的电视剧,这当然也来自勒内·韩的原著。法国有修养的作家都喜欢在自己的作品中赋予一定的哲理色彩。这是个传统,莫里哀早就说过:"先成为深刻的哲学家,然后再写喜剧。"文学史上具有这种特点的作家数不胜数,即使是小说家,也喜欢在创作中玩点哲理。我不知道勒内·韩对法国现代哲学有过些什么研究以及他喜爱哪一种哲学,但毫无疑问,他作为一个高层文化人士,对法国现代哲学是不可能不熟悉的。说穿了,文学作品有点哲理，就是对所描述的人与事有点看法，这点看法比较升华、比较"有点意思"、比较深刻。勒内·韩对小主人公的命运的看法上，就带有一点哲理色彩。

加缪在著名的哲理著作《西西弗神话》中，把人与世界的关系表述为一种脱了节、不协调、有矛盾的荒诞关系。人在世界上并不感到是在自己的家，而有一种陌生感。如果说，加缪笔下的人（西西弗）永远摆脱不了这种形而上的痛苦的话，那么小杨辉的那种"并不是在自己的家"的"陌生感"就更具体、更强烈了。这种陌生感不是形而上的，而是社会的、国家的、人种的。他自己天真地要把法国当他的家，把自己周围的人当作自己的同类，他自认是法国人，但却没有得到周围的认同，而被视为异己者。用加缪的话来说，就是"局外人"。可惜，他没有西西弗那样的坚毅，也没有莫尔索那样大彻大悟，他只是一个稚嫩的孩子，他对自己在这里没有立足点与支撑点，对自己作为"局外人"的存在状态有一种极大的恐慌与焦虑，甚至一见镜子里自己"非法国人"的形象，就把家里唯一的一块镜子砸碎了。他怀着最急切的心情想找到自己的支撑点，为了得到周围的亲和感、认同感，他竟然搞了一些乱七八糟的东西把自己的头发染成了黄色。

他这种恐惧与焦虑，我们似曾相识。在法国当代著名作家莫迪亚诺的不止一部小说里，我们就看到过不少这种在社会中、在群体中找不到自己的支撑点，找不到自己的位置，甚至找不到自己合法身份，没有身份证、没有护照的人物，他们因为自己是"局外人"而惶惶不可终日。因而要为找出自己的身份与支撑点，哪怕是能证明自己身份的一张纸而奔波、而奋斗。这种人物与这种人物的心态，在当时犹太人无处寄存的欧洲是相当普遍的。在勒内·韩的原著里，对这种存在状态的感受与描写可能会有不少，因为，他差一点作为一个在法国的"局外人"而被纳粹德国军人当作犹太人抓去，虎口余生之感固然惊心动魄。电视剧对此仅仅蜻蜓点水，似嫌不足。

不论怎么，杨辉在法国毕竟还是找到了自己的身份，自己的立足点，成为一个法国社会中的高级人士。我们不必去管他是否能摆脱加缪所指出的那种形象上的荒诞，至少在社会、政治、经济方面，他不再是个没有着落的"局外人"。但他最后还是不得不承认"我永远成不了法国人"，原因很简单，因为他的血管里流的是龙的血液，他的身世与中国有剪不断的天然联系，只不过是若明若暗的、扑朔迷离的。他这种自我身世的茫然性、陌生感，又是莫迪亚诺式的。在莫迪亚诺的代表作《暗店里》里，主人公丧失了记忆，忘记了过去一切社会联系与生活联系，他过去的生活与历史全是一片空白，过去的自我只是一个毫无清晰度的幻影，甚至过去所有的蛛丝马迹也难以查询。杨辉的情况比他好一些，但好不了多少，杨辉的妻子这样说："人们常会自问，我是谁，我来自何方？"这是一个典型的莫迪亚诺式的提问，这个问题几乎存在莫迪亚诺所有的人物身上，但这个问题在自我日渐消失的现代西方社会又是一个普遍的问题。只不过这个有哲理意味的问题被好莱坞多次加以庸俗化，制作出不少《我是谁》《特工狂花》这一类通俗好玩的娱乐片。

我把《走出凯旋门》与加缪、莫迪亚诺联系起来，并不是贬低这部电视剧，原作者勒内·韩能与本世纪这两位大作家有相似的思想轨迹，这是他不落凡俗的所在，是他出色的所在。正因为如此，《走出凯旋门》才成为一部有一定哲理韵味的电视剧，一部真正有一点法国味道的电视剧，而不像有的电视剧那样只是在表面上涂了一层薄薄的美国油漆或日本油漆，而且涂得也还不精细。

从杨辉开始寻根认祖的历程以后，电视剧所表现出的中国内战背景上的家庭恩怨、亲情纠葛、海峡两岸的是是非非，难免不使人有俗套之感，因为这种题材我们接触得太多了，几乎有点腻了，但《走出凯旋门》叙述得却颇为成功，它像春蚕吐丝一样不绝如缕，把杨辉身世的线索一点点、一段段清查出来，最后，打开了他家族史的迷宫。电视剧的结构与叙述，显然也是莫迪亚诺式的，它通过探询、访谈、查找这些在莫迪亚诺小说中常见的情节，终于把阿里阿德涅线团理出了头绪，很是引人入胜。

如果电视剧的情趣之一是来自清理复杂线团的技艺的话，另一个情趣则来自类似拼图版游戏的技艺。在杨辉的脑海里，他对父母的认知，开始是一片空白，后来才有了父母形象的几块碎片，随着他的多次中国之行，他慢慢地收集了愈来愈多的碎片，慢慢地把这些碎片进行排列组合以构成父母的基本形象，然后又慢慢地把这些碎片重新作些必要的调整，最后得出了父母的准确形象。不论阿里阿德涅线团的最后的头绪还是父母形象最后的准确细部与色彩，其实就是电视剧的悬念，清理线团与玩拼图版的技艺，就是这部电视剧的悬念艺术。

特别值得注意的是这部电视剧丰富的比较文化的内涵。一个中国家庭、中国血统的孩子变成了一个完全异化的法国人，而后又由一个已经完全法国化的人，在思想感情向中国传统、中国伦理复归。这个一去一回的复杂的过程本身就有很多比较文化的戏剧性情节（如像杨辉作为一个少年自己决定自己在法国的去留时，洛里奥太太所说的："小孩子的意愿也应尊重。"如像杨辉到巴黎奋斗时完全怀着拉斯蒂涅式的感情，如像杨辉按照法国习惯向在上海长大的法国姑娘约会竟被遭到嘲笑，等等）。电视的大部分篇幅是表现"一个布尔高涅人在中国"，这个过程是杨辉渐渐接受中国人文价值观熏陶的过程。在这个过程中，杨辉身上必然发生东西方两种传统心理、传统观念，两种人文思想、两种人生态度的对流、撞击、汇合以及互相渗透，在电视剧里这一切都被表现得饶有趣味。特别是杨辉的法国太太这个人物，她就像希腊悲剧中合唱队的一员那样，对杨辉经常起到解释、分析、劝说的作用。她完全是一个有高度教养的西方人，但她身上那种通情达理的贤惠劲儿，却恰似东方女性，甚至胜似东方女性。杨辉寻根认祖过程中某些心理障碍就是由她来打通的。她本身就是一座桥，我不知道勒内·韩的夫人如何，但电视剧中杨辉的太太却的确是一个凝聚了比较文化意义的人物形象，她与杨辉珠联璧合，相映成趣，电视剧的编导不俗，甚至没有动用一个 KISS 镜头就把这一对夫妇的关系表现得那么有内容，那么动人。我想，如果编剧与导演不具有比较文化的热情，他们是不可能有这样高品位的表现的。

  整部电视剧看起来挺舒服，这说明它在艺术上是成功的。导演的技艺娴熟流畅，演员的表演也都很到位（不过，导演选了一个 90 年代营养过剩的小童星来演营养不良的小杨辉，真有点难为了这个小演员）。有的场景颇有情趣（如杨安父女在院子里踱方步背诗的一场），法国外省小镇风光拍摄得很好（如第戎车站管理员那两声吆喝，特别真切，也特别出彩），只是巴黎风光的场景比较单薄，没有较充分展示出巴黎的优美、丰富与繁华。看得出来，是因为资金不足。但能以有限的条件拍摄出这样一部富有文化内涵，在艺术上还比较好看的电视剧，应该说就很难得了。

四、在现实主义——自然主义旗帜下

权威的文学庙堂——龚古尔文学奖

——"法国龚古尔奖小说名著大系"总序

当我们今天面对龚古尔文学奖这个"庙堂"的时候，首先不能不对其创设者龚古尔兄弟作些缅怀，致以敬意。

"龚古尔兄弟"是法国文学以至世界文学中一个响亮的名字，在文化史上、文学史上，兄弟两人作为一个整体而名垂千古，这种情况是极为罕见的。

就生活经历而言，从1848年起，25岁的哥哥埃德蒙·龚古尔就开始像慈父一样对17岁的弟弟茹尔·龚古尔担承照顾的重责，直到1870年弟弟去世，22年之中，两兄弟始终形影不离，两人分开超过24小时不过两次而已！

就事业而言，他们从青年时期开始，就共同从事绘画，徒步周游全法国，沿途写生。几乎与此同时，他们开始有一个共同的记事本，把当天的经历、见闻、印象记载下来，坚持不渝，直到1896年埃德蒙·龚古尔逝世前的12天为止，最后达数十卷之多，这就是举世闻名的《龚古尔日记》。从19世纪50年代起，他们又共同投入文学事业，共同写剧本，共同写小说，共同写历史论著与人物传记，共同办报刊，共同写艺术评论。哥哥沉着踏实，弟弟才华横溢，两人相得益彰，在各个方面都留下了两人劳动水乳交融的丰硕成果。弟弟先死于40岁的英年，哥哥曾经一蹶不振，后来虽活到70多岁的高龄，也单独写出四部小说，但其文学成就均明显不如兄弟两人的合作。不过，埃德蒙最后却完成了一个创举,那就是他临死前立下了遗嘱把兄弟两人的全部家产与版权收入作为基金创立龚古尔学院,与创建于17世纪具有保守倾向的官方最高文化文学机构法兰西学院分庭抗礼,奖励独创性的小说创作。

在龚古尔兄弟这些多方面的活动与功绩中,在今天看来,它们的意义、价值与作用如何呢?

他们作为历史学家与美术家的功绩是往往被人们忽视的,应该注意,他们是法国18世纪社会史的卓越的专家,著有《大革命时期的法国社会史》《督政府时期的法国社会史》《18世纪的艺术》《18世纪人物内心写照》《18世纪的妇女》《玛丽·安多纳德传》《路易十五的三位情妇》等十来部著作,他们的论著资料极为丰富,描述很是细致,堪称真切、生动、色彩绚丽的社会野史力作。

他们作为小说家的历史功绩功不可没。首先他们感应19世纪下半期科学长足发展并渗入各个领域的时代潮流,比福楼拜进一步使小说贴近科学的严谨与最大程度的真实,他们强调文学作品的资料文献性,以治史的科学精神来对待小说创作,力求使其小说带有真人真事的实录性,在小说创作中往往用搜集事实、搬用事实、再现事实的方法来代替浪漫的想象与人工的构建。其次,他们根据文学作为"人文资料"的思想,力求更进一步扩大文学的表现范围,把下层人民的实际生活状况引入文学,他们曾经尖锐地提出了这样的质问:"生活在19世纪这个普选制的时代,这个民主自由的时代,我们要问,人们称之为'下等阶级'的人群是否无权进入小说。"尽管他们本人的生活格调带有贵族的倾向,其文学创作思想与文学实践却具有民主主义的性质。此外,他们还自觉地把自然科学的方法开始运用在人物描写中,乐于对人物进行病理性的剖析与实验性的"临床研究",以严酷的真实为目标,不回避对可怕的病态进行描绘。他们给19世纪下半期法国文学带来的这些新的内容,都直接影响并引发了自然主义文学潮流的产生与发展壮大。自然主义文学大师左拉可以说就是龚古尔兄弟的直系弟子，龚古尔兄弟作为自然主义文学的先驱与"始祖"的地位是无可置疑的。龚古尔兄弟以上述自然主义的创作思想，共同创作了《夏尔·特马懿》《费洛曼娜修女》《勒内·莫普兰》《热曼妮·拉瑟顿》《玛奈特·莎洛蒙》《谢凡赛夫》这样六部小说，其中《热曼妮·拉瑟顿》是他们的代表作。左拉的名著《小酒店》就是在此书的直接影响下写成的。

龚古尔兄弟文学还有一个特殊的价值，他们作为私人日记的作者竟具有世界性的意义，他们的日记跨度几近半个世纪，有数十卷之多，对经历、对见闻、对人对事的记述与描写均真实、具体、生动、细致、绘声绘色，其散文价值自不待言。由于他们在一定程度上居于当时文学界的中心地位，参与过各种社会历史事件，结识过几乎所有当代的文化学术名流，因此，他们的日记极具宝贵的文史资料价值，构成了法国当时社会文化生活的一部野史。

龚古尔兄弟出身于靠近德国边境的洛林省一个贵族门第的家庭，其姓氏在古德文中意为"斗士"，埃德蒙曾不无优越感地说："这么一个好的姓氏，我要拿到文坛上去显扬显扬。"龚古尔兄弟的确也做到了这一点，他们在当时法国自然主义文学的行列中几乎占有了导师性的先行者与盟主的地位。然而，在精神文化领域，当时的作用与影响并不等于永世长存的魅力。作为历史学家，他们流于琐细，见木不见林，缺少高屋建瓴的史论与总观全局的史观，因而未能经得起科学新潮的冲击。作为小说家，他们所带给文学的那些新的特色，早被左拉以磅礴的气势、巨大的规模、完善的形式与更大的艺术魅力远远地超过了，以至到了今天，龚古尔兄弟只有其代表作《热曼妮·拉瑟顿》还拥有一些读者，其他小说几乎都已被时间的尘土盖住。作为法国社会文化发展的见证人，他们具有极其宝贵价值的日记，也由于其性质与巨大规模而远离一般读者，只有少数一些历史学家、文学家、社会学家前往这座大矿藏中去采金。今天，在他们的遗产中，唯独龚古尔学院光芒万丈，它使得全法国以至全世界每年都要纪念或怀念他们一次，而龚古尔获奖作品的广泛流行，则使人们不能不经常感到他们在文学史上曾经有过的分量与影响，对此，谁又能说人死后不能再创造自己的光荣？

埃德蒙·龚古尔想要成立龚古尔学院的想法由来已久。福楼拜在世时，福楼拜、龚古尔、左拉、都德、屠格涅夫五人常在星期天聚在一起，共进晚餐，讨论文艺问题，这是文学史上著名的"福楼拜星期日聚会"。

1880年福楼拜去世后，龚古尔欣然接受继续做聚会的盟主，时间仍是星期天，地点则在龚古尔家的楼顶上，这可以说是龚古尔学院最早的雏形。埃德蒙逝世后，龚古尔学院于1902年正式成立，从1903年起，每年评奖一次，给一部小说颁奖，至今已有93年的历史。

根据埃德蒙的遗嘱，龚古尔学院最初设立在巴黎蒙莫朗西大街的一幢花园住宅，这是龚古尔兄弟于1868年以8.3万法郎高价购得的。学院从一开始就规定由10名院士组成，10名院士历来都是在文学创作上已获得成就并享有较高文学地位与文学声誉的作家，评奖对象则是青年作家的小说作品。法国是一个小说大国，每年小说产量很大，候选的小说往往多达数十本、一两百本。学院的工作方式颇有传统之风，我1981年在巴黎时，现已作古的龚古尔学院院士、著名作家罗布莱斯曾经直接向我介绍了龚古尔学院进行评选的程序："院士们每月集会一次，并共进午餐，对候选作品加以评论；每午餐一次，就淘汰一批。到年中五六月份时，只剩下二三十本，到9月份时，剩下十五本左右，到10月份，只剩下十来本……最后，就在两三本作品中进行投票。"[①]每年12月的第一个星期一，当龚古尔学院在巴黎的

---

① 请见拙著《巴黎对话录》第71~72页。

德鲁昂饭店又进行传统性的午餐之后,就宣布当年得奖的作家作品,颁发奖金。"在很早的过去,奖金规定为500个金法郎,由于币制的不断变化,今天就只是50法郎了。"①

著名的"50法郎奖金"!微不足道的50法郎,就票面价值来说,它在巴黎只能买束鲜花,或者吃一顿快餐,然而,它的社会效应却是无可估量的。某部作品,一旦获奖,即声誉倍增,引起轰动,印刷量可以达到数十万册,甚至近百万册。由此,作家的版税收入高达巨额,更重要的是,对作家本人来说,这是一次殊荣,是创作历史进程中的一块丰碑,其原因就在于龚古尔学院与龚古尔文学奖享有崇高的地位。

龚古尔学院与龚古尔文学奖为什么在法国的精神文化生活中占有如此重要的地位?

在一个重视传统特别是文化传统的国家,龚古尔学院的最初源头就熠熠生光,它代表一个传统,来自一个光彩夺目的文学聚会,是与福楼拜、左拉、都德这些光辉的名字连在一起的,因而在法国也就特具魅力。尽管从历史传统来说,龚古尔学院不如创建于17世纪的法兰西学院,但法兰西学院中被尊称为"不朽者"的40位院士中,有成就的文学家只占很少数,它固然是精神文化的权威机构,却不能算是纯文学的权威机构,而龚古尔学院的全部院士均为有成就有声望的作家,它理所当然地要算是一个纯文学的机构,加上它的传统与组成,自然也就在法国文学中拥有了至高无上的权威。

在20世纪法国,文学奖金有很多种,主要有创设于1915年的法兰西学院奖,始创于1904年的菲米纳奖与始创于1925年的瑞诺多奖。虽然这些文学奖也已有多年的悠久历史,但其影响、作用、地位与受公众重视的程度,均不及龚古尔奖。之所以如此,则是因为龚古尔学院高举着一面鲜明的旗帜,贯彻着一个响亮的口号,坚持着一条

---

① 请见拙著《巴黎对话录》第71~72页。

一贯的标准,那就是自然主义。"我们忠于龚古尔兄弟的态度,每年只给一部自然主义的作品发奖",龚古尔学院院士罗布莱斯曾经对我如是说。这种统一一致、持恒一贯的传统价值标准与传统价值倾向,是其他文学奖所缺少的。这一点无疑也造成了龚古尔奖的权威与声望。

自然主义是以真实的描写为目的,即以对客观外在的现实(包括社会现实生活)的真实描写与对人生、人的机体的真实描写为目的,真实是自然主义的基本出发点与前提,在这一根本点上自然主义与传统的现实主义是一脉相承的,完全一致的。如果要说它与以前的现实主义有什么不同的话,那就是自然主义文学创作中要求有更大范围与程度更为彻底的真实,它追求无所不包的真实,绝对的真实,严酷的真实,不带任何粉饰的真实,即使是卑污的事物,肮脏的事物,尴尬的事物,刺激人们美趣的事物或使人们道德感有所难堪的事物,都有如实进入文学表现领域的权利。正是由于有了自然主义,人类的文学才完全超出了沙龙、舞会、林荫道、乡间别墅的狭小天地,而才有了矿井、坑道、小酒店、贫民窟、洗衣坊、工厂里的车间、农村里的市集、大城市中的菜市场、交易所里的各种金融业务……在真实描写现实的方法上,较之于传统现实主义,自然主义一方面把科学的、文献式的描述方法引入了文学,使文学对现实的描写达到更全面、更细致、更繁详的程度;另一方面,自然主义把实验医学与生理病理学的观察方法引入文学,把人的血肉之躯与生理机制带入文学,使得文学对人的描写达到了更科学的生理真实性的程度,因此,应该说,自然主义是现实主义的演变与发展,是在19世纪后期科学昌盛的历史条件的一种特定形式的现实主义。法国是自然主义文学的发源地与主要舞台,产生了龚古尔、左拉、莫泊桑、都德这样一大批具有世界意义的大师巨匠,他们献出了极其辉煌的文学业绩,由于这些业绩,人类文学宝库又增添了一个巨大的份额。在中国,过去由于观念上的偏激与理解上的肤浅,不少人把自然主义视为现实主义的蜕化与"堕落"，甚至把自然主义简单地等同为"黄色描写"。但是在法国，自然主义却是一段光荣的历史，是一笔巨额的文化财富，是一个辉煌的传统，是一面灿烂的旗帜，它并不因为20世纪不断产生的新文学潮流的冲击而黯然失色，它在20世纪法国文学以至整个西方文学中仍是一个存活的现实，是一种跃动的生命，是一株根深叶茂的常青树，它的艺术经验早已作为共同的财富为世界文学所融会所吸收。龚古尔学院的龚古尔文学奖以自然主义为传统为标准为旗帜，以自然主义的正统继承者自命，这正是它的优越与强有力的所在，这正是它成为法国最有权威性的文学奖的主要原因。由于法国从来都是世界的小说大国，其优势地位在20世纪仍长盛不衰，龚古尔文学奖也就可算是世界性的一大文学奖了。

虽然法国是西方20世纪各种新文学思潮与新流派产生的摇篮，但在法国文学中写实的传统、现实主义、自然主义的传统仍是十分强大的，从作家的数量而言，传统的阵营远超过新潮先锋的阵营。在这种文学背景上，龚古尔文学院就成为法国写实文学领域里的一个选英集粹的磁场，龚古尔文学奖也就成为一个收纳包容佳作名篇的大文库。90多年来获奖作品所组成的这个大文库，琳琅满目，美不胜收，真可谓是法国20世纪写实文学的一个重要的集中的展所。它作为一个整体，题材广泛多样，艺术水平整齐上乘，风格也多彩纷呈，其中不少获奖作品已经进入文学史而成为不朽的名著，如巴比塞的《火线》（1916年获奖）、杜阿梅尔的《文明》（1918年获奖）、普鲁斯特的《如花似玉的少女们》（1919年获奖）、马尔罗的《人的状况》（1933年获奖），等等。在这个意义上，龚古尔奖获奖作品的历史书目已经标出了法国20世纪文学发展的一个粗略轮廓。现在呈献给读者的十卷本，是龚古尔获奖作品选的战后篇，选取的是从第二次世界大战结束一直到近期的获奖作品共十八部。

从题材来说，战后获奖作品中有相当大一部分，我们可称之为"战痕文学"，即反映第二次世界大战生活的作品。从1944年巴黎解放一直到20世纪70年代，龚古尔文学奖经常是落在这种"战痕文学"作品的头上。这是龚古尔文学奖在战后的一大特点，而龚古尔学院的这种颁奖取向正反映了这一时期法国文学的实际情况。在法国，被德国法西斯占领期间，抵抗文学不可能公开出版流行，1944年巴黎获得了解放，法国作家从前线、从集中营、从斗争中、从屈辱下，带着自己的体验、感受、回忆与思考又回到自己独立的文学创作中。战争虽已结束，噩梦仍不断缠绕；灾难已成过去，伤痕仍隐隐作痛，似乎只有文学回忆才能使人彻底解脱。在战争时期有过这种或那种经历与感受的人，纷纷拿起笔进行抒写。于是，在战后法国长期一片社会萧条之中，却呈现了"战痕文学"的大繁荣。龚古尔奖正反映了这种文学现实，其获奖作品中颇有不少"战痕文学"的名著，如《第一个窟窿赔偿二百法郎》《夜深沉》《死人的时代》《冬天的果实》，等等。

在法国文学表现社会现实生活的传统中，作家往往特别重视对新的现实面的开拓与挖掘，自然主义作家在这个方面表现格外突出。当巴尔扎克把上流社会的虚华几乎写完了之后，龚古尔、左拉就把笔转向了下层，特别是左拉，把笔转向了从未有人表现过的领域：小酒店、洗衣坊、大菜场、交易所；当巴黎生活已经被写得应有尽有时，都德则从外省普罗旺斯吸取灵感，莫泊桑则致力于表现诺曼底地区的人情与风光。这种开拓新生活面的传统在龚古尔奖战后获奖作品中表现得很明显，《名士风流》与《马鄂的雀鹰》《冬天的果实》等这些作品就是有力的印证。《名士风流》虽然主要是巴黎题材，但它十分新颖、十分权威性地把作为本世纪法国社会一种重要现象的"左"倾知识分子群在特定政治情势下的真实状态表现得极为出色，时代气氛与社会环境的描写中还有深层次的人性挖掘，不愧为战后的一代杰作；《马鄂的雀鹰》与《冬天的果实》则是另一种类型作品的代表，它们把偏僻山区与小城镇的普通人的生活带进了文学，开辟了一个新的写实领域。

特别值得注意的是，战后龚古尔奖获奖作品中，有相当大一部分都是异国题材：《天根》的故事发生在非洲，《律令》是写意大利的生活，《闲暇》以西班牙城市为背景，《约翰·地狱》写的是美国下层人民，《大车上的贝拉齐》讲的是美国北部法裔移民大迁徙的历史，《神圣的夜晚》则是一个阿拉伯的故事。对异国题材的兴趣与对异国情调的追求，在法国文学中也是由来已久的，但在一种文学奖的范围里，出现如此多的异国题材的作品，不能不说是一种非常突出的文学现象，这既反映了在战后西方各国经济与文化的逐渐一体化的趋向中，法国作家世界意识的增加与世界视野的扩大，而且也有力地表现了法国作家对世界题材具有多么广泛的认知能力，多么熟悉的程度，多么娴熟的艺术处理与艺术把握的能力，这是一种文学高度发展与成熟的标志，也是一种文学奖高度发展与成熟的标志。

1903年创设的龚古尔学院与龚古尔文学奖，其历史悠久在当今世界的纯文学机构与纯文学奖中显然首屈一指，它就像一株根深叶茂的常青常绿的古树，屹立在法兰西文学大地上。1988年5月的一个下午，我来到埃尔韦·巴赞先生的家，他是龚古尔学院1973年以来的主席，他本人的文学创作硕果累累，著作等身，享誉全球，他又掌握着龚古尔学院的标准，每年主持着龚古尔文学奖的评选，使龚古尔文学奖成为一所"高等院校"，给一批一批作家颁发"高级职称"的毕业证书，推动着法国文学向前发展。我见到巴赞先生的那次，他已经77岁了，他驾车来车站接我，车的后座坐着一个不到3岁的小男孩，我以为是他的孙子或外孙；在他那幢房子门口，一个20多岁的鲜妍少妇出来迎接，我以为是他的女儿；在院子里的草坪边有一对老年的夫妇在晒太阳，显得比巴赞要老，我以为是他的长辈。经他介绍，我才知道，小男孩是他最小的一个儿子，少妇是他的夫人，那对老年人是他的岳父母，他们的年龄要比巴赞先生小不少。而在他的书房里，我又看到他不断问世的新作与不断拟出的创作计划。所有这些使我对巴赞先生的生命力与文学创造力深感惊奇。今天，在编选这套书时，我又深感龚古尔学院与龚古尔文学奖的悠久历史与文学活力，似乎与巴赞先生的年岁与生命力颇为相像。

一部社会写实的佳作
——罗歇·瓦扬:《律令》

像一只轻捷的燕子,凌空直下,迅急异常,眼见它即将落进一池污水,然而,一瞬间,有时比一瞬还快,它却轻轻地在水上一点,在池面一掠而过,又射向高空,遨飞而去,好险!

罗歇·瓦扬的笔触就这样叫你提心吊胆,替它捏一把汗,特别是在国内"扫黄"之后,出版界与读者均心有余悸之时。这支笔不止一次这样戳向中国人视为污水池的某个禁区,喜欢带点"性感"(请允许笔者在这里用这个不雅的自然科学的名词,也请允许在这里不再学究气地举例说明,在此场合,对学术例证的过分热情,很可能反倒会招来"格调不高"的非议)。但这只"燕子"却从不"落水",只是叫人虚惊,因为它的目的并非"下海",而是要在一个广阔的空间里飞翔,那池污水只不过是这个空间的下方,与这个空间不可分割的一部分而已。

要在这一片空间里自由自在地"飞翔",对于一个法国人来说,并不那么容易。这是异国,是意大利,而且是特定的意大利南方,一个色彩独异的地区与小港,一个既带有古代社会的遗风又渗透了现代成分的特殊地区,一个复杂、矛盾、含混,正处于不定型与变幻状态的地区,对它该有多透彻的了解、多深切的感受,才能在其中自由遨游?而罗歇·瓦扬在这里却似闲庭信步,十分自在。他在这广阔的空间里,得心应手,自如地转动着他的镜头:从法官家的内室到警察局的办公室,从海滨浴场到大地主的庄园,从为外国旅游者举办的舞会到酒馆里粗野的牌局,从地头蛇的家宅到高级的妓院,从海上捕鱼场到柠檬园到现代化的家畜饲养场,从中世纪国王的宫殿到将要成为旅游区高级妓院的宅第,从警察局局长寻欢作乐的密室到无业流民在密林中的藏身处,从小城狭窄的街巷到滨海的高速公路……所有的镜头似乎都是在漫不经心之中随便切取、信手拈来的,而每个镜头又都具有特征,富于色彩,给人以鲜明的印象。而且,镜头的转换是那么灵便而迅速,形成一种轻捷的节奏,在这种轻捷自如的挥洒之中,突现出意大利南方小城的杂色风貌。其中,封建主义的封闭性、现代资本主义的开放倾向与生活方式、古代灿烂文明的残存气息、意大利生活中传统的野性强悍等种种不同的成分,在这里互相矛盾地纷呈着,构成了一种强烈的、刺眼的色调组合。在这不协调的色彩中,社会人群,被疟疾缠扰、被欲望(对肉体的欲望与对金钱的欲望)扭曲的病态而浑浊的人群,经受着无情的适者生存规律的淘汰,日益远离古代文明与旧城风习的悠深背景,而走向资本主义的现代生活。

罗歇·瓦扬是一个写实作家。写实作家也有多种,有心理写实的,有性格写实的,有风土人情写实的,而罗歇·瓦扬则是一个社会写实作家。他在《律令》中所要写出来的,是社会的群体,他对整体人群的关心远胜过某一特定的典型人物或某一种特定的心态。他的视野是带全局性的,而不是把焦点集中在一个个体人身上。也许因为他参加过共产党,所以他的眼光还带有社会阶级分析的角度,但同时其中又掺杂着对超阶级、超时代的普通人性的关注。于是,他对社会群体的看法就有名堂了,他对社会群体的描绘就有看头了。

在小说里,他把那个社会视为"皇家海军":老百姓是水兵,在他们头上,有士官、下级军官、高级军官、最高参谋部、国王这一多阶层的金字塔结构。最高参谋部是指一些大股份公司,它们上面的国王,自从有了共和政体以及代表国家权力的股份公司以后,人们就不知道他究竟姓甚名谁了。直接压在百姓头上的士官、下级军官与高级军官倒是一个个很具体，高级军官是像唐·塞扎尔这样的大贵族地主与唐·吕格罗这样有势力的资产者，他们在马纳科勒港这个小城里简直就像是神，像是上帝；士官与下级军官则是直接控制着老百姓的警察局局长、土豪地头蛇以及各种代理人，他们往往就足以决定"士兵们"的命运。作为这一社会结构最底层的"士兵"——老百姓的处境显然是极为艰困的，在小说里，监狱中传出来的渴求自由与爱情的歌声与在大街上站着晒太阳的失业者，是出现了多次的阴暗背景，像一个深沉的基调不断向你提示着底层的悲惨处境；警察局办公室里，那个因失业、妻儿快被饿死，虽在国外找到了出路，但长期却领不到护照的泥瓦匠，则是"士兵们"被捆绑受煎熬的缩影。这种多层次的社会压迫，在瑞士旅游者夹有巨款的钱包失窃一案中，表现得再富有戏剧性不过了。在这个案子里，最有权威的是"高级军官"——大贵族唐·塞扎尔，他可以任意打断警方的调查，可以任意包庇自己的手下。最后，也是他一句话就勾销了全案，虽然他明知盗窃者就在他的身边。其次有权威的就要算警察局局长阿蒂里奥与地头蛇布里冈了。酒吧的侍者朱斯托见过布里冈曾从口袋里掏出过那个瑞士人的钱包，而钱包又的确在布里冈的密室里被找到了，这导致了布里冈的被捕。然而，他的密友警察局长在"单独审讯"他的时候，两人一串通，就把仅仅说明过真实情况的朱斯托反诬为罪犯，轻而易举将他投入了监狱。朱斯托只得乖乖地服刑，因为在监狱里他的人身安全反倒较有保证，期满出狱后，他总算被布里冈放过去了，参加到站在街角晒太阳的失业者的队伍中。这就是罗歇·瓦扬笔下金字塔式的社会多层结构的严酷真实，多层结构中的悲喜剧。

在20世纪的意大利，竟然这样暗无天日，无法无天？主持人间正义的法律到哪里去了？在小说里，倒的确有一个法官形象，而且是一个相当重要的形象，他倒还没有什么劣迹，也算勤勤恳恳，有时还吵吵嚷嚷要维护法律、伸张正义，但他却是一个病态的、自身难保、一败涂地的形象，疟疾缠身，不是全身冒汗就是全身发抖，性格软弱，言行不一，头戴绿帽子，眼见自己的妻子被警察局局长勾引调理成一个十足的荡妇，不断地更换情夫，他只能忍气吞声，最后被挤出了这个滨海城市。作者显然是要通过这样一个形象喻示这个社会的法律软弱无力、虚伪夸张、病态畸形，喻示它被揶揄、被欺辱、被拖垮、被放逐的命运。小说标题的原文为：La Loi，本意就是"法律"。作者在小说里所要表现的主题与含义就是法律的实质与命运？

　　这的确是小说的一层含义，但并不是全部的含义，如果只有这个含义的话，那虽然一目了然，但还似嫌简单幼稚。罗歇·瓦扬不满足于此，他对社会的认识比这要复杂一些。在小说里，有一个描写得非常细致，也非常精彩的场面，那就是布里冈等人在酒馆里玩"律令"的一场，这个场面既是写实的，又是象征的、寓意的，它开拓了小说主题的第二个层次。这是一种地方色彩浓厚、介乎赌博与游戏之间的玩意，先由赌博的胜负决定赌主与副赌主，然后在赌主与副赌主的主持下一局局进行下去，在每一局中，赌主是"发号施令者"，"有权发表自己的意见，也有权不发表，有权提问和替被问者回答，有权表扬和指责，有权骂人，含沙射影地讽刺、诽谤和中伤，以损害对方的荣誉"①，还有权任意给局中的某一人赐予美酒或者让某一人口渴如焚。而输家"则要接受他的发号施令，有义务忍受这一切，保持沉默，规规矩矩"。这是一种体现强权与暴虐的赌博游戏，残酷而又辛辣。正如我们在这一场"律令"中所看到的，托尼奥这个可怜虫输掉了身上所有的钱，遭到最刻薄无情的揶揄、嘲笑与辱骂，被赌主布里冈像虐待狂一样在精神上、人格上践踏糟蹋得令人惨不忍睹，整整一夜喉咙里冒烟也没有捞到一滴酒喝。这种酷烈无情的赌博原文也是"La Loi"，与"法律"同一，于是，在小说中，同一个标题就出现了两个

---

① 本作品部分引文请见 F·20 丛书本。

既有联系又有差异的含义，这两个含义都与小说的内容有关，都概括并代表了一定的社会现实内容，构成了一种微妙的双关。我们不妨作这样的理解：在这个社会里，"律令"就是"法律"，"律令"就是规则，它作为一种"法"、一种"律"，高悬在社会之上。因为，正如我们在小说中所看到的那样，社会生活的基本格局、客观现实的人际关系，与"律令"这种残酷而辛辣的游戏何其相似乃尔。

值得注意的是，写到人与人的关系时，作者经常用了"发号施令"与"俯首帖耳"这两个互为相关的词汇，或者经常着意表现出这两种同时并存的态势，而这两条正是"律令"的基本格局与基本规则。唐·塞扎尔在自己的大庄园、大府第里，是绝对至高无上、随心所欲的发号施令者，他可以任意叫这里的任何一个妇女陪他睡觉，朱利亚母女四人就这样先后成了他的情妇。有时，她们中的两三个还在同一时期俯首帖耳去满足这个大贵族。唐·塞扎尔的一些亲戚朋友亦不例外，他们在他面前都要察言观色，忍气吞声，即使是他们的妻女往往也得服从他的调遣。在这个小城里，他同样居于发号施令的地位，他的话不论警官还是法官都得听从。小城里的常务发号施令者还是警察局局长与布里冈。前者的威风自不待言，不仅底层的百姓要听他发号施令，而且有身份的体面人家也都屈从于他的淫威。几乎所有这些家庭的主妇，包括法官的妻子，都"俯首帖耳"成了他的情妇，对每一个良家妇女，他都是玩弄了几个月、把她败坏成十足的荡妇后就命令她离开，然后又转向另一个家庭主妇。地头蛇布里冈的社会地位虽然不高，但他在小城里日常进行发号施令的地位似乎是至高无上的，因为，他像希腊神话中的百眼巨人一样，站在小城的上空，监督着城内外整个地区的所有一切。"他监督操小船的渔民，操器械的渔民和用炸药的渔民；他监督卖柠檬的、买柠檬的和偷柠檬的；他监督橄榄果榨油坊里的被盗者与盗窃者；他监督在外海同载着美国香烟的快艇接头的走私者；监督坐着汽艇沿海岸巡逻的海关人员——如果他们有时马马虎虎不打探照灯,那得事先和他议定代价;他监督做爱的人以及不做爱的人,监督戴绿头巾的人以及让他们戴绿头巾的人。他向小偷通风报信,也向警察通风报信,于是,他既监督小偷又监督警察。"[1]这样,渔民、商店老板、海关人员、小偷、警察、居民无不按他的眼色行事,在他敲诈与发号施令的面前俯首帖耳,"他监督,人家给他报酬;他不监督,人家也给他报酬。"[2]甚至警察局局长也得接受他的指令,如朱斯托冤案,从定性到细节,全是根据他的口授炮制的,原因很简单:布里冈的密室是警察局局长寻欢作乐的处所,他每次进行幽会都得到布里冈手里取钥匙。马纳科勒港城的现实生活就这样被"律令"的法则所主宰,被一种充满了强制与暴虐的法则所主宰,这种"律令"才是真正的法。罗歇·瓦扬所描绘的现实社会生活图景的实质就在这里。因此,以"律令"而不是以"法律"作为这部小说的标题,看来是更为适当。

"只靠自身的规律来决定输赢的赌博是不存在的",更深一个层次的问题是:这种"律令"的杠杆是什么?是什么力量、是什么人才能体现这种法规,能够把强制性的律令强加于人?如果用马克思主义的观点来看,那当然是国家机器的掌握者,是社会中的权势力量。的确,警察局局长能发号施令是因为他代表了政府的力量,统治的职能,唐·塞扎尔是因为他拥有巨大的地产与财富,但是,在罗歇·瓦扬看来,事情还不这么简单。他又给加上了人性中的"力"这个因素,并且把他这一理解贯注到布里冈,特别是玛利埃特这两个人物身上。

布里冈有钱有势是后来的事,他原来只不过是一个可怜的海军下士,退役到这个海港城市的时候,一无所有。他凭着曾经刀砍一个小伙子的名声,就在这个城市"强行监督起来",他"强行监督"的

---

[1] 罗歇·瓦扬:《律令》第43页,Gallimard出版社,1957年。
[2] 同上书,第43页。

时候,身上怀着一把锋利的接枝刀,既合法又带有威胁性。此外,就是靠他那灵敏的善于发现隐私的嗅觉和无所不见的锐利目光以及"凡事都记下来"的"勤快"了。就这样,他成为这个城市的一霸,一个无孔不入的发号施令者,所有的人都忍受他的敲诈,甚至那些在他那里失去了贞操的处女们的父兄、未婚夫、追求者都不敢去碰碰他。罗歇·瓦扬以此表明,布里冈的强权与恶势,并不是来自任何身外之物,而是来自他强悍的个性与恶的力量。在这个人物形象上,罗歇·瓦扬致力于另一个伏脱冷的塑造,布里冈对恶浊的世道人心的洞悉以及自觉凭借自己邪恶的力量去因势利导、加以利用、从中捞取油水的特点,与巴尔扎克笔下的伏脱冷颇为相似,正像《高老头》中的伏脱冷被捕的著名一章一样,《律令》中也有布里冈被捕的一节。巴尔扎克笔下伏脱冷被捕的场面是惊心动魄的,伏脱冷"那双勾魂摄魄的眼睛"、像火山一样快爆发的满腔愤怒、"狮子般的动作"、在"最高精神力量"控制下的自我克制,都显示出了一种"强悍与狡猾",显示了一种"犷野的力",构成了"一首恶魔的诗"。①布里冈被捕时似乎平庸得多,他平静,不动声色,没有任何非凡的戏剧性的表现,然而,一到"单独审讯"的时候,他就胸有成竹地口授了一个反诬的冤案,其中每一个细节他都早已深思熟虑,并无半点破绽,他一下子就从法网里脱身出来,而把告发者打进了监狱。他所显示的也是一种"犷野的力","一首恶魔的诗",只不过更为含蓄,更为阴险,更多一些狡猾与心计,更多一些对司法程序的透彻了解与巧妙利用,比徒有非凡的气概而最终还不得不锒铛入狱的伏脱冷更多一些实效,可以说,布里冈是现代化了的伏脱冷。

比布里冈更胜一筹的是令人意料不到的少女玛利埃特。她年轻漂亮,在那个恶浊的社会里自然成为各种色鬼淫棍——从她的姐夫托尼奥到布里冈,从北方来的农学家到唐·塞扎尔——所追逐捕猎的对

---

① 巴尔扎克:《高老头》第四章《鬼上当》。

象。你所看到的是，她生活的环境真可谓危机四伏、险象环生，她完全是一个被迫害的形象，随时都有可能遇到悲惨的厄运。但随着故事的进展，你会愈来愈发现自己对此人认识不足。她的夜半歌声使人感到她身上有一种野性的力量与独立自由的精神。她躲在密林中的情节，使你明白了她早已与这个城市的一批化外之民结合在一起了，这批化外之民小流氓不仅逍遥于法律之外，而且独立于布里冈的律令格局之上，他们大闹舞会、当面偷走了布里冈随身佩带的接枝刀，就显示出了他们惊人的神通，当你知晓了玛利埃特与他们的结合时，她在你眼里一下就成了一个有实力的人物，一个有力量的形象。更令人刮目相看、也更妙不可言的是，这个少女竟叫布里冈在她手下惨遭败北，布里冈对她进行威逼利诱、要强奸她的那一场戏（的确是一场戏！充满了戏剧性！），是意志力、坚毅、聪明、狡黠、策略、手段的大对抗，勇气与智慧使她以一种四两拨千斤的柔韧之力，战胜了强敌，赢得了彻底的胜利。她不仅保卫了自己的贞操，而且还给布里冈带来了一连串惨痛的后果：她用布里冈的接枝刀在他脸上画下十字形的伤痕，使布里冈在城里羞于见人，大丢其脸，大灭了平日的威风；她调换了他的钱包则导致了他的被捕，他的被捕又在城里引起一连串其他的后果。到了小说临近结尾，你才搞清楚，弄得整个小城不安的那个钱包失窃案，原来就是她干的！而从她对自己的情人也不实言相告、她藏巨款手段的刁钻等情节，你总算看出这个未成年的少女实际上是个不动声色、阴沉诡诈的小坏蛋。她凡事都胸有成竹，甚至心怀叵测，她偷巨款、她及时地赶到唐·塞扎尔身边取代她的姐姐，都出于既定的企图与谋算。她只认现实利害，能伸能屈，均以切身利益为转移，她无情、心狠，以狼的方式对待狼，对自己的母亲与姐姐，最后就是把她们赶走了事。她有眼光、有办法、有手段，早就看准了生财之道，不惜用收益丰厚的果园换几公顷滨海池沼地，即将成为新兴的滨海黄金地带旅游业的大老板。在小说里，她是一个制动者，影响着事件的进程，最后，她把布里冈收归她的麾下，她将主宰着滨海的小城。一个原来被压在社会底层的少女变成了现实生活里的一个强人，靠的是什么？罗歇·瓦扬以其形象描绘告诉人们：她靠力。和布里冈的力一样，她的力也是野性的、强悍的，还带有几分邪气。在这个小城不由自主远离古代文明的背景、走向资本主义现代生活的进程中，这两个人物是最能生存下去的"适者"，他们将经受这个进程无情的自然淘汰，而成为得意者、胜利者。

自从法国有了司汤达以后，写意大利生活怎么可以不写"力"呢？这位19世纪的作家也许是法国文学史上最热爱意大利、也最了解意大利的了。他多次到过意大利，其中复辟王朝时期的那一次，一待就是7年，他对意大利的热爱从他自己设计的墓碑刻文就可以看出，他自称为"米兰人"。司汤达关于意大利的作品有散文游记，也有长篇名著《帕尔马修道院》与中短篇小说杰作《意大利遗事》，如果要说这些作品有什么共同特色的话，那就是它们都注重表现意大利性格中的力。这种力来自激烈的感情、强化的毅力、置于一切之上的个人意志与不计后果的冒险精神，在其中，强悍与狡黠并存，粗野与精细与共，正是这种意大利性格，构成了司汤达的永恒魅力之一。罗歇·瓦扬写意大利生活，也继承了古典文学中的司汤达传统，又填进了20世纪的生活内容，果然，他也具有了自己的魅力。

《律令》不愧是罗歇·瓦扬获取龚古尔文学奖（1957）的代表作，读起来很有味，几乎有令人爱不释手的效果。除了他对社会生活的法则有自己独特的观点，对人性结构及其表现形式有精辟的见解外，那就是由于他兴味盎然的故事、简洁灵活的文体、深刻犀利的笔触与几乎无处不有的嘲讽的艺术了。我们在上面已经提到过他的镜头灵活自如，转换得很快，使你在动感之中扩大对生活面的感知，始终保持着对眼前形象图景的新鲜印象。这里还要补充一点：

他从不以大段冗长的描述来使你不耐烦，他的段落都短小精悍，他的每一笔的落点都恰到好处（他写妇女时，落笔点经常是在女性胸脯上，这可不在我们恭维的范围之内），而其笔触都遒劲有力，这就保证了他的形象图景真切如生，鲜明突出，使人联想起简洁而富于表现力的电影。在电影与电视都异常发达的20世纪，形象描绘的简洁有力已经愈来愈成为写实主义文学风格的标志之一，毫无疑问，罗歇·瓦扬的写实艺术具有现代的特色。

古典风格的自然主义佳作

——卡里埃尔:《马鄂的雀鹰》

这部小说曾获 1972 年的龚古尔文学奖。颁发此奖的龚古尔学院,一直遵循其创始者龚古尔兄弟的文学道路,崇尚自然主义,总是把荣誉授给在社会人生写实上取得较高成就、别具一格的作品。"我们忠于龚古尔兄弟的传统,每年只给一部自然主义的作品发奖。"[①]《马鄂的雀鹰》获此殊荣,不言而喻是一部"自然主义的作品"。

时代潮流具有更容变貌的最强力。在它的冲击下,最稳定的传统与标准往往也要起一些变化。19 世纪龚古尔兄弟与左拉所开创的自然主义文学传统其中一个重要的内容是描写如实与繁详,如实得像照片,繁详得像资料。但龚古尔学院所推崇的写实性描绘到了 20 世纪却有了不同,掌握着这个学院的文学趣味标准、作为这个学院院士的著名小说家罗布莱斯,在巴黎曾经这样对我说:"20 世纪的自然主义,因为电影的发展而与 19 世纪的自然主义有所不同。在 19 世纪,从巴尔扎克到左拉都很重视细节描写,有时写得很繁琐。今天的情况不同了,电影与电视很普遍,人们可以从那里看到种种具体的形象,这就影响了 20 世纪的自然主义的文学描写,当今的作家写一个对象的时候,描绘性的文字往往不会超过三行。"[②]

如果正如这位龚古尔学院院士所概括的,当代自然主义文学描

---

① 龚古尔学院院士罗布莱斯语,见拙著《巴黎对话录》第14页。
② 《掌握着龚古尔学院标准的人》,见拙著《巴黎对话录》第74页。

写的特点已不同于巴尔扎克、龚古尔与左拉的话，那么，卡里埃尔的《马鄂的雀鹰》却又把我们拖回到巴尔扎克、左拉的时代。

打开这部小说，人们首先看到的是细致繁详的环境描写，就像巴尔扎克《高老头》的开端对伏盖公寓的描写，左拉的《娜娜》与莫泊桑的《一生》对万象剧场与白杨山庄的描写。而且，在这里，自然科学式的齐全、地理地貌资料式的详尽似乎更为突出。自然灾害的作用，气候、温度、风力等因素的影响，土壤的演化，岩石的质变……都没有被作者所忽略，一一得到了相当的笔墨，所有这些造成了一个贫瘠荒凉的高原，一个严寒酷暑、条件极为恶劣的农村。然后是小说对这农村一片萧条、简陋、穷困、严酷景象的细致描绘以及对此环境中人们艰难生活与这个悲惨故事的慢镜头式的展现……这是典型的古典自然风格。其古典性之典型，比自然主义的创始者龚古尔兄弟与左拉，似亦无逊色。问题在于，现代自然主义的风格已经发生了变化，龚古尔学院的标准也已考虑到了这种变化，在一个力求描写文字的简洁，甚至出现了像海明威这样为此目的而宁愿站着写作的小说家的时代，《马鄂的雀鹰》这种繁详描写的缘由是从何而来？

关键在于这部作品的题材，在于这部作品所描写的地区与生活。正如作者在《告读者》中所指出的，他所描写的是法国一个特殊的地区，这个地区是如此特殊，甚至人们都会怀疑它在20世纪50年代初的法国是否现实，怀疑小说是在把两三个世纪以前的蛮荒生活当作当代现实来加以描写。而小说的作者也承认，这个特殊的地区，这个地区严酷的生活，这部小说中悲惨的主人公，的确是现代生活中"不幸的例外"。这种例外，显然是看惯了香榭丽舍大街繁花似锦的巴黎人，看惯了乡野郁郁葱葱、城镇富足宁静的法国人所不熟悉的，甚至是他们难以想象的。而这种例外地区的赤贫与艰困又被远远遗忘在罗布莱斯所说的现代电影与电视之外。卡里埃尔为了记录与再现这一例外的现实、证实这一例外的现实、使这例外的现实在小说中真实可感、令人难以怀疑,他又回到了巴尔扎克、左拉、龚古尔的古典方法。

例外的现实,也是一种现实。任何现实,都有权在文学艺术中得到反映与描写,占有自己的一席地位。正因为一般的现实、常见的现实、典型的现实,在文学作品中往往为人所习惯、所推崇,例外的现实就像弃儿一样,倒更值得人们特别关注。在文学艺术中,如果只有一般的现实、"典型的现实",那是一种很危险的局面,它不仅是文学艺术本身贫乏、苍白、单调、狭隘的表现,而且它还在对现实的认识上起一种有害无益的导向作用。它往往导向简单化的、机械化的、主观主义的、模式化的、教条化的认识。《马鄂的雀鹰》证实了对例外现实关注的必要性,它提供了20世纪资本主义条件下社会现实多面性的一个例证,展现出与社会生产、物质享受的普遍繁荣、长足发展同时并存的暗淡悲愁的一面,它留存了一份活生生的形象的写照,它将开拓与丰富人们对当代生活的认识,它将向历史作出一种说明:在20世纪的50年代,属于上一两个世纪的这种生存条件与生活方式依然存在。这就是卡里埃尔的文学贡献。

对于资本主义生产方式居世界先进行列的法国,这种现实是一种不幸的例外,然而,对于仍处于发展中与落后状态的世界其他地区,这种现实则并不是一种例外了,《马鄂的雀鹰》中寻找水源的故事,可以使我们很容易联想起中国电影《老井》。而从人与自然的关系来看,从人如何受制于无情的自然,人在严酷的自然条件下如何怀着改善生存条件的灼热愿望、如何进行拼搏、如何以那种西西弗推石上山的精神,或者以我们常说的愚公移山的精神来进行自己看不到任何前途的奋斗——几乎是绝望的奋斗,如何往往以悲惨的或壮烈的结果而告终来看,这部小说的故事却又是非常典型的。它是人对自然的命定性进行抗争,也是人对自己的命运进行抗争的永恒史诗中的一个片断、一个音节,尽管是悲剧性的、可泣的一节。从人与自然关系的命题意义上来说,《马鄂的雀鹰》中的故事题材将很容易为中国读者所理解，将会使中国读者感到亲切，产生共鸣。

在这个故事里，就像在很多这类题材的故事里一样，面对着荒凉贫瘠的故土，存在着远方或他乡富裕生活的召唤与引诱的问题，存在着如何对待自己严峻的生存条件的问题，存在着不同的生活态度与处理方式的分歧。马鄂这个贫困地区的青年，对辛苦劳累而又没有希望的生活感到厌倦与绝望，纷纷外流，到平原上去，到城镇里去，最后，马鄂只剩下了雷朗一个人，他在这个严酷的环境里，居然奇迹般地结了婚，成了家，又有了两个儿子，人生存的韧性与顽强已经在这里显示出来了。到了他儿子的这一代，仍然存在着固有的困境，存在着同样的自我选择的差异。弟弟像很多前人一样选择了他乡与远方，他所去的瑞士，几乎就是富裕幸福生活的象征，对于他个人的处境来说，这是见机行事，是聪明的转移，是取巧的改善，而对他原有的那敌对性的生存条件来说，他这样做是一种回避、一种逃离。哥哥却像父亲当年所做的那样留了下来，似乎是继承了一个传统。而且，父亲的韧性与顽强在他身上又有了更为强烈的突现。他以惊人的毅力上山挖洞找水源，即使陷于最大的困境，即使自己的妻子也离开了他，但只要有一丝一毫渺茫的希望，他仍然挖山不止，只要有一息尚存，他就决不后退，他不屈不挠、奋不顾身，最后悲惨地付出了生命的代价。不可否认，他上山挖洞找水源本身带有很大的盲目性，他的方式也带有闭塞地区所必然决定的某种落后性，甚至还带有某种愚昧的色彩，但是，人类创造了文明世界的亿亿万万次劳动，其中不正有着相当大一部分是带有历史、时代、地区以及认识与科技水平所决定的落后性与愚昧性？而那些卓有成效、富有成果的劳动，不也是建立在千百次失败的、落后愚昧的劳动的基础上的？重要的是要有顽强的精神、有一种不可为而偏要为之的犟劲。人类那些创造性的活动，几乎没有一个不是以这种顽强的精神与犟劲为动力的，世界与文明是顽强的劳动创造出来的，而不是单凭聪明与技巧所能取得的。卡里埃尔的这部小说使我们获得深刻印象的一点，就在于它特别突出地表现了对于人类至关重要的奋斗精神，一种奋不顾身的犟劲，一种类似西西弗推石上山的"愚顽"。从这个意义上来说，这部小说又带有这个时代的哲学——存在主义哲学的色彩。也许就是出于对这种精神表现的思考，作者把他小说题名为《马鄂的雀鹰》。

这部小说的描写成分远远大于叙事成分。它的故事性不强，人物关系不复杂，情节不曲折多变，作者所能用的文学手段主要就是描写。这要求作者有更加过硬的文学功夫，远比编一个曲折有致、起伏跌宕、引人入胜的故事更为过硬的文学功夫。他这种文学手段显然取自两个精神仓库：一是他生活体验、生活实感的仓库；一是他对人物、对事件的个人感情感受的仓库。如果没有他对这个高原地区自然环境、山色景物、生活条件、习俗风情细致入微的观察与丰富深刻的认知，如果没有他对人物及其奋斗与命运的关注、风情与温暖，他是不可能成功地运用这种文学手段的。他以丰富生活经验与内在感情泉源为基础的文学描写，使这部小说具有了较高的品位。它荣获龚古尔文学奖的理由是完全充分的。

当代西方婚姻问题的一面镜子

——居尔蒂斯:《离异》

玉民同志为"法国二十世纪文学丛书"译的几部作品,译文都比较洒脱,属于傅雷先生的那个传统。但他译书名时,却又常从"直译"的原则。过去,他把杜拉斯那本著名的自传体小说的标题译为《情人》,这次又把让-路易·居尔蒂斯的这本小说的题名译为《一对年轻的夫妇》。为了和他洒脱的译文相适应,我都替他改了一改,前者改为《悠悠此情》,后者改为《离异》。

我把题名改为《离异》,是因为这似乎颇能概括这部小说的内容与精神。

一对新婚夫妇在威尼斯度蜜月,他们沉醉在新婚的欢乐之中,他们的欢乐看来只是以对方的容貌与肉体所予的愉悦为内容,他们结合的基础就是这种愉悦。当然,这也不失为一种合情合理的基础,恩格斯早就指出,"体态的美丽"是两性之间产生爱慕与吸引的一个重要的原因。不过,看来他们的结合只不过是建立在这一种基础上而已。于是,在新婚的一片玫瑰色之中,就出现了隐隐的暗点。小说就这样开场了。这些暗点时隐时现,慢慢地定型下来,终于汇集成为一大阴影,把这一对结合了的夫妇隔离开来。小说的开篇是爱的高潮,高潮之后几乎立刻就是每况愈下,最后是惨淡的分手,整部作品就是写爱情与婚姻逐渐入险的过程,这是一部阴阳裂变记,可概括为"离异"

二字。

离异，情人的离异或夫妻的离异，这是文学中常见的一个题材，它与文学中有情人不能成眷属的题材相对而自成系列，这类题材所包括的社会内容与心理内容，并不一定比前一类来得少，往往它的心理内容也许还来得更丰富、更深刻。有情人不能成眷属的悲剧，一般都是由于外部的原因，或为社会阶级鸿沟的隔离，或为社会恶势力的破坏，或为世俗偏见的阻碍，它一般都发生在人权缺乏、个人愿望与个人意志被紧紧束缚于某种规范与戒律的社会历史条件下，因此，在文学中，反映这类悲剧的杰作总比较集中出现于反封建主义的历史任务尚未完成的时代，以法国文学而言，属于这类题材的两部闻名遐迩的名著《新爱洛绮丝》与《保尔与维吉妮》，就是18世纪封建主义时代的产物。随着时代的前进，随着自由资本主义的来到，随着20世纪的来到，这种爱情悲剧也日益减少，而另一类题材，即离异的题材倒是逐渐增多。在离异的不幸中，起破坏作用的社会原因、客观现实生活的原因固然也存在，但相对是比较少的，而情人、夫妻之间的内部矛盾却往往居于主要地位，而且，外部的社会原因还总要通过情人之间的内部的裂缝才能起作用，在这种题材的作品中，既然外部不存在阻碍双方结合的阻力，也不存在处心积虑破坏双方已有结合的因素，而双方的离异主要是来自两人之间的纠葛，因此，不言而喻，心理的内容，包括猜疑、嫉妒、不协调、情感冷淡、思想分歧、隔阂、矛盾、性格冲突等等，自然就比在前一类题材的作品中来得丰富深刻。

这里，不妨以自由资本主义时代、19世纪上半叶与下半叶的两部法国文学名著为例。在龚斯当的《阿道尔夫》中，一对情人实际上已公开结合，过着同居的生活，仅仅因为女方对男方的感情过于专注、热烈、执著，就像一个轻盈、纤细、柔软的发网紧紧籀着阿道尔夫，使他感到束缚、不自在，与他那重视与追求自由独立的个性发生了尖锐的矛盾，因而导致了双方的不和与感情上的离异，最后竟以悲剧而告终。在这里,离异的主要根由在于一种顽强的自由主义的个性,它对对方感情的承受、反馈、再承受、再反馈呈螺旋形恶性上升,达到冰冷的地步,使双方哪怕细小、微不足道的缝隙也不断向纵深扩大与深化,终于不可收拾地成为鸿沟与裂变。由于作者致力于对一种性格进行深入的挖掘、细致的描绘与深刻的塑造,整个小说具有了非常丰富的个性心理内容。在都德的《萨福》中,双方的离异则另有心理根由。本来,女主人公萨福爱恋年轻情人的俊美与活力,她那年轻的情人则迷醉她的柔情蜜意、美艳多姿,两人结合在一起难分难舍,似乎没有什么可把这对年龄并不相称的男女拆散,即使社会舆论的非议与家庭的反对也对他们的自由结合无能为力。最后,仅仅是因为萨福深感自己容颜渐老,对将来的共同生活心怀远虑,为了不至于到人老珠黄之时被嫌弃,也为了及早给自己预先安排好一个相宜的晚景,而毅然采取了离异的行动。在这里,离异的根由是一种与人自然生理差异有关的特定的心理,这种心理复杂而细腻的变化使小说以其丰富的心理内容而著称。

离异在 20 世纪文学中有什么反映?眼前居尔蒂斯的这本小说是一个例证,当然,它不过是那些司空见惯、千差万别、光怪陆离、无奇不有的离异故事中的一个例证而已,如果说这个例证有什么价值的话,那就是因为它颇有自己的特色,它不以曲折的艳情故事取胜,也与那些单纯个性心理分析型的处理不同,更不赶写变态性心理的时髦,而采取了社会心理考察的角度,因而,它也就带有社会学的色彩。

这是一对西方常见的年轻人,他们的恋爱与结合都属于某种常见的模式,具有明显的代表性,是西方男女青年自由交往、性自由的一种必然的形态:在某个场合的偶然相遇,轻而易举的结识,美的容貌与体态所引起的爱慕,短促交往后迅速发生的两性关系,怀孕导致正式的婚姻。在这个过程中,闪电式的结合使客观存在于两人之间的矛盾根本没有来得及暴露,至少是没有来得及有足够的暴露,于是,结合就不可能像黎明那样预示着往后的幸福,而是矛盾逐渐暴露、发展、冲突、激化最后到破裂这样一个苦难历程的开端。问题在于他们的矛盾是什么性质?他们的矛盾不在于个性的矛盾,也不在于个人心理的矛盾,更不在于性心理的矛盾,而在于他们面对着当代消费社会中物质生活的热潮有着不同的反应,在于他们分别属于社会中两种不同类型的人,各人有自己对生活的要求、兴趣、憧憬,如果他们的离异也在于他们的心理根由的话,那么这种心理根由并非个人的,而是社会的;并非独特的,而是类型化的;带有一定的普遍性。

矛盾的主要方面是在女方。韦罗妮克既非浪女,也不是淑女,她身上的一些特点不一定就是缺点与过错,但也绝非优点与美德。她年轻、貌美、活泼、风姿绰约,凭着这些条件,她爱显示、爱表现,不自觉地把生活当作自己进行表演的舞台,近乎卖弄风骚。自然,她喜欢交际,追求热闹与娱乐,对社交活动热情有余。她的家庭境况不允许她追求奢华,她也还没有发展到那种地步,但她明显地不满足于自己小家庭温饱有余的小康生活,而怀着一种热切的世俗的欲望。因此,面对着消费社会中不断袭来的物质享受的热潮,她自然热衷于精美的物质生活与时髦的生活方式,特别重视能保证所有这一切的金钱。这样,她就不免陷于对奢华生活的渴望与期待,正像包法利夫人总期待着浪漫的爱情与潇洒的情夫一样。她有相当的文化水平,也可以谈论一点文学艺术,但精神既然已倾倒于社会中物质主义的潮流与流行的时尚,她也就无意丰富自己真正的文化修养,培养高尚的艺术趣味了,她只可能把零碎的文化知识用来装饰自己,以卖弄风雅,构成自己作为时髦女性的必备条件,还力图混迹于文艺圈子,出出风头,在这点上,她又使我们想起契诃夫小说《跳来跳去的女人》中那个浅薄的女主角。

居尔蒂斯以严格的现实主义笔法来描写韦罗妮克,他竭力避免有任何夸张,竭力避免给这个女主人公加上任何漫画的线条与戏剧化的色彩，她身上所有这一切是如此轻淡、微弱，就像现实生活中既不十全十美，又不可恶可憎的普通妇女一样，以至居尔蒂斯又有意地安排了一个她的同类阿里娅娜，这是一个发展得更充分的韦罗妮克，色彩较为醒目的时髦女性。然而，她身上的色彩似乎也不够充分，不够鲜明，于是居尔蒂斯又让自己的男主人公写了一章讽刺小品——对"小夫人"的素描，将韦罗妮克、阿里娅娜这一类女性的特点加以集中、加以夸张，把色彩涂得更浓，使人们看到一幅轮廓更分明、特点更突出、色彩更刺目的爱虚荣、追求奢华与享受、浅薄庸俗的时髦女性的漫画像，正如聚光镜把微弱的光线集中为一个强烈的光点，使人从这强烈的光点中分析出原来那些微弱光谱的性质一样，这个夸张的"小夫人"画像也把韦罗妮克身上那些不甚显眼的特点突现了出来。

年轻的丈夫吉尔构成矛盾的另一方，无疑是相当坚定的矛盾的一方，如果他像阿里娅娜的丈夫夏尔那样，是一个缺乏个性，或者更准确地说，是一个心甘情愿将自己的个性消融在当代社会的时髦模式里的人，一个放弃其他精神追求、只献身于追求金钱与地位以换取物质享受的人，一个自我麻醉、在享乐中沉沦、接受与承认生活中既成的丑恶的人，一个成了傀儡的人，那么，他与韦罗妮克便不会发生矛盾与冲突，他们的婚姻关系将继续存在下去，他们必然形成一对阿里娅娜与夏尔式的夫妻，在这种夫妻生活中，所有表面的幸福都将应有尽有：舒适的住宅、高级的汽车与家具、入时的衣着、得宠的儿子、热闹的社交生活、在夜总会度过的周末之夜，等等。但在这种夫妻生活中，不仅所有的精神追求与个性独立都消失了，只存在着物质生活的躯壳，而且，必然由于精神空虚与无聊而导致婚外的放荡与通奸。

正好吉尔不是夏尔，他颇有个性，而且在西方现代模式化的时髦生活的潮流冲击下不为所动，依然故我，他厌嫌周围那些追逐铜臭与物质享受的人，他对一切浅薄的时髦都很瞧不起：时髦的赚钱方式、时髦的交往方式、时髦的装饰、时髦的趣味、时髦的话题，都使他反感。他有一些精神追求，喜欢关心人类的命运，喜欢思考和谈论当代社会中重大的课题：核战争威胁、越南战争、社会正义、贫富问题等等。他对文学艺术确实有些兴趣，并且颇有文化修养，他的艺术趣味显然是传统的，倾向于古典的美，而对于当前文学艺术中一切新奇的时髦的东西则颇为轻鄙，常加以讽嘲。在人际关系中，他倾心于淳朴的、自然的感情——家庭的感情、父女的感情与兄妹的感情，以这种感情为满足，在这种感情中自得其乐，而不求到世俗的热闹的社交生活中去寻找乐趣。更主要的是，他还很重视自己的人格独立与个性独立，不愿为了金钱而牺牲这种独立。于是，他这种人生态度就与韦罗妮克的一整套愿望、兴趣、追求格格不入，由此彼此形成了根深蒂固的成见，他认为她虚荣心重、庸俗、浅薄、空虚、贫乏，她则嫌他保守、落伍、寒酸、没有出息。这是两种人生观、两种人生态度之间的鸿沟，这种鸿沟终于发展成为大裂变。

居尔蒂斯的兴趣在于写出这两种人生观、两种人生态度、两种精神反应的矛盾，而不在于写出一个充满戏剧性的离异的故事。他致力于从日常生活细节中去表现两种人生态度的微妙的格格不入与对立，这种格格不入与对立并不足以使人过不下去，并不足以使某种惯性的共同生活不能继续维持下去，但它却几乎无处不在，慢慢地侵蚀着结合的关系。在居尔蒂斯看来，这样悄悄地、不造成任何事端，甚至是不着痕迹的侵蚀，就足以导致双方之间的大裂变了，不需要去安排戏剧性的故事情节与包法利夫人式的桃色经历，因为他知道，并不是所有的有夫之妇都那么容易碰见一个阿道尔夫。在这部小说里，韦罗妮克与阿莱克斯的关系是作为夫妻关系破裂的结果而出现的，并不是夫妻关系破裂的直接原因。居尔蒂斯的这一处理使他摆脱了小说中常有的三角形的俗套，而突出了他对某种类型的社会心理的展示，并把这种社会心理给青年人婚姻带来的后果表现了出来，这样，他所写出来的离异就不是单纯的个人现象，而是一种社会现象，他所作的心理描写就带有社会考察的性质，正如姜昆的相声《漂亮姐儿》是一种对社会世态心理的写照一样。居尔蒂斯可说是一个严格意义上的现实主义作家，面对社会现实，显然是他首要的创作原则，他曾把自己的一部随笔札记题名为《沿路的镜子》，就显示了他的自我意识与自我评价，本着这种态度写《离异》，他得以给西方社会中青年婚姻状态提供了一面清晰的镜子。

《离异》中所提出的对时尚的热衷与对物质享受的追求，是当代西方"福利国家"、"消费社会"里重大的社会现象，它是生产力不断提高、物质财富不断积累、产品更新换代、高消费政策刺激与无产阶级中产阶级化的必然结果。正如我们在《离异》中所看到的，人们处于上述社会条件下，被五光十色的物质财富、时髦风尚、商业广告所包围，不断被吸引、被引诱、被刺激，全部的兴趣往往都集中于精美的物质享受与足以保证这种享受的金钱与地位。于是，就形成了精神世界的空虚与物质生活的壅塞：既然人的精力专注于更换新家具、新公寓、浴室设备，专注于衣着的精微入时，身外的世界大事与严肃的社会政治问题，自然就容易被挤在精神视野之外，文化修养、艺术趣味的提高也排不上日程，偶尔谈论一下加缪与新的文艺思潮，只不过是为了给自己洒上几滴文化香水而已，就像阿里娅娜那样。这种精神生活与物质生活的发展不平衡，已经成为当今西方社会普遍的社会现象。正如马克思曾经指出的，一个阶级中总存在"阶级的一般成员"与"阶级思想家"两类人，而且这两类人之间往往还存在"某种程度的对立与敌视"一样，在当代西方社会中，在上述社会现象下，面对着消费社会中物质与精神的关系问题上，也存在着同样的情况。当一些人在追逐财富与物质享受的热潮中怡然自得、习以为常，充满了世俗的进取心，对精神生活与物质生活发展的不平衡视而不见、毫无感受的时候，另一类人则对这种不平衡深有所感，并由于自己较高的精神境界与教养层次而侧目而视，由于传统的历史文化在自己身上形成的积淀而与这股热潮格格不入,对那些随波逐流的"芸芸众生"自然就产生了某种"对立"与"敌视"。吉尔笔下的人物素描"小夫人"就是这种"对立"与"敌视"的集中表现,而这种"对立"与"敌视"在20世纪西方文学中是颇为多见的。正因为这种"有识之士"与"芸芸众生"的对立与敌视并不是个别的个人关系,而是社会中一部分人与另一部分人的关系,是一种社会关系。所以,《离异》中吉尔与韦罗妮克的离异可说是西方消费社会中人际关系某一侧面的典型反映。

毫无疑问,在价值观念问题上,在精神生活与物质生活的关系问题上,居尔蒂斯有点"左"。"左"是法国20世纪文学界中常见的一种倾向,它几乎已经是一个传统了。从来没有一个国家的文学界像法国这样不断地出现如此多在本国文学艺术顶峰占有席位的第一流的左派,从20世纪初的法朗士、巴比塞到罗曼·罗兰、马尔罗、阿拉贡、艾吕雅,到萨特、加缪,他们之中有些是共产党著名的同路人,有些则参加过共产党,在当今仍活动的作家中,左派或具有左派色彩的亦不在少数。杜拉斯曾经是共产党员,巴赞与罗布莱斯作品中也有明显的"左"倾色彩。在这样一个具有"左"的传统的知识界,居尔蒂斯先生在价值观念上的"左"倾立场是不足为奇的。他在《离异》中,显然站在吉尔一边,以肯定的态度描写了他在消费社会中物质享受的热潮冲击下的坚挺与矜持,否定、谴责了韦罗妮克、阿里娅娜以及夏尔这一类人物对物质生活的追求,吉尔无疑是他的传声筒,这个传声筒发出来的声音有时有点愤世嫉俗的味道,他不仅看不惯韦罗妮克、阿里娅娜、夏尔这些俗物,就连当代社会中物质财富的增值、新产品的涌现、新生活方式的流行、新时尚的传播也都看不惯,不时还加以抨击,这就有点使人想起18世纪法国作家博马舍的戏剧《塞维勒的理发师》中那个抱怨地心吸引力学说、电气、种牛痘、金鸡纳霜出现于自己时代的霸尔多洛。20世纪的生产力的巨大发展,使现实生活中的一切发生了令人眼花缭乱的变化，物质生活方式的不断更新，是社会发展的必然趋势，人们对不断提高物质生活、消费水平的热衷，也自然而合理，无可厚非，问题在于要在物质生活与精神生活、物质追求与精神追求之间保持合理的平衡。这不是一件简单的事，这是一个复杂的社会问题，这个问题肯定不是吉尔式的态度所能解决的。何况他也没有什么解决的办法，他自己最后还落得吸毒、与颓废流浪青年为伍，虽然这些青年人的精神世界比阿里娅娜们要宽阔一些，虽然他们对社会问题的态度相当激进，但他们毕竟只是颓废而已。

这个带普遍性的社会问题，不仅存在于当今西方社会，而且也已经开始出现于社会主义中国，如何在物质文明建设的同时进行精神文明建设，如何在追求物质生活不断提高、不断改善的同时充实精神生活，如何对物质享受、时髦风尚有浓厚兴趣的同时保持精神上的境界与格调，这是我们也面临的共同的课题。在这个意义上，《离异》可引人深思，它不无启迪的作用。

不见经传的德库安与他的印第安人

——《约翰·地狱》

国内的《当代文学家辞典》之类的辞书，种类繁多，真使人想象不到；收入的人数之多，更使人大感惊奇。翻开来一看，很多条目中往往只见其人的各种头衔或者各种光荣经历，而其文学业绩、学术成就则近乎"洁白无瑕"，真可谓好画最美最美最新最新图画的"白纸"一张。"白纸"上往往也有起始的几笔，或为三两个短篇，或为三两篇评论文章。对此，有的读者也许会产生"信仰危机"的一闪念，担心这点业绩是否与进入名人辞典的资格相称。但他很快就会觉悟出自己纯系杞人忧天：既然已进入了名人大辞典，其文学成就、学术业绩无疑必定辉煌，既然已在名人大辞典中享有一席地位，何须有文学成就、学术劳绩张本？不论从哪方面来说，都是在理的，令人放心的，值得信赖的。

法国的当代作家辞典与中国的不太一样。入选人数远少于后者，此其一。其二，每个条目中关于其人的头衔与经历仅片言只语，几乎全部的笔墨是介绍其文学成就与艺术特色，并开列出一大串一大串成部成本的文学成果，零星单篇均已略去，似乎不值一提。是不是凡能开列出一大串文学成果清单的作家，就一定能进入作家辞典，那也不见得。过去，我就知道有弗朗索瓦·薄瓦叶，他出版过将近十部作品，而且其中的一部《禁止的游戏》被搬上银幕后，曾深深打动世界各国的广大观众，他直到20世纪80年代还未能进入法国当代作家辞典。

现在，迪迪伊·德库安又是一例。

德库安也是一个不见经传的人物，在我所见到的好几种法国当代作家辞典中，他均"名落孙山"，虽然20世纪80年代以前，他就已经在巴黎最著名的一两家出版社出版了他的十多部作品；虽然他这些作品中至少有三部获得过文学奖，而且其中一部所获得的是法国文学界里特别光彩的龚古尔文学奖；虽然他不仅以其小说创作拥有众多的读者，而且在影视领域也拥有广泛的观众。

那么，"法国二十世纪文学丛书"是根据什么选取了德库安其人的这部小说呢？

理由很简单：德库安的《约翰·地狱》，是法国最著名的龚古尔文学奖1977年度的得主。

这部作品多少有点特殊性。它写的不是法国的生活，而是美国的城市生活。从法国文学传统的范畴来说，它属于"异国情调"的那一个类别。

写"异国情调"一般都是以差异性为前提，或是不同国度、不同地域自然景观的差异性，或是不同民族、不同国家在文化体系、习俗状态上的差异性，或是不同时代、不同历史发展阶段整个社会生活的差异性。夏多布里昂在《阿达拉》中写不同地域的美洲景色，洛蒂的《菊子夫人》写不同文化传统与风俗习惯的日本风情，尤瑟纳尔的《东方奇观》写不同历史时期的古代传奇，都是以这种或那种差异性来引起读者的兴趣，获得文学成功的。德库安所选取的是当代美国城市生活题材，他如何才能显示出他的异国题材的差异性？我们知道，在20世纪西方发达国家社会经济一体化的发展趋势中，巴黎与纽约在很多方面都是大同小异的：大致同样的现代化生活条件，大致同样的快餐与鸡尾酒会，大致同样的夜总会与霓虹灯，大致同样的毒品交易、犯罪活动与妓女卖淫，几乎同样的服装款式与国际流行色……剩下来的就只有远处背景上埃菲尔铁塔与摩天大楼的区别以及眼前香榭丽舍大街与曼哈顿街景的不同了，而这一点点作为不同城市的标志，实在不够一部致力于异国情调描写的小说派用场，德库安如何才能把自己的小说披上异国的衣装而使对纽约生活方式并不感陌生的巴黎读者并不认为是多此一举的？

当然，德库安首先还得靠纽约的摩天大楼，要知道，他在写《约翰·地狱》的时候，巴黎还没有建成蒙巴纳斯大厦，何况后来建成的这幢大厦比起纽约的帝国大厦，只不过是小巫见大巫而已，至于像纽约曼哈顿区那样高楼拔地而起的拉·德芳斯区，那时还远未形成。在德库安的描绘中，也的确出现了不同寻常、惊心动魄的摩天大楼异国奇观：在大楼几十层高处的玻璃墙外，靠吸盘附在墙上的清洗工在进行操作，时刻有掉下来摔死在马路上的危险，而一条大蛇又从高墙的隙缝里蹿了出来向他袭击⋯⋯

如果他只靠这一类镜头，德库安的此部小说是肯定得不到龚古尔文学奖的。他的小说的独特处就在于他作为一个法国作家触及了典型的美国题材，为其他西方国家所不具有的美国题材，即印第安人问题。

美国这片土地，本来是印第安人的，而今，印第安人似乎已成为一个历史的遗迹。印第安人题材在美国之令人感兴趣，也是显而易见的，它早就在很多西部小说、西部影片中占有相当重要的地位。直到现今，人们的这种兴趣还历久不衰。1990年出品的反映美国初建时期印第安人生活的影片《与狼共舞》就在美国引起了轰动，并一举摘取了七项第六十三届奥斯卡大奖。此片我有机会看过两次，除了导演兼男主角的艺术水平与演技之高超、影片画面之优美壮阔外，最引起我注意的是剧本鲜明的民主主义倾向，它改写了带有偏见的美国历史，把美国建国初期的开拓史还原成对印第安人的掠夺史，它也改变了银幕上常有的印第安人凶恶可怕的形象，把这个民族那种英勇无畏、善良淳朴、豪爽重义的自然人性表现得十分动人。当然，唱对台戏的也有，1991 年，美国又推出一部印第安人题材的影片《黑袍》，影片所据以改编的是布里坦·穆尔的一部获奖小说，据说，小说是根据当初唯一一份有关印第安人的文字材料写成的，影片的导演布鲁斯·贝雷斯福德也很有名气。这部影片与《与狼共舞》针锋相对，着力表现印第安人的落后、野蛮与残酷。两部影片究竟谁符合历史真实？恐怕两者均有各自一定的真实性，因为自然淳朴与野蛮落后正是一切原始民族固有的不同方面。不论怎样，这两个文化事件，正说明印第安人题材令人感兴趣的程度。

《约翰·地狱》作为一部异国题材小说的价值，就在于它不仅触及美国印第安人的历史状况问题，而且在于它主要地致力于表现当代美国社会中的现代印第安人，它塑造了当代印第安人约翰·地狱的形象。

在他的塑造中，德库安的民主主义倾向与卢梭式的向往之情是显而易见的，这个印第安人身上被涂上了一层淡淡的理想的色彩。这个人物具有原始时代那些矫捷猎手的奇异禀能与非凡身手，他能在木楼上行走而不出声，能在几十层楼的高处悬空而无眩晕感，还能灵巧地进行操作，甚至与巨蛇在那上面进行搏斗并赢得胜利。他具有罗宾汉式的见义勇为的品格，敢于蔑视有权势者，敢于顶撞，敢于对抗，敢于在示威游行中打冲锋，置个人安危于度外。他有淳朴可贵的情操，第一次遇见凯娜时，他本可以得到她，但他的淳朴情操克制住了他自己；他对所爱对象的感情纯净而无杂质，小说中他的恋情像一首天真动人的哀歌，他为接待凯娜而改装自己的小木屋，显得像一个纯洁的孩子，他眼见她投入了别人的怀抱，却仍然爱护着这个双目失明、没有归宿的女子，就像一个慈祥的父亲。他牺牲自己的工作与生活的利益，对凯娜进行无微不至的照料，就像一个温柔体贴的内助。虽然他置身于像污浊染缸一样的现实环境里，身上还保持着土著居民（aborigine）那种淳朴自然的素质，内心世界里经常产生奇妙的波动与颇有诗意的感受，还保持着印第安人那种敏锐的本能与超验的感觉方式。虽然他的社会地位低下,经济力量单薄,经常处于失业与生活无着的威胁,但他却慷慨豪爽,仁义为怀,不仅收留了凯娜,而且收留了他自己的情敌、失业的波兰人米沙,承担着这两个人的生活重担,他甚至特别大方地把自己就寝的地方也让出来给米沙,明知这个既干练世故、玩世不恭又悲惨可怜的落魄者,夜晚总要偷偷溜到凯娜的床上去睡。在作者有倾向性的笔触下,约翰·地狱身上所有这些带有理想色彩的素质与品格,具有一种特别动人的魅力与感人的力量。

如果说,德库安在小说中首先关注的是塑造约翰·地狱这个形象,那么,其次他所关注的并不是约翰·地狱与另外两个人物的三角关系,他的兴趣显然不是要写出一个通俗化的三人故事,他很少去写感情纠葛,他甚至很少去写处在两个男人之间的凯娜的内心活动、思想感情,倒是他却非常着力去写约翰·地狱作为其对照面的纽约现实。他让约翰·地狱慷慨收留了两个落魄者之后,就让这三个人在纽约城有了种种经历,于是,他们的经历路线,就成为维吉尔引导但丁游览地狱的路线了。美国大都会纽约的辉煌、奇妙、丰富、优美的一面都没有了,这里展示出来的是丑恶、肮脏、嘈杂、混乱、阴暗、破烂、畸形的纽约:贫民窟、低级公寓、监狱、下等旅馆、警察局、色情娱乐场所、受虐欲者寻找的妓女住处、四十二街、破旧的码头……到处可见卖淫、毒品、人群冲突、暴力与草菅人命。虽然小说中也出现了作为纽约物质文明标志的摩天大楼与豪华的大饭店,但这里积垢污秽遍布,内部的混凝土已经裂解,钢筋已经朽动,地基已经不稳,地下管道破裂,污水已经泛滥成灾,臭不可闻……这种异国纽约风情画,出自一贯以自己民族精神文化传统而自豪、对美国式的物质文明带有一种批判意识与"酸葡萄"心理相混合的态度的法国作家之手,是完全可以理解的。纽约,在小说里完全是一个丑陋、腐烂、瓦解、即将崩溃的形象。这个形象既有严格写实的成分,也多少带有一点象征的色彩,特别是小说的最后,成千上万条狗侵入纽约,造成恐怖的局面，更大大加浓了象征的气氛。

德库安在他的小说中，始终注意在现实与象征之间、在"实"与"虚"之间保持平衡，他小心翼翼地防止自己偏向于任何一边。但是，如果细加解析，小说的构思似乎基本上可说是倾向于象征性的。在这里，原来印第安人的故土转移到了白人的手里，如今，它负载着一个畸形的、腐朽的、将要塌陷的纽约；而印第安人的后代约翰·地狱，如今又收容着、负载着两个白人。一个本土的美国姑娘，她代表着现代城市社会学（这就是她的职业），然而，她完全是盲目的！且不说她娇弱无能得像一个洋囡囡。另一个波兰人，他是外来的世界漂泊者，把纽约当作自己的淘金地。最后，这个印第安人离开了令人恶心的、危机四伏的纽约，他将隐入边荒的大森林之中，他将过这样一种非现代化的生活，"要是遇到城市，哪怕是最小的城市，我也不会进去。可是我若遇到一个湖，我会在那儿喝水，在里面洗澡；遇到高山，就爬上去；遇到平原，就在那儿住下来"，而让泛滥成灾的狗群与纽约人共处在一个城市里。德库安在他带有象征意味的基本构思上，铺陈出一个世间落魄者悲欢聚散的感人故事，也披上了纽约真实生活的衣装，他成功地达到了真切展示出异国生活的文学高度，他获得了崇尚写实风格的龚古尔学院的褒奖。

关于异国情调，不妨再补充几句。异国情调的浓淡，是以不同的读者为转移的。这样一部写美国当代生活的小说，在法国读者与中国读者的心目中，是有着不同程度的异国情调的。当这部小说的中译本问世时，中国读者对它的异国情调的感受，将大大超过小说当初在巴黎问世时法国读者对它的同种感受，而一贯具有意识形态眼光的中国读者，无疑还将从这部小说的异国情调里，找出一种他们所特别重视的东西："对资本主义社会腐朽性的揭露"。

从 19 世纪包法利夫人到 20 世纪包法利夫人

——芒迪亚克:《摩托车》

在福楼拜的名著《包法利夫人》的第二部第九章里,有一节对包法利夫人"想入非非"之举的描写:

有一天早上夏尔天不亮就出去了,她忽然想入非非,想在这个时候去看鲁道尔夫。到余谢特要不了多少时间。在那里待一个钟头回永维,人们还会在睡觉,想到这里她心急似火;不多一会儿她就头也不回快步地在草场上走了。

这时天刚刚发白。从远处她认出她情人的房子,上面的两个带燕子尾巴的风标嵌在灰暗的天幕上,显出黑黝黝的颜色。

在农庄庄院的后面有一所大房子,这一定是庄屋。她走了进去,就仿佛门见了她就自动开了似的。她顺着笔直的楼梯走上去,进入一道走廊。她启开一道门的门栓,马上看到房间深处睡着一个男人。他就是鲁道尔夫。她情不自禁地发出一声惊叫。

"是你来了!是你来了!"他重复着说,"你怎么能来的?……呀!你的衣服都湿了!"

"我爱你。"她搂住他的脖子答道。

第一次大胆的尝试成功之后,每次夏尔出去得早,她都很快穿上衣服,悄悄地走上通往河边的台阶。

可是有时供牛走的木板桥会被抽掉,这时她就得顺河畔的墙边走：河岸很滑，为了怕滑倒，她得用手抓住香罗兰的枯萎的桔梗。然后她高一脚低一脚从刚翻过的地里穿过，时而摔倒，穿着小巧靴子的脚时而陷到土块里。她的披巾挽在头上，在草场的晨风中飘动着。她害怕牛，开始跑了起来；她到达时气喘吁吁，面颊绯红，全身散发出一种树木青草和新鲜空气的清新的香味。这时鲁道尔夫还在梦乡。她就像春天的早晨一样，来到他的房间里。

窗上的黄窗帘悄悄透进一道重浊的黄光。爱玛眨动着眼睛摸索着往前走，露珠在头发上挂着，绕在脸周围，宛如一道黄玉做成的光环。鲁道尔夫含笑把她拉到身边，紧紧地搂在怀里。

在小说里，某个早晨的这一"想入非非"之举完成后，又一再重复，从"第一次"发展为"每一次"，就成一种习惯，持续了相当一个时期，因此长篇小说中的这一节虽然篇幅不长，但其叙述时间的跨度却相当长。而当代作家芒迪亚克的小说《摩托车》所写的，其实也是女主人公雷贝卡一天早晨包法利夫人式的"想入非非"之举，然而在整部小说里，这一举动没有最后完成，当雷贝卡快要达到她的"鲁道尔夫"的身边的时候，却在路上死于车祸，整个小说叙述时间的跨度不过两个小时左右。

同是女人想入非非的偷情之举，一个持续了一段时期，却只在小说中占不到两页的篇幅；一个只进行了两三个小时，却铺陈为一本书。叙述艺术之伸缩，全在于叙述上的匠心安排，而叙述艺术的高下，则在于不同叙述上的叙述功力，当然，福楼拜的精练浓缩术有它的高妙，而芒迪亚克的铺陈法也自有其讲究。

在《摩托车》里既然生活进程所占有的实际时间只有短短的两个多小时，芒迪亚克就必须采用两个方法来保证作品达到长篇小说的叙述规模，一个是把单位时间里的空间予以放大，一个则是在实际时间的框架里，开拓出丰富的心理时间的内容。

当福楼拜写下这样的句子："可是有时供牛走的木板桥会被抽掉，这时她就得顺河畔的墙边走"时，他实际上是用望远镜观察女主人公的行动，只注意到、只叙述出她行动的整体与概略。芒迪亚克如果也用此法写他的女主人公的行动，他所见到的，他所能在作品中描述的，也就会很有限了，不，他不能用望远镜去观察，他得用放大镜，甚至显微镜去观察，这样，雷贝卡如何出家门，如何上路，如何驾着摩托车在路上行驶飞奔以及路途中每段行程的具体情况、细枝末节以及种种景象，他都看在眼里，他都把它们展示在小说里。也许，人们会指出，这岂不是一种自然主义的罗列？岂不是一种繁琐的描写？似乎可以这么说。也正因为如此，我们才随着雷贝卡的摩托车从法国阿格诺到德国的海德堡，把一两百公里路途上的城乡风光、自然景物看了一个饱够，在这个意义上，这部小说是法国西部与德国东部边境地区的一张细部地图，一份详尽的旅行说明。人们可以在实际旅行中不厌烦地观看沿途的风光，但不见得面对这种带有导游性的文学描写会始终保持持久不衰的兴趣，因此从事这种性质的文学描写是要冒风险的。芒迪亚克甘冒这个危险，他依仗的是他敏锐独特的观察与优美清新的笔致，请看，这样出色的景致写生不是很会令人乐读不疲吗：

眼前，嫩草、绿叶和朵朵野花在晨曦的沐浴下色彩纷呈，一派欣欣向荣、生机勃勃的景象。大地宛若被扬起的花粉撒上一层金色。绿、白两色的多花黄精随风摇曳，犹如穆罕默德挥舞军旗号召他的信徒去征服叛逆的苦行僧。它美丽的钟状花冠具有一种神秘的力量，一阵强风刮来会突然绽裂。几株海芋，身披可称为圣母的外套，头戴绿中泛黄、独具东方色彩的大风帽。花中的肉穗影影绰绰，依稀可辨，好像粉红色的菌伞，撩拨得行人春心荡漾。雄花、雌花层层交隔生长。迎春花虽稍有凋谢，但在翠绿的枝叶间依然动人，露出乳白色的花蕊。也许由于气候缘故，这里植物的生长都落后于时令。

在公路上奔驶的一两个小时实际时间，对于表现女主人公的生活与性格来说无疑带有极大的局限性，芒迪亚克必须用心理时间来加以补充。在小说的实际时间里，除了女主人公的奔驶、小憩与死于车祸外，没有其他重要的"事实"，而在小说的心理时间里，女主人公的身世、家庭关系、婚姻状况以及私情的起始、通奸的过程等等的"事实"就都展露出来了，两种时间一重叠，就突出了一个中心的"事实"，那就是一个现代包法利夫人的故事。

虽然雷贝卡清晨从丈夫身边溜走前去私会情夫，与《包法利夫人》清晨的"想入非非"之举如出一辙，但芒迪亚克并没有把福楼拜这部现实主义名著中的话引在他小说的卷首，而是引用了浪漫主义作家爱伦·坡作品中一个富有奇幻色彩的情节，这多少说明了一点问题，不论作者在小说里的雄心是否就是"为喧哗的现代生活抹上一层浪漫的色彩"，但小说在事实上多少带有了一点"特别"的成分。

首先，雷贝卡的婚外私情有点特别，她的丈夫年轻正派，有良好的职业，而她的情夫年纪比她大了一倍还多，已经40岁开外，头也已经秃了，她这种私情与《巴黎最后的探戈》中那个背弃自己的年轻的男友而与一个年已半百的秃顶男人放纵苟合的少女颇为相像，即使是在性开放的西方社会，也是一种不合乎常规常情的两性关系。其次，雷贝卡这天早晨的外出幽会也有些特别，她要驾驶着摩托车在高速公路上奔驶一两个小时，越过国境线才能与情夫相会，这样长途跋涉的幽会实不多见，这大概要算是文学中最费劲、最令人疲劳的一次幽会了。不论是私通的特别还是幽会的特别，对作者来说，都是涂抹在女主人公身上的一种色彩，都是用来表现女主人公那种女性性状态的一种手段。他在小说里所致力加以表现的，正是女主人公在高速公路上驾驶着摩托车狂奔的那种生命力盲动,那种对强烈的刺激性事物的狂热追求,那种青春的近乎原始的活力释放发泄时的痛快,而所有这一切,都是以她对那个被她比喻为强悍如"猛虎",高深莫测如"圣人",但实际上却淫邪而趣味病态的情夫的臣服与崇拜为潜意识背景的。雷贝卡是20世纪的包法利夫人,她身上有19世纪包法利夫人身上所没有的特别成分,或者至少说,芒迪亚克是20世纪的人,他写出了福楼拜在包法利夫人身上所没有明明白白写出来的东西。但不论怎样,19世纪的包法利夫人早上醒来的"想入非非"毕竟是轻而易举地实现了,并成了一种习惯,而20世纪的包法利夫人早晨醒来的"想入非非",费了好大的劲、跑了好长的路都还没有实现,最后竟死于非命,这大概要算是芒迪亚克对20世纪现代人的一种讽嘲。

闲暇中的心理张力

——芒迪亚克：《闲暇》

《闲暇》于1967年获龚古尔文学奖，它作为一部获奖作品，至少是甚为独特。

令人注意的是作品中主人公的生存状态与精神状态，心理深度与心理意象。

当一个在异国他乡出差旅行，不时惦记着自己家的人，收到家里的来信时会怎么样？按常理，他的反应与行为举止是不言而喻的。然而这一个在西班牙作业务旅行的法国酒品推销商收到家信时，他只读了两行，还没有完全搞清楚信的具体内容，就若无其事地把信折了起来，然后就漫无目的地在巴塞罗那街道闲逛。回到旅馆，他又把这封信压在一个玻璃酒瓶下，一压就是两三天，而这两三天他仍然是在巴塞罗那城里游荡，除找了两次妓女外，几乎就别无他事。每次回到旅馆时，他都眼见着信被压在玻璃瓶下，而故意不去启阅，甚至还对它做个挑战性的、揶揄的动作，有时"亲切地摸一摸"，有时说一句"你继续待在那里吧"。

这种行为方式看起来颇为乖张，这种精神状态看起来颇为反常，似乎是一种反常的冷漠，反常的轻松，反常的闲适，反常的闲暇，然而，正是在这种看来乖僻的行径中，有着相当深的心理内容。

他收到的家信，不可能不出乎他的意外：信不是他妻子写来的，而是女管家写来的；他读到的两行也不是普通的两行，而是讲家里发生了死亡事件的两行。正是在这时他掩起了那封信。在这里，显然存在一个心理预感的问题，他从来信的方式与其中的三言两语，不可能不有所预感。当他若无其事地掩起那封信的时候，他似乎是冷漠而无动于衷，但当他把信一压两三天，在这两三天之内，在他的闲逛、闲暇之中，他内心那种潜伏的预感，就逐渐明朗形成了。他有时觉得那封信像是"一条盘曲在脚边的蛇"，甚至像一条"眼镜蛇"，有时觉得那封信似乎意味着一场"灾难"，一旦把它打开，就会产生像"汹涌的洪水夹着飓风的怒吼铺天盖地涌入宁静航道"的那种后果，使得他的全部现实生活就会中断，当这种预感明显地出现在他的意识活动中时，人们就不难理解他为什么一打开信就马上又折了起来，特别是不难理解为什么他故意把信压在玻璃酒瓶之下达两天之久，这个西方人的行为心理与迷信的东方人以为把咒符贴在门上就能镇邪驱妖的心理是颇为相似的。果然，他的预感没有错，最后，他终于把信打开读了一遍，明白了家里发生的悲惨事件：儿子溺水而死，妻子因丧子而自杀。于是他自己开车到郊外，用手枪结束了自己的生命。到此，小说也就告终。整部小说就是建立在这样一种看来反常的精神状态所蕴含的心理内容之上。

　　这是西方现代人的一种悲剧性的心理内容，整个小说的意义正在于它构成了这样一个悲剧性的心理意象：在表面的轻松自如、外在的悠然闲适之下，掩盖着多么紧绷的心理张力，多么沉重的心理负担，多么严重的危机意识。这种心理意象可以说正反映了现代西方社会典型的现实，在物质的享受、舒适的生活条件、优越的工作环境、各种娱乐与消遣、各种欢快的集庆与聚会的背后，往往都隐伏着失业、破产、车祸、纷争、诉讼、犯罪、谋害、死亡等等的威胁，正如这部小说的主人公在闲暇游荡、自由放任的生存状态中一样，其实头上正高悬着一把命运之利剑。这个离家外出的推销员完全意识到了他所具有的职业、位置、旅行的便利，围绕着自己的异国风光、城市的景观，他所享受的自由闲暇以及旅馆条件，只构成了一个包容着人，使人有安全感、舒适感、自由自在感的气泡，这个气泡美丽而又易碎，它给人的安全感、舒适感、自由自在感完全是一时性的，不牢靠的，甚至是虚假的，然而，他像每一个人一样都留恋这样的气泡，不愿意它破碎，即使它要破碎，他也像溺水者抓救命稻草那样，要抓住自己那点瞬间即逝的安全感、舒适感、自由自在感不放，西吉斯蒙一打开信马上就折了起来，而后又在蒙巴纳斯闲逛找妓女，就正是要抓住自己的舒适感、自由自在感不放，即使他已经隐约预感到包容他的气泡即将彻底破灭。

正是以这样的描写，小说给人物那种看来似乎反常的行为方式作出了合理的阐释，他的所作所为与精神表现正是西方现代人在危机来临时那种无可奈何、徒劳无益、盲目而毫无优向选择，甚至看来还很不值同情的抗拒状态与挣扎状态。

小说所呈现出来的现代西方人的心理意象，使这部作品具有心理小说的性质，然而从小说的叙述方法而言，却又具有逆心理小说的性质。因为小说的绝大部分篇幅都没有心理描写与心理解析的内容，而写的是主人公从巴塞罗那的一条街到一条街，一个区到一个区的行走过程，这种行走过程写得几乎不遗漏任何一个店铺，任何一个饭店、咖啡馆，任何一个橱窗。以此而言，小说又构成了现代人在城市浪荡的意象，他若无其事，悠闲自在，内心却深藏有严重的危机意识，在不断的行走中让自己完全沉浸在周围的街景中，似乎要以外在世界的难以数计的印象、画面、镜头埋没掉内心中的危机意识。从这种叙述结构来看，这部作品可以说是一部现代城市流浪汉体小说，它与传统流浪汉小说的不同，仅在于后者往往是写主人公在更大范围里的流浪。从一个地区到另一个地区的行止，如西班牙的《小癞子》；从一个阶层到另一个阶层的经历，如勒·萨日的《吉尔·布拉斯》；甚至从一个国家到另一个国家，如塞利纳的《茫茫黑夜漫游》，而这部小说则写的是主人公从一条街到一条街,从一个广场到一个广场,从一个店铺到一个店铺。

从来的流浪汉体小说,都是致力于写社会景观、人生百态,构成大规模的包罗万象的现实写生,这部小说明显地具有这种性质,它可以说是西班牙城市巴塞罗那五光十色、无所不包的社会景象的大型画册,从繁华的区域、热闹的大街、幽静的所在到支离破碎、肮脏恶臭的巷道的景象,从豪华的商场、各种风味的饭店到咖啡馆酒吧以至妓院的气氛,从旅馆饭店的仆役、叫卖的小贩到路上熙攘的各种行人的众生相,等等,无所不有,所有这些构成了市井芭蕾、市井话剧、市井快镜头、市井速写。这是佛朗哥统治时期的西班牙城市,它充满了政治独裁、腐败、淫靡、狂癫的景象,小说正是这个现代社会的病态风习的真实写照。而且,在法国当代文学中,几乎没有一部作品在对一个城市的面貌与气氛的描写上有《闲暇》这样全面、具体、细致的程度,它简直就可以说是巴塞罗那的一份详尽的城市地理地貌图,佛朗哥时期的这个城市,完全被作者写尽了、写绝了,以后,在文学史上,很难有一部作品能超越它,如果要作类比的话,只有米歇尔·布托于1956年出版的小说《时间表》,在对英国城市勒斯顿的描写上稍具有这样的规模与繁详度。

在《闲暇》中占绝对压倒优势的街景描写,无疑带有明显的"物"主义的倾向。20世纪50年代,罗伯-葛利叶以他的《橡皮块》(1953)、《窥视者》(1955)、《嫉妒》(1957)等好几部小说中对"物"的客观、繁详的描写与《未来小说的道路》《自然·人道主义·悲剧》等几篇重要的、影响深远的论文,而树立了"新小说"的"物主义"创作论。《闲暇》中的街景描写,在繁详、客观、细致上不能不说是有"新小说"影响的痕迹,然而,这里的描写却同时又是反"新小说"式的,罗伯-葛利叶的"物"主义强烈地反对描写中人的色彩与人的因素,而《闲暇》中的街景描写在很大的程度上却正表现了人物的政治观点与作者的社会倾向。作者显然要在他的街景描写中达到反映出一个国家、一个社会、一个时期的面貌、特征与精神之目的，在他的笔下，佛朗哥统治西班牙25年的社会现实的各方面都充分表现了出来：血腥的镇压、政治上的反动、独裁的统治、个人权势的压力、社会的贫富对立、腐朽与淫靡……

以街景描写来呈现一个国家、一个社会、一个时期的面貌与实质，以街景描写来衬托出人物的心理活动与心理深度，这就是《闲暇》在艺术上的独特性。

法国当代文学中的一位人民作家

——贝尔纳·克拉韦尔:《冬天的果实》及其他

在当代法国文学中,贝尔纳·克拉韦尔可称得上是一位"人民作家"。

何谓"人民作家"?这是一个颇有歧义的称呼,它常常被人持不同理解地加在情况不同的作家头上,而其根本原因就在于,"人民",这是一个历史的、发展着的概念。在中世纪,甚至在17世纪、18世纪,资产阶级还是"人民"中的一个主体部分,而到19世纪、20世纪,它则是掌权统治的阶级了。

在当代法国,"人民"的概涵相当广泛,除少数社会上层富裕的有产者外,一切从事各种劳动职业以维持自己生活的人,其实都属于人民这个范畴,虽然他们之中有些人生活已经相当富裕。如果说,左拉笔下的人民,如矿区工人、城市里的手工业者、乡下的农民等,有不少往往是处于赤贫状态、几乎一无所有的话,那么,在20世纪法国,赤贫状态的人民则很少见了,除非是那种露宿街头的流浪汉。这种情况是不难理解的,小资产者与中产者的阶层之扩大,正是20世纪西方社会,当然也包括法国社会在内的特点。

但我们并不能根据当代的"人民"一词如此广泛的概涵来使用"人民作家"这个称呼,如果把凡是描写了从事不同劳动职业以维持自己生计的各种人物的作家,都称为"人民作家",那反倒会引起理解上的逆反。

在我们的理解中，贝尔纳·克拉韦尔之所以可称得上是"人民作家"，就在于他是从当代社会中较低下的劳动者阶层中走出来的，始终对这个阶层怀着深厚的感情，在写作中以主要描写这个阶层的生活为己任，并成功地将这个阶层充满困顿、艰辛、烦恼与挣扎的人生塑成文学的"花岗石纪念碑"而使之不朽的作家。

克拉韦尔出身于汝拉省区一个劳动者家庭，父亲是一个面包师，由于当时没有机械和面机，他的劳动生计是相当艰苦的。1937年，克拉韦尔14岁的时候，就离开了父母到多尔城一家糕点铺当学徒，从此走上了独自谋生的道路，"我在该进中学学数学与法文的年龄，却在学和面做糕点，学伐木砍柴，学耕种田地，学制作玻璃，学金属加工"，"我曾经梦想进入美术学院，但生活却作了另外的安排"。而后，他又在第二次世界大战中历经艰辛与磨难：参加抗击德寇的入侵、被俘、入狱、潜逃……只是在战后的50年代里，他才逐渐走上了写作的道路，当他1957年发表第一部小说《沃尔吉恩》时，已经是34岁了。

克拉韦尔正像中国读者所熟知的俄国作家高尔基那样，是来自社会底层的，他为求温饱而从事过种种职业，这使他拥有丰富的人生经验与深广的生活感受。正如他自己所说的："我所干过的劳活给我带来一笔多么巨大的财富"，"我得以看清了人类的这个既奇妙又可怕的世界是怎么一回事"。正是这一笔生活经验与生活感受的巨大财富，成为他文学创作取之不尽的源泉。

克拉韦尔迄今所发表的作品数量甚为庞大，除《沃尔吉恩》（1957）、《谁把我带走》（1958）、《黑夜的工人》《西班牙人》（1959）、《马拉塔韦尔纳》（1960）、《父亲的旅行》（1965）、《绿眼间谍》（1970）、《河流的主人》（1972）、《武器的沉默》（1974）等10种长篇小说与短篇集以外，还有两大部长河小说《坚忍的耐心》与《天国圆柱》。前者包括《别人的铺子》（1962）、《想见到大海的人》

(1963)、《活人们的心》(1964)与《冬天的果实》(1968)四部各自相对独立的小说,后者则包括《狼的季节》(1976)、《湖上亮光》(1977)、《战争的女人》(1978)、《面包烤制能手玛丽》(1980)、《新世界的伙伴》(1981)五部长篇。20世纪80年代,他第三部长河小说中的两个作品《阿里卡纳》与《地上的金子》又相继问世。而在他所有这些作品中,《坚忍的耐心》四部曲可算是他的代表作。

《坚忍的耐心》四部曲以面包师杜布瓦一家的生活为描述内容。第一部《别人的铺子》写于连·杜布瓦14岁离开自己的父母到多尔城一家糕点铺当学徒,在这里熬过两年的艰苦时光后,正值1939年第二次世界大战爆发。第二部《想见到大海的人》表现了1940年夏法国大溃败时的汝拉小城情景,于连为躲避德军而外逃,住在汝拉的父母杜布瓦老夫妇期盼着儿子的归来。第三部《活人们的心》叙述于连在法国南部地区被迫入伍,他暗自打算去伦敦投效戴高乐将军的"自由法兰西"的抗德斗争,但是在卡斯特尔他热烈爱上了少女茜尔维,以致耽误了他的投效计划。第四部《冬天的果实》描述了战争期间杜布瓦老夫妇艰困的生活与他们凄清的晚年。

也正像高尔基最佳代表作之一《童年》《在人间》《我的大学》三部曲是以他自己在底层社会的亲身经验写成的一样,克拉韦尔的四部曲也带有很大的自传性成分。人们不难看出,小说的故事就是发生在他自己的家乡;杜布瓦这一家的姓氏,就是从作者的母亲那里借来的;于连14岁时外出谋生,当糕点铺的学徒,正是作者本人的经历;于连对美术的爱好也曾是作者的追求,等等。正是这种亲身经验的真切性与个人实感的深挚程度,首先保证了《坚忍的耐心》四部曲的成功。

在这四部曲中,《冬天的果实》被认为是最出色的一部,它于

1968年出版后，即获当年的龚古尔文学奖，是克拉韦尔的小说创作中获得最高荣誉的作品，也是人们了解克拉韦尔小说创作的思想内容特点与艺术特点一个最好的"窗口"。

克拉韦尔是一位现实主义小说家。他作为现实主义作家，不是接近其实具有不少浪漫主义成分的巴尔扎克，而是更像严格写实的左拉。可以说，他是一个左拉式的现实主义小说家，也可以说，他就是一个自然主义者，如果我们把左拉的自然主义视为现实主义传统的一个特定发展阶段的话。在《冬天的果实》里，我们就可以看到典型的左拉式的描写角度与描写方法，即对平淡无奇的日常生活的描写角度与真切琐细的描写方法。杜布瓦老头如何背着老伴去抽拾来的烟头，老两口简单粗糙的食物，他们如何为缺燃料发愁，如何省煤油、省蜡烛，如何"连一张报纸也要节约"，如何为躲藏在外的儿子于连担惊受怕，如何为了弥补燃料的不足而不辞辛苦进山砍柴……所有这些对日常琐事的细致入微的描写，构成了一幅战争期间法国普通人民困苦阴暗生活的真切画面。战后的日子仍然暗淡凄凉，劳累、苦恼、忧虑、矛盾、摩擦以及疾病，缠绕着杜布瓦老夫妇，他们在困顿中对付、坚持、振作、使劲，想要挺过去、站起来，但艰苦的生活、沉重的日子把他们的力量都耗尽了，两人终于相继离开了人世。就这样，整部小说构成了杜布瓦夫妇像严冬一样没有温暖、没有亮光的晚景。

过去，在国内的文艺评论中，对自然主义有一种似是而非的论断，那就是把它视为一种纯客观主义的、缺乏主观倾向与感情色彩的照相式的死板描写；事实与此恰巧相反，自然主义描写往往带有强烈的主观取材意识。而且，自然主义描写既然不以带浪漫主义色彩的故事情节取胜，如果自然主义作家在这种描写中不贯注自己充沛的主观感情、不构设自己强烈的主观倾向、不形成自己对读者潜在的感情引力与无形的主观导向的话，那么他如何能以对平淡无奇的生活琐事的描写来维持自己对读者的吸引力呢？

《冬天的果实》的卷首有作者这样一句献词:"纪念被劳累、慈爱或战争悄悄折磨致死,而在史册中未见提及的父亲和母亲。"这题词充满了深情,凝聚着作者对那些承受着生活重压的普普通通父母、平凡劳动者的人道主义的同情与挚爱,这些人从来都是一代一代悄悄地来到这个世界上,经受了种种困苦、磨难、烦恼与痛苦,他们像推石上山的西西弗一样,徒劳地进行种种挣扎与奋斗,最后又悄悄地离开这个世界,几乎没有留下什么痕迹,没有留下什么声音,或者说,他们那点细小的痕迹、那点微弱的声音,刚一产生就很快被人群的浪潮淹没了,被时序的厚土埋葬了。而克拉韦尔却把他们困苦生活的细节与他们在这生活中的喜怒哀乐,描绘成形,表达为声,将他们原来那卑微的痕迹与细弱的声息,复制成千万份拷贝,展示在世人的面前。难怪他在小说的卷首引证了孟戴朗这样一句话:"……这是在棺木中的死者未能说出,却沉重地压在他们心头的话。"用我们通常的方式来说,就是克拉韦尔充当了那些普通人民的代言人,他用文学的形式表达了他们的心声。

显然,克拉韦尔相信他所选取的题材就是真正的人生,至少是大多数普通民众的人生;他也自信他对这题材、对这些普通民众的人生是具有充沛而深沉的感情的,而这感情本身在这个世界上尚具有其宝贵的价值。他相信凭借这两点就足以感动读者,因此,他充满信心地进行着对普通人平淡日常生活的描写,他只求把这些生活写得真切生动、细致入微,他只求把自己的感情贯注到这些描写中去,而不求助于任何浪漫色彩与起伏跌宕。他达到了纯文学的高度。他获得了法国文坛广泛的赞语:

"克拉韦尔既擅长于分析又擅长于描写平民百姓的生活,他是一个敏感、仁慈、充满了人道热情的作家。"(埃尔韦·巴赞)

"我很喜爱他对人民困顿忧伤的那种淳朴而客观的感受。"(莫里斯·克拉韦尔)

"他最首要的品质就是热爱人民。"(安德烈·斯梯)

"克拉韦尔重新找到了若干世纪以来已泯灭的一笔财富,那就是真实而伟大的人民大众文学。"(《观点》)

"他的作品是一位大作家与一个大主题的结合。"(《快报》)

"克拉韦尔忠于他自己,他对先锋派文学不感兴趣,他是一个风格明朗而又高贵的作家。"(《朝圣者》)

这些赞语标志着他的成功,也标志着他在法国当代文学中的地位。

毕竟是人的颓废沉沦者

——凯菲莱克:《黑色诱惑》

这部小说以三大板块构成:一个板块是主人公对自己青少年时期在家庭中的生活的回忆;一个板块是主人公对自己在阿尔及利亚服兵役期间生活的自述;一个板块则是主人公与他所依赖所白吃的许许多多女人中的两个女人的故事。这部分故事,不仅是由他本人的自述所构成,而且也有相当一大部分是由作者从旁叙述出来的,在叙述方法、叙述角度与叙述风格上倒也变化有致。

第一个板块中的自述,充满了天生顽劣者的腔调。他的顽劣并非源于某一生活的变故或儿时精神上的创伤,而是出自他的本色与脾性。有猴性的人,在生活中是可以经常见到的,甚至在高层次的人物身上亦不免,记得似乎有不止一个大人物,都曾承认过自己身上既有虎性,也有猴性。猴性的基本特点恐怕是"顽",而"顽"往往则来自精神上的"灵"与体能上的"敏",只有在"顽"之上,又加上了不良习气、坏品行、不可救药的执迷不悟,那就够得上"顽劣"了,这个主人公的青少年时期,"顽"的成分居多。不好好学习正课,而热衷于博览各种杂书,这无可厚非,倒颇有些灵气;不守校规,私自外出,这也没有超过"顽"的范围;至于与他的兄弟坦相比,他憎恶虚伪,不愿耍手段去弄虚作假,而愿意公开地弄虚作假,这在"顽"之中又有了一点"异乎寻常",甚至有愤世嫉俗的味道;敢于趁外祖母病故之际,偷走她的首饰,这就有些坏劲了,但也不见得比他父亲对外祖母之死那么幸灾乐祸,就像"刚得了诺贝尔奖"那么高兴一样的坏;他真正的恶习还在于从小就沾上了淫邪与喝酒的恶习,这成了他整整一生中两个最坏的基因,两个最坏的出发点,一个使他成为一个"靠女人们来养活"的无赖,一个使他成为不可救药的醉汉酒鬼。

然而,他又不同于一般的无赖与酒鬼,他自幼博览群书,在中学时代,就具有相当渊博丰富的知识,是一个名副其实的"杂家",而且,他还颇具灵性,是一个对人情世俗能一针见血的观察者、评判者,还是一个敏感的"文人",不乏舞文弄墨的才气,他后来也的确写出了关于自己的小说。虽然他这部小说手稿被他那遭虐待的情妇出于对他的深仇大恨将它毁于一旦,但作者还是让读者读到了这部小说的若干章节片段;虽然这部小说充满了一个顽劣颓废者不光彩的经历与卑污的感情,但作者还是把自己富有特色的文笔赋予了他,使这部手稿毕竟诚实可读。由此,我们不能不说,作者是有意识地要把这个人物写成一个颇具才子成分的人物,而不是一个纯粹醉鬼型的人物、纯粹流氓无赖型的人物,然而,"才子加酒徒"这种人物在生活中、在文学史里都是有的,而"才子加流氓"这种人物在现实生活中,在文学史里也都是有的。这部小说的主人公准确地说来,应该是属于才子加醉鬼,才子加流氓型的人物。

在法国文学史上,"才子加酒徒"、"才子加流氓"式的人物中最著名的,我们可以举中世纪的抒情诗人法朗斯瓦·维庸为例。虽然他出身良好,受过高等教育,但早就与流氓无赖为伍,起哄闹事,偷窃杀人,他都干过,因此,他也蹲过大狱,被判处过绞刑,而后又得到了赦免。精神上经历过如此一番炼狱,加上他内在的心地与天生的才华,他的《小遗嘱》与《大遗嘱》两首长诗,倒成了千古绝唱,即使是古典主义批评大师布瓦洛也曾评定他是法国古代最伟大的诗人,法国的浪漫派更尊奉他为远祖。无独有偶,中世纪有维庸,而近代则有魏尔仑与兰波。魏尔仑出身也不错,也受过良好的教育,曾经也是一个好学生，但入世后不久，就沾上了酗酒的习气，常沉湎杯中，后来嗜酒如命，还成了一个颓废放荡的流浪者。他的少年朋友兰波也是一个放浪不羁的人，他对流浪生活的嗜好已近于偏执，但这一对朋友都是法国诗歌史上才华焕发的巨匠，魏尔仑要算是法国近代诗歌新潮象征主义的大师，他对于法国诗歌发展的影响与贡献是极为巨大的，兰波则是法国象征主义诗歌领域的天才，他的长诗《醉船》把自己描写成一只醉醺醺、到处漂流的"醉船"，更是世界象征主义诗歌中的经典名作。

"才子加醉汉"、"才子加流氓"都有两方面对立的成分，一方面是聪明智慧，才华天赋；另一方面则是卑污恶习，乖僻邪谬。究竟是不失为难得的有用之材，还是沦为恶浊不堪、无可救药的无赖，恐怕就要看这两个方面的比例如何了。在维庸、在魏尔仑、在兰波身上，前一个方面光彩照人，就掩盖了后一方面的瑕疵，而在《黑色诱惑》的主人公身上，前一个方面区区而已，后一个方面就不免显得恶浊不堪。小说的第三个板块所叙述的主人公与两个情妇的生活经历，就把他那个肮脏卑鄙、刻薄无赖、颓废堕落的一方面暴露无遗，使人对他不可抑制地产生恶心感，只不过，他在自述自己的卑鄙肮脏、堕落不堪的行径的时候，尚有一些自知之明，尚有一些坦诚，尚有一些忏悔之情，这又使读者在对他的反感与厌恶中多少带有一点怜悯。

如果把第二个板块的内容算进来，这个人物使人怜悯的成分就大大增加了，甚至会使人同情。第二板块是自述他在阿尔及利亚战争中的经历。阿尔及利亚战争是法国20世纪50年代所进行的一场典型的、不折不扣的殖民战争，是一场"肮脏的战争"，它曾遭到法国人民与法国进步人士的激烈反对。关于对这场战争义愤填膺的抗议与反对，我们在20世纪50年代的法国文学界，可以看到不少作家的勇敢行为，像萨特，他于1956年公开反对法国政府镇压阿尔及利亚的殖民战争，声援阿尔及利亚的民族解放运动，声明"我们唯一能够而且应当做的事，就是站在阿尔及利亚人民一边，把阿尔及利亚人和法国人从殖民主义的暴政下解放出来"，1959年，他又在宣言上签名，支持士兵在阿尔及利亚战争中不服从命令，并公开站在阿尔及利亚抵抗运动一边，当时，右翼分子为维护殖民利益，在游行中就曾大呼"枪毙萨特"的口号。文学界人士这类反战的社会活动不少，但是，在文学作品中对这场战争的直接描写与揭露，尚不多见，至少我个人未曾多见。《黑色诱惑》一书的价值就在于以相当有分量的篇幅，对这场战争作了无情的揭露，它所描写法国殖民军种种残酷的暴行是令人发指、天理难容的，给这场丑恶与惨无人道的殖民战争留下了真实的历史纪录。

在这场战争中，小说主人公既是战争机器的一颗螺丝钉，也是战争的受害者，主要则是受害者。他在军营里所遭受过的虐待、施暴与苦役是骇人听闻的，暴露出法国殖民军内部黑暗、腐朽与凶残的内幕，令人几乎不敢相信这些是发生在20世纪。在这里，主人公这样一个卑劣的利己主义者，成了任人欺凌的羔羊，以至阿尔及利亚的这样一段悲惨痛苦的经历，在他日后的行骗生涯中成为一种尚能引起他反思的回忆，引起他内心中某种程度忏悔与真诚之情的源泉，因为，他在阿尔及利亚那严酷的日子里，毕竟还作为一个普通的人、一个诚实的人、一个不愿意加害于他人的人而存在过，而生活过。至此，主人公身上人的复杂性就被作者充分展示出来，他展示出了一个浪子，一个不可救药的颓废者、沦落者，不论这个人物是如何堕落，毕竟还是一个人。

现代罗宾汉的义举

——罗曼·加里：《天根》

罗曼·加里，是中国读者完全陌生的一个名字，据我所知，他的作品译介到中国来，这还是第一次。

在经历方面，他并非一个纯文人出身的作家，他与马尔罗颇有相似之处，也是一个斗士、军人，参加过抵抗运动，经受过战斗的考验，得过勋章。他还是一个外交家，担任过高级的职务，在世界范围里，有比较广博的阅历与见识，由此，他在文学上具有马尔罗式的博大风格，经常处理一些重大的世界性的题材与人类状况的主题。

在成就方面，他是法国著名文学奖的多次得主，他的第一部小说《欧洲教育》，曾获1945年的文艺批评奖，他的名著《天根》1956年获龚古尔文学奖，他以化名发表的《如此人生》于1975年又获龚古尔文学奖，在20世纪法国文学中，他是唯一的两次获得此荣誉的作家。

他的代表作《天根》，可说是他以上两个方面的交合点，它既是一部处理人类重大题材的小说，又是一部获奖的名著。

在重大的人类问题中，人与自然的关系是极为重要的一个。在这个问题上，法国文学中有一个强大的思想传统，即主张返回大自然的卢梭主义传统。我在《绿色教会》一书的译本序里曾经指出，这个思想传统在法国当代文学中又有了一次强有力的跃动，图尔尼埃的《礼拜五或太平洋上的虚无缥缈境》与巴赞的《绿色教会》就是卢梭主义跃动的两部力作。罗曼·加里在《天根》中所提出的问题，也可以说是上承卢梭主义的余脉，但是，看来它与卢梭主义已有所不同，卢梭主义是主张返回大自然，而在这里，却不仅是一个返回自然的问题，而是一个呼吁保护大自然、拯救大自然的问题了。其原因是不难理解的，卢梭时代还不存在生态平衡被破坏、某些物种濒临灭绝的问题，而到20世纪，工业化、殖民主义、战争、社会动乱等等，已经使得环境保护问题、生态平衡问题、人类的边缘问题成为严重的世界性的问题；保护大自然，已经是人类所面临的急迫而严峻的任务。在这种现实面前，返回大自然的向往，反倒显得有些不太现实，显得浪漫情怀十足，我们注意到，图尔尼埃与巴赞上述两部名作中的主人公，就都是现实生活中难以见到的、充满了浪漫主义色彩的人物，他们要彻底回到大自然中去的梦想，在20世纪已经不可能实现了。

《天根》十分现实地面对着大自然急需人类加以善待、加以保护这个严峻的课题，以猎象问题为题材，发出了这样一个严重的警告：大自然这宇宙生命之根、人类赖以生存之根、这"天根"，正遭到人类大规模的破坏，在小说里，大象就是大自然的象征与代表，每年，在法属赤道非洲就有三万头象被猎杀！

这是一个看起来相当复杂的问题，它既是人类在为自己"谋利"，也是人类在与自己为敌。从人类眼前的需要来说，猎象似乎仍是一种必要的生存需要，自古以来，在非洲，象就是黑人所需求的一种重要的食物，直到20世纪，饥饿的黑人仍在猎象、吃象；从人类开拓性、提高性的需要来说，猎象就意味着有高级的象牙制品，从精美的象牙雕刻到奢侈的象牙烟嘴；对于人类社会生活而言，猎象意味着大规模的商业繁荣与高额的商业利润；而对于殖民地的统治与治理来说，又意味着税收与就业。即使猎象的不合理性、猎象的严重后果明明白白摆在人们的面前，但在这个问题之前，已有一大堆人们更急于去处理的问题清单：政治矛盾、社会动荡、派别利害、群体冲突、粮食匮缺、疾病流行……罗曼·加里是一个极有社会阅历与政治头脑的作家，他在《天根》中显示出这样一种才能：善于透视并梳理纠缠于现实问题之中的政治社会矛盾与思想观点冲突的一团乱麻，他这部小说通过乍得这块法属殖民地各阶层人物，从总督、各级官吏军警到商人、新闻记者、政客、庄园主、民族独立运动分子、劳动者、村民、神甫、生态学家、旧军官、风尘女子等等人物形象的活动、经历、言论、思想、行为，表现出了猎象与反猎象作为一个社会现实问题全部的复杂性，它与其他社会、经济、历史、信仰、殖民主义、民族解放运动以及国际政治等问题的交织，构成了一幅巨大的非洲社会生活的图景，以环境保护问题、生态平衡问题为中心的人类存在状况的图景。这种宏大的社会视野与艺术景观，使作品具有了史诗般的格调。

在小说里，以猎象与反猎象的矛盾为中心的自然环境保护问题，不仅是作为生态平衡、物种挽救的课题提出来的，而且还带有一种人文的色彩。宇宙万类竞自由的大自然、平衡存在平衡发展的自然环境，既是人类赖以生存的必要条件，也是人的感情上的一种需要，是人心目中一种美的体现，一种和平宁静的所在，而那平野上、丛林里雍容大度的大象，则是高贵风度的代表，它象征着自由，"哪里有大象，哪里就有自由"。所有这一切，构成了生活在社会泥沼中的人在精神上、感情上的一块绿洲，一个避难所，一个栖息地。人的这样一种精神需要、思想倾向、"美学情趣"，在小说中米娜这个女人身上表现得再清楚不过。这个"从柏林废墟里逃出来"的德国姑娘，从小就经历了贫困孤苦、无依无靠、寄人篱下的生活，后来又饱尝了社会政治的人为因素破坏了自己爱情幸福的苦果，被生活所迫到处漂泊的辛酸以及当了歌女、脱衣舞女与女招待而遭受到的屈辱，总之，她"什么滋味都尝过"。如果把她具体的个别性撇在一边，她生存状态中的困窘、尴尬，她在社会泥沼中的挣扎、痛苦、被污染、被损害，在某种意义上就是一般社会人的生存状态中的常有成分了。她正是经历了这一切之后，逃离了那个污浊、冷酷的欧洲社会，来到非洲，以求"躲在大自然的怀抱里，置身于跑遍了草原的大象与各种性情温和的大动物群之中"，因此，她成了小说主人公莫雷尔为保护大象而征集签名的最初仅有的两个响应者之一，她还抛弃了自己稳定的生活，坐上一辆装满武器弹药的吉普车，投奔莫雷尔，成为莫雷尔逃亡中忠实相随、不怕吃苦、置自己安危于度外的伴侣。同样，另一个响应者美国旧军官福西斯也是西方社会里的一个沦落人，他参加过朝鲜战争，因为揭露过美军曾进行过细菌战而遭到迫害，被赶出了军队，"成为一个受排斥、遭蔑视的人"。这样，小说中保护自然环境与生态平衡的主题，与社会批判的主题就交织起来了，正是在这一点上，作者又显示出他对卢梭主义的继承，在卢梭那里，大自然是作为金玉其外、败絮其中的阶级文明、上层社会的对立面而备受赞颂的。

小说中所展示的猎象与反猎象问题的复杂性，正是其他所有自然环境保护问题所共有的复杂性。在各种各类人的私利动机面前，在人类对人与大自然关系认识的盲目性面前，在人类生存状况的艰难、某些自顾不暇的困窘与保护自然的无能为力面前，在人类对大自然急功近利的开发与榨取活动面前，环境保护问题、生态平衡问题，也许是一个几乎与地球同等巨大的问题，时至今日，当保护环境、保护生态平衡的呼声早已响彻全球的时候，一些保护性的法律与措施也已经在不断制定、不断执行的时候，这个巨大问题的基本解决仍遥遥无期，任何对人类进程有直接影响与具体促进的政治家、社会活动家、思想家，也无根治的良策。《天根》问世于20世纪50年代，罗曼·加里在当时更不可能看到这个问题解决的前景，更不可能提出解决的方案，他以小说提醒人类对这个问题的注意，就要算是先知先觉的人们中的一员了。当然，他是梦想解决这个巨大无比的问题的，这就从根本上决定了《天根》是一本理想主义精神高扬的书，是一部充满了浪漫色彩的小说。

当罗曼·加里梦想的时候,他也许想起了罗宾汉。在封建王权时代,罗宾汉以他个人的身手与箭法,对抗着强大的贵族统治阶级与国家机器,一点一点铲除压在良民百姓头上那座封建主义的大山,但即使他的武功再好,他也是挖不动、铲不掉这座大山的。在罗曼·加里的《天根》里,莫雷尔就是这样一个罗宾汉式的人物,小说的浪漫主义色彩正来自这个人物形象。

他原来是完全现代性的,不仅他对人与大自然关系的认识,对大自然、生态平衡于人类重要性的认识是建立在现代科学的基础上的,完全是现代的;而且,他致力于保护大自然、保护生态平衡、保护濒临灭绝的生物的方式,也完全是现代性的,他采用的是发出呼吁、征集签名、提出请愿这些文明的方式、法治社会的方式。然而,他却成为一个可笑的堂·吉诃德,他费尽力气,到处进行宣传,征集签名,但在他那份呼吁请愿书上签名的,却只有一两个人。于是,他被"逼上梁山",回到人类一种古老的个体手工业式的实现社会正义的方式,走上绿林好汉仗义行侠的道路,由现代社会中的堂·吉诃德变成了现代社会中的罗宾汉或黑郁金香。然而,在现代社会里,他的行为大大地受到了限制,并不能像罗宾汉在"除暴惩恶"中那样为所欲为、痛快淋漓。他的罗宾汉方式限于偷偷地把杀害大象的种植园主的庄园放火烧掉,惩罚前来非洲猎象的西方旅游者,当"恶人"正要加害大象时,就朝他屁股放上一枪,等等,带有一点恶作剧的性质。他的确成了一个传奇人物,神出鬼没,殖民当局、官府居然对他无可奈何,既制止不了他,也捕捉不到他,落后的土人部落地区以及无人居住的地带,也阻挠不了他自由地"行侠"。然而,不论是作为现代社会中的堂·吉诃德还是作为现代社会中的罗宾汉,他都是一个"不合时宜"的人,他的行为与这个社会是格格不入的。他出于满腔热情与主观真诚的"宣道"与呼吁,被世人视为神经有毛病;他出于激愤之情与保护大自然急迫感的"除暴惩恶"义举，更被当局视为恐怖活动。他的思想观点不被人们所理解，所接受，他的行为在现代社会里行不通，看来其原因在于他的思想与行为的先行性，在于人群与社会都落后于他这种先行性的思想与行为，而最关键最实质性的原因，就在于保护大自然与生态平衡问题是人类所面临的一个极艰巨的问题，是个人的认识与活动所无能为力的，个人的一切行为效应，在这里只是从一座大山下铲除的一小抔土而已。

当作者涉及自然环境保护主题的这个方面与这个层次的时候，他不由自主就要把他这个堂·吉诃德、罗宾汉式的主人公，推进全社会与一个"国民公敌"①对立式的格局中，推入制止与反制止、追捕与反追捕的紧张斗争中，而这，一方面又在更高一个层面扩大了十分现实的社会批判的内容；另一方面，则带来了一个蛮荒地带、沙漠腹地里颇有浪漫色彩的"逃亡"故事。

在社会批判方面，我们可以看到殖民当局的固执、蛮横、短视、无知，法律的荒诞，法庭的虚伪，非洲地区政客的卑劣、野心与阴险，可以看到与捕象业利益有关的商人、有产者的自私与奸诈。至于"逃亡故事"，这次"逃亡"已不是莫雷尔一个人的"逃亡"，而是以他为首的一小伙人的"逃亡"。这些人是莫雷尔在他理想主义的斗争中逐渐所吸引、所征集的忠实追随者，其中有丹麦博物学家、美国旧军官、犹太新闻记者、当地老猎人、德国歌女、黑人小伙子等几乎组成了一个"国际纵队"。文学中、银幕上的逃亡故事从来都是不乏起伏跌宕的，而由于这次"逃亡"又是发生在非洲黑人民族独立运动的背景上，这个运动也作为一个强有力的因素掺和到这次"逃亡"中，又增加了这次"逃亡"的复杂性，导致意想不到的险象，莫雷尔险些被混进逃亡队伍中那个有特殊背景的大学生优素福所暗杀。正是关键时刻，他的人格力量与大无畏风度对这个潜伏的杀手起了震慑与

---

① 请见易卜生的戏剧《国民公敌》。

感化的作用，这意想不到的化险为夷，更给小说的结尾带来浪漫的色彩，莫雷尔作为一桩正义事业的不熄灭的火种，继续存在人间、存在于这片土地上，给人们留下了无穷的遐想与希望。

毫无疑问，就题材的地域性而言，《天根》是法国20世纪文学中异国情调的一部力作。如果说，旅游是人类这一两个世纪以来比较普遍得到满足的一种对周围世界、对异地他国好奇的天生需要，那么，早在这种乐趣普及化以前，文学中的异国情调就已经开始在局部缓解这种天生的好奇需要了。异国情调作为作家一种明显的倾向与追求，在法国文学中最先见于19世纪，由于有了夏多布里昂，广大读者初次见识了北美的旖旎景色；由于有了雨果，阿拉伯世界的风光得以进入了法国的诗歌描绘之中；由于有了梅里美，人们领略了西班牙风情；由于有了洛蒂，人们看到了日本、土耳其、耶路撒冷、吴哥、北京以及非洲国家的浮光掠影。比较起来，法国文学中的非洲异国情调，更多还是出现在20世纪，这显然与法国在非洲拥有一些殖民地，人们由于直接或间接的利益都关注这个地区有关。虽然写非洲题材、非洲风光的有不少作家，但把非洲原始大自然中的巨象群、水牛群、鸟群等带进法国文学，构成一种壮阔奇观的，罗曼·加里看来要算是第一人。正是这种异国情调与史诗般巨大的主题、传奇性的罗宾汉式人物形象以及带有浪漫色彩的故事情节结合在一起，构成了小说特殊的魅力，使小说在出版后不久就被搬上了银幕。

五、哲理文学的第一道精神灵光

一种雄浑的文学

马尔罗是当代法兰西文化生活中一个重要的名字,同时也是当代法国政治舞台上一个重要的名字。这个名字曾经发出一些巨大的声响,它意味着一些"轰轰烈烈"的举动,它在这两个领域里的重要性构成了马尔罗的历史地位。这种重要性,对于中国读者来说,又更多一层意义,因为,长期以来,马尔罗被认为是中国1927年革命的参加者,他文学创作中最主要的两部是以中国革命为题材的,而在中法建交后,他1965年以戴高乐将军特使的身份访问了中国,会见了毛泽东、刘少奇、周恩来等我国领导人,此后,他又在促使中美建交的过程中,起过良好的作用。

由于以上双重的原因,研究马尔罗的这一课题,早就该提上我们的日程了。

一、他的生平就是他的代表作

著名传记作家安德烈·莫洛亚曾经说过这样一句精辟的话:"马尔罗的生平就是他的代表作。"[①]这句话不仅指出了作家的生平与他创作的关系,而且把一个作家的生平在文学上的重要性提到了一个从未有

---

① 安德烈·莫洛亚:《论马尔罗》,《从普鲁斯特到加缪》第298页,巴黎Académique Perrin版,1964年。

过的高度。因此，要认识马尔罗，也许先有必要细读他的"代表作"。

马尔罗传奇性的历史主要是由三个部分组成的：一、他早期在印度支那富有东方色彩的冒险活动，他在这块法属殖民地对殖民当局的反抗；二、他中期维护正义、反对法西斯主义的斗争，他在西班牙革命战争中和在法国抵抗运动中所建立的英雄业绩；三、他后期作为戴高乐将军的重要支持者和助手，在法国政治舞台上所起的显著作用。

他的"传奇"是从浪迹江湖开始的。1923年，这个22岁尚未成材的文学青年，想象力十足地制订了一个大胆的计划：远涉重洋，到当时作为法属殖民地的柬埔寨的丛林中，去找一座荒芜的古庙，从那里搞几个雕像，贩运到美国去出售。他要这样做，看来主要是因为在经济上遭到了破产，"我没剩几个钱了，人一穷，就顾不得选择走什么路"[1]，虽然，他后来曾解释说此举是"出于对其他民族文化的强烈爱好"[2]。他周密地准备了这一行动，以顽强的毅力，和他的妻子克拉拉一道，率领一支小小的队伍，长途跋涉，通过丛林，终于在荒山中找到了那座古庙，凿下了"由七块巨石拼成的四个非常漂亮的浮雕"[3]。正当这些浮雕水运出境时，马尔罗遭到了殖民当局的扣留并被起诉，他先是被软禁在金边达6个月之久，而后被判处3年徒刑。他妻子在巴黎进行了营救活动，争取到文艺界名流对马尔罗"发掘文化艺术财富"的行为表示公开的同情与支援，他自己也在金边法庭上进行了斗争，好容易判决才改为一年徒刑，缓期执行。又经过马尔罗继续上诉，最后判决才被否定。

如果说马尔罗在柬埔寨丛林中的活动是不值得称道的话（当然，也有不少人认为此举带有考古探险与古艺术品发掘的性质，并对抢救即将泯灭失散的文物客观上有所贡献），那么，殖民当局对马尔罗的

---

[1] 若望·拉古杜尔：《马尔罗，本世纪的一个人》第42页，Seuil版，1973年。
[2] 若望·雷马利：《马尔罗与艺术创造》，《马尔罗的存在与言论》第237页，Plon版，1976年。
[3] 若望·拉古杜尔：《马尔罗，本世纪的一个人》第50页，Seuil版，1973年。

追究和加害则是极不公正，甚至是相当卑劣的。他们使用了种种手段，包括炮制"20年代法国殖民当局为加害一个被告者所惯用的捉风捕影、罗织罪状的材料"①，而这，恰巧成为这个尚未成材的青年人后来成为真正的马尔罗的第一个契机。如果他贩运古物的活动得到成功，他将成为一个幸运的个人冒险家、艺术文物的倒卖者，但身陷囹圄的经历却使他亲身体验了殖民当局的蛮横、暴虐与阴险，并亲眼看到了殖民制度的弊端与腐败。对他也许更为重要的是，这个经历激起了他强烈的反抗情绪和誓与这种制度为敌的决心，还使他在遭到官方社会审判与唾弃的过程中，与印度支那民族解放运动的一些人物建立了关系，所有这些促使他了却了公案，于1924年11月回到了法国之后，又于1925年2月重返印度支那，不是为了贩运艺术品，不是为了生活出路，而是为了向殖民当局进行斗争，为"安南人"办一份争取自由的报纸。

马尔罗重返印度支那之后的历史，无疑给他的生平第一次带来了真正正义的性质和英雄主义的格调：资产阶级民主主义正义的性质，个人反抗式的英雄的格调。他先与一个热情的、有献身精神的民主主义者保尔·莫南办起了《印度支那报》，报纸于1925年6月份创刊。这是一份尖锐、辛辣、富有战斗性的报纸，它一开始就把矛头指向法国在印度支那殖民政府中全部的统治者。马尔罗"几乎每天都为报纸的头版写一篇攻击殖民当局某位要人的社论"②，揭露他们的"残暴"、"虚伪"与"狗腿子勾当"，指责殖民当局的特务恐怖统治、苛刻的捐税、黑暗的司法制度和种种营私舞弊、贪污腐化的伎俩。可以想见，这样一份报纸会激起殖民统治者多么深的仇恨。马尔罗和他的报纸遭到了各种卑鄙无耻的中伤、污蔑和迫害，同时也受到过恫吓和拉拢，而对这一切，他又进行了激烈的抗争与反击。不过，他毕竟不

---

① 若望·拉古杜尔：《马尔罗，本世纪的一个人》第54页。
② 同上书，第76页。

可能跳出殖民主义卑污的池沼，注定失败的还是他这种孤军奋战的勇士，在殖民当局所施加的各种压力和所设置的种种障碍下，《印度支那报》被迫停刊。然而，具有桀骜顽强性格的马尔罗又绕过了困难，办起了第二份报纸《锁链中的印度支那》，最后，当第二份报纸实在办不下去的时候，马尔罗才于1926年1月离开西贡回国。

人，总是通过实践才确定自己的。马尔罗的妻子克拉拉这样回忆他们的印度支那之行："我们与人与事进行了真正的交锋，我们自己招惹出来而后又自己承受的那些风险，把我们塑造成形。"①从《印度支那报》与《锁链中的印度支那》中脱颖而出的，是一个热情、勇敢、有社会正义感、有顽强战斗精神的马尔罗。虽然这个马尔罗并不是革命家，他并不企图推翻整个殖民制度，而只是主张在维持法国殖民统治的前提下，进行开明的改革，但他短短不到一年的西贡新闻生涯，却定下了他前大半生相当激进的基调，展现了他以后作为社会活动家那种独创的实践精神，凝练了他日后作为法国重要资产阶级政治家所具有的不同凡俗的眼光和见识。

特别值得注意的是马尔罗活动的时代和地区的背景。这时的亚洲，在中国，是第一次国内革命战争期间，马克思主义已经广泛传播，中国共产党的革命力量已经成长壮大，在它的领导下，工农革命运动正在兴起，在这种条件下，国民党与共产党正进行合作，以广州为根据地，聚集革命力量，准备北伐。中国大好的革命形势对东南亚也产生了深远的影响。在印度支那，民族解放的思潮正在上升，革命组织正在酝酿形成；越南的阮爱国1920年参加第三国际后，为开展民族解放运动，在广州组织了"越南青年革命同志会"。马尔罗在西贡办报期间，与越南的民族民主主义革命力量以及受中国革命形势影响、与广州革命政府有千丝万缕联系的"左"倾华侨，都发生了关系，在经济上得到他们的支持，并和他们结成了某种同盟。此外，马

---

① 若望·拉古杜尔：《马尔罗，本世纪的一个人》第101页。

尔罗的报纸还得到过当地工人劳动者的支援与帮助。这些是马尔罗的亚洲经验的重要组成部分，它使这位敏感、聪明、热情的青年人把握到了亚洲脉搏的跳动，使他深入真正的亚洲的社会关系中，了解到其中的人与事，这就构成了他日后亚洲题材，特别是中国革命题材文学创作的一个重要的源泉。

马尔罗回国后，继续保持并发扬其进步的倾向，整个三四十年代，他作为左翼作家，作为社会活动家、斗士和英雄，在法国历史舞台上颇为有声有色，并且在反对法西斯主义的斗争中、在谋求祖国解放的事业中，建立了任何当代法国作家都可望而不可即的业绩。从20年代后期起到30年代初期，他参加了"争取真理同盟"的进步活动。在文化领域里，他站在维护苏联的立场上，抗议禁演苏联影片和对马雅可夫斯基的攻击，公开呼吁警惕德国法西斯势力，谴责与法西斯势力联合对付苏联的阴谋，发起成立"台尔曼委员会"，争取释放反法西斯的政治犯，为季米特洛夫的释放而奔走，担任"全世界作家反战反法西斯主义委员会"的领导工作以及访问苏联，等等，以这些活动，马尔罗不无理由地自称为"一个革命作家"。事实上，马尔罗也确"曾一度被共产党和反法西斯运动视为他们出色的战友"[①]、"第一流的同路人"[②]，而他这种进步性到了西班牙内战时又发挥出更大的光与热，使他成为一个"闪光的英雄"。

1936年8月，德、意法西斯对西班牙共和国进行武装干涉，支援西班牙法西斯势力的叛乱，而进步欧洲则站在西班牙人民阵线政府的一边。西班牙内战远非西班牙内部的斗争，而是整个欧洲进步力量与法西斯势力的一次严重的较量。既然在那些年代里，欧洲范围内哪里出现了作为斗争焦点的社会政治问题，马尔罗就出现在哪里，西班牙自然就成为他投入斗争的场地。他又要施展他斗士的本领了，在这

---

① 胡格·托马斯：《充满激情的幻想》，《马尔罗的存在与言论》第57页。
② 同上书，第58页。

里，他的确也演出了一番英勇搏击的壮举。他不仅是一个战士，而且是革命战争中的军事组织者、指挥员，他从法国征集了20来架飞机，组成一个飞行中队，他担任飞行中队的领导，也参加战斗飞行。虽然这个飞行中队的条件相当差，"随时可以起飞的只有6架，能上天的也不过9架"①，但它一直活跃在西班牙前线，参加了不少战斗，以英勇善战闻名，并建立了卓著的战功。

同样，在第二次世界大战期间法国人民反抗德国法西斯占领的民族解放斗争里，马尔罗再一次扮演了英雄的角色。大战开始时，他参军卫国，是装甲部队中一名普通的战士，受伤被俘而又得以逃脱后，他一直伺机投效戴高乐将军以参加他所领导的抵抗运动。最后，他投向了游击区，参加游击队的战斗，在解放法国的战役中，他是阿尔萨斯－洛林旅的指挥官，他的部队担负了解放阿尔萨斯的任务，并且在1945年斯特拉斯堡的保卫战中胜利地击退了德国法西斯军队的反攻，当地至今仍竖有铜牌，纪念阿尔萨斯－洛林旅出色的战绩。战争胜利结束后，马尔罗得到了法国军队首脑拉特尔·德·达西尼元帅的正式授勋。

这就是马尔罗像一只鹰在欧洲风云中飞翔的经历。当我们看到西班牙战争中战斗机旁马尔罗身着飞行衣的清瘦的身影时，当我们看到两次飞行任务之间紧张的空隙中马尔罗就地而寝的情景时，当我们看到化名为"贝尔瑞上校"的马尔罗在阿尔萨斯－洛林旅里全副戎装、风尘满面的形象时，当我们看到他在周围人群的鼓掌声中站在军队前列接受勋章的军人姿态时，我们很难想象这是一个文学家、文化人、艺术鉴赏家，而会把他当作一个实践的战士，职业的军人。

战后，马尔罗的地位、作用和形象，都有很大的改变，从某种意义上来说，发生了一个"转折"。他已经不仅仅是一个在群众中享有盛誉的社会活动家，拥有广泛读者的名作家，而且更主要的是一个在

---

① 胡格·托马斯：《充满激情的幻想》，《马尔罗的存在与言论》第58页。

历史舞台上活动着的政治家,一个影响着法兰西政治生活和权力结构的人物。而在政治上,他又已经不再像战前那样带有鲜明的"左"倾色彩、是苏联与法共公开的盟友,而成了一个保守色彩很浓的戴高乐资产阶级民族主义政派的中坚人物,成了苏联的批评者、法共在政治社会活动中的对手,他为抵制苏联与法共在法国的影响、为戴高乐在法国的掌权而竭尽全力。一开始,他就"像皈依宗教似的投身于戴高乐将军的事业"①,他最初的支持被戴高乐派认为是"非常及时……加强了我们的行动力量"②。1945年11月,他被任命为戴高乐内阁中的新闻部长,更成为戴高乐得力的助手。1946年1月,他又追随下台的戴高乐辞去内阁职务。此后,一直到1958年戴高乐重新上台,他都作为戴高乐的忠实支持者参加戴派"法兰西人民联盟"的政治活动,为戴高乐的重新执政而作持续的努力。在此期间,他更进一步转向,和他过去作为法共的同路人的历史彻底决裂,并对法共持激烈的反对立场。1958年戴高乐第二次组阁,他被任命为文化部长,后又为国务部长,此后,一直到1968年戴高乐下台,他始终像影子一样追随这位将军,对他的内政外交政策,包括戴高乐的对华友好政策,毫无保留地、坚决地予以支持,而完全消融了他作为一个独来独往的文学家所具有的独特的个性,以至戴高乐讲过这样的名言:"在我的右边身旁,有着而且将永远有着马尔罗。"③

至于他在文化部长职位上的政绩,则可说是相当突出,他以一个行家的见识、魄力和效率,在法兰西文化生活中留下了一系列不可磨灭的建树。他大规模地推动考古发掘工作,使古代文物得以重见天日;他大力开展对外文化交流,常举办大型的艺术展览会,使卢浮宫珍贵的收藏品在一些其他国家得到赞赏;他收购了不少流失在国外的

---

① 加斯东·帕莱夫斯基:《马尔罗与戴高乐》,《马尔罗的存在与言论》第93页。
② 同上书,第96页。
③ 戴高乐:《希望的回忆》,《马尔罗的存在与言论》第224页,附4。

绘画珍品，又扩大了国家博物馆的收藏；他将巴黎的古代建筑全面加以维修，使它们重整容颜；他清点了收藏在法国各地的文物，编制了全国的"文物总目"，建立了完整的文物资料系统；他在一些城市建立了"文化之家"，进一步改善了外地法国人民的文化生活，"正是由于有了文化之家，巴黎人才愿意在这些城市定居，外国人才不再把巴黎置于法国之上"[①]；他还在很多公园增添了雕塑群像，例如卢浮宫前的杜伊勒里花园就因他增添了马约[②]的12座雕塑而更为妩媚动人……

马尔罗的一生，是一个资产阶级出色的活动家、思想家的一生。虽然马尔罗曾不止一次给人以在革命风暴中飞翔的雄鹰的印象，然而，他从来都不是一位真正的革命家，他在与印度支那殖民当局的战斗中，并不以推翻整个殖民主义制度为目标，他并不否定法国对殖民地的统治，只不过主张做些民主主义的改良而已，至于他那激昂的战斗姿态，也只具有强烈的个人反抗、孤军奋斗的性质；他在反法西斯的斗争中的所作所为当然是英雄主义式的，而且，他在这斗争中还曾经是苏联和共产党最好的同路人，很靠近20世纪社会主义的历史潮流，然而，他的思想从来没有超出资产阶级民主主义的范围；在国际和国内政治社会问题上，他归根结底又是一个资产阶级民族主义者，这种思想立场使他在二三十年代对法国在印度支那的殖民统治持赞同的态度，也是这种思想立场使他在战后成为戴高乐派与法共以及左派政治力量进行较量的一个主力。不论对马尔罗一生的经历作怎样的评价，谁也不会否认这是一个卓越的个人，他的经历与所作所为，在资本主义条件下和在资产阶级思想体系范围里，无疑具有一种不平凡的甚至浪漫的色彩，他每进入一个领域，每到一处，每涉及一个方面或一个问题，都表现得颇为不同凡俗，都大大突破了自己原有条件的限

[①] 安德烈·奥罗：《部长》，《马尔罗的存在与言论》第124页。
[②] 马约（1861～1944），法国雕塑家，画家。

制而做出一般人所做不到的事来，都达到了一般人所达不到的高度。这就是马尔罗的阶级局限性与他个人的卓越素质的对立统一。

这个出身于社会地位低下的小资产阶级家庭的青年，其父不过是一个平庸的生意人，不论在政治生活和文化生活方面，他能得到什么样的熏陶和培育？他有过并不怎么天真美好的童年，在塞纳河的旧书摊上进行过倒卖书籍的活动，他入世后第一步显然又带有几分江湖气，在一两家不合法的色情书刊出版商那里当助手，而他最初的印度支那之行无疑又具有个人冒险家的性质，而后，他却迅速成长、发展起来，进入了社会政治、文学艺术的领域，并达到了这两个领域的上层，成为一个举世瞩目的人物，置身于那些为数不多的搬演人类历史场面的人们的行列。他之所以成为资产阶级世界中的一个杰出的人物，除了要归功于马尔罗从书籍阅读、传统教育中所形成的资产阶级民主主义的思想外，他那种进取的精神、倔强的性格、对于有意义事物的敏感以及不满足于自己而不断开拓、不断突破的奋斗精神，就要算主要的原因了，而其中特别是后者，即那种力求不同凡俗，要做出一番事来，因而走南闯北，看起来甚至有些胆大妄为的奋斗精神，也许更为重要。马尔罗以这种精神取得了成功，他这种在资本主义条件下形成的特定的精神特征，又正是那种社会条件下自由竞争着的人们最企望具有而又不容易具有的，因为，成功的冒险毕竟只属于少数幸运者。于是，马尔罗就成了20世纪法兰西生活中具有传奇性的人物，也正因为他把这种精神特点、这种人生哲学带进了法国文学，所以他成为这个领域里独树一帜、带有传奇色彩的作家。从这个意义上来说，不了解马尔罗其人，就不了解作家马尔罗。这就是为什么安德烈·莫洛亚要说"马尔罗的生平，就是他的代表作"的原因。

二、他的创作历程

当然，作家的条件不是冒险经历所能提供的，光凭冒险精神显然不可能成为一个作家，更不用说一个杰出的作家了。马尔罗作为一个作家的素养与才能，是他长期"文化积累"的结果。

如果在杜尔果中学时期马尔罗就如他的教师后来所回忆的那样："那时他已经有很强的独立性，并且还有一点领袖欲"[1]的话，那么，他14岁以前在邦迪小学期间也许早就定下了要在文学领域有所作为的大志。那时，他以广泛的兴趣和热情阅读欧洲文学史上各种风格、各种流派的作品，从莎士比亚到司各特，从巴尔扎克到福楼拜，"表现出气吞云梦的魄力"[2]，塞纳河岸的旧书摊是他消磨时间的好去处，在这里，他热衷于搜集秘本与善本书；他还对造型艺术有强烈的爱好，常流连于吉梅博物馆、卢浮宫之中，在那里培养了他敏锐的艺术感与精致的艺术趣味。果然，中学毕业后，他放弃了受高等教育的机会而开始了独立的"文学生活"，只不过其开端并不十分光彩，但他并没有沉溺在他供职的色情书刊出版商卑污的泥沼里。他结交了法国当代文学界几乎所有最出色的人物：影响巨大的理论家马克斯·雅各布，名重一时的作家纪德、瓦莱里、杜·伽尔以及包括立体主义画派的全部创始者在内的一批"风华正茂"、"不顾世人辱骂"[3]的艺术家。他进行"严肃的"文学创作与文学批评，成为左派文学杂志《行动》的撰稿人，他的评论文章被誉为具有"一种洞察力和特别敏锐的眼光"。1921年，他出版了他的处女作短篇小说集《纸月》，这部内容怪诞的作品并不成熟，它仅仅标志着马尔罗登上了文坛，结束了他文学生活的准备阶段。从1918年他中学毕业到这个时候，尽管他在文

---

[1] 玛尔第勒·德·古尔赛编：《马尔罗的存在与言论》第64页，附3。
[2] 若望·雷马利：《马尔罗与艺术创造》，《马尔罗的存在与言论》第235页。
[3] 同上书，第235页。

学创作上并未取得可观的成就,但他的才智和博学,特别是对文化艺术上广博精深的知识,已经为当时的文化界所公认。因此,后来马尔罗在西贡吃官司的时候,纪德、莫里亚克、安德烈·莫洛亚、阿拉贡这些知名的作家,在《文学报》上发表声明"自愿为马尔罗所具有的智慧和实际的文学才华作担保",并预言"以他的年轻有为与成就,可以对他寄予厚望"[①]。总之,他已经具备了一个作家应有的文化素养,但他要成为以后那位独具一格的大师,还缺乏一种能打动人心的精神,缺乏一种引人深思的哲理,当然更缺少有丰富社会内容的生活经历。

这一切,他的印度支那之行似乎都给他提供了。从这一段经历中,他冶炼和形成了他那开拓进取、奋斗冲闯但又多少流于赌博性的精神特征,他获得了以殖民地、半殖民地社会阶级矛盾冲突为内容的东方异国题材,他从亚洲的现实中,从他作为一个欧洲人在亚洲的经历中,按照他自己的方式深切地理解了人类的状况,他捕捉和搜集了印度支那阴暗的社会现实的景象、崇山峻岭的气势和密密丛林中葱茏的色彩,现在就看他以什么哲理把这一切加以统率,以什么精神的"乳酶"来使这一切进行化合了,究竟是什么哲理呢?

1925年12月,马尔罗最后告别了亚洲,回国途中,他在甲板上开始写他的《西方的诱惑》。这本出版于1926年的书,早已隐没在马尔罗后来所写的那些著名的小说的后面,往往容易为人们所忽视,何况,它在文学上还不够成熟,其中作者的"语言的表达与天马行空的思想是不相称的"[②],但也许只有它,才提供了马尔罗的哲理、贯穿于他小说中的哲理的一把钥匙。

这部书信体的作品,类似孟德斯鸠的《波斯人信札》,它通过一个中国青年与一个法国青年在对方国家里旅行时互相通信的形式,把

---

① 若望·拉古杜尔:《马尔罗,本世纪的一个人》第60页。
② 若望·雷马利:《马尔罗与艺术创造》,《马尔罗的存在与言论》第237页。

东西方文明与世界观加以对比，深深的悲观主义，是这本书的基调。在作者眼里，不论东方文化还是西方文化都遭到了价值危机，都走向没落衰亡，西方文明所在地欧洲，是一座大坟场，整个世界处于"阴风怒号的沉沉黑幕之中"，而人类则眼见主宰着生活的是"一种本质的荒诞"。马尔罗在这本书里所说的"荒诞"，就是人类生存的荒诞，直接来自他所引用的17世纪哲学家巴斯喀关于人生存的荒诞性的描绘："请设想一下，戴着锁链的一大批人，他们每个人都判处了死刑，每天，其中一些人眼看着另一些人被处死，留下来的人，从他们同类的状况，看到了自己的状况，痛苦而绝望地互相对视着……这就是人的状况的图景。"①《西方的诱惑》中对人类生存荒诞性的根本理解，构成了马尔罗的哲理的基础，它在20世纪法国文学中具有值得重视的意义，是本世纪作家第一次对"荒诞"的揭示。

于是，马尔罗开始从他的哲理出发构思他的小说，也正因为他有了这种哲理，此后他的小说中才出现了贯穿一致的主题：人对生存荒诞性的反抗和挑战。虽然这些小说的题材不一，只不过，奇特的倒是，马尔罗此后第一部小说《征服者》和奠定他文学地位的主要作品《人的状况》，竟然都是以他并不熟悉的中国革命为题材。《征服者》出版于1928年，直接描写了1925年著名的省港大罢工的始末以及围绕这一事件的广州革命政府中各种政治力量的矛盾和斗争。《人的状况》出版于1933年，同年获龚古尔文学奖，它以1927年3月上海工人第三次武装起义到同年"四一二"蒋介石叛变革命进行血腥屠杀这一个时期里惊心动魄的阶级搏斗为内容，同样也直接描写了革命与反革命两方面的各种人物的活动。

马尔罗一生的冒险行为可谓不少，但他最大的冒险也许要算他用中国革命的题材来进行文学创作了，而且，他还是以熟悉中国革命内

---

① 巴斯喀：《思想集》，见安德烈·莫洛亚：《论马尔罗》，《从普鲁斯特到加缪》第299页。

情的人的身份来进行创作的!他的《征服者》与《人的状况》,在某种程度上无异于宣布了他是中国革命的参加者或目睹者,而他的小说只不过反映了他的亲身经历而已。所谓马尔罗是中国第一次国内革命时期的革命家,曾任广州革命政府中的"宣传部长"或"特派员"之类的传奇,即由此而来。不仅如此,"马尔罗本人在传说的编造中也起了作用"①,包括故弄玄虚的谈话、默认、肯定、暗示、讳莫如深,等等,甚至还有这样的事情:"1937年当托洛茨基指责他为扼杀中国革命的共产国际——国民党服务,或当罗歇、加罗迪把'导致工人群众被屠杀的那场冒险的肇事性的广州起义'归罪于他的时候,他都宁可受冤枉而不出来澄清事实真相。"②

实际情况是,第一次国内革命时期,马尔罗根本没有到过中国,这一历史真相在法国已经为越来越多的研究者所确认。马尔罗的日程表明,他第一次印度支那之行,因刑事问题而几乎完全被困在金边,从未踏上中国的土地;他的第二次印度支那之行,从1925年2月来到西贡直至同年12月初被迫离开,他一直在当地办报,只是在这年的8月到香港购买过报纸的印刷设备,在香港短暂停留的几天中,他亲眼看到了震惊中外的"省港大罢工"。他真正第一次到达中国大陆是1931年的事,他的传记作者若望·拉古杜尔以大量材料令人信服地指出,"这是他1961年以部长身份访华以前唯一的一次中国大陆之行"③,而且他是作为旅行者在作环球旅行,中国只是他旅途中的一站。因此,《征服者》与《人的状况》中所描写的中国生活与斗争,只是建立在马尔罗在西贡办报时期对左派华侨的了解,他在香港短暂停留时以及在中国旅行时对中国生活景象的感性认识,当然还有他从报刊上所获得的关于中国革命的知识这样的基础上的,这就决定了这

---

① 若望·拉古杜尔:《马尔罗,本世纪的一个人》第94页。
② 同上书,第96页。
③ 同上书,第97页。

两部小说在对中国革命的描写上有着根本的缺陷。也许正因为《人的状况》是写作于马尔罗真正到过中国一次之后，所以，它在描写中国生活的浮光掠影时，又显得比《征服者》稍微真切。

在《人的状况》出版之前，马尔罗1930年发表的小说《王家大道》，倒的确是一部以他自己的生活与实感为素材写成的作品。小说写两个冒险家各自在印度支那山地丛林中的"赌博"，克洛德为了盗取古寺的石雕，佩尔肯为了在山林的土著部落里建立自己的独立王国。这两个人物的世界观、人生哲学、思想感情、愿望意图，都是马尔罗式的，特别是克洛德冒险活动的种种细节：牛车所组成的车队、艰苦的行程、寺院的废墟，等等，更是与马尔罗本人在印度支那丛林中的经历几乎完全一致。整个小说充满了浓厚的生活气息与生动真切的形象，而人物那种不同于一般人的性格特征，那种强烈的征服欲以及为实现这种欲望的勇敢、坚毅，还有东方丛林中紧张的冒险情节，又给小说带来了鲜明的浪漫主义的色彩。小说出版后，当年即获得文学联合奖。

西班牙战争给马尔罗的生活历程充实了新的内容，也给他的文学创作提供了新的灵感与新的题材，从西班牙前线回到法国不出一年，他发表了另一部重要的小说《希望》，直接以他在西班牙的见闻与感受，描写了西班牙人民抗击法西斯的可歌可泣的斗争。小说中所呈现的一幅幅生动的西班牙抗战生活的图景，所叙述的西班牙工人、农民、知识分子、共产党员和国际纵队一个个动人的战斗故事，构成了对西班牙战争这一伟大历史事件形象的再现。由于马尔罗本人是西班牙战争中的一位英雄，他的小说在某种程度上也就带有自传的性质，小说中所描写的国际纵队的生活与战斗，几乎都是以他本人的生活经验为蓝本的。也正因为这部小说是建立在马尔罗本人丰富的战斗生活和他在火热斗争中深切的真情实感的基础上，所以其中充满了栩栩如生的形象描绘，即使是对某个生活细节的描绘，往往也凝聚了作者大量的观察与感受。毫无疑问,《希望》可以算得上是20世纪西方文学中最为杰出的战争小说之一。小说出版的翌年,马尔罗又把它改编成电影《特鲁埃尔山》,由于它进步的革命内容,影片被法国政府禁止公演,直到战后1945年才得以与观众见面,并获得了德吕克奖。

《希望》之后,马尔罗的小说创作生涯趋向终结,此后,他只在1943年发表了《与天使的斗争》的第一部《阿滕堡的胡桃树》。这部小说是马尔罗创作生活的转折点,在这里,革命的主题和激情都消失了,作者转而在两次世界大战的背景上表现"基本的人性"。小说的主人公有好几个,作者轮流把描写的重点放在他们身上,作品所描绘的地理空间也很广泛,从欧洲到中东再到亚洲,不过,作者的注意力并不在于广泛表现社会现实生活,而陷入了一些抽象的哲理,如历史的发展、人的概念和艺术的作用等,而这正预示着马尔罗战后由小说创作向艺术理论与艺术史研究的过渡。

对造型艺术,马尔罗早从青年时代起就有广博的知识和浓厚的兴趣,战后,他文学艺术活动的重点转向了这个领域,接连写出并出版了卷帙浩繁的论著:《电影心理学大纲》(1946)、《艺术心理学》三卷(1947、1948、1949)、《论戈雅》(1950)、《想象中的世界雕塑博物馆》三卷(1952、1954)、《众神的变异》(1957)等[①]。此外,马尔罗战后还发表了一些散文与回忆录,如《反回忆录》(1967)、《砍倒的橡树》(1971)、《黑曜岩之首》(1974)、《拉查尔》(1974)、《过客》(1975),只有《不朽》是他逝世后的第二年即1977年出版的。

从马尔罗整个文学生涯来看,他的成果主要由两大部分组成,即他的小说创作与他的艺术史论著,这两个部分各自在法国当代这两个

[①] 马尔罗的艺术论著,在内容上有一些重叠。《艺术心理学》分为三卷,第一卷为《想象中的博物馆》,第二卷为《艺术的创造》,第三卷为《绝对的硬币》;而后出版的《沉寂之声》,是《艺术心理学》第三卷的重复;《想象中的世界雕塑博物馆》共三卷;《众神的变异》则为一卷;1963年出版的《想象中的博物馆》是《艺术心理学》第一部分与《沉寂之声》的改写。

领域里所占的地位和所具有的分量，都是令人瞩目的。当然，他的回忆录特别是他的《反回忆录》也具有很重要的意义，这不仅因为这是一个重要历史人物的回忆录，其中涉及他与我们这一时代另一些历史人物的关系与交往，表现出了作者敏锐的观察、深远的洞视以及他对于与历史人物紧密相关的历史真实的把握与理解（虽然在细节上并不完全符合事实），而且还因为这部回忆录的写作方法具有某种代表性与典型性，它属于五六十年代席卷法国文坛的一股背离原来的文学传统与写作方法的"反"风。它与传统的回忆录有所不同，不按年代的次序，不照顾事件发展的完整性，回忆、叙述、想象、分析、议论互相交错，并带有某种跳跃性。它是散文回忆录这一文学类别中"反"的代表，正如"新小说"与"荒诞派戏剧"在小说和戏剧领域里的"反传统"的性质一样。

三、他在当代法国文学中的意义

不论怎样，马尔罗在当代法国文学中的重要地位，主要还是由他的小说，特别是由他的《征服者》《人的状况》与《希望》奠定的。那么，他的小说创作具有一些什么意义呢？

批评家曾经指出："马尔罗整个一生，都向往一种雄浑有力的文学，在这种文学中，应贬低感情的价值以崇尚勇气与意志。"[①]马尔罗自己的小说作品就实践了他这一向往，这是他在文学史上首要的意义。

自从巴比塞写第一次世界大战的著名小说《火线》于1916年问世以后，到马尔罗发表他的小说以前，在法国以至整个西方，一直没有出现以20世纪重大历史事件为题材的作家作品。马尔罗继巴比塞之后，以博大的气魄选取了中国革命与西班牙战争作为他三部主要小说的内容，不仅把这两个伟大的事件当作背景与框架，而且把它们当

---

① 安德烈·莫洛亚：《论马尔罗》，《从普鲁斯特到加缪》第297页。

作直接表现与直接描写的对象。在《征服者》中,作者通过"我"在广州革命政府中的亲身见闻,表现出了省港大罢工的基本面貌:罢工爆发,广州政府下令抵制英国商品,香港工人破坏机器和他们高涨的反抗情绪,第三国际和共产党人在广州政府中的作用,革命政府在罢工中所遇到的困难,国民党内右翼势力对革命路线的抵制,英帝国主义支持的军阀叛变,10万香港工人撤回广州,无政府主义的恐怖活动,广州政府为解决罢工工人的生活所遇到的经济问题以及内部不同政治力量的矛盾,陈炯明的军事压力,罢工的结束,等等。在《人的状况》里,作者通过乔、卡托夫、陈等不同类型的革命者的故事,表现了中国革命1927年紧张的斗争和遭到的失败:上海工人总罢工,北伐军攻抵上海,蒋介石的反革命面目日益暴露,勒令工人纠察队和起义者交出武器,国际垄断资本寡头对中国革命的干涉和与蒋介石的勾结,共产党员们的革命要求与党内右倾机会主义对革命的贻误,最后是蒋介石血腥的镇压。而在《希望》里,由英雄群像的活动与经历组成了西班牙战争可歌可泣的全貌:首都马德里的不眠之夜,全民武装起来,人民反对法西斯的热情高扬,共和国军队在前线的英勇战斗,各界人民对军队的支持,德意法西斯公然进行武装干涉,国际飞行中队的支援,麦德林战役的胜利,法西斯军队对马德里的进攻,共和国军的反击,等等。这就是马尔罗为我们这个世纪已载入史册的革命事件所作的一份份形象的记录,所描写的有感染力的图景。也许,人们可以指出他的图景有失真之处,或者有肤浅的地方,但这些具有深广社会内容和历史意义的图景,毕竟是他留下来的,而不是别人,并且,毕竟在西方当代文学中只有他制作了这些图景,这就是他独特的贡献。还应该看到,马尔罗在他这几部小说里,都自觉地致力于表现历史事件的全貌和历史发展的过程,表现其中政治斗争的基本形势和阶级关系的格局。这样,他也就显示了一个大作家才有的着眼于广阔的社会历史的博大胸襟,同时,也就给他的小说带来一种雄浑的气派,这是西方文学中大量局限于个人的狭小天地的作家作品所不能比拟的。

在这种"雄浑的文学"中,活动着的人物既是特定的"这一个",也具有相同的精神面貌。在这里,人不是活动在狭小的个人圈子里,而是活动在人类历史舞台上,他们所专注的不是个人的前途、出路、个性的自由、爱情的得失以及个人感情的纠葛与纷扰,而是人群的斗争、巨大的事业、改变社会面貌的行动、决定历史行程的计划,他们不像小说中很多传统的人物那样具有纤细、敏感的感情,那样深深地陷在个人的感情天地里,他们的感情与思绪的活动中也有不少纯粹个人的内容,但更多的是与社会问题、政治问题、斗争与事业、大规模或大幅度的行动相联系着的。《征服者》中的革命家加林,《人的状况》中的共产党员乔和卡托夫以及陈,《希望》中的共和国军队的指挥员马努埃尔、国际飞行中队的马宁,都是这种人物。这些人物是否完全真实、典型?作为艺术形象是否生动?那是大可讨论的,但作者想通过他们塑造出一种雄健的人物形象,想在人物的塑造上给当代文学带来一些新意,确是肯定无疑的。

当然,我们应该注意到,《征服者》和《人的状况》中的中国革命的参加者,很多都是外国人、混血儿,即使是中国人,也是从小接受西方教育因而从思想到教养都已全盘欧化了的,如《征服者》中的洪与《人的状况》中的陈,而且恰巧他们都是偏激的恐怖主义者,热衷于个人的冒险活动。必须承认,马尔罗写中国革命的小说几乎没有写出一个真实的中国革命者,也没有写出一个真正的中国人民的形象,他笔下的中国革命者和中国人民的形象与实际生活相距实在很远,客观上也容易使人从这些形象得出对中国革命者错误的印象。这种情况显然是他缺乏在中国的生活经验所造成的,而不是由于他主观上有意进行歪曲。他既没有参加过中国革命,甚至没有在此期间到过中国,他就只好乞求于虚构了,他只能把故事与人物的活动安排在他尚能虚构一二的租界环境里，而那里基本上是外国人的天地，他不可能对中国革命者进行真实的性格描写，只好用让他的人物进行冒险和谈哲理的办法来代替。这便是乔、洪、陈这些不真实的人物产生的根由。不过，更值得我们重视的还是这样一个基本的事实：马尔罗受到了中国革命题材的感染与吸引，因而把中国革命当作一次真正的革命来加以描写，这不能不说是难能可贵的，不能不说表现了他力图处理重大革命历史题材的良好的愿望，正因为有了这种良好的愿望，当他在西班牙战争中获得了生活经验与实感后，他也就写出了真实反映西班牙的抗战生活与人民精神面貌的《希望》。

马尔罗在文学史上的第二个重要的意义在于，他在西方文学中献出了真正进步的"左"倾的作品。他的进步性与"左"倾，不仅表现在他所选取的革命题材上，更重要的是表现在他对题材内容所持的立场态度上。

马尔罗是站在同情、赞助、支持中国革命与西班牙战争的立场来处理他的题材的，因此，他的小说尽管有不真实的缺陷，但他却并没有颠倒正义与非正义、革命与反革命的关系，他以鲜明的态度，明显对照的爱憎，描写了对峙的两个阵营，歌颂革命的方面，批判反革命的方面。他着力表现中国革命者、西班牙革命人民以及国际纵队的理想主义、英雄主义与人道主义，表现他们斗争的正义性质，同时也着力揭露蒋介石、国民党反动派、国际金融寡头、法西斯军队这些反革命势力的凶残、暴虐与腐朽。他在小说里也并没有歪曲革命斗争的形势与发展，而是比较正确地反映了这种形势与发展，并以乐观主义的精神展望其前途。在《希望》中，他把西班牙人民的抗战描写成群情激昂、英勇卓绝的景象，即使西班牙战争最后失败了，但《希望》的最后结局还是充满了希望。在《人的状况》中，他也表现出了中国革命的悲剧性：在帝国主义与蒋介石互相勾结，反革命势力强大的历史条件下，共产党内右倾机会主义的错误领导"否决了一切反蒋的口号"①，制止了革命军队"逮捕蒋介石"②的要求，束缚了革命者的手脚，"使他们动弹不得"③，还要他们放下武器，最后导致革命的失败，导致革命志士遭到血腥的屠杀。而在革命失败以后，马尔罗又对中国革命寄予新的希望，虽然乔、卡托夫、陈这些革命志士牺牲就义了，但他们的事业后继有人，孙与梅这些继承者，像星星之火一样仍在燃烧，他这样做出总结："革命刚生了一场大病，但它并没有死。"④

马尔罗在小说中的进步思想倾向，主要表现在对人物的描绘上。法国资本家费拉尔是他笔下的一个反面人物，他的经济利益决定了他是中国革命的敌人，十足的反动派，他支持"蒋介石控制各省"，妄图"在中国消灭共产主义"⑤；在生活中，他是一个充满了"征服欲"的狂人，态度傲慢，性格暴虐，内心生活肮脏，他丑恶变态的心理状态在他对情妇施加报复的那一场中被刻画得相当细致，马尔罗把他作为国际垄断资本主义的代表人物安置在小说《人的状况》里，既写出了他的阶级本质，又不流于脸谱化，表现出了作家本人对侵华帝国主义势力的深刻认识。在《人的状况》里，国民党反动派的狰狞面目也被作者十分自觉地加以揭露，革命志士被反动派监禁和镇压的场面，写得像地狱一样残酷可怕，狱吏、军官、卫士都像其中的恶鬼。

比起对反面人物的揭露，马尔罗对正面人物，对革命志士与革命人民的描写，在小说里更是占大得多的比重，而且，这种描写带有明显的赞赏与歌颂。他把《希望》中那些完全投身于战斗生活的人民与战士，表现为一个伟大的群体。这里，有的工人"为了给共和国空军指明方向"，不顾生命危险，"在窗下和院子里挥舞他们最漂亮的窗帘

---

① 马尔罗：《人的状况》第四部《四月十一日》，《马尔罗小说集》第324页，Pléiade版，1947年。
② 同上书，第323页。
③ 同上书，第324页。
④ 马尔罗：《人的状况》第七部，《马尔罗小说集》第426页。
⑤ 马尔罗：《人的状况》第四部，《马尔罗小说集》第337页。

和床单"①;有的农民因为不能顺利地为飞行中队带路,耽误了战机而"像小孩一样哭泣"②。这里,英勇战斗的战士们来自西班牙以及欧洲各个国家,他们冷静平凡的外表下都有着刚毅、坚强的品格,在沾满尘土与泥泞的面孔下,有着深沉的感情与健康的生活情趣。他们有的人"心里始终怀有和平主义的信念"③,但为了正义与革命而在残酷的战争中行动坚决、对敌人毫不留情;有的人为了表示自己抗战到底的决心,"胡子只刮半边"④;有的人在受了重伤、行动艰难的时候,还想起了"巴黎公社的精神"⑤……其中国际飞行中队的领导人马宁与共产党员马努埃尔更为突出,他们都具有坚定的信念与理想、勇敢的精神和可贵的品质。在战争环境中,他们艰苦奋斗;在火线上,他们身先士卒,沉着机智;而同时,他们又都具有深厚的人道主义的感情,对同志、对战友充满了兄弟情谊。这两个人物是马尔罗心目中的英雄形象,是从他自己英雄主义的感情与行为、从西班牙人民可歌可泣的斗争生活中提炼出来的。

同样,在《人的状况》里,马尔罗也力图赋予他笔下的一些革命者以正面的形象和优秀的品质,虽然他并没有写出真正的中国革命者。主人公乔是马尔罗心目中理想的一个革命家,马尔罗努力把他的形象表现得很高大,他借小说中人物老吉佐尔的看法指出,很多人,包括一些追求真理、愿意过有意义生活的人都免不了这样那样的缺陷:偏激、狂热、放任等,"唯独乔抵制了所有这一切"⑥。这是一个清醒、成熟的革命者,早就"认定蒋介石在设法消灭共产党"⑦,面

---

① 马尔罗:《希望》第一部第3章第2节,《马尔罗小说集》第520页。
② 马尔罗:《希望》第三部第3章,《马尔罗小说集》第817页。
③ 马尔罗:《希望》第一部第3章第2节,《马尔罗小说集》第519页。
④ 马尔罗:《希望》第三部第3章,《马尔罗小说集》第821页。
⑤ 同上书,第829页。
⑥ 马尔罗:《人的状况》第四部《四月十一日》,《马尔罗小说集》第349页。
⑦ 同上书,第324页。

对这种形势,他既不像陈那样偏激,"把恐怖主义变成一种宗教"[1],也不像党内右倾机会主义领导那样放弃斗争,而是积极工作,依靠群众,组织反击蒋介石的武装力量,他被捕以后,又坚决拒绝了反动派的诱降,表现了坚贞不屈的品质。在私生活方面,马尔罗也赋予他一种人格,他对妻子梅有深沉、执着的爱,而且这种爱不是以自我为中心的自私的爱,而是以平等与信任为基础。另一个人物卡托夫也是党内一个坚强的忠诚的斗士,他是乔的战友,一生都在革命中度过,为了革命,他抛弃了个人宁静的生活,为了革命,他战斗到最后的时刻,贡献出了自己所有的一切,他就义前的表现是极为令人感动的,他眼见战友们即将被敌人投进燃烧的机车活活烧死,为了减轻他们的痛苦,他把藏在自己身上准备用来自杀的毒药分给了他们,而最后自己迈步走向燃烧着的机车。陈也是一个动人的革命者的形象,他把共产主义视为"复兴中国的行之有效的方法"[2],他充满了革命的热情,对党内右倾机会主义的领导不满,虽然他采取的恐怖主义的方式是不正确的,但他带着炸弹行刺蒋介石的场面倒的确很感人,他的忘我,他的勇敢,他的壮烈牺牲都表现出了一个革命者的可贵品质。赫麦利奇是革命队伍中一个很有特点的人物,他对天下的苦难有深切的感受,他憎恨"自他出生以来就摧残着他,同样也将摧残他孩子的残忍的生活"[3],并且,不惜"用任何暴力手段、用炸弹"去摧毁这种生活,他具有严肃的感情和仁慈的性格,收养了一个被侮辱与被损害的中国妇女做他的妻子,他对妻子与孩子的爱常使他有不能在革命斗争中轻装上阵的苦恼,虽然他为革命也做了一些工作,最后,妻儿都被国民党反动派杀害以后,他英勇地投入了战斗。这就是马尔罗所描绘的在中国革命这一"当代最富有意义、最具有伟大希望的事业"[4]中

---

[1] 马尔罗:《人的状况》第四部《四月十一日》,《马尔罗小说集》第315页。
[2] 同上书,第314页。
[3] 同上书,第311页。
[4] 马尔罗:《人的状况》第六部,《马尔罗小说集》第406页。

活动着、斗争着的人物，这些人物高大的形象正体现了马尔罗本人对中国革命的赞颂与向往。

马尔罗在文学史上具有的第三个意义在于，他的作品是对人的状况、人的命运这一重大问题的艺术的思考。他的作品中渗透着和贯穿着关于人的状况、人的命运的荒诞性以及人应该反抗这种荒诞性的哲理。如果说，革命的主题、"左"倾的色彩只是马尔罗一部分小说作品的特点的话，那么这一种哲理性却是他全部小说作品的"共性"。

我们在上面已经指出，马尔罗从巴斯喀那里接受了关于人的生存的荒诞性的哲理，即人都是被判死刑的哲理，这成为他全部作品的一个思想基础，在他的作品里，几乎所有的主要人物在一定程度都意识到了自己所面对的这种荒诞性。《征服者》中的加林，早就认识到人类"被荒诞的力量所驱使"，并且在病重的时候，感到了"荒诞又找到了它的权利"[1]。《王家大道》的主人公也感叹："压抑着我的是，该怎么说呢，我作为人的命运：我一天天衰老下去，时间这惨无人道的东西，像癌细胞一样，在我身上不可挽回地蔓延开来。"[2]在《希望》的结尾，马努埃尔也"听到了这样一个声音，它宣告的事情比人类的流血还可悲，比人类在地球上的现实存在还可怕，那就是人类的命运也许是永恒的"[3]。同一主题的这些变奏，使得马尔罗和小说在思想上连为一体，并显示了一种深沉、悲怆的格调。

马尔罗的这种人生观虽然具有一种高深的外表，但实际上只不过道出了人生的一种必然性，甚至可说就是人生的一种常识。人当然并不是永存的，当然注定要死亡，问题在于如何对待这种必然性。马尔罗没有宗教的感情与迷信的世界观，不相信存在着天国，人可以在天国中彻底摆脱那种生存的荒诞性，他明确地认为，上帝已经死了，而

---

[1] 马尔罗：《征服者》第二部《权力》，《马尔罗小说集》第114页。
[2] 马尔罗：《王家大道》第158页，Grasset版，1930年。
[3] 马尔罗：《希望》第三部《希望》，《马尔罗小说集》第858页。

且上帝这一虚幻的寄托所不正是人类自己造出来的吗？他也并不因为"人生存的荒诞"是一种命定的必然性而认为人应该安于这种命运、服从这种安排，他从人的生活、人生的意义本身去寻找如何对付这种"生存的荒诞"的答案，提倡一种不忍受的哲学。在《征服者》中，他通过主人公之口指出："人们在活着的时候可以接受这种荒诞性，但不能在这种荒诞中生活。"[1]在《人的状况》里，同样的论点又出现在吉佐尔的嘴里："一个人要能够，怎么说呢？忍受人的状况这种情形是很少很少的。"[2]也许正因为在马尔罗看来是难以忍受的，他才把人注定要死亡的这种必然性称之为"荒诞性"，把与这荒诞性紧密相联的一些派生物都称之为"人的屈辱"，而这"屈辱"的对立面则是他所谓的"人的尊严"。

那么，如何才能改变这种"荒诞"，"把人的屈辱的状况化为尊严"[3]呢？马尔罗总的理想是，"要摆脱人的状况"[4]，"变成上帝，同时又不失自己的人格"[5]，或者说，人要成为普罗米修斯式的人，阿波罗式的人，即要表现出比"生存的荒诞"、比死亡更为强大的力量，其途径就是行动。而且，在他看来，既然人注定必然死亡，注定一无所有，那么，人在"最有效地使用自己力量"的过程中，只会丧失那最后一无所有的荒诞性，而人为了赋予自己的生命某种意义而死，就是对荒诞性的一种胜利了。因此，他提倡一种什么都敢干的精神，什么都可以孤注一掷的精神。根据这种认为人在行动中即使失去了生命也不过是抛弃了生存荒诞性的观点，马尔罗就在自己的作品里塑造了一大批行动大胆、不怕艰险、不怕痛楚和流血、视死如归的人物。

这些人物因为道路不同而分为两种，一种是从事个人冒险活动

---

[1] 马尔罗：《征服者》第三部《人》，《马尔罗小说集》第153页。
[2] 马尔罗：《人的状况》第四部《四月十一日》，《马尔罗小说集》第348页。
[3] 同上书，第348页。
[4] 同上书，第349页。
[5] 同上书，第350页。

的人，代表者就是《王家大道》中的佩尔肯与瓦奈克。他们完全不是奥勃洛莫夫式的耽于空想的人物，也不是维特式的耽于感情的人物，他们充满了行动，他们力图以自己的意志与力量在一定范围里成为主人，成为享有自由与尊严的"上帝"，并且，为此时刻准备以生命为代价。他们的经历是由接二连三的大胆妄为的冒险之举组成的，既不顾及人身的安全，也不顾及社会的规范与法律，一切都以实现个人强烈的意志与欲望为转移。佩尔肯为了满足他的征服欲和统治欲，竟冒着极大的生命危险进入土著部落，为了维持他在山林中的权势，他既敢于不择手段，用残酷的手段镇压山民，又敢于与政府和军队抗衡，准备组织自己的部落进行暴动，总之，他用自己的生命、意志和力量向一切挑战：山林、部落、政府、军队、危险和伤痛……克洛德是较低一级的佩尔肯，他的欲望没有佩尔肯那么大，意志力也没有那么坚强，他有攫取古艺术品的野心，他也把向秩序挑战视为向死亡和命运的挑战，因而，他无视法律的规定。正因为佩尔肯挑战的范围、勇气和力量比他更大，更显示了一种战胜生存荒诞性、突出人的"尊严"的气势，所以成了他所敬爱的对象，他随着他在山林部落中经历了惊心动魄的时光，似乎把他提升到他自己所不能达到的高度。

如果我们客观地分析这一类人物形象，那么就可以看出，这种人物形象包含着一些危险的性质。在他们身上，正义与非正义、是与非、善与恶的原则界线是没有的，他们不考虑这些，他们所追求的是生存时的轰轰烈烈，而不在乎是什么性质，也不在乎是什么途径，他们与亡命之徒有时很难区分，虽然马尔罗赋予他们一些不平凡的素质。如果马尔罗只以描写这种人物为己任，那他自己的意义就小得多了，甚至会成为一个消极性很严重的作家，幸好他没有这样做，他从自己的哲理出发，描写了更多的属于另一种类型的人，即从事革命活动的人。

这一类人不是为自己的欲望和意志而奋斗，而是在更高的历史政治舞台上搬演自己对生存荒诞性的斗争。在《征服者》中，加林在病中向他的朋友倾诉他的心情时说，他早年因支持堕胎、援助贫穷的妇女而被捕入狱，从那时，他就从社会秩序得到了"荒诞性的印象"。当然，远远不是"社会秩序"而已，还有"不可捉摸的整体"，"它使人感到自己的生命是被某种东西统治着的"，这就是"人类的荒诞性"，而他来到广州参加中国革命并担任革命政府中宣传部长的要职，正是为了"同人类的荒诞性作斗争"[①]。在《人的状况》中，乔被捕后，警察头子问他是否如传说的那样，他"参加共产党是出于人的尊严"，乔承认了这一点，并且补充说，"尊严就是屈辱的对立面"[②]，在这里，"尊严"与"屈辱"，都是马尔罗关于生存荒诞性的哲理中的概念，尊严是超越与战胜死亡，而屈辱就是荒诞性的派生物。这两部作品的上述片断，揭示了马尔罗笔下的革命者思想体系的核心，很明显，他们之所以参加革命，是为了反抗人类的荒诞，生存的荒诞，为了获得并维护人的"尊严"。这种出发点可以促使人物追求生命的意义、摆脱人命定的无能为力的状况，实现人的力量、人的尊严和价值，在20世纪二三十年代资本主义的条件下，当然具有一定的积极的意义；这种出发点也可以使人物在与整个人类的荒诞性作斗争的同时，对社会的不义、对旧秩序的荒诞进行反抗，因而走向革命，并走进共产党，就像乔、加林、洪、陈那样，这比起20世纪同类资产阶级文学中对荒诞性的曾鼓噪一时但却缺乏战斗的社会内容，更不能预示任何前景的喧嚣，更有明显的进步性。但是，这种出发点毕竟不是一种革命的理想与信念，更与共产主义的人生观相距很远，而只是一种以个人的意义与价值为中心的资产阶级的意识形态。既然马尔罗"从未作为马克思主义者思考过"[③]，那么，他笔下的人物如何能作为马克思主义者来进行思考呢？因此，他笔下的共产党员自然不像真

---

① 马尔罗：《征服者》第二部《权力》，《马尔罗小说集》第114页。
② 马尔罗：《人的状况》第四部《四月十一日》，《马尔罗小说集》第394页。
③ 安德烈·莫洛亚：《论马尔罗》，《从普鲁斯特到加缪》第302页。

正的党员，他笔下的中国革命者也就缺乏真实性，只有当马尔罗用反人类生存的荒诞性的哲理去塑造真正的个人冒险家时，他才达到了艺术的真实，就像他在《王家大道》中的情况一样。

只说马尔罗继承了巴斯喀的思想，看来是远远不够的。他继承的是传统的资产阶级人道主义思想体系，他把人道主义思想体系中关于人的生与死、人的命运与人自身的奋斗、人的渺小与人的价值等问题的思想，与在20世纪资产阶级意识形态领域中大为流行的"荒诞"的观念结合起来，以人为中心建立起他的一整套人生哲学。他的哲学把人的注定的命运当作一个基本的残酷的现实，因而带有一种悲剧的色彩，一位批评家把他的哲理称为"一种绝望的人道主义"，不是没有道理的。然而，他从"绝望的状况"出发所建立的把命运的必然性变为人对命运的掌握这一人生哲学，却又并不完全绝望。而且，我们知道马尔罗在巴黎大学发表演说时，曾把尼采的说法变动了一下，提出了一个震撼人心的问题："人死了吗？人要死吗？"[①]他这个向人类生存荒诞性挑战的问题本身就具有一种乐观昂扬的色彩。从"人被判处死刑"到"人要死吗"，这就是马尔罗哲理的出发点与归宿，他这种哲学继承并发展了人道主义思想体系中的积极成分，虽然是资产阶级的意识形态，具有阶级局限性，但在资本主义条件下绝不是一无可取的。

四、他的艺术论著的价值

至于马尔罗在艺术方面的丰富论著的内容和意义，应该承认，我们对此还缺乏深入的研究，我们仅能就目前的条件，提出一些初步的看法。

马尔罗早从少年时代就对造型艺术有浓厚的兴趣与广博的知识，

---

① 皮埃尔·德·布阿德福尔：《安德烈·马尔罗》，第112页，Editions Universitaires 版，1955年。

那么，是什么样风格的艺术对他进行了最初的熏陶？那是历代传统的古典艺术杰作，它们使"我心灵深处回荡起和谐的钟鼎之声，使我喘不过气来"①。然而，他的青年时代却又是在文学艺术领域里现代主义思潮风起云涌之中度过的，他结识了毕加索这个由古典传统的美发展到现代派风格的艺术大师，他也结识了立体派的画家与超现实主义的文学家，他还广泛地研究过造型艺术中野兽派与怪诞派的作品。这样，他就具备了那种能熔古今艺术于一炉的条件，而且，长期的经历，又使他获得了西方艺术与古代东方艺术广博而精湛的学识，这更造就了他艺术史家的阔大眼光，从他自己的条件中，他自然也就习惯于把古典与现代、西方与东方的艺术加以比较。早在本世纪20年代，他就形成了这种比较的观点："只有通过比较，才能感受，把一座希腊雕塑与一座埃及的或亚洲的雕塑加以对比，要比研究100尊希腊雕塑更能深切地了解希腊人的艺术天才。"②他以后就是用这种比较的方法去探讨人类的艺术形式的发展与演变的。

如果要说马尔罗对艺术史研究的贡献，那么，也许首要的要算他那种全面进行比较的指导思想和以丰富翔实的资料说明问题的方法两者造就而成的艺术图片的宝库。他1928~1931年的亚洲之行，是为了广泛收集艺术资料，他还曾冒生命危险深入南也门的荒漠去探寻古王国的故都。他到埃及、印度进行过艺术考察，他在担任文化行政工作期间，更是进行了大量的艺术考察活动，而他的职务又为他提供了方便的条件。因此，他的艺术论著充满了大量的丰富的图片材料，不论是《众神的变异》《沉寂之声》还是《想象中的世界雕塑博物馆》，实际上是世界造型艺术资料的大型结集。他写作自己的艺术论著时，曾收集了几万张艺术品的照片，并进行了严格的核实查对，仅选用在

---

① 马尔罗：《永恒》，见若望·雷马利：《马尔罗与艺术创造》，《马尔罗的存在与言论》第235页。
② 马尔罗：《卡拉尼斯的画》，载《当代艺术家辞典》第三卷第90页，巴黎，1931年版。见《马尔罗的存在与言论》第236页。

他论著中的艺术图片,就有近2000张之多。在《想象中的世界雕塑博物馆》里,其丰富的图片所占的比例大大超过了文字的说明。

马尔罗既掌握了如此罕见的巨大的艺术资料宝库,又热衷于比较的方法,并且还是一位头脑敏锐、见解精辟、又接近过马克思主义的思想家,人们本可以期望他在20世纪建立起科学的艺术理论的体系,但是,事实并不如此,马尔罗并没有一整套科学的艺术理论。他的《艺术心理学》,从其标题来看,该是对艺术创作与艺术欣赏的心理基础的探讨,该对艺术的内部规律提出系统的观点,但这本书的内容与标题并不一致,正如他在《众神的变异》中所说的那样:他的"目的既不是研究艺术史,也不是研究美学,而是……研究文化作为对人是否不朽这个问题的一个永恒的回答所具有的意义"[1]。他对前两个目的的否定,使他不可能建立起艺术思想的理论体系,至于他追求的那个目的能带给他什么,我们在下面还要论及。这里需要指出的是,他文学家的文笔,倒使他的艺术论著成为"法国浪漫主义散文的杰作"[2],既然是散文杰作,那就不容易兼顾严谨的理论,而且,即使他对艺术规律进行了一些理论探讨,他的观点也往往自相矛盾或者不切实际。正如他有时强调人类不同时期的文化由于革命与社会变动而根本相异,传统的历史发展往往发生中断,但有时又强调人类不同时代艺术形式发展的连续性,不同时代的艺术在表现基本人性时的稳定和一致;又如,他把对原始艺术的重视与欣赏视为20世纪艺术领域里的革新,显然违反了18世纪德国浪漫派早就赞扬过原始淳朴艺术的事实;再如,他对古代艺术中宗教感情表现的社会根源,也曾以主观臆说代替科学的分析。总之,虽然马尔罗的艺术论著不少,但我们实在不能把他看作一个有严格理论体系和科学分析的艺术史家与艺术理论家,而根据上面我们所引证的他自己规定的目的来看,我们把

---

[1] 马尔罗:《众神的变异》第127页,Gallimard版,1957年。
[2] 亨利·贝尔:《传奇人物马尔罗》,见《马尔罗的存在与言论》第247页。

他仍然看作《人的状况》的作者则更为恰当。是的,"人的状况"的哲学始终是马尔罗一切活动,当然也包括他的艺术研究活动的基础,只有根据马尔罗这一基本的哲理,才能把马尔罗关于艺术问题的一些议论和见解贯串起来,才能解释马尔罗的全部艺术理论,也正是在这个基础上,他建立了他"报复性"的艺术使命论、"非现实"的艺术创作论和形式主义的艺术史观以及他关于艺术遗产继承的主张。

人从被判处死刑、注定要死亡、注定要陷于生存荒诞性的状况中如何解脱?马尔罗在他的小说里已经作了一个回答,那便是通过冒险、通过革命显示人的力量、人的尊严、摆脱人的屈辱状况;而在他的艺术论著里,他又作了另一个回答,那就是通过艺术,而且,与其说人可以通过艺术来摆脱屈辱的生存、摆脱人生来俱有的生之荒诞性,还不如说,艺术作为人类的一种创造性的活动,干脆就是人摆脱这种状况的一种有效的途径。于是,马尔罗从他的哲理出发,对艺术提出了一个警句性的定义:"艺术就是人的一种永恒的报复"[1],这种"报复"所针对的当然是"人的状况",是人死亡的必然性,而且,死亡既然是永恒的,那么,这种"报复"也是"永恒的",可见它是多么强而有力。

这是一个从抽象哲理出发的形而上学的定义,而不是一种科学的总结,它所包含的人道主义的勇气和气魄,显然要比社会的心理的分析多得多。马尔罗把这视为他艺术思想的结晶,视为他全部艺术论著的主旨,让它在自己的书里不断反复出现。为什么艺术是一种如此强有力的报复?请看他的解释,他在《反回忆录》里这样说过:"我们虽然被囚禁在天地之中,但我们却从自己身上创造出足以否定我们的渺小速朽的强有力的形象来,这的确是神奇不可思议的事情"[2],这里,马尔罗指出了人类所创造的艺术形象使人类足以不朽,因而这种艺术创造力具有神奇的力量;在《沉寂之声》里,他说:"艺术家的

---

[1] 马尔罗:《沉寂之声》第635页,Gallimard版,1951年。
[2] 马尔罗:《反回忆录》第44页,Gallimard版,1972年。

力量在于……向世界呼喊，让世界听到人的声音。过去时代的文化虽已消失，但保存在伟大艺术品中的人的心声，却是永远不灭的"①，这里，他指出了艺术品中人的声音的不朽。总之，在马尔罗看来，"历史使人认识命运，而艺术则使人摆脱命运获得自由"②，也就是说，艺术本身就是对人类注定的那种屈辱命运的一种抗衡，甚至可以说"就是一种反命运"③了。马尔罗把艺术的作用描绘得这样神奇，以至他简直就要把艺术品加以神化了："一切艺术作品都有变成神话的趋势"④，因此，他把艺术在人类活动中的地位抬高到一种罕见的高度，认为艺术就是显示了人类"自身的崇高性"⑤的所在。

不难预料，马尔罗对艺术的这一根本的认识，将会使他有什么样的创作论的主张。他这种认识的形而上学的性质，这种力求实现并维持人的生命力的艺术观，必然决定他在创作上强调人的主观作用，过分夸大作家的创作天才和创作自由的空间。一个人为什么要进行艺术创作？在马尔罗看来，就是为了要创造以战胜死亡，甚至艺术家的"自我表现的目的也是为了创造"⑥。他在《众神的变异》中集中地说明了毕加索自白中的那种体会："没有上帝我可以照样生活和绘画，但使我感到痛苦的是，缺乏创造力就无所作为，创造力比我自己更伟大，它是我的生命。"⑦在文艺创作中强调创造性本来是应该的，不过，要看这种"创造性"是指什么而言，如果是指观察生活的新角度、主题思想的新颖深刻、艺术形式的变化多彩，那么，创造性确是文艺创作的生命。但马尔罗并不满足于这些，他走得更远，把创造性

---

① 马尔罗：《沉寂之声》第628页。
② 同上书，第621页。
③ 同上书，第637页。
④ 马尔罗：《王家大道》第42页。
⑤ 马尔罗：《轻蔑之秋》第12页，见《马尔罗的存在与言论》第240页。
⑥ 马尔罗：《想象中的世界雕塑博物馆》第一卷第1页，Gallimard版，1952年。
⑦ 马尔罗：《黑曜岩之首》，见《马尔罗的存在与言论》第235页，1976年。

用在文艺与现实的根本关系上，提出了"非现实"的创作论的思想。这种"非现实"的创作论看起来似乎与现实主义的来源于生活而又高于生活的主张颇有点相像，如他指出过文艺复兴时期绘画大师们的杰作中人物形象高于现实，他也指出过："在绘画中一幅夕阳西照的美妙图景，并非实际上的美好的夕阳，而是一位伟大艺术家自己的夕阳。"[①]这些见解揭示了艺术家的主观条件在艺术地反映现实的过程中正常而必要的作用，无疑是正确而精辟的，但与此同时，马尔罗又把艺术家的主观条件无限地加以夸大，而否定在艺术创作过程中始终应该尊重的现实。在马尔罗看来，艺术品只不过是艺术家所操纵的一小块世界，在这里，他的自由是无限的，他几乎可以为所欲为，现实本身是微不足道的，艺术家已经不再从属于它，受制于它，"伟大的艺术家并不是世界的记录员，而是世界的敌手"[②]。马尔罗的这一表述看起来很简单，其实否定了巴尔扎克所提出的作家应该作"历史的书记"的现实主义的原则，而把现实看作是艺术创作中的一个对立面，或者把现实仅仅当作现实在艺术家心目中这种或那种变形、投影。如他曾把毕加索脱离了现实主义创作道路后所创作的"非现实"的艺术品，说成是"欧洲最尖锐的现实"[③]，并且，还对非模仿性的表现方法表示了赞赏。正因为马尔罗强调不尊重现实关系的创作，所以，他也就特别重视艺术天才的作用，他的理论与浪漫主义的天才观是一致的，他甚至认为："掌握艺术的规律，非得有天才不可"[④]，而那些艺术杰作之产生，就是"神秘莫测而又高尚无比的手"[⑤]颤动的结果。马尔罗这些思想观点带有明显的浪漫主义创作论的性质，并且显然还为他对现代派那种自由无羁，着力表现主观精神世界，提倡"非客观"、

---

① 安德烈·莫洛亚：《论马尔罗》，《从普鲁斯特到加缪》第316页。
② 同上书，第317页。
③ 马尔罗：《对知识分子的呼吁》，见布阿德福尔：《马尔罗》第134页。
④ 《马尔罗的存在与言论》第241页。
⑤ 安德烈·莫洛亚：《论马尔罗》，《从普鲁斯特到加缪》第319页。

"非具体"的形象的创作方法的赞赏与支持,提供了理论的前提。

关于马尔罗的艺术史观问题,我们先要指出,艺术史观问题本来是一个历史学范畴的问题,只有以历史唯物论的观点,才能对艺术发展的根由与规律有全面、正确的认识。当然,资产阶级社会学的观点,也并非不能在一定的程度上揭示艺术发展中的一部分规律,但毕竟是"一定的程度"和"一部分"。然而,遗憾的是,马尔罗的艺术史观不仅与历史唯物主义相距很远,甚至连资产阶级社会学的味道也很少。他不是从阶级关系、从社会生活的条件去分析艺术形式的产生与发展,也不像资产阶级某些社会学的理论批评家那样,在考察艺术发展过程时,把民族的、地理的、环境的因素估计进去。他的艺术史观具有浓厚的唯心主义的性质,是他的"报复"论的艺术观的直接派生与演绎,在他看来,既然人从事艺术创作活动是为了战胜死亡、显示出人的力量与崇高性,那么,艺术发展过程也就成为了一种不断"报复"、不断创造的过程。在这里,动力是人追求不朽的愿望与意志,而不是任何阶级社会的原因,而且,人创造艺术品的途径又不是别的,只是"从其他艺术形式获取自己的艺术形式",因为,"一种行将诞生的艺术,其原料不是来自生活,而是来自以往的艺术"[①]。这样,在马尔罗的艺术史观里,人的不断"报复"、不断进行艺术创造的过程,就是艺术形式上不断变化和革新的过程。一位理论家说得很中肯:"马尔罗认为形式的不断变化,就是艺术的本质。"为什么马尔罗对毕加索那样推崇?原因就在于他认为毕加索不断追求新的艺术形式、不断变换自己的艺术风格,正体现了艺术的本质,正代表了人类艺术不断抛弃固有的形式而创造新形式的进程。因此,马尔罗的艺术史研究就成了对古往今来各种各样艺术形式的陈列与比较,他在《众神的变异》、在《想象中的世界雕塑博物馆》中,就是这样做的,甚至他论著的标题本身就标明了他陈列比较的方法与形式主义的艺术史观。

---

① 马尔罗:《沉寂之声》第617页。

如果说，"报复"论的艺术哲学给马尔罗在理论上造成了一些缺陷与局限，使他没有成为一个有严格体系与科学方法的艺术理论家与艺术史家，但至少给他带来一个好处，那就是使他对艺术有一种胜于爱生命的感情，使他对艺术的热爱保持在一个哲理的高度上。他曾明确地对访问者说过："对我来说，最为重要的就是艺术，我爱艺术就像有些人爱宗教一样。"他从这种感情出发，当然也希望更多的人欣赏并热爱艺术，他充满热情地追求这一目的，并把它视为自己生命的意义，他曾这样自白："如果我临终的时候，我可以对自己说，有50万以上的青年看到了由于我的行动而有一扇窗子打开了，通过这扇窗子，他们得以摆脱了技术的冷酷、广告的袭击，不再一心向'钱'看，也不再沉溺在庸俗无聊并带有暴力色彩的消遣里，只要我能对自己这么说，我敢保证，我就死得心满意足了。"[①]他要打开的那扇窗子，就是艺术之窗，他在担任文化部长期间，就是这样做的，他这样规定自己的政策："让尽可能多的法国人能欣赏到人类的、首先是法国的艺术名作。"[②]由于他有这样一个良好的志愿，法国人在20世纪就获得了一位能干而竭诚的"文艺总管"，一位杰出的艺术遗产的继承者、收藏者与展出者。

马尔罗对人类艺术遗产热情的继承态度，有其理论的根据，他关于文化遗产继承问题的见解，也许是他文艺思想中最有价值的部分。他认为艺术不朽，不仅是因为艺术形式表现了人类的创造性，艺术品中响着人类那一部分已经消失的历史的声音，因而都具有超越死亡、战胜生存荒诞性的意义，而且还因为，艺术品中体现了人的理想，表现了人类各个时代优秀的品质，这些都是人身上的稳定的素质，在一定程度上具有永恒的意义，并且，在有分歧的世界上，有助于使人们

---

① 弗朗索瓦丝·陶朗洛：《从艺术与行动中见出思想的一致》，《马尔罗的存在与言论》第177~178页。
② 见《马尔罗的存在与言论》第253页，1959年1月9日《办公日志》。

交流思想感情，使人联合起来。他曾以《安娜·卡列尼娜》为例，说明不同民族、不同时代的人们之间的感情交流："如果说，我们根本没有把活人的梦想联合起来，至少我们已经很好地把死人联合起来了。"①

在遗产问题上，马尔罗显示了一个大文化人广阔的胸怀和应有的价值标准，他对人类一切优秀的、有价值的文化遗产都有浓厚的兴趣，只要是真正有价值的遗产，他都主张加以继承而不应受时代、民族、社会制度和艺术风格的限制。而且，他还精辟地认为，文化艺术首先必须是民族的，富有民族的内容和特点，而后才能进入世界的优秀文化宝库。他指出，托尔斯泰、陀思妥耶夫斯基都是"地道俄国化的作家"，但他们都在西方文化中享有重要的地位。虽然马尔罗战后在政治上保守右倾，以竭力防止法共在法国取得政权为己任，但他对无产阶级伟大的诗篇《国际歌》，却又作了高度的赞美，他称这首歌"将与人类永恒正义的梦想联结在一起"②。而另一方面，他对资本主义商品性的、庸俗化的文学艺术，则采取了一种批判的态度，他曾在一篇著名的演说里，把资本主义的机械文明窒息精神文明的生产，电视与电影泛滥成灾，其中"最触目惊心的东西就是动物的本能、性与血的暴力"等等，视为"威胁着人类的不祥的命运"③，并且号召"向庸俗的潮流进行面对面的斗争"。马尔罗对两种不同文化艺术如此鲜明对照的态度，在一定程度上超出了自己的阶级局限性，这也正是马尔罗卓越的所在。

1983年2月完稿

---

① 马尔罗：《对知识分子的呼吁》，布阿德福尔：《安德烈·马尔罗》第129页，Editions Universitaires 版，1955年。
② 马尔罗：《对知识分子的呼吁》，布阿德福尔：《安德烈·马尔罗》第128页。
③ 马尔罗：《1967年1月8日在牛津大学"法兰西之家"新址开幕典礼上的演说》，见《马尔罗的存在与言论》第54~55页。

超越于死亡之上

——马尔罗:《王家大道》

在马尔罗的文学创作中,这要算是最富有魅力的一部作品了。浓重的色彩、遒劲的笔触、紧扣心弦的内容,传达出一种雄浑的气势,悲壮的格调,而在这之上,是一个也许具有永恒意义的哲理,那就是对死亡的思考。

东南亚的崇山峻岭,连绵不尽的林莽、阴暗的丛薮、遍布着野草荆棘与危险池沼的小道、厉毒的烈日、难以忍受的酷热、致命的毒虫,还有饥饿的威胁,野人群令人毛骨悚然的习性与原始部落的陷阱、竹桩、弓箭、长矛……人在这样一个危险四伏的环境里,应该怎样做才能对抗死亡?才能获取自己的存在?应该有怎样的意志力才能保持着人自身的力量?这就是马尔罗在这部小说里所要展示的图景。

死亡,由于马尔罗对这个观念的异乎寻常的执著,它在这里可说是无处不在,它贯串在故事里,体现在场景上,渗透在景色中,刻印在人物的脑海里,不断地在他们的交谈中闪烁出现。它君临一切,逼视一切,压迫着、威胁着一切。

这是一个冒死亡之险的故事。佩尔肯与克洛德两人都不安于待在自己欧洲的文明社会里,各自怀着不同的追求来到印度支那的蛮荒地区。佩尔肯要在这可怕的地区、野蛮的原始部落中建立起自己的权威与统治,而且还要对抗当地政府军的枪炮。他单枪匹马、白手起家进行这种追求,无异于追逐时刻都可能遇上的死神。克洛德则要到密林中去找寻几乎被野草的海洋淹没了的古寺遗迹，看是否能从那里得到大石块上的古代浮雕。他的追求也无异于大海捞针，即使他不遇上食肉生番之类的险情，他的生命力也会很快在那大丛林中被消耗得枯竭殆尽，而后被酷热完全熔化得无影无踪。

场景，如果不说是所有的重要场景，但也可以说是大部分重要的场景，几乎都笼罩着死亡的阴影：克洛德爬在长满青苔的古寺的断壁残垣上，地上有好些"会让他送命的石块"；他在树丛后看到可怕的野人群就在眼前，自己与佩尔肯说不定顷刻之间就会成为他们火堆上的肉；佩尔肯与克洛德被围困在即将被土人焚烧的一座小茅屋内，眼见就要葬身火海；佩尔肯一个人面对着列成阵势的部落士兵一步一步走去，他们用弓箭瞄准着他，随时都有可能触发；部族的头人们用枪口对着佩尔肯，马上就要消灭他们心目中的这个祸害；他们总算脱离了险恶的境地抵达了城市，医生诊治一场却又宣布了佩尔肯无可挽回的死刑；在奔赴自己的管辖区的山路上，致命的伤口感染使佩尔肯奄奄一息，他只有屈指可数的有生之日了，枪声似乎又在催促着他的死亡……

景色，甚至景色也被作者涂上了浓重的死亡的色彩："糜烂的树丛与虫豸"统治着密林；王家大道上尽是些废墟，"像荒弃的枯骨一般遗留下来的遗迹"；宇宙洪荒在骄阳的逼视下"销蚀解体"；亮光又一次"降临到这腐朽的王国"；植被的世界"在暗中施逞它的暴虐"；几吨重的大石块拦在克洛德的路上，像有生命的怪物一样"骤然间吸干了几个月来支持着他的生命的那股激情"；阳光与酷热"像毒药在起作用似的，渐渐使肌肉松弛，力气销蚀"；夜幕"以它沉缓而巨大的力量，使克洛德又一次感到自己像是一头陷入绝境的困兽，以其无法抗拒的冷酷、死亡般的严酷，把他整个儿吞没了"；即使是时间，在这个"夜晚就像茂密的树叶一般无迹无涯"的世界里，被"几乎销蚀了"。

……

与作为主体的人相对的，就是这样一个充满了死亡阴影的客体世界，它对在其中活动着的人构成了一种威逼，它使这两个主人公对死亡的威胁不断地有着具体的感受，不，他们还不仅仅是在这样的环境里被动地感受着死亡，而且，在某种意义上，他们就是为了到这样一个环境里来接近死亡、迎击死亡，因为，早在他们进入这一压迫着人的环境之前，就已经对人类这一永恒的克星有了明确的认识与坚定的态度。

在小说里，他们在死亡的阴影中不断地谈论着死亡，他们关于这个问题的交谈几乎构成了一整套对死亡问题的哲理。他们思想的出发点与前提，是人所面临的"那种严峻的制约"，即"死亡的制约"，这是一种任何人都无法逃避的命运，因此，在他们看来，如果仅仅从这个意义来说，"生命并没有任何意义"，这就是"人生荒诞的一个无可辩驳的证明"。然而，活活的生命面临着这永恒的灾星如何才能使自己获得尽可能长久的存在，甚至获得永恒的意义？人如何才能永存，才能不朽？他们思考的结论是："要跟死亡对抗而生存"，要具有一种"抗拒死亡的意识"。他们所理解的这种对死亡的抗拒不仅是本能的、下意识的，而且是高度自觉的，上升到了哲学的高度。它并不一定就在于简单的对抗，而是以一种坚忍不拔的力量寓于生存方式之中。佩尔肯所说的："正因为我只能无所选择地死去，我就要选择自己的生"，就强调出了这种对于生存方式的选择意向，而他们所要选择的生存方式，又是处于一个较高的层次之中。它并不是对生的简单的贪恋与对死的尽可能远的避离，而有时倒似乎是对生的一种贸然的轻忽与对死的一种危险的接近。"被杀，失踪，他都不在乎，他对自己的生命并不怜惜"，因为对他们来说，"我思考我的死，并不是为了去死，而是为了生"。而且，在他们看来，"对一切永恒的东西的追求，如果不是从死亡又能是从什么地方激发起来的呢？""这种对未知事物的追求，也就是被不甚了了的人们称之为冒险的举动，如果不是对死的抵御,又能是什么呢?"是的,也许这种追求会遭到失败,会更快地丧失自己的存在而导向死亡,但是,他们对此有明确的权衡:"从中即使得不到胜利,也能找到战斗",并且,"从这场搏斗中,终将赢得作为一个男子汉的尊严,终将实现对英勇气概的追求"。所有这一切不正好是构成了对死亡的真正意义上的对抗与对死亡的胜利与超越么?他们对生存方式有这种见解,对死亡也就有了新的概念:什么是死,"人的衰弱,才是人真正的死"。这就是小说中两个主人公所理解的生死之真谛,对抗死亡的真谛,求得不朽的真谛,这就是他们建立在死亡观念上的大无畏哲学与冒险哲学。

这种哲学,必然带来一系列不同凡俗的行为准则与处世方式。这两个人物对自己所属于的那个欧洲文明社会里的一些既定的价值标准都怀着一种共同的轻蔑。在克洛德看来,一种文明不仅使人的才智被填得拥塞不堪,而且还使人到头来成为它的奴隶。因此,他有意违反这种文明的规范,有意背离这种文明所规定的各种"王道","他对那些头上涂着发蜡以示高雅的同学,对他们的汽车买卖、他们的价值观念或者演讲,从未有羡慕之情,也从不愿像那些蓬头散发以示有献身科学的忘我精神的同学那样去建造大桥。"他不但不追求既定的价值标准,而且对它深恶痛绝。世人所遵照的规范、孜孜以求所取得的尊敬,恰巧是他所厌恨的。他要摆脱芸芸众生所过的那种凡俗的生活方式;他拒绝对自己的社会"作出承诺";他把这视为一种勇气,而把对既定规范、既定模式的屈从视为对死的最大屈从。他的这种行为准则与处世态度也正是佩尔肯的准则与态度,所不同的是,克洛德只不过仅仅在开始实践这种准则,而佩尔肯则早已将它付诸实行,并且早已彻底背弃了欧洲文明社会而成为蛮荒山林中桀骜不驯的强者。他这样做,既不是有意要"表演自己的历史",也无意于"让人称赞自己的所作所为",而仅仅是出于一种"深刻的意志力",一种敢于冒险,敢于迎向痛苦,敢于触犯死亡、对抗死亡、超越死亡的意志力量。

是的，一种深刻的意志力。有了这种意志力，才可能有不凡之举。佩尔肯竟敢于只身来到蛮荒地区土著人的部落之中，而在他以前来到这里的异方人无一不惨遭杀害，他是如何在这里立定脚跟的？如何赢得了土著人对他的信任与崇拜的？如何建立起他那如神明般神圣不可违抗的权威的？他是如何联合与降服其他的部落而在整个一大片地区建立起他的统治的？经过长期的奋斗，他达到了自己的目的，成为整个一个地区的主宰，并且长达15年之久，在这个漫长的过程中，他该有多少次迎着死亡走去而竟然使死神从他面前退却，他该忍受过多少体力上的劳顿与痛苦、精神上的孤独与不安？他该有多么顽强的生命力、多么持之以恒的坚毅？该有多么豁达乐观的性格与大无畏的勇猛精神？该有多么全面的军人素质与技能，多么高度的灵敏与机警？仅仅从他如何刺探被土人奴隶主囚禁着的格拉博的下落并把他抢救出来的情节，我们即可见一斑了，而他在土人部队弓箭的瞄准下赤手空拳向他们一步一步走去的那一场，更是他的勇气与意志力的一个集中的缩影，他身上无疑具有浓厚的传奇英雄的色彩，其浪漫化的程度几乎不亚于当代神话中的勇士詹姆斯·邦德。

　　克洛德可说是他的雏形，同样也显示了他那种性质的精神力量。他把全部热情集中在古代雕刻艺术品上。为此，他不惜长途跋涉，辛苦劳顿，并冒着生命危险来到莽莽山林之中。固然，其中的一个缘由是因为这些雕刻很值钱，但更重要的原因还是一种达到一定哲理高度的理想，那就是对抗死亡、超越死亡的理想。在他心目中，这些古代的雕刻能在时光的流逝中不灭，保存着永恒的生命，正体现了人类的一种"抵抗死亡的执著追求"。这些艺术品之所以深深打动他，主要倒不是它们的艺术形式与美学价值，而正是它们在人类生存哲理方面所具有的这种启示或意义，这种启示与意义燃起了他献身的热情，使他下定决心要以从艰难的条件下获得这些艺术品的行为来实现自己生命的意义，显示自己存在的价值，追求自己存在的永恒。由此，他也就有了非凡的毅力,也就带来了他在荒山密林中艰苦地进行操作、在野草丛生的古寺遗址上与几吨重的大石块作斗争的一章,我们不妨称之为可歌可泣的一章。这一章与佩尔肯在敌人瞄准下一步步向前走的那一章遥遥相对。如果说佩尔肯的那一场英雄主义的表演是大无畏精神的胜利的话,那么,克洛德这一场艰苦的劳动就是坚忍不拔品格的昂扬,两者都充分体现出工人的非凡的精神力量。

　　有人说,作者在自己的作品里就是上帝。马尔罗这个上帝分身有术,佩尔肯与克洛德这两个人物,其实都是马尔罗本人的精神在小说中的双重艺术投影,特别是克洛德的故事,更是他本人经历的写照。1923年,22岁的马尔罗制订了一个大胆的计划,要远涉重洋,到印度支那的丛林中寻找一座湮没已久的古寺,从其遗址中发掘古代的石刻浮雕。这个计划无异于异想天开,要凭个人的力量到一个完全陌生的国度、一片荒凉的地区进行如此宏大的工程,其艰难程度可以预料是难以想象的,而且,其结果看来如果不是葬身丛林,就是空手而归,徒劳一场。但是,这个在任何方面都还无所作为的青年人却冲闯向前,在作了一番周密准备之后就踏上了征途。随同他进入危险的丛林地区的,还有他的妻子克拉拉,克拉拉在自己的戒指里藏着必要时准备用来自杀的氰化钾,他们此行的心情无疑有点儿悲壮。

　　在丛林中他有什么体验与感受,他如何进行冒险与奋斗,他如何找到了那个被野草吞没了的古寺遗迹,他的劳动与操作艰苦到什么程度,所有这些都几乎原封不动地写进了《王家大道》。他终于把由七块巨石拼成的四个漂亮的浮雕凿了下来,准备运出柬埔寨,然而,他却落进了陷阱,当时统治着印度支那的法国殖民当局早有预谋,坐享其成,轻而易举就截住了马尔罗的劳动成果,全部没收,而且还对他进行了"盗窃文物"的起诉。马尔罗的冒险活动一无所获,只不过他的此举客观上导致了他所发掘的这个名为班泰斯雷的古寺遗迹,后来被修复成一座美丽迷人的林中"玫瑰宫"。

《王家大道》出版于他的丛林冒险6年之后，在此期间，他又经历了一些什么？他是如何把自己的丛林经历升华为一个蕴含着对抗死亡的哲理的艺术图景？他是在什么时候形成了他对死亡的深沉的思考？

那一场诉讼使他在金边与西贡羁留了整整一年，在这一年里，他先被判处三年徒刑，接着，他与殖民当局司法机构进行了继他丛林奋斗之后的另一场顽强的搏斗，他得到了国内文化界几乎所有优秀人物的声援，纪德、莫里亚克、莫洛亚、马克斯·雅各布、阿拉贡等都在营救他的公开请愿书上签了名，他又被改判为一年徒刑并缓期执行，实际上被无罪释放。他回到了法国，但软困在金边与西贡的一年中对殖民地社会现实的认识与对殖民当局所积蓄的怨恨与怒火，使他在两三个月后又怀着一种社会复仇与人间拼搏的狂热重返西贡。他创办了《印度支那报》，一开始就把矛头对准法国在印度支那殖民政府中的要人们，揭露他们的残暴、虚伪与卑劣，抨击殖民当局黑暗的司法制度、恐怖的特务统治、苛税的盘剥以及贪污腐化、营私舞弊的种种劣迹，他自然被殖民当局视为眼中钉而遭到了各种污蔑中伤、压制迫害。他的报纸被迫停刊，但他不屈不挠又办起了第二份报纸《锁链中的印度支那》，当第二份报纸在迫害下实在无法办下去的时候，他才于1925年年底离开亚洲回国。从他第二次印度支那之行的斗争中，我们又不难看见类似克洛德在丛林中的那种顽强的毅力与精神，但这已经不只是一个以自己的生命力仅仅通过冒险来对抗死亡的人，而且是通过正义的社会斗争来获得生之意义的战士，这一层次的升格定下了马尔罗此后大半生激进的基调，并预示着他将登上人类历史的舞台演出轰轰烈烈的一幕，最后以其卓越的活动而超越了死亡，永存不朽。

从一个独具一格的大作家的诞生来说，这个原来就具有写作才华，并已经尝试过写作的年轻人，从他的印度支那之行中，似乎已经进一步获得了他所应具备的一切重要条件：他冶炼成自己那开拓进取、奋斗冲闯但又多少带有赌博玩命色彩的性格；他获得了以殖民地、半殖民地社会阶级矛盾冲突为内容的东方异国题材；他从亚洲的现实中、从他作为一个欧洲人在亚洲的经历中，按照他自己的方式对人类状况有了深切的理解；他搜集了印度支那阴暗的社会现实的种种景象，体验了崇山峻岭的气势，感染了密密丛林的葱绿色彩，现在就看他以什么哲理把这一切加以统率，以什么精神的"乳酶"来使这一切进行化合了。究竟是什么哲理、是什么精神"乳酶"呢？

1925年年底、1926年年初，马尔罗最后告别了印度支那，在回国途中的甲板上，他开始写《西方的诱惑》一书，这就是他的哲理孕育成熟、正式脱胎而出的时候。这本出版于1926年的《波斯人信札》式的书信体作品，虽然既不是马尔罗的处女作，也不是他最重要的作品，甚至可以说它早已埋没在马尔罗后来所写的那些著名小说的后面，不为人们注意，但它却是马尔罗全部创作甚至全部艺术论著的一块最早、最重要的思想基石，因为，在这部作品里，马尔罗第一次表述了他对生存荒诞性的认识，而这正是他那对抗死亡的哲理的前提。他从17世纪哲学家巴斯喀那里继承了关于人生存荒诞性的看法："请设想一下，戴着锁链的一大批人，他们每个人都被判处了死刑，每天，其中的一些人眼看着另一些人被处死，留下来的人，从他们同类的状况看到了自己的状况，痛苦而绝望地互相对视着……这就是人的状况的图景。"①马尔罗把巴斯喀式的哲理带进了他的作品，让他的人物无一不对"人的状况"有清醒的认识，对人的生存荒诞性有明确的意识。继《西方的诱惑》之后，他于1928年发表了以中国1925年省港大罢工为题材的小说《征服者》，其中的主人公加林就是一个对生存荒诞性颇有所感的人物，他早就认识到人类"被荒诞的力量所左右"，并且在病重时感到"荒诞又找到了它的权利"②，接着就

---

① 见安德烈·莫洛亚：《论马尔罗》，《从普鲁斯特到加缪》第299页，Académique Perrin版。
② 马尔罗：《征服者》第2部，《马尔罗小说集》第114页，Piéiade版。

是1930年出版的小说《王家大道》了，正如我们所见到的，小说中的人物明确地意识到："死亡就在那里，它是生存荒诞性的一个不可辩驳的证明"[①]，并且深切地感到了与自己的关系："压抑着我的是，该怎么说呢，是我作为人的命运，我一天天衰老下去，时间这惨无人道的东西，像癌细胞一样在我身上不可挽救地蔓延开来。"[②]同样，在他后来1930年的著名小说《人的状况》中以及他20世纪40年代以后卷帙浩繁的美学论著中，"人的状况"与生存荒诞性的哲理仍然构成了形象图景与理论思辨的深沉的背景。

巴斯喀道出了人必有一死的常识性的哲理，他就此所描绘的人的状况的图景无疑带有悲观主义色彩。马尔罗继承了他这样一种描绘，把人的这一状况视为生存荒诞性，亦不例外渗透着悲观主义。如果马尔罗仅仅重复巴斯喀的哲理，那他的意义就会小得多，但马尔罗却不仅仅是巴斯喀的继承者，他有自己的创造与贡献，他之所以描绘死亡的命定性与生存的荒诞性，正是为了要战胜与超越这种命定性与荒诞性，他执著地致力于探求超越死亡的道路，阐释与宣扬那种超越死亡的人生，并且把他在这个重大问题上的思考、感受、哲理融入他文学创作的艺术图景中，不仅仅融入《王家大道》这一部作品，而且融入了他几乎所有的作品，甚至还融入他的艺术论著之中。在《征服者》中，加林为了同人类的荒诞性作斗争，从参加社会正义斗争到投身于中国革命；在《人的状况》中，那些在中国大革命斗争中奋不顾身、敢于牺牲、勇于就义的革命者，同样也是要在面临着生存的荒诞性的条件下尽可能地获得人的尊严，实现人的价值，追求人生的意义；而在《众神的变异》《沉寂之声》《想象中的世界雕塑博物馆》等艺术史巨著里，他又致力于"研究文化作为对人是否不朽这个问题的一个永

[①] 马尔罗：《王家大道》第167页，Gassett版。
[②] 同上书，第158页。

恒的回答所具有的意义"①，论证艺术是人摆脱生之荒诞性的有效途径，阐述了"艺术就是人的一种永恒的报复"②的思想。在马尔罗的哲学里，人生本身就是人超越死亡的战场。在这个战场上，各种形式的拼搏与战斗，将使人获得永存的、不朽的价值，取得一种对命运加以报复、对死亡予以否定的胜利。这就是《王家大道》所展示的与所从属的马尔罗哲理体系。

---

① 马尔罗：《众神的变异》第127页，Gallimard版。
② 马尔罗：《沉寂之声》第635页，Gallimard版。

中国革命与马尔罗哲理

——马尔罗:《人的状况》

在法国,马尔罗的《人的状况》始终是一本迷人的书:独特的异国题材、举世瞩目的东方革命、复杂的政治关系与党派斗争、精辟的政治哲学、惊险的行刺场面、硝烟弥漫的街头、现实描绘与象征朦胧意境的某种结合、深刻的人生哲理与感受以及主人公对性爱的引人深思的态度……所有这些都足以对读者构成经久不衰的魅力。

在中国,《人的状况》则是一本人们向往已久、翘首以待的书,这是因为它以中国1927年的革命斗争为题材,直接描写了中国现代史上一个关键时刻的大裂变,即国民党与共产党由第一次合作到第一次分裂,以及蒋介石为代表的国民党右派对共产党的镇压。但这还不是唯一的原因,甚至不一定是主要的原因。另外的原因在于这部小说作者的特殊身份,他不仅是一个具有世界意义的第一流大作家,而且还是在世界政治舞台上搬演人类历史的少数杰出伟人之一,他是戴高乐将军的亲密合作者、法国政府内阁的要员,在中法建交、中美建交中都起过重要的作用。他来过中国,与中国领导人毛泽东、刘少奇、周恩来、陈毅都曾晤谈过,等等。对一本出自这样一个人物之手的描写中国革命的小说,当然要格外另眼相看。何况,据说这位作者还亲自参加过中国大革命,在广州的革命政府中任过要职,而他这部小说的主人公乔是以中共一位重要的领导人为蓝本塑造的,这就更给小说增添了不平常的吸引力。

然而，现实生活的辩证法却往往有令人难以预料的结果。正是这样一部被人们翘首以待、等候多时的作品，却偏偏在中国共产党取得全国政权将近 40 年之后才得以与中国读者见面，远远迟于其他成千上万种外国文学作品，而其原因又不是在别处，正是在于它之所以使中国人深感兴趣、翘首以待的上述那些原委之中。也就是说，正因为它所描写的是中国革命、中共党史中的重要时期与重要事件。而众所周知，这些年来，党史问题的领域无疑是最为敏感的领域，要翻译介绍《人的状况》，谁知道这个外国人、这个"资产阶级政治家"在书里写了些什么、说了些什么？谁知道他哪句话不会有违"领导的意图"、"我们的提法"？谁知道他哪段描写、哪个形容词不会有"阶级偏见"、不会"歪曲中国革命"、"歪曲我党革命者"？于是，翻译出版《人的状况》就成为一件极其严肃、极需慎重、极需三思而行的一件事。这就是这部人们期望已久的作品反倒迟至今日才与人们见面的原因。

的确，要谈这部作品是不能绕过中国革命问题的。《人的状况》与中国革命问题的关系究竟怎样？我想，总的关系似乎可以这样说，它既是写中国革命，又不是写中国革命。

从题材内容、故事情节来说，《人的状况》完全是写中国 1927 年的历史事件。小说以上海与武汉为背景，选取了 1927 年 3 月 21 日至 4 月 12 日中国革命史上这一段风云突变的日子，把当时中国复杂的政治关系、历史原委、激烈的现实斗争都浓缩在小说特定的时空框架中：北伐军正节节胜利，向上海挺进。上海的共产党人组织了 200 个战斗小组，夺取了武器弹药，准备进行第三次武装起义。经过激烈的战斗，攻占了警察所、市政机关以及火车站等要地。北伐军乘胜进入了上海，革命面临着两种前途：在中国建立苏维埃政权或者国共合作破裂、对共产党进行镇压。国共关系紧张。国际金融界头面人物与上海的金融巨头采取联合行动，计划向蒋介石提供经济援助，促使其反共。国民党军队要求起义工人交出武装,北伐军控制的国内其他地区的工人运动亦被禁止,土地改革不许进行。起义者反对解除武装,主张脱离国民党,有的准备暗杀蒋介石。共产党的领导机关和第三国际代表坚决反对与蒋决裂,主张缓和与国民党的关系并命令上海的起义者交出武器。暗杀蒋介石失败。起义群众束手待毙。4月11日夜,蒋介石下令对共产党人进行大搜捕、大屠杀。起义的革命者几乎无一幸免,纷纷壮烈牺牲。

这就是《人的状况》所描写的历史内容,所展示出来的历史现实。在这里,中国的深重苦难,国共两党的深刻矛盾与分歧,两条道路两种前途的对立,外国金融资本势力与上海金融资本势力在革命危机面前的结盟,上海工人起义的轰轰烈烈,共产党上层领导与第三国际的右倾投降路线,蒋介石军队的残暴与血腥屠杀,起义者革命者的激昂慷慨、英勇壮烈,所有这些都是以清晰明确的线条与鲜明的色彩表现出来的。这样一幅历史图景、这样一种历史描述,即使是以国内党史教科书的叙述与观点来衡量,也是无可指责、经得起推敲的。从这个意义上来说,马尔罗不仅写了1927年的中国大革命,而且写出了这次革命与事变——用国内历史学术语来说——的"历史本质",原来怕这本书可能"歪曲"中国革命史、中共党史之虑可以消释无余矣。

特别值得指出的是,作者显然是站在同情中国革命、歌颂中国革命的立场上来进行描述的。小说于20世纪30年代初问世,而整个30年代正是马尔罗日益"左"倾的时期,不几年他就成为国际舞台上社会主义、苏联、共产党的著名的同路人,小说正是写于他开始"左"倾的时候。他带着明确的意图,在相当多的章节里力求细致地表现出共产党人在战斗中的英勇精神、在政治斗争中的清醒头脑与卓识、在敌人威逼利诱面前的坚贞不屈、在严峻时刻的同志情谊、面对大屠杀时的大无畏气概,而在他笔下,国民党的监狱像是魔窟,国民党的军队、狱卒、刽子手像是鬼影。肯定与否定、赞颂与揭露、褒与贬,形成强烈的对照，构成了《人的状况》的极为鲜明的政治倾向。

仅仅从《人的状况》本身是不可能把马尔罗与中国革命的关系说清楚的，让我们再扩大一步。

《人的状况》写于1931年他作了一次环球旅行之后，出版于1933年。而早在1928年，他第一部以中国革命为题材的小说《征服者》就已经问世了。这部小说通过"我"在广州革命政府里的"亲身见闻"，表现了1925年省港大罢工的基本历史事实：罢工的爆发，广州革命政府下令抵制外国商品，香港工人以破坏机器的行动表示反抗，第三国际与共产党人在广州革命政府中的活动，广州政府在罢工后所遇到的困难，国民党右翼对革命路线的抵制，军阀在外国势力支持下的叛变，十万香港工人撤回广州，广州政府为维持罢工工人的生活所遇到的经济困难与内部不同政治派别的矛盾，陈炯明的军事压力，罢工的结束，等等。

尽管《征服者》是一部小说，按照马尔罗当时的夫人克拉拉后来在回忆录中的说法，是"有历史根据的虚构"，但它却带来了意料不到的后果。问世的当年，欧洲一家杂志介绍这部小说的时候就给它加上了《广州战斗日记》的副标题。作者自从这本书出版后，也被视为"在中国打过仗的人"，被视为曾在广州革命政府鲍罗廷的领导下担任过"宣传代表"。这种情况之所以形成，是因为《征服者》是以"我"自述为形式？是因为这部小说展示出来的历史内容具有惊人的真实性？是因为作者本人想赋予自己某种色彩或某种特殊的价值？是由于书商、出版家为招徕读者而作了夸大其词的宣传？这些因素看来都有份。特别妙的是，作者对这种传说并不加以否认与澄清，于是，当他写作与出版《人的状况》时，他在公众心目中早已是一个参加过中国革命的人，而他自己也是以历来与中国革命有密切的关系并站在革命阵营中的人的身份与态度来写作与出版这部作品的。在这部作品出版之后，他在1933年10月2日给美国著名的批评家埃德蒙·威尔逊的信里，还肯定了自己曾任"驻广州的委员"，直到1937年，当托洛茨基指责他对中国大革命的失败负有不可推卸的罪责时，他宁可背此黑锅而不愿否认他曾是中国革命参加者的身份。

其实，马尔罗参加过中国革命一说完全是各种复杂因素所造成的一个不折不扣的神话，半个世纪以来，这个神话使人深信不疑，早已不限于法国，它随着马尔罗本人在世界舞台上的作用与地位的日益显赫重要而成了一个国际共识。1973年，在法国出版了若望·拉古杜尔所写的一本颇有分量的马尔罗传。作者在这本传记里对马尔罗的传说神话作了详细的分析，以历史事实与马尔罗的活动年表令人信服地说明了马尔罗并没有参加过中国革命，他1928年写出《征服者》以前根本没有到过中国广州，他第一次到中国是1931年作环球旅行的途中，他在《人的状况》中对上海的描写是来自他途经上海时所获得的素材与印象。①

可见，要考察《人的状况》中对中国革命的描述就不能到马尔罗神话中、从马尔罗与中国革命的关系中去找根源，而只能到马尔罗的真实经历中去找根源。这样，我们又得再扩大一步，说明马尔罗在写小说之前的亚洲经历以及他创作以中国革命为题材的小说的根由。

1923年，马尔罗22岁，因所购买的股票贬值而破产。凭着他相当丰富的考古知识，他到柬埔寨去进行一次冒险，要找一座荒弃的寺庙，从那里发掘出几块古代的石雕。当他几乎要大功告成的时候，法国殖民当局没收了他以千辛万苦为代价的所得，金边法院还以"盗窃文物罪"向他起诉。他在印度支那吃不公正的官司期间，亲身感受到了殖民当局的腐朽与暴虐。因此，当官司了结回到法国之后，他于1925年又怀着个人反抗的情绪重返西贡，与当地的法国律师、激进的

---

① 见若望·拉古杜尔：《马尔罗，本世纪的一个人》第一卷第一部第三章第7节、第8节，巴黎，Seuil出版社。

民主主义社会活动家莫南，共同创办了《印度支那报》，向殖民当局的腐败不法、盘剥掠夺进行猛烈的抨击。报纸被迫停办，马尔罗于这年的8月又赴香港购买印刷设备，筹办另一份报纸《锁链中的印度支那》。同样，第二张报纸又被扼杀，他只得在1925年年底回国，完全结束了他的"亚洲经历"。不难看出，在他的"亚洲经历"中，并没有任何直接与中国革命有关的东西，他匆匆去过一次香港，这是他这个时期唯一一次踏上"中国的土地"。不过，这一段"亚洲经历"倒也在他身上埋下了日后两度以中国革命为题材进行小说创作的种子，具体说来：

一是他在这一段生活斗争中，形成了他反对殖民主义、同情被压迫民族的激进民主主义思想，冶炼了他作为社会斗士的精神与品格，这使他有了对中国革命产生同情的思想基础、对轰轰烈烈的革命题材有所关注的精神视野、对革命英雄行为易于向往的倾向。

二是他对殖民地、半殖民地的社会现实有了深切的了解，他在印度支那地区、在金边、在西贡所听到的社会呻吟，足以使他想象中国的苦难，当时以广州为中心正在兴起的中国革命的形势对他无疑有莫大的鼓舞。

三是他在办报过程中，得到了西贡附近、华人聚居的堤岸市的国民党支部的支持与资助，同他们之间有一种结盟的关系。从那里，他有可能获得了关于中国革命的最初的知识，而他在堤岸市华人区的经验与他1925年8月短暂的香港之行，则使他对中国人的生活有了某些感性认识。

所有这些原因的确不可忽视，但实事求是地说，它们还不够充分有力足以成为坚实的创作基础，即使再加上他1931年环球旅行中在上海的见闻，也不可能保证他写出关于中国革命的真实而深刻的作品，甚至也不可能保证他写出像样的小说。因此，我们也就不能把马尔罗经历中的所有这些"中国成分"看得过于重要，不能把这些与中国的间接或直接的关系当作他之所以写出了《征服者》与《人的状况》两部小说的唯一根由,更不能当作主要的根由。这便是马尔罗与中国革命关系的真相,是马尔罗的文学创作与中国革命关系的真相。

那么,如何解释他写《人的状况》以及《征服者》的根由呢?这就又需要更进一步深入马尔罗思想的核心中去。我想,与其说他的这两部著名的小说主要来自他对中国的经验与认识,不如说主要是来自马尔罗思想中的核心哲理,来自"马尔罗主义"。

先请你注意《人的状况》这一具有抽象、超脱意味的书名。它与《红色风暴》《起义者》这一类阶级历史内容十分明确的标题大不相同,而这样一个标题正是几乎原封不动来自马尔罗视为人世真谛的这样一段话:

> 请想象一下,一大群人戴着铁链,他们每个人都被判处了死刑。每天,其中一些人眼看着另一些人被处死,留下来的人从他们同类的状况,看到了自己的状况,痛苦而绝望地互相对视着⋯⋯这就是人的状况的图景。①

这段话是17世纪法国大思想家巴斯喀的名言,马尔罗第一次引用它是在自己的哲理小说《西方的诱惑》中,此书是他1925年年底告别亚洲的归国途中在甲板上开始写作的,出版于1926年。巴斯喀所描绘的这种"人的状况的图景"被马尔罗全盘接收了下来,在他那里发展、充实、提高为具有独特色彩的——我们不妨称之为——马尔罗哲理体系或马尔罗主义。对于它,我们似乎可以归纳阐释为这样一些要点:第一,把巴斯喀所描绘的"人的状况",即人生而必死、人存在着亦即走向死亡、生存着的人对死亡完全无能为力的这种状况,

---

① 巴斯喀:《思想集》第二部第四章《结论》第341条,《巴斯喀全集》第1180页,Pléiade版。

名之曰荒诞性，生存的荒诞性；第二，面对荒诞性的人是孤独的，人身上皆存在欲摆脱荒诞性的本能、倾向与反应；第三，对荒诞性采取坚毅的对抗精神，对抗荒诞性最有效的途径就是行动；第四，非凡的冒险、壮烈的革命、卓越的艺术创造是最有力的行动，足以否定荒诞性、战胜荒诞性，三者均为通向绝对永恒的硬币。马尔罗的这一哲理体系一开始就出现在1928年的《征服者》中，紧接着又再现在1930年出版的著名小说《王家大道》，而在《人的状况》里又有了更进一步的发挥。1937年发表的以西班牙革命战争为题材的小说《希望》亦不例外地打上了这一哲理的烙印，直到他后期卷帙浩繁的艺术史论著里，同样地贯穿了这一哲理。岂止是他全部的创作与论著而已，他的一生，他的政治活动与社会活动也鲜明地体现出了他这种精神[①]，以至可以说这一哲理体系才是马尔罗其人的标志、马尔罗真正精神的所在，当然也就是马尔罗全部文学创作的精髓。

让我们再回到《人的状况》上来。顾名思义，《人的状况》其根本目的是写"人的状况"，从这个意义上来说，它的根本目的就不是写中国革命了，或者说，作者急于表述的、急于宣传的最根本的东西，并不是某一个地区的某一个事件，而是他存之于心的一种图景、两种意识形态、一种哲理、一种人生观与人生态度。于是，这就出现了《人的状况》的两重性，即它既是写中国革命，又不是写中国革命，而这种两重性早在《征服者》中就已经存在着了。

说这两部小说有"不是写中国革命"的一面，最显而易见的例证就是其中几乎没有中国的革命者。《征服者》中，在省港大罢工的历史框架里活动着的人物基本上都是鲍罗廷、加林、"我"、加伦、米洛夫医生、杰拉尔、克莱恩、尼克拉耶夫等这些俄国人、瑞士人、德国人。同样，《人的状况》中，活动在1927年大革命历史框架里的，主要也都是外国人或者是洋化了的中国人。领导武装起义的是俄国人

[①] 请参阅拙著《采石集》第279~325页，外国文学出版社，1986年。

卡托夫,另一个起义领导人、本书的主人公乔是一个法国与日本的混血儿,他的父亲是一个法国教授,本书的女主人公、革命的继承者梅是德国人。此外,在书中马尔罗着墨甚多的一些其他重点人物几乎无一不是外国人,如乔的父亲、法国教授吉佐尔,国际金融势力的代表费拉尔和他的情妇瓦莱莉,蒋介石的警察头子库尼洛,密探施比留夫斯基,掮客葛拉比克,革命的参加者赫麦利奇等。在小说的主要人物中,只有恐怖主义者陈是中国人,而又不是一个常见的中国人,更不是一个常见的中国革命者,他出身于教会学校,其言语方式与思想方式完全像是一个外国人。于是,我们所看到的只是一些外国人在中国大革命的历史事件中活动着、忙碌着、斗争着、破坏着,他们是马尔罗这出历史剧的主角,那些真正的中国人,革命青年、起义者、蒋介石军队的士兵、狱卒……都只是一些模糊不清的影子,在舞台上扮演跑龙套的配角不时闪现一下,你觉得这像是真正的中国革命吗?

而且,这种双重性还体现在小说的框架与场景上,如果说《人的状况》的历史框架与背景是1927年中国大革命的话,那么,大的历史框架中的很多场景却恰巧不是典型的"中国的"。小说中的具体情节往往都是发生在中国背景上的非中国的环境中,也可以说是中国土地上的外国环境中,不是在上海租界的街道上,就是租界的西式酒吧里、外国式的豪华饭店中、幽静的寓所里、黄浦江上巨大的外轮上,如果是上海市的商店,也是外国人经营的商店,如果是武汉革命政府的办公室,也是外籍人员的办公室。因此,整部小说的场景与人物都会给中国读者以非常明确的异国氛围之感。当然,马尔罗实际上近乎空白的"中国生活经验",使他只能这样写,他只能写他所熟悉的外国人,他只能写他所能想象与构设的外国租界情景,他不可能在中国的历史框架中填进更多的实实在在、地地道道的中国内容,这些都是可以理解的。

然而,比较费解的,也更值得注意的是,在这样一部以中国革命为题材的小说中,竟然听不到中国读者所熟知的、与这场革命血肉不可分的意识形态的声音,看不到有关这场革命的那些重大理论问题的探讨议论,既没有三民主义,也没有马克思主义、社会主义,这种奇特的情况正如一部写宗教改革的书竟然既未涉及天主教义也未涉及加尔文主义一样,甚至在《人的状况》中,人们也很少听到任何关于中国社会现实问题的议论。从马尔罗当时的政治常识与他的理论修养来说,他并非不可能涉及这个领域的问题,他在这本小说里就显示了对某些政治内幕的深入了解、对具体的政治斗争形势精辟的见解,他如果做些努力,他本可以在中国革命历史的框架中,对一些重大的意识形态问题作出精彩的发挥。然而,他却显然无意于这样做,相反,他倒是非常自觉、非常努力让他的人物避开三民主义或马克思主义而大谈他自己的马尔罗哲理、马尔罗主义,这,正是构成他小说的两重性的最重要最关键的原因。

早在《征服者》中,就已经出现了一个奇特的革命者、以马尔罗主义武装起来而不是以马克思主义武装起来的革命者加林,他是马尔罗赋予自己的哲理的第一个人物。马尔罗让他第一次把人之死亡称之为人生存的荒诞性,当他病重的时候,他就感到"荒诞又找到了它的权利"[①];马尔罗还让他把一切与人类生存相悖的种种社会问题亦归之于"荒诞",他从旧的社会秩序中就得到了"荒诞性"的印象;马尔罗还让他首先以投入社会政治斗争的方式来对抗荒诞性,他到广州革命政府中来任职,就是为了"同人类的荒诞性作斗争"[②]。如果说,在《征服者》中有这种马尔罗哲理色彩的,主要只有加林等一两个人物的话,那么,到了《人的状况》中,具有马尔罗哲理色彩的人物就不止一个了,而且,马尔罗哲理在这里表现得就更充分更系统了。

首先是认识与感知的问题。主人公乔转述了这样一种概括的认

---

① 马尔罗:《征服者》,《马尔罗小说集》第114页,Pléiade版,1947年。
② 同上书,第114页。

识:"人的本质是忧虑,是对自己命运的认知,种种恐惧即由此而来。"① 此处的"命运",也就是"人的状况",就是人生而必死的命定性、生存的荒诞性。既然人都认识与感知了这种命运,那么除了"忧虑"之外还有什么呢?于是,随之而来的第二个问题就是人的反应与态度了,面对这种"人的状况"、生存的荒诞性,这里的人物都力图有所解脱,有所应对,有所反应,正如吉佐尔所说:"一个人要能够,怎么说呢?忍受人的状况,那是很少见的。"② 问题在于如何表示这种"不忍受"的意志,如何不甘于"人的状况",这样就有了第三个问题——方式问题了。《人的状况》正是在以上那两个问题的哲理层面上,着重展示各种人物面对着"人的状况"、怀着作为"人的本质"的"忧虑"所采取的应对方式、所追求的解脱途径、所力争的胜利之道。总而言之,《人的状况》着重表现的就是在人的生存荒诞性、人的命定状况的背景上,人的各种活动方式与它们各自的价值与意义。

在吉佐尔看来,"鸦片可以解除"人认知了自己的命运后所产生的"一切恐惧",因此,他以吸鸦片麻醉自己、超离现实的方式来寻求解脱。在费拉尔看来,"人的欲望就是强制别人"③,"人的智慧就是有办法强制人或强制事物"④,他的人生观属于这样一种认识体系:"在人的世界上,要超越人,要摆脱人的状况……不只是要权力,而要无限的权力"⑤,因此,他狂热地追求权位势力、追求肉体上绝对占有与享用女人。为了"摆脱人的状况",葛拉比克则采取玩世不恭、游戏人间、放荡无行、厚颜无耻的生活态度。女主人公梅虽然是一个投身正义事业的新女性,但她却像不少西方人一样"特别把性爱作为

---

① 马尔罗:《人的状况》,《马尔罗小说集》第424页,Pléiade版,1976年。
② 同上书,第482页。
③ 同上书,第483页。
④ 同上书,第481页。
⑤ 同上书,第483页。

摆脱人的状况的手段"①，因此，在起义斗争的前夕，面对着可能来临的死亡，利用了自己丈夫对她自由的"尊重"，而与一个男同事发生了肉体关系。小说中另一个重要人物陈，他脱胎于《征服者》中的洪，"自知每天都有生命危险"②，于是"把自己的生命当赌注"③，在他看来，尽管面临着那永恒的悲剧性的"人的状况"，"幸好人可以行动"④。为了行动，他不仅"讨厌回忆"，而且"害怕睡着"⑤，而他所追求的行动则是轰轰烈烈、痛快淋漓的冒险性的恐怖主义活动，对于恐怖主义的冒险，他还不只是追求而已，他甚至把这种活动当作他的"宗教"、"人生的真谛"⑥，似乎对他来说，只有用生命去冒极大的危险，只有故意地、主动地迎向死亡而拼掉自己的性命以造成某种爆炸性的事件，才能否定死亡，才能否定"人的状况"，为此，他不止一次以杀身成仁、同归于尽的精神，揣着炸弹去炸蒋介石。

至于小说的主人公乔，则是在较高一级的层次上体现了马尔罗哲理。在马尔罗笔下，他是一个真正的革命者，只有他才摆脱了人在对抗"人的状况"这个问题上的盲目性，超脱于鸦片、冒险、疯狂、性、权势等这些应对方式之上。他对人生存的荒诞性有透彻的认识，面对着悲剧性的人的状况；他要建立"人的尊严"，而抗拒"人的耻辱"，他正是"出于人的尊严"而"当共产党"⑦从事革命活动与斗争的，也正因为他摆脱了人在对抗"人的状况"时常有的种种盲目性，达到了一种更高的精神境界，所以在他看来，在革命斗争中壮烈牺牲本身就是一种对死亡的胜利、一种对"人的状况"的否定，他在临牺

---

① 马尔罗：《人的状况》，《马尔罗小说集》第483页，Pléiade版，1976年。
② 同上书，第483页。
③ 同上书，第483页。
④ 同上书，第424页。
⑤ 同上书，第483页。
⑥ 同上书，第449页。
⑦ 同上书，第528页。

牲之前就是这样想的:"死可以成为一种激昂慷慨的行为,是人生的最高表现,这种死完全可以与生相媲美"①,而他也正是以自己的革命斗争与壮烈牺牲达到了"人生的最高表现",超越于死亡之上,获得了不朽的意义,成为否定悲剧性的"人的状况"的英雄。马尔罗以毫不掩饰的赞赏之情描写了这个人物的行动与内心,让他体现了马尔罗主义的最高音,他既高于《征服者》的洪与《人的状况》中的陈,也高于《王家大道》中的个人主义英雄佩尔肯,要算是马尔罗作品中的前列英雄人物,因为他是在人类革命的历史舞台上进行活动,把自己的生命献给了正义与革命。

在文学史上,我们可以常见到这样一种作品:它们以某一著名的历史事件为框架、以某一既定的题材为背景,而填入了与这一历史事件、与这一既定题材完全不同或颇不相同的思想内容,在这种作品中,框架与内涵、背景与场面往往总有某些不一致,甚至还会有某些矛盾。17世纪诗人弥尔顿的长诗《失乐园》与《复乐园》以《旧约》与《新约》的故事为框架,填进了诗人的革命的清教思想与他在资产阶级革命后的历史认识,就是著名的例子。马尔罗的《人的状况》与此颇为相像,它是以中国革命斗争为题材,而所宣传的思想内容却是马尔罗哲理,这就形成了小说的某种象征的意味,即读者眼前搬演的历史事件之后还透露着与这历史事件相距甚远的另一番深邃的意义与哲理,这也是我们说《人的状况》既是写中国革命又不是写中国革命的原因。对我们而言,我宁可把《人的状况》视为马尔罗借中国1927年的舞台搬演自己关于"人的状况"的图景之作,视为他"借他人酒杯,浇自己块垒"之作,这样也许更符合马尔罗的整个文学创作与他整个一生的精神,也免得中国读者把他笔下的中国革命与中国革命者看得过于认真并根据现实主义原则与党史教科书的口径去苛责他的

---

① 马尔罗:《人的状况》,《马尔罗小说集》第541页,Pléiade版,1976年。

"失真"与"歪曲"之处。

剩下来的事,就是惊叹马尔罗近乎神奇的化合力了。一个从未到过中国也从未接触过中国共产党人的人,竟然写出了一本把中国革命与自己的哲理主义融为一体的书,其化合力实令人拍案称奇,我们不能不赞赏他为自己的马尔罗主义选取了中国这样一个独特的舞台,不能不赞赏他竟能把他在巴黎生活与印度支那生活中周围的一些人转化并聚集为中国革命中的一个活动群体,把一个因其进步的思想与活动而流亡法国的日本人小松青塑造为乔,把马尔罗自己在西贡的一位合作者殷转化为陈,把纪德"柔和的语调与审美者的风雅"种植在吉佐尔身上,根据自己的妻子克拉拉在海轮上曾委身于一个医生而后又向他承认的事实,写成了梅与乔夫妇关系情节。尽管作家的创造能力往往是令人惊奇的,但马尔罗1925年回国后,只在1931年作为旅游者到过上海,他何以能对1927年中国大革命的内情、细节了解得如此之深、如此之细,他何以能把1927年的上海与武汉的某些画面绘制得如此栩栩如生,这还是一个不大不小的谜,也许,对此只能作这样的解释:

因为马尔罗是一个天才人物。

六、左翼文学与抵抗文学

小说中主人公的非人化倾向

——巴比塞:《火线》及其他

一部文学作品的主人公并非人,既非单个的人,也非成双成对的人,甚至也不是成群成族的人,这样的文学作品存在吗?

法国20世纪文学的回答是肯定的,绝对肯定的。

1916年,当第一次世界大战还在进行的时候,法国文坛上出现了一部具有振聋发聩效果的小说《火线》,它出自当时任战地记者的巴比塞之手,此君早已发表过一部诗集《哭泣的女人》与两部小说《哀求者》《地狱》,但《火线》才使他真正成名,当年即获得了龚古尔文学奖。

《火线》以第一次世界大战中前线士兵的生活为题材,其副标题是"一个步兵班的日记"。小说通过枪林弹雨、泥泞血污中士兵们危险而艰苦的生活,通过炮火与轰炸给平民生活,给城市环境、建筑设施造成的破坏,揭露了第一次世界大战的罪恶。它是20世纪第一部最有力的反战小说,它很快就获得了广泛的世界声誉,成为整个西方20世纪文学作品中一部充满了正义感与社会义愤的名著,它也奠定了巴比塞在法国20世纪文学中的重要地位,除了《火线》外,他此后的作品以及早期的作品都几乎没有什么值得特别关注的价值。

《火线》的社会政治意义从来都得到了非同寻常的肯定与赞扬,特别是在苏联与中国,它不仅被视为进步的反战名著,而且被奉为社会主义现实主义文学的最初一部杰作；但它在写作方式与艺术特色上的意义却显然被注意得不够，评论者往往语不及义或语焉不详。而如果要对它作一个定性评论的话，那就不妨说《火线》在写作方法上是20世纪第一部有重大社会影响的自然主义作品。

整部作品完全是纪实风格的，对战壕生活、行军生活以及休整换防生活进行了详尽、繁细的描写，在细节上达到了高度的真实，几乎可以说就是实际生活的笔录，就是实景实物的摄影，它对于战争生活这一特定范畴的描写，其全面、细致、科学、资料完备性的程度，较左拉的《妇女乐园》对巴黎大百货公司、《巴黎的肚子》对巴黎大菜市场的描写有明显的超越，真可谓"青出于蓝而胜于蓝"。

巴比塞的《火线》之所以在景观、环境、物象的描写上达到了如此实录性的高度，是因为作者对实录成分的专注就达到了专一、排他性的地步，他完全有意识地舍弃了对故事结构的用心与对人物性格的关注。在这部作品里，既没有完整的故事线索与具体的情节，也没有贯彻始终的主人公，甚至连面目清楚、个性分明的人物形象也没有。

这就是法国20世纪中较早一部不以人物形象为主人公的文学作品，那么它是否也有类似主人公的某个被集中关注、被集中表现、被大力烘托的描写对象？有，那就是战争。《火线》的主人公就是战争，《火线》致力表现的就是帝国主义战争的破坏性本质与狰狞面目。

比《火线》稍迟一点，《寻找失去的时间》又是一部不以人物为主人公的作品。其实，普鲁斯特早在1901年就开始了这部作品的创作，第一部完成后，居然没有出版商愿意接受，几经周折才于1913年出版，第二部则是在1919年问世，他在世时，只发表了前四卷，后三卷是他去世之后发表的，最后一卷竟姗姗来迟于1927年。

这一部长达300万字的小说巨著，不以人物为主人公，那么主人公是什么？是时间，对于这样一个在人类文学史上从未见过的特殊主人公，历史的评论家都是津津乐道的。

　　《寻找失去的时间》是作者在长期病榻生活中抚今追昔的结果，在蛰居或卧床的日子里，他惋惜自己的岁月流逝一去不复返，于是就产生了"寻找失去的时间"的企图与意志。于是，他那特定的创作活动就是在厚重的岁月积淀下，搜索与挖掘一段段深埋的时间，用文字使它们成形复活，最后把全部失去的时间重新寻找回来，使它们凝聚为他的这部不朽长篇小说。《寻找失去的时间》完全可以说是一座以时间为内容，凝现了时序的辉煌纪念碑。

　　众所周知，实际的、客观的时间是不可能找回来的，普鲁斯特所能找回来的只是他心理中的时间，是柏格森哲学中的"心理时间"，是普鲁斯特本人所说的"想象中的时间"。而这种时间的获得又只能通过"自由联想"这种特殊心理活动，而且是点点滴滴地、片片段段地、断断续续地重新获得，逐渐地才汇成一川，连成一片，重组成"失去的时间"的整体。而普鲁斯特的"自由联想"方式，就是他小说中那著名的"小玛德莱娜点心"方式。

　　普鲁斯特的"小玛德莱娜"方式非同小可，它实际上是普鲁斯特"塑造"时间这个小说主人公的特殊方式，它也决定了他所塑造的时间这个主人公的特点。小说中，偶然一次，一块名叫小玛德莱娜的点心勾引起了他对儿时吃这种点心时的味觉的再现，感性印象的闸门由此大大打开，早已失去的过去全部时光以及与这段时间里不可分的空间里的种种一切全都复活了起来。整个小说就是按这种极为独创的线索，按照心理时间的连续复得而成为七大部分，完整地推出了"失去的时间"这一个主人公，正因为"小玛德莱娜"是纯感性的方式，它也唤醒了过去时光中万万千千对色、香、味以及图景的印象，于是，普鲁斯特所塑造的"失去的时间"这个主人公，就呈现出了充满色、香、味的丰富多彩的形象。

不以人物形象为主人公的作品，在法国20世纪文学中，可谓是前呼后应，不绝于途，50年代中期又出现了既有此特征又不失为名著的一部，那就是布托的《时间表》。

《时间表》看起来写的似乎是一个侦探推理故事，但侦探推理的故事框架只是一个外表，一个为作者所利用的"切入口"，一旦他设置了这个有点耸人听闻的谋杀案的框架后，就不再在破案、索隐上下功夫，而模仿起普鲁斯特，把时间机制引入小说，并对包含了这一案件的已经逝去的时间进行寻找，由于小说采用了日记体，而记述者又采取了十分独特的追述方式，就使得逝去的特定时间的自然流程截成了一些分离的段落，使得同一特定时间里的事件分割成不同的部件，甚至使得同一个完整的事物被解析为不同的层次、不同的部位、不同的色调，因此，虽然作者以处理时间为自己小说的要务，却未能像普鲁斯特在《寻找失去的时间》中做到的那样，使时间成为自己作品的真正主人公。

这部作品中记述者奇特的追求方式，或者直接说，作者刻意力求新颖的叙述方式，也必然导致另一个结果，那就是作品中贯彻始终的记述者不可能成为作品的主人公，他在小说的事件中，只不过是一个记录员或索隐者，甚至可以说是一个古怪因而也不称职的记录员，其实，他只是作者进行时间分割术的代理人、"机器人"而已，至于小说中出现的其他人物，则都是一些面目模糊的影子或姓名符号。

这部作品的真正的主人公，乃是案件所发生的城市，记述者在其中东奔西跑、来往穿梭于城市布勒斯顿。它在记述者的追述中无时不在，无处不在，也就是说，它在作者的叙述中占有了压倒一切的地位，它是在外形、容貌上唯一被描绘得最充分、最细致、最清晰、最鲜明的"人物"，作者对这个城市的地理方位、区域布局、道路通途、街景市容、种种场所、各式建筑、装饰艺术、历史文物等等都作了充满了真感与灵性的描绘，其所费笔墨之多，是整部小说中全部人物描绘的总和也望尘莫及的。作者对这个城市不仅有画家的热情，而且还有历史考古的兴趣，力图从城市眼前的形貌中探视早年的风貌，使其布勒斯顿肖像中蕴含着历史情怀，特别是作者着意把握这个城市的性格、气质与精神，赋予它一些象征性的东西，表现了它那阴沉、古旧、衰朽、肮脏、狂暴、邪恶、狭隘、专横、报复心强的特征，使它像一个有形有神、有血有肉的人物呈现在读者的面前。

布托是法国20世纪文学中技巧化的名作家，他作品里的艺术门道实在多多，被誉为具有百科全书式的技巧大师，看来，在《时间表》里，时间分割术与城市的拟人化都是他刻意追求的，这使这部作品成为现代派小说技巧的名著，不论此两者之中哪个更为重要，但这部小说里的主人公肯定不是人物。

1967年问世的小说《闲暇》，也是一部以城市为主人公的名著，此书的作者安·皮·德·芒迪亚克，早在20世纪40年代，就已登上文坛，作品颇丰，诗歌、戏剧、短篇小说、长篇小说无所不能。

看过《闲暇》的人，也许会反诘道：《闲暇》中不是有一个主人公吗，他是个法国酒推销商，来到西班牙作业务旅行，收到了一封家信后，两三天没有打开，而不断地在街上转悠，最后打开家信，得知了家里的不幸……人物的身份、职业、年龄、形貌、经历、悲剧，都应有尽有，而且在作品里贯穿始终，甚至可以说是唯一的人物，怎么说他不是这部作品的主人公？

但他还不是作品真正意义上的主人公，只是作品表层意义上的主人公。关键问题在于，作者有意作了一个特殊的安排，他始终不让这个人物打开家信，也就是有意地让这件与这个人物的生活与命运都息息相关的事情悬在那里，滞留在那里，而让这个人物漫无目的地在巴塞罗那这个城市里转悠，于是，这个人物就势必逐渐不再充当扮演自己的生活与命运的角色（虽然他的转悠开始还有一些心理张力），成为这个城市里一个游荡者，而在他的游荡生活中，作者又竭力避免让他碰见有任何戏剧性的人与事，于是，这个人物的自我内容就难以充实下去、延续下去，他只有一件事可做了，那就是充当这个城市的摄像机。

正是在他的摄像中，这个城市五光十色、无所不有的景象全都呈现了出来，与其说这部小说是对这个人物的描写，不如说更多的是对这个人物所见到的这个城市的描写，比较起来，作者在这个城市身上所费的关注与笔墨，要比在这个人物身上的多得多。这个城市的形象，这个城市的状态，这个城市的特征与精神，这个城市的戏剧性的东西，也要比这个人物来得更充实、更丰富。甚至应该说，在文学中很少见到一部作品对一个城市的面貌与气氛的描写达到了这样繁详、具体、细致的程度，它简直就是巴塞罗那的一份详尽的地理地貌、人文景观图。佛朗哥时期的这个城市，完全被写尽了，写绝了，写活了，因此，巴塞罗那更有理由被视为作品的主人公，至少是更深层次意义上的主人公。

以上这四例作品，应该可以说明20世纪法国文学作品中主人公非人化的倾向，它显然是对传统的一种游离与逆反。文学中的叙述学最初是从讲述人，特别是讲述英雄与神人的故事而开始的，到了近代，更由于人文主义、人本主义思潮的兴起而得到强化，甚至叙述学与人不可分离一说已成了天经地义，长篇小说不以人为主人公，这难道是可以想象的吗？

但这种情况出现了，而且是在名著中出现了。要注意，这四部作品中，《火线》《寻找失去的时间》与《闲暇》都是龚古尔文学奖的获奖作品，《时间表》则是菲米纳文学奖的获奖作品，前一种奖在世界的崇高声望是人所共知的，后一种奖的名声在法国亦响亮非凡，这充分说明了新倾向得到了承认与赞赏。

从这种倾向与传统文学的不一致，人们可以把它视为20世纪文学反传统潮流的一个侧面，那么，是否上帝已经死了，人也要消退呢？看来，事情并不那么简单、绝对。这四部作品的写实性品格是毫无疑义的，龚古尔文学奖就是以只给写实性的作品授奖的标准与原则而闻名遐迩的。因此，这四例作品的倾向，亦可视为传统写实主义的扩大与新发展，小说由写人到写人类生活中的事物、人类生活的产物，这不也可以说是传统原则的大弘扬与大丰富吗？

法国社会主义现实主义文学的杰作
——保尔·尼赞:《阴谋》

《阴谋》发表于1938年,当年获法国联合文学奖。这表明了它是一部有价值的、令人瞩目的作品,如果人们要谈法国20世纪文学中的社会主义现实主义的话,那可不应该不想到这部书。因为,虽然获奖与否并不是衡量一部作品的绝对可靠、毫无疑义的标准,但获奖毕竟标志着更多人的认同与赞赏,而在法国社会主义现实主义的文学中,获奖作品是寥寥无几、屈指可数的,尽管在左翼意识形态的范围里,有不少作品都被称为"杰作"。这里特别值得一提的是,阿拉贡的妻子艾尔莎·特丽奥莱的短篇小说集《第一个窟窿赔偿二百法郎》,它作为抵抗文学的一部名作,于1944年获得了龚古尔文学奖;而被视为法国社会主义现实主义经典代表作,又是出自社会主义现实主义文学主将阿拉贡手笔的六大卷的长篇小说《共产党人》,在法国却并没有获得任何文学荣耀。

社会主义现实主义在苏联、在社会主义国家的历史、现状、性质、作用与意义如何,不在我们作评的范围之内,社会主义现实主义在西方、在法国,则是我们在这里所应该涉及的。首先,引人注意的是,今天,当人们论及20世纪西方文学时,几乎极少再提及社会主义现实主义了,似乎它只是一场已经过去了的没有真实性的梦幻。

已经消逝了的东西,并非不曾存在过的东西。不要忘记,社会主义现实主义文学在法国曾经显赫一时。

按照一般的理解，社会主义现实主义的基本理论界说，是斯大林的意识形态总管日丹诺夫于1934年在第一次全苏作家代表大会上的报告中提出来的，在法国，日丹诺夫的论述于1948年才译成法文。但是明确的理论概括与表述，往往是在实际的思想原则已经萌芽、形成以至确定之后才有的。社会主义对文学的实际的思想原则早在苏联革命阶段与革命胜利后就已经形成了，那就是文学要求必须从属于政治要求，文学必须为政治服务。这种思想原则的确立与贯彻实施过程，在苏联是一部充满了响亮的口号、严厉的讨伐与痛苦呻吟的历史，在法国，情况却颇为不一样。

在苏联革命的影响下，在第三国际的直接作用下，法国共产党于1921年宣告成立。从那时起，在法国这样一个资本主义发展得既充分又具有稳固性的西方大国，共产主义、社会主义、共产党却吸引了不少在资产阶级价值标准体系的范围里也获得了承认并备受尊敬、享有巨大声誉的作家。1921年，以人道主义精神、辉煌的文学成就与高贵风格，日后获诺贝尔文学奖的法朗士参加了诞生还不到一个月的法国共产党；不久，又有龚古尔文学奖获得者、著名的文学家巴比塞于1923年参加了法共。在20年代后期到三四十年代，超现实主义文学的主将之一阿拉贡过渡到共产主义，参加了法国共产党；龚古尔文学奖的获得者、名声日隆的杜阿梅尔在1927年之前明显"左"倾，曾一度成了红色苏联的朋友；1931年，曾以《约翰·克利斯朵夫》而获诺贝尔文学奖的罗曼·罗兰公开宣布站到"苏维埃社会主义共和国联盟的队伍里来"，"跟新生的力量一起战斗"；1934年，在法国20世纪文学中将居重要地位的加缪入党；从1925年到1936年，法国文学中的巨擘式的人物纪德大幅度地向左转，公开赞同共产主义理论，成为资本主义社会的激烈批判者；龚古尔文学奖的又一获得者马尔罗在整个20世纪三四十年代，更是作为苏联与法共的同路人而进行了轰轰烈烈的一番社会政治活动。第二次世界大战期间，法国共产党在地下抵抗运动中的领导作用与斗争成效,更吸引了一些作家,著名诗人艾吕雅、著名小说家罗歇·瓦扬与著名女作家杜拉斯先后于1942年、1945年申请入党就是最明显的例子。以上仅是以已经成名的作家而言,其他从事文化工作的一般知识分子与共产主义思潮的结合以及参加党,更是多见,其中一部分人后来又成了知名作家,如瓦扬－古久里。总之,文学界名流与知识界精英的"左"倾与跟共产党的同路而行,可以说是20世纪20年代到50年代的一个重大社会现象,一股明显而强大的潮流。直到50年代中期匈牙利事件以后,情况才有了逆转,以后,随着法共在社会政治生活中影响的日益下降,知名作家与知识精英支持赞同共产主义并参加共产党的现象再也难见了。

这不仅是法国20世纪文化与文学的一段重要的历史,而且也是西欧国际共运发生、发展与衰落的一个重要的侧面,对这一历史作出社会的、政治的分析与评论,不是笔者分内之事,也不是一件虽吃力尚可讨好的事。这里,笔者只想指出,在这样一个长期的政治"左"倾高潮中,社会主义现实主义文学在法国20世纪文学中,不可能没有一个难以抹杀的历史地位。

何谓社会主义现实主义文学?在西方国家里,构成这种文学至少有两个方面的要素:一方面在艺术方法上是传统的写实的方法;另一方面在政治思想上,则是明显的"左"倾与革命色彩。第一个方面比较单纯,第二个方面却往往比较复杂,政治思想上的"左"倾与革命化的程度往往是因人因作品而异,大有差别的,如果加以区分,不妨说有以下的情况:

一种情况是严格意义上的社会主义现实主义,其作品中所体现出来的对世界、对历史的总体认识是符合马克思主义历史唯物主义与辩证唯物主义思想观点的,对现实社会情势的描写是符合共产党对社会政治形势的分析与论断的,对人物的态度、对事物的意趣,是符合无产阶级的价值标准、道德意识与审美观点的。这种高度的、严格意义上的社会主义现实主义作品在苏联等社会主义国家中，也许为数很多，但在法国却为数甚少，它只可能出自对共产主义信仰日久、在共产党里不仅作为有革命倾向的文化人，而且作为坚强的阶级斗士，甚至居于党的领导岗位、执行指挥任务的像阿拉贡这样的人物之手，即使对阿拉贡这样一个党中央委员来说，这也来之不易，他也是经过了多年"脱胎换骨"的痛苦过程与艰难的磨炼，才窒息了他作为超现实主义诗人的生命而达到了"党赋予了我新的眼睛与记忆"的地步，在他达到对共产主义与对共产党的完全信从之后，他最明显的社会主义现实主义的巨著就是六大卷的长篇小说《共产党人》。

一种情况是较广义的社会主义现实主义的文学作品。这种作品的社会主义现实主义广义性：一是意味着它也许是产生于社会主义现实主义的定义与原则正式提出以前，并非既定的文艺政策与创作纲领的直接产物，而只是同一个思潮范畴的文学现象；二是意味着它也许并非出自党内人士之手笔，而只是同路人与"左"倾人士所为；三是它并非全面完整地体现马克思主义哲学与共产党的社会观点与政治主张，而只是部分地体现了这些意识形态内容。

先以罗曼·罗兰的《欣悦的灵魂》为例，罗曼·罗兰并非共产党人，而是共产党坚定的战友，他的七大卷长篇小说《欣悦的灵魂》问世于1922年至1933年，先于日丹诺夫在全苏作家代表大会上的著名报告，但这部小说中关于知识分子应由个人主义走向集体主义、参加群众斗争的主题，反对法西斯、反对帝国主义战争，赞成无产阶级革命、拥护苏联的思想倾向，足以使它达到符合共产党的政治路线、政治纲领的高度，因而，即使在法国也被左翼评论家认为是20世纪社会主义现实主义文学的"第一座里程碑"，且不用说它在社会主义中国曾经得到过多高的评价了。不过，这部小说毕竟是出于罗曼·罗兰这样一个前期思想极为复杂的非党作家之手，其中柏格森的直觉论、生命力学说、弗洛伊德的潜意识论与性学说均在作品中有其痕迹。总之，可以这样说，这是一部政治上符合共产党的要求，而意识形态上尚未完全马克思主义化的作品。

马尔罗的《人的状况》情况也与此相近。首先，它也是1933年在日丹诺夫报告之前问世的作品，它以1927年中国大革命为题材，直接描写了中国现代史上一个关键时刻的大裂变，即国民党与共产党由第一次合作到第一次分裂，以及蒋介石为代表的国民党右派对共产党的镇压。小说把当时中国复杂的政治关系、历史原委、激烈的现实斗争都浓缩在小说特定的时空框架中，在这里，中国的深重苦难，国共两党的深刻矛盾与分歧，两条道路两种前途的对立，外国金融资本势力与上海金融资本势力在革命危机面前的结盟，上海工人起义的轰轰烈烈，共产党上层领导与第三国际的右倾投降路线，蒋介石军队的残暴与血腥屠杀，起义者革命者的激昂慷慨、英勇壮烈，所有这些都是以清晰明确的线条与鲜明的色彩表现出来的。这样一幅历史图景，这样一种历史描述，即使是以中国国内党史教科书的叙述与观点来衡量，也是无可指责的。毫无疑问，就政治倾向而言，这部小说在共产主义思想体系中是"合格的"，"达标的"。虽然马尔罗本人并非共产党人，而且他在小说里还表现了非马克思主义的关于人生存荒诞性与超越人命定性的马尔罗哲理。

第三种情况则姑且可称为"准社会主义现实主义"的作品。这种作品的基本特点是：出自共产党人作家之手，但作品本身并没有明确的政治意图，没有体现党的社会政治观点与路线策略思想，也许只有某种轻淡的唯物史观与自然的阶级分析角度。在这种作品里，作者不是作为阶级的斗士、党组织的成员、信仰的宣教者，而只是在宣传主义、阐释信仰、表述党的形势观、社会观，以求达到一定的政治目的。如果说这些作者还有什么特点的话，那就是他们最后都离开了共产党，其中特别著名的就有玛格丽特·杜拉斯与罗歇·瓦扬，前者于1945年参加法共，1955年离开法共，后者于1942年入党，1956年匈牙利事件后退党。两人在党期间，曾分别创作并发表了《抵挡太平洋的堤坝》与《荒唐的游戏》《美男子》《325000法郎》，他们这些作品的生活真实性都远远超过了思想意识的政治性，它们首先是栩栩如生、具有艺术魅力的文学作品，而不是意识形态的宣传品。

在国际共产主义运动的长期发展变化的过程中，从来都有布尔什维克与孟什维克之划分，前者被视为党内坚定的左派、革命派，后者被视为党内的右派、消极妥协派、投降退却派。这种划分其实并不是以党内外为界线的，事实上，既有党内的布尔什维克，也有党外的布尔什维克，至于孟什维克，似乎只存在于党内，如果到了党外，右派就不仅仅是什么孟什维克了。从以上社会主义现实主义文学潮流中的三种不同情况来看，第一种似乎可说是党内的布尔什维克的作品，第二种似乎可说是党外布尔什维克的作品，而第三种则似乎可说是党内"孟什维克"的作品了。在国际共产主义运动的标准尺度下，布尔什维克显然与孟什维克有天壤之别，即使党外的布尔什维克比党内的孟什维克身价也要高许多倍。但是，文学领域不是政治领域，不是党内路线斗争领域，文学领域有它自己的规律与价值标准、价值取向，任何真实描写生活的企图与努力，在这里总能得到良好的结果与回报，任何主观的宣教则往往适得其反，令人避而远之。至今，阿拉贡的《共产党人》、罗曼·罗兰的《欣悦的灵魂》在法国拥有的读者已经不多了，而杜拉斯与罗歇·瓦扬的小说却仍受读者的欢迎，这是不以人的主观意志为转移的客观事实，而其根本原因，恐怕也就在于文学本身的无情规律在起着作用。

保尔·尼赞在20世纪二三十年代的法国文化界，也要算是一个精英。他在巴黎两个最好的中学完成了学业，又考入了声誉卓绝的学府——巴黎高等师范学校，与日后成为左右两翼大思想家的萨特与雷蒙·阿隆同班，毕业后，又考取了哲学教师资格，1927年他就参加了法国共产党，此后，在文化领域进行了卓越的活动，并创作了文学、历史、政治等方面的作品多种，第二次世界大战中，1940 年在前线牺牲，年仅 35 岁。但是，在他战死之前一年，他反对斯大林与希特勒签订苏德互不侵犯条约而于该条约签订一个月后宣布退党，他当即就被斥为叛徒，如果要给他在当时的国际共产主义运动中定位的话，他恐怕要算是一个党内的"孟什维克"了。他作为党内一个"孟什维克"的是非曲直与功过，是党史专家评定的问题，不在我们议论的范围里，但对于其文学创作，我们却应当说，他的小说《阴谋》的确是一部成功佳作，足以使他名留后世。

《阴谋》以 20 年代中期为时代背景，故事发生在巴黎的几个青年大学生之中，他们不是巴黎高师的骄子，就是巴黎大学的高材生，在思想上都是"左"倾者，向往革命，其中有的还加入了法共。这正是尼赞本人进入巴黎高师的年代，也是他投向革命、参加共产党的时期，可以说，小说所写的正是尼赞那一代青年，正是他自己所属于的巴黎高等学校中那一批特定的青年，是他所熟悉的同学与同志，或许，其中有的人物的思想感情、面目身影或多或少有着他自己的基因与成分。

《阴谋》一书写于保尔·尼赞在党的时期，对于这样一种与自身事业有关、与自身经历有关的题材，保尔·尼赞既没有以与他本人的政治身份、思想观点、意识形态有关的某种高昂的激情、严肃的理念，把它写成某种近乎红色回忆录的小说，也没有以个人追昔的深情、缅怀的心绪、伤时的情愫，把它谱成自传性的柔情曲。他以冷峻的感情、严酷的态度、雄浑的笔力与真实的描绘，着力去表现出他那一代"指点江山"的青年、他那一批"左"倾同道的不成熟、自以为是、盲动、复杂，最后沦落失败的状态。小说中几个栩栩如生的青年形象，就是这一批人的代表。

这一批青年颇有理由以精英自命，毕业于名牌中学，又进入了著名学府。他们出口不凡，满脑子是形而上学的观念、思辨性思维方式与不乏精辟之处的见解，颇有青年思想家之风，至少要算是青年一代中的"思想家"。他们朦朦胧胧向往革命，带有一点叛逆性，不服从家长对自己前途的安排，从未怀疑过资产阶级的衰败与灭亡，蔑视并厌恶资产阶级家庭的规范。他们思想情绪不稳定，一时热衷于去发现新的哲学家，一时幽默情绪占上风，一时又无所事事，天天上电影院。他们崇尚否定精神，对什么都不相信，包括否定一切的无政府主义，他们没有什么主义信仰，在他们看来，斯宾诺莎、黑格尔、马克思、列宁都不过是些"伟大的借口"。他们颇有一点革命性、战斗性，但并不是为无产阶级而战斗，而只是"为自己而战"，他们要追求绝对的自由，不要进行任何选择，不论是选择女人还是选择政党，因为在他们看来，选择就意味着"固定"、"专一"，就意味着对自我的束缚，因此，他们不参加党，需要当"自由的射手"，即使他们之中有人入了党，也纯粹出于个人的原因，而非出于对马列主义的信仰，至于共产主义，吸引他们的地方，与其说是未来，不如说是"非法的存在"、"躲藏的游戏"。他们也颇有科学精神，重视科学分析，并且想努力去戳穿与揭露当代资产阶级社会中存在的种种神话、骗局与谎言，这倒的确是他们最可取之处。由于他们思想的幼稚不成熟与混乱，他们"想干出一番大事业"的行动方案，也就带有极大的盲动性与谬误性，先创办了一个刊物，倒还不失为有意义的作为，而后，又打算搞"阴谋"，决定用刺探军事情报的手段来反对当前社会，结果彻底失败，不了了之，成为一个幼稚盲动的笑话。

同样，由于他们思想的不成熟，每个人在现实社会中的生活道路也走得一塌糊涂。罗桑塔尔是这一批青年中的"哲学家"，也是他们的组织者、领导者，但他实际上脆弱不堪，他与嫂子卡特琳的私通成了本家的丑闻，而他偏偏要携安于资产阶级家族秩序的卡特琳私奔出走，正式结婚，并把"爱情上的成功"与否，视为"造反上的成功"与否，当他在家族所有成员，父母兄弟包括嫂子的"统一阵线"

坚硬的墙壁上碰了回来时，他就万念俱灰，开枪自杀。罗桑塔尔的中学同学西蒙也出身于资产阶级家庭，他是罗桑塔尔的崇拜者、追随者，受命打入军队窃取军事情报，行事笨拙被人抓住，由于一种近乎荒诞的原因而只受了点轻罚，很快就结束了自己的革命浪漫曲，而他的"革命行动"所获的军事情报，却一直被压在罗桑塔尔的抽屉里。普吕维纳热出身于普通家庭，不论从家境上还是从才华上，他自己都感到比罗桑塔尔等这几个富裕人家的子弟低人一等，出于意气用事，争强好胜，他比这几个"左"倾青年更进了一步，参加了共产党，但因为太缺乏必要的思想基础，不久就沦为叛徒，出卖了党内的同志。在这一批青年中，最后只有拉福格在总结自己这一伙人的道路与经验教训时，提出了一个"如何走出青年时代"的问题，他大病了一场，总算死里逃生，他感到自己的青年时代已经完结，他认识到"应该去选择"，"应该去寻找力度……牺牲不重要的东西"。他病后的这一感受，是否预示着他将开始一个成熟的阶段，成为一个成熟的革命者？

"如何走出青年时代"，拉福格向自己提出的这个问题提得很好，青年时代，充满了理想向往、青春活力与奋发有为的意志，是"早晨八九点钟的太阳"，但青年时代，还残留着少年时代的朦胧、混沌、盲目、毛躁与幼稚。且看这批人如何审问叛徒，即可见其幼稚可笑的程度。因此，走出青年时代，摆脱青年时代这些也许是在所难免的缺陷，对于人生来说就是超越，就是胜利，不论是从事哪种事业的人都是如此，即使对于用斯大林的话来说是"特殊材料造成"的革命家，也是如此。尼赞选择了这样一个主题，这是他小说深刻的所在，他围绕这个主题对一般人认为当然是正面人物的"左"倾青年进行了真实而不作任何美化、不加任何粉饰的描写，这是他小说的成功的所在。整部小说是对一代人、一个年龄层次的精神状态的思索、概括与展示，如果作者自己不是从这群人中走出来的，如果他没有像青年主人公那样曾经有过精英式的英姿勃发与孩童式的跟跟跄跄，是不可能写得如此真实生动的。

《阴谋》是一部具有巨大历史真实感的书，作者很注意对真实的历史背景作出明确的展示，他所交待的社会政治事件都是真实而具体的，这就使小说在某种程度上构成了法国20世纪20年代中期那几年的日程纪实与某些历史场景的宝贵的画面，如1924年让·若雷斯的遗体移葬先贤祠的场面就写得极为出色，而作者对社会历史事件的描述与人物在集会中、在信件里、在餐桌上对时局动态的评议，则带有某种政论的性质。

对社会历史描写的真实性与对青年问题理解的深刻性，是《阴谋》的主要价值，这是我把它视为法国社会主义现实主义文学为数不太多的一部杰作的原因。

法国反法西斯文学鸟瞰

——"世界反法西斯文学书系"法国卷编选者序

法国的反法西斯文学,就其产生而言,可分为三个时期。各个时期的历史、政治特点,决定了各个时期反法西斯文学的状况。

20世纪20年代初期,法西斯主义的幽灵开始在欧洲徘徊,带有其色彩的集权主义倾向在30年代不同程度地扩展到欧洲各国,27个欧洲国家中只有10个仍是资本主义民主政体,法国就是其中之一。这种情况,再加上法兰西民族在思想上固有的敏锐,使得法国成为对欧洲的变化最先有所反应的国家。

欧洲环境的变化,最能引起法国敏感的,从来都是来自东部的那个邻国,至少从普法战争以后就是如此。1930年,纳粹党人在德国开始得势。1934年,希特勒上台,1936年,纳粹德国伙同意大利墨索里尼干涉西班牙内战,帮助佛朗哥建立法西斯政权。于是,如何对待这股咄咄逼人的法西斯势力,开始成为法国政界与思想文化界所面临的重大问题。在政治领域,右翼政府与左派组织在此问题上形成了尖锐的对立,右翼对法西斯主义采取不干涉的、绥靖主义的态度,把法国国家安全的赌注全部押在从隆居荣到莱茵河谷的马其诺防线上。左翼的民主的政党与社会团体,则开始了反法西斯的力量聚集。1933年,青年激进党人贝热里建立反法西斯共同阵线,民主、反法西斯主义倾向的刊物《箭》《黎明》《心灵报》纷纷创刊。1935年,巴黎50万人参加的大游行标志着人民阵线的成立,其中的主要力量是法国共产党、社会党、激进党以及"左"倾的社会团体,这个运动像巨大的磁石一样吸聚了知识界、文学界中一些杰出的人物。

与政治领域不同,文学界在对待法西斯主义的立场和态度上,不存在分野与对立,反对法西斯主义,是各种经历、各种倾向、各种观点的作家的共同一致的态度。10年前曾互为论战对手的罗曼·罗兰与巴比塞,早于1926年就合作组织了"国际反法西斯委员会";追求个性解放的纪德也发表过反法西斯的言论。1933年,纳粹制造国会纵火案后,纪德与民主个人主义作家马尔罗共同发起成立了"全世界争取德国反法西斯政治犯无罪释放委员会";在营救季米特洛夫的斗争中,纪德、马尔罗、罗曼·罗兰都进行了重要的活动,发出了有力的呼声。1935年6月,"全世界作家反战反法西斯主义委员会"成立,马尔罗与共产党作家阿拉贡均在其中起了重要作用并担任了要职。1936年,西班牙内战爆发,法国的左翼作家与知识分子都纷纷参加了声援与支持西班牙共和派抵抗法西斯势力的社会活动,有一些人还走上了西班牙内战的前线,成为战火中的英雄,马尔罗就是最著名的一个。

整个20世纪30年代,对于法国知识界与文学界来说,是对纳粹德国充满了警惕、防范与斗争的10年。文学家们直接投入政治社会活动,甚至军事斗争中,他们无疑是当时世界反法西斯斗争中的一批先进人物。

当然,社会政治活动并不等于文学创作业绩。由于有些作家如纪德、巴比塞已进入晚年,也由于法西斯的暴虐毕竟在法国社会政治生活中还不是一种现实,人们还没有具体的痛感,这个时期已在法国蓬勃高涨的反法西斯主义进步思潮,也就不可能在文学领域里带来大量的硕果。不过,反法西斯的文学作品已经开始产生,杰作名篇亦不乏其例,如罗曼·罗兰的《欣悦的灵魂》与尤瑟纳尔的《一枚传经九人的银币》。《欣悦的灵魂》完成于1933年,是一部反映20世纪前30年的社会生活与知识分子精神历程的巨著,其最后一卷《女预言者》

表现了20世纪30年代法国知识界先进分子面对法西斯主义在意大利开始猖獗这一欧洲现状的思想立场,以及他们所从事的反对法西斯主义的社会活动,小说的结尾描写了青年主人公玛克被意大利法西斯党刺死在佛罗伦萨的街头,是欧洲文学中最早的对法西斯暴行的揭露。问世于1934年的《一枚传经九人的银币》,则以墨索里尼专制统治了9年的意大利为背景,通过一件发生在罗马的反专制者的谋杀案,把"掩藏在当时法西斯浮肿表象下的空虚现实"揭示了出来。最具有历史意义的作品,还要算马尔罗的《希望》。这一部巨著以真切的笔法直接表现了可歌可泣的西班牙内战,描写了西班牙共和派政府、工人、农民、知识分子以及国际纵队的英勇对敌斗争,并在灾难即将降临在全世界的危急时刻,表达了对人类反法西斯斗争必胜的信念与理想。作品出自西班牙战争中一位著名英雄人物之手,巨大的规模、广阔的画面、纪录性的描写,使它成为世界文学中关于西班牙内战这一重大历史事件的珍贵文献。

尽管作品为数不多,但以上的这几部却足以在世界早期反法西斯文学中占有经典性的地位,这经典性的地位是作品本身在思想上的敏锐性、它们作为反法西斯文学的先行性以及它们反法西斯内容所具有的完整而细致的形象图景与巨大的艺术形式规模所构成的。这些作品表现出了对当时尚未充分暴露的法西斯主义的邪恶反动本质、狰狞面目以及巨大危害性的深刻认识,这种认识在20世纪30年代初期与中期,是少数杰出的有识之士才具有的。因此,这些小说放在世界反法西斯文学整个背景上,无疑要算是最早的一批作品,而且在形象表现与艺术形式上,《欣悦的灵魂》与《希望》都是20世纪世界文库中的巨制鸿篇。《一枚传经九人的银币》虽然只是一个中篇,却以典型深刻的形象描绘与凝练完美的艺术形式,足以进入名著杰作的行列而无愧。

1939年9月,纳粹德国入侵波兰,第二次世界大战的序幕正式揭开。1940年5月以后,德国的闪电战在欧洲连连得手,德军绕过马其诺防线攻入法国,6月13日,巴黎沦陷,埃菲尔铁塔上升起了"卐"字旗,从此,法兰西忍受着被占领的屈辱,直到1944年8月才获解放。

法国在一个月之内沦陷,使全世界大惊失色,法国人一时惊魂不定,当时在美国的尤瑟纳尔从广播里听到不幸的消息,竟感到是世界末日的来临而与友人抱头痛哭。但法兰西很快就恢复了勇气,投入了战斗。戴高乐将军在伦敦领导着"自由法兰西"运动,成为盟国反纳粹德国斗争的一个重要组成部分。以法共为主力的地下抵抗运动,也在国内逐渐壮大,蓬勃发展。

在文学界,为德法亲善效劳、与纳粹通气合作的人屈指可数。从战争一开始,凡有民族气节、爱国情操的作家,都纷纷以不同的形式投入了保卫祖国、反抗法西斯的神圣事业,仅以当时已成名的作家为例:马尔罗又作为装甲部队的普通一兵上了前线,后来又进行了地下斗争,成为游击队的组织者、统领者,率队伍参加了解放战争。与他并肩战斗的,还有著名小说家安德烈·尚松。莫洛亚已是卓有声誉的法兰西学院院士且年届55岁,亦投笔从戎,先后在情报总部、英国远征军司令部工作,并于1943年参加了北非的战斗、科西嘉登陆与意大利战役。法共作家阿拉贡曾应征入伍,上过前线,法国沦陷后又转入地下斗争,是当时抵抗运动中的活动家、地下刊物《法兰西文学报》的领导人,解放前夕,又参加了游击队的战斗。他的妻子艾尔莎·特丽奥莱一直是他地下斗争中忠实的伴侣与战友。萨特也曾参军上前线,被俘后在集中营编写排演了一出有抗敌寓意的戏剧,后来又与西蒙娜·德·波伏瓦进行地下活动,筹建名为"社会主义与自由"的知识分子抗敌组织,最后终于发现"编剧是他当时唯一可行的抗战手段"。此外,还有一些在文学领域里已崭露头角的作家,也都投入了斗争,其中一些还英勇地献出了生命:保罗·尼赞光荣成仁在战场上，琼·普莱服与雅克·德古尔都牺牲在抵抗运动的武装斗争中，西蒙娜·韦尔作为"自由法兰西"的战士死在自己的工作岗位上。在法兰西蒙难时期，法国作家们显示出自己不愧是贞德①的后代，以自己的勇气、坚定、英雄主义与自我牺牲精神，对人类与法西斯纳粹进行殊死斗争的正义事业，做出了不可磨灭的贡献。

在法国沦陷时期内所产生的反法西斯文学，经常被人称为抵抗运动文学。今天看来，在20世纪文学史上，法国抵抗运动文学最著名的代表作，当推维尔高的《海的沉默》。这个发表于1942年的中篇小说，写德国占领军的一个军官，试图与被迫接待并供他膳宿的法国老房东建立起"友谊"，至少建立对话的关系，但朝夕相处了一段时期，军官彬彬有礼的态度、高度的文化修养、热情洋溢的言词与百折不挠的耐心忍让都无济于事，始终未能使房东老头打破沉默而与他交谈。小说所着力表现的这种沉默，无疑具有丰富的含义，它是屈辱时期全部法兰西民族情绪的凝现，像海一样深沉，像海一样威严有力。萨特的剧本《苍蝇》是沦陷时期法国文学的另一名著，剧本取材于古希腊悲剧中俄瑞斯忒斯为父报仇、弑母除暴的故事。剧本中暴政统治下的阿耳戈斯城，无疑是对纳粹占领下的法国的影射，主人公复仇除暴的英雄行为，则隐含着作者向法国人发出的反抗占领者的启示与号召。特丽奥莱的中短篇小说也是这个时期重要的佳作，其中以《阿维侬情侣》（1943）与《第一个窟窿赔偿二百法郎》最为出色，前一篇小说正面描写了法国人民英勇机智的地下斗争，塑造了一个抵抗运动女战士的动人形象，后一篇作品表现了第二次世界大战结束前夕法国人民所面临的严酷现实以及德国占领军的暴行与垂死挣扎。特丽奥莱的中短篇小说显然具有特殊的重要性，它们所描写的都是人民正面的对敌斗争，在当时都是秘密出版、匿名发表的，本身就是抵抗运动的一部分。她主要由以上两篇作品所构成的小说集，在1945年战后

---

① 贞德：法国女民族英雄。

第一次文学评奖中荣获了龚古尔文学奖。

　　这个时期的文学,在数量上以诗歌作品最为丰富。用诗歌表述斗志、抒发心声、鞭挞纳粹、抗议暴行的,不仅有早已声誉卓著的大诗人艾吕雅、阿拉贡,有已经成名的德斯诺斯、埃马纽埃尔、卡苏、塞盖斯,等等,还有一些并不属于文艺界,也不专门从事文学创作但在生活与斗争中深有所感、心有所发的爱国志士与青年。据统计,仅在当时公开或地下出版的报刊中发表的诗作,就有数百首之多,它们多出自近百位诗作者之手,其中主要的诗篇有艾吕雅的《自由》、阿拉贡的《游击队员之歌》、絮佩维埃尔的《远方的法兰西》、塞盖斯的《明天》,等等。在抵抗运动成员中,以阿拉贡最为突出。他以《断肠集》《法兰西的号角》等诗集中充满了爱国主义激情的诗歌,赢得了法兰西民族诗人的声誉。在政论散文方面,不少作家如尤瑟纳尔、莫洛亚、莫里亚克以及保罗·尼赞、琼·普莱服、雅克·德古尔、西蒙娜·韦尔等,也都留下了抨击纳粹、谴责法西斯主义的篇章。此外,一些爱国志士在英勇就义前、在狱中、在集中营里,都留下了感人至深的血书,这些志士尽管不是作家,这些书信虽然并非纯文学作品,但都具有特殊的文献价值。

　　沦陷时期的抵抗运动文学,具有一个特别值得注意的特点,那就是精神抵抗性。这种精神抵抗性首先与法兰西在第二次世界大战中的命运有关。迅速的溃败与沦落、零星的游击队武装斗争,决定了这个时期法国文学中不可能有像《日日夜夜》那样的模式,不可能充满了枪炮声,甚至实际对敌斗争的题材也不多见,而倒是更多地表现了一种精神上对纳粹占领者的抵抗性。这种精神抵抗性在法国文学中由来已久,早在普法战争失败、阿尔萨斯与洛林两省割让给普鲁士之后,19世纪法国文学中就出现了都德的《最后的一课》这个名篇,它把最后一堂法文课提升为被迫向祖国举行告别仪式的高度,开辟了以细小的题材表现重大的民族悲剧、以平淡的语言与表现形式蕴含着激愤的爱国主义情感的传统，成为文学中精神抵抗性的一个源头。此后，巴雷斯不止一部小说也着力表现被占领土上的民族精神与曲折的、深层的抵抗意识。第二次世界大战中法国的处境，犹如阿尔萨斯与洛林两省在普法战争后的处境，作家正面写实际抵抗的文学作品，只能秘密发表在地下报刊上，这种条件足以说明抵抗运动文学中两部经典名著《海的沉默》与《苍蝇》所采取的角度与形式。维尔高的小说正是通过一个老人与一个少女的沉默来象征法兰西人民精神上的坚贞与抵抗，表现这种精神抵抗的无比韧性与深沉力量。《苍蝇》也不是表现俄瑞斯忒斯如何复仇的故事，而是表现他如何克服内心中的犹疑、矛盾、顾虑与无所作为的情绪，决定承担起责任、进行复仇的精神过程。故事虽披着古希腊的衣装，采用了寓言的形式，但是，对纳粹统治下的法国人的精神状态有明显的针对性，因而能起到强烈的启迪与号召的作用。

1943年7月至8月，盟军攻占西西里岛，意大利经历了21年之久的法西斯政权宣告结束。1944年6月6日，盟军又在法国诺曼底登陆，很快向内陆挺进，法国地下抵抗运动与游击队武装纷纷呼应配合，8月巴黎获得了解放。不久后，纳粹德国与日本相继投降，人类反法西斯的斗争终于获得了胜利。

法国作家从前线、从集中营、从斗争中、从屈辱下，带着自己的体验、感受、回忆与思考又回到自己独立的文学创作中。战争虽已结束，噩梦仍不断缠绕，灾难已成过去，伤痕仍隐隐作痛，似乎只有文学回忆才能使人彻底解脱，在战争时期有过这种或那种经历与感受的人，纷纷拿起了笔进行抒写与回忆。除一些文坛宿将外，法国文学中又出现了一些以其反法西斯的处女作而成名的文学新人，如罗歇·瓦扬、朱尔斯·鲁瓦、罗伯特·梅尔勒等。同一个题材上集中了一支人数如此众多的写作队伍，于是，在战后法国社会一片萧条之中，却出现了反法西斯文学的大繁荣,从战争一结束直到50年代初期,大量的反法西斯文学作品纷纷问世,这个高潮直到60年代才逐渐消退。

一次重要的社会事件、一个巨大的历史题材,要在文学中得到全面、充分、成熟、垂直的描写,往往是在事件与题材已经过去、已经成为历史之后,这不仅因为历史的全景与始终到这时才展示了出来,而且还因为作家需要有时间对历史与事件进行咀嚼,以深化自己的感受与思考,以提炼自己的经验与印象。当然,对于法国作家来说,还有一个至关重要的条件,那就是他们只有在战后才有了正面描写反法西斯斗争的充足条件。因此,从文学史的高度来说,法国反法西斯文学的主体部分是产生于战后,其主要成就也是在战后取得的。

首先,特别值得注意的是,历史画卷般的带史诗性的作品的出现。1947年问世的加缪的长篇小说《鼠疫》,就是一部对取得了胜利的人类反法西斯斗争作出了寓言式宏观概括的杰作。加缪是法国抵抗运动中一位出色的斗士,他开始酝酿构思这部小说是在1940年纳粹德国占领了法国之后。在小说里,可怕的鼠疫象征着横行猖獗的法西斯,北非海滨的奥兰城则是人类社会的缩影。这个城市面临着被鼠疫毁灭的严重威胁,各种各类的人陷于恐惧、焦急、痛苦中,或逃避挣扎,或奋起斗争,最后,经过团结战斗,终于遏制了鼠疫。小说的寓意故事实际上是指人类反法西斯的斗争,作者赞颂了艰苦斗争中的团结、友爱与人道主义精神,表现了一种充沛的理想主义热情,并且深刻地指出了鼠疫之灾将来仍有可能威胁人类。进步的思想内容、真实生动的形象描写与深刻寓意的水乳交融以及古典的艺术风格,使这部小说成为20世纪世界文学中的名著。

阿拉贡的《共产党人》(1949～1951)是一部史诗性的巨著,作者原来的创作设计规模极为宏大,最后完成的部分共五大卷数百万言。小说真实而细致地表现了从1939年战争前夕到1940年纳粹德国长驱直入攻占法国这一段历史里欧洲时局的变化与法国的社会生活,在法西斯灾难日益逼近，资产阶级右翼政府对外妥协投降、对内加强镇压，各阶层人民惶惶不安的广阔社会背景下，突出了进步的知识青年与共产党人的反法西斯斗争，小说虽然结束在法国沦陷的黑暗岁月，但主人公抱着斗争的意志与胜利的信念，使尾声充满了乐观主义的色彩。正因为这个长篇在广阔的社会画面中蕴含着对历史时代的深刻理解，正面表现了共产党人的活动与斗争，故一直被视为法国社会主义现实主义文学的代表作。

萨特的《自由之路》（1945～1949）也是贯穿着反法西斯内容主线的一部史诗性的长篇小说，由《不惑之年》《延缓》与《痛心疾首》三大卷组成。故事由1938年6月开始，结束于1940年6月，正是法西斯黑云压城城欲摧的危急时期，小说反映了这一历史时期法国的政治社会生活，通过知识分子主人公由彷徨、犹疑、观望到积极投入反法西斯斗争、最后在战斗中勇敢牺牲的经历，表现了法国知识阶层追求真理、向往自由、作出积极自我选择所走的光辉道路，并预示着这道路将通往改变黑暗现实的革命之路。与萨特的长篇小说相近的另一部反法西斯名著，是西蒙娜·德·波伏瓦的《他人的血》（1945），这部小说同样以进步知识分子、共产党人在战争爆发前后的历程为题材，描写了他们在法西斯主义步步进逼的历史时期的思考、追求与斗争。

由于法国在战争中迅速崩溃的悲惨现实，文学中军事战争题材的作品就相对较少，但就有军事战斗经验的人与所创作的此类作品的比例而言，文学实绩亦甚相当可观。较为著名的有：朱尔斯·鲁瓦以其在"自由法兰西"的空军中服役的生活经验，写作了小说《快乐谷》（1946），并获得了泰奥弗拉斯特－勒诺多文学奖；安德烈·苏比朗以其在军队里行医的经历，写作了《我是装甲车群中的医生》，同样也获得了泰奥弗拉斯特－勒诺多文学奖；安德烈·尚松借助他在阿乐卑斯骑兵队与地下游击队中的实感，写出了《奇迹之井》与《最后的村庄》(1946)等小说;罗伯特·梅尔勒是1940年30万英法大军从敦刻尔克大撤退一役的参加者与见证人,他以自己的亲身经历写出了他的第一部小说《周末在徐德科特》,荣获1949年龚古尔文学奖;皮埃尔·布尔则以他参加自由法兰西在印度支那的武装斗争的观察与体验,创作了小说《桂河桥》,获得了圣伯夫奖。此作并被搬上银幕,在全世界广为人知。所有这些作品都反映了战争的残酷与恐怖,描写了参与者悲剧性的处境与命运以及他们的种种心态与对苦难的承受力,故事往往是悲惨的,画面经常是阴沉的,但与此同时,作品又赞颂了战士们之间的兄弟情谊与人道主义精神,表现出人物的意志力量,并接触与探讨了战争条件下的行为道德。

与战争题材的小说相近的,是集中营生活题材的作品,这些作品都是出自在战争中被俘、经历过集中营苦难生活之人的手笔,如梅尔勒的《我的职业是与死亡相伴》(1953),皮埃尔·加斯卡尔的《畜生》《死亡的时代》(1953)与《妇女们》(1955),戴维·鲁塞的《集中营天地》(1946)与《我们死亡的日子》(1947),以及雅克·佩雷的《被逮住的下士》,等等。这些作品再现了笼罩着死亡阴影的集中营生活,揭露了德国法西斯的冷酷残暴,给法西斯暴行留下了一份真实的纪录。由于这些作品所表现的囚徒的痛苦是延续在日常生活之中,它们对暴行的揭露也就更细致、更深刻、更尖锐,在反法西斯文学中,这些作品无疑是最具有控诉力量与悲愤力量的一部分。

法国被踏在纳粹铁蹄之下有4年之久,如果说在复杂的思想矛盾中追求真理、探索自由之路,只是法国一部分知识分子的独特体验,在前线、在集中营受苦受难,只是一部分男性战士的亲身经历,那么,对于绝大多数法国人来说,则人人都深切感受过长期被占领状态下日常生活中所渗透的屈辱与苦涩。战后时期对这种感受的回味咀嚼,就导致了为数较以上两类作品更多的、反映沦陷时期日常生活的文学作品的产生。其中最为著名的有:琼-路易斯·博里获1945年龚古尔奖的《我的村庄在沦陷时期》、琼－路易斯·居尔蒂斯获1947年龚古尔奖的《夜森林》、弗朗索瓦·薄瓦叶1947年出版后被搬上银幕而深深打动了世界各国人民的《禁止的游戏》、琼·杜图尔于1952年获联合文学奖的《黄油颂》、伯纳德·克拉韦尔于1968年获龚古尔奖的《冬天的果实》，等等。这些作品是对在战争灾难重压下悄然死去或受损害的那些善良人民的怀念与追悼，除了个别作品是采取滑稽讽刺的形式（如《黄油颂》），其他多是以凝重的笔墨、灰暗的画面卓越地表现出在纳粹占领下法国普通人民压抑低沉、艰难凄苦的日常生活以及心灵中的阴影与创伤，并深刻地揭示了灰暗现实中形形色色的人心世态。它们深沉的感情色调、真切的现实主义图景，具有感人至深的力量。它们在法国20世纪文学史上的特殊价值是不可磨灭的。

　　比起上述描写沦陷时期日常生活的作品，那些表现这个时期地下抵抗运动的作品则具有了些微的浪漫色彩。地下斗争是法国人在第二次世界大战中主要的骄傲，只是在描写地下抵抗运动的作品中，人们才见到法兰西人意气风发，他们以自己民族素有的聪明、机智、勇敢、乐观的特点，在一次次地下斗争中赢得了对德国占领者的胜利。这类作品的主要代表作有：罗歇·瓦扬的小说《荒唐的游戏》与雷米的一系列作品:《自由法兰西——特工人员的回忆》《无畏与恐惧》《联络网是如何消失的》《边界线》等。前一部小说塑造了一个坚强、成熟、老练却多少有点玩世不恭的地下工作者的形象，出版后很快就被搬上银幕，获得了巨大的成功；后一系列作品出自一个抵抗运动领导人之手笔，真实地反映了沦陷时期的地下秘密斗争。

　　除了以上几种直接反映与表现大战前后反法西斯斗争的文学作品以外，法国战后也有反思文学的出现。由于法国的国情与社会现实不同于德国与意大利，反思文学作品的数量也就远远较少，不过，也出现了像萨特的《阿尔托纳的隐藏者》（1959）这样的杰作。该剧以德国的生活为题材，把在纳粹统治时期犯有罪行的人物放在历史时期的现实关系中加以分析，并且突出表现了这种人物在战后的阴暗的精神状态，具有深刻的社会现实意义与性格心理深度。

法国从来都是一个文学大国，第二次世界大战中它在军事、政治上的软弱无力，与它在精神文化上的强大、与它的文学在反法西斯斗争中所表现出来的敏锐性、丰富性与力度是很不相称的。法国在反法西斯文学中拥有像马尔罗、萨特、阿拉贡、加缪、尤瑟纳尔这样一些在世界文学中有第一流位置的大作家、大手笔，也拥有世界高水平的文学奖如龚古尔奖的一大批获奖作品，另外，还有一些在世界范围里流传甚广的作家作品。

地下抵抗运动的真实写照

——罗歇·瓦扬:《荒唐的游戏》

1940年5月10日,已经在欧洲步步进逼的希特勒,对荷兰、比利时、卢森堡与法国发动了大规模进攻。纳粹德国锐利的装甲师团穿越了卢森堡与阿登森林,绕过法国的马其诺防线向法国腹部挺进。6月13日,巴黎陷落,22日,法国政府求和,签订了屈辱的停战协定。法兰西在第二次世界大战的开端,就这样沦为被占领国,直到1944年8月巴黎才获得解放。

正当法军在国土上全面溃败之际,正当法国民众惊魂未定、陷于绝望之际,6月18日,巴黎沦陷的第5天,戴高乐将军从伦敦电台发出了号召:"无论发生什么事,法国抵抗的火焰不能熄灭,也绝不会熄灭。"

这是处于危难时刻的法兰西民族正在恢复理智、坚定意志、选择道路、获取信念的集中体现。从此,在法国本土之外,有了戴高乐所领导的自由法兰西抗击纳粹德国的斗争,在国内,有了反抗德国占领的地下抵抗运动,参加这个运动的有戴高乐派,有法国共产党,有无党派爱国人士,有广大的人民群众、知识分子与资产者以及被雇佣的职业冒险分子,等等。这是法国人民的共同行动,法国人民的统一战线,它谱写出法兰西民族在阴暗历史时期中的一章辉煌的史诗。

这部小说就是直接描写当时法国国内的抵抗运动与地下斗争的

书。作者罗歇·瓦扬在第二次世界大战爆发后,就投身于抵抗运动的地下斗争,于战争刚胜利的1945年,发表了《荒唐的游戏》这部小说。显而易见,小说是根据他的生活经验与生活实感写出来的,这首先就保证了小说中地下斗争那种特殊生活的真实性。这种生活真实性在现实社会里往往是鲜为人知的,带有很大的隐秘性,而它的冒险性在旁观者、好奇者看来,则又带有绝大的刺激性与浪漫色彩,世上有几多人满怀豪情把脑袋拴在裤腰带上神出鬼没、到处闯荡、在人间制造出一桩桩轰动的事件?如果自己无缘品尝这种生活的滋味,至少总想窥视一下这种生活的内幕,听听这种活动的内情,于是,间谍、地下工作者,不论是实际生活中的还是通俗小说中的,就成了人们好奇的对象、心目中的英雄。罗歇·瓦扬的《荒唐的游戏》是严肃的文学作品,它不是一般的通俗小说,它比通俗小说少一些传奇性、刺激性,而多一些真实性,而这,也就更为希望了解那个重要历史时期法国人民地下斗争生活真实的人所看重。正是在这里,人们可以看到任何史书记载中所没有的种种形象的细节、地下斗争这个行当中种种真实的内情。地下工作者是如何隐蔽藏身的?用一些什么方式进行联络?如何使用各种化名、假身份证、假证件?如何领取活动经费?如何处决叛徒?如何在废寝忘食、漂泊不定的紧张生活中靠镇静药片为生?如何在繁忙活动的间隙逃避到古典文学作品中去一两个小时?如何有时为了松弛自己的神经、有时因为情不自禁的自然要求而去寻找女人寻欢作乐?如何像狡兔一样灵敏地从周围的蛛丝马迹中觉察出隐伏着的种种危险、模糊不清、闪烁不定的各种可能,洞悉整个险恶的形势,就如主人公马拉的工作与生活所显示出的那样,如他在玛蒂尔德的骗局与陷阱边所表现的那样?这些生动的内情,不像人们在通俗小说、惊险片、动作片里所看到的那样神乎其神,而是像夏尔丹所绘制的日常生活的图景那样栩栩如生、真切可感,这就是小说中的生活真实。

正是通过这种生活真实，可以看到我们所重视的、经常被称为历史真实的那些东西，即对一个历史时期来说具有本质意义、概括意义与必然性的那些事物与现象，在这里则是：参加地下抵抗斗争的有法国各阶层的人民，尽管他们的社会地位、财产状况、切身利益、政治观点大不一样，既有共产党与左派，也有反纳粹同时又反共产党的资产者，"人人都参加秘密活动，这是尽人皆知的秘密"；在人民的海洋里，地下工作者如鱼得水，抵抗运动不可战胜；斗争极为酷烈，爱国志士一个接一个倒下去，每个人都时刻面临被捕的危险；从广泛参加斗争的群众中，不断涌现出英雄主义的范例，焕发出坚贞不屈品德的光辉，如一个妇女以极大的毅力救出了革命者丈夫，游击队用老掉牙的步枪与普通冲锋枪死死抵抗住一个德国装甲师的进攻，等等。随着敌人占领的延长，随着被压迫的痛苦感受日渐加深，愈来愈多的人认识到，民族的耻辱只能用鲜血洗涤干净，1944年的抵抗运动比1940年的更加蓬勃发展，规模壮大……在反衬着这一切的另一个阴暗面上，则有少数民族败类的叛卖与投机者大谋私利的活动。

对于一个火热斗争的历史年代来说，这些描写似乎是种类齐全、无所遗漏了。但按照中国目前的文学标准来看，却显然缺了点什么，而且缺的这点什么还是至关重要的东西，那就是枪炮声，就是与敌人面对面的格斗，至少是撂倒一两个敌人的奇袭行动。在一部写反法西斯的伟大斗争的作品里，总该有点这种至关重要的内容吧，但在《荒唐的游戏》里，却偏偏没有。我们所看到的只是爱国志士、地下工作者在巴黎街上跑来跑去，关于游击队抵抗德国军队的情节，也只是从人物的口里转述出来的，而外省地下组织伏击列车与德国兵进行枪战的场面，则完全被作者藏在幕后，使人一点也看不见。在幕前，就在我们眼前，他却安排了男女主人公在夜色中、在原野上携手散步，大谈人生感受，进行思想与感情的交流。简直是有点故意！

的确有点故意。在枪炮场面与散步交谈场面之间，罗歇·瓦扬作了明确的选择，也许在他看来，枪炮场面有多少可写的呢？不外是轰鸣声、喊叫声，这个敌兵应声而倒，那个游击队员受伤仍在坚持战斗，等等。所有这些在各种文学作品中、电影里不知大同小异重复过多少次了，但是，两个人物在战火纷飞的背景上倾心交谈又该有多少丰富的内容！这是两个精神世界，两个心灵状态，而且是有别于其他任何人的特定的精神世界、特定的心灵状态，是具体的"这两个"。于是，罗歇·瓦扬这才作了他的选择，在小说中袭击列车这唯一一次军事行动的幕前，描写了两个人物一次重要的谈话。他以这次谈话作为马拉将成为安妮的情夫的伏笔，特别是以这次谈话来表现抵抗运动中两种思想、两种情绪、两种态度的交流以及地下志士对消极思想情绪的克服。同样，他在小说中写人物老在街上转来转去，也不是为了别的，而是为了获得一个方便的小说空间来表现人物头脑中的所思所想，表现他们的精神世界。

罗歇·瓦扬重视写人物的精神世界，这当然是一个正确的选择。对于一个历史时期，我们除了想知道它发生了一些什么事以及这些事是如何发生的以外，也许更迫切地想知道，参加这些事的人们是如何思考的，是如何感受的，只有这样，我们所了解的才是一个有血有肉的历史时期，何况，文学描写的主要对象与中心毕竟是人，而人最重要的就是心灵。正是在作者这种努力下，我们看到了参与那个历史时代中种种事件的普通人的真实内心状态，看到了他们思想感情中的矛盾与问题、渊源与现状、积极面与消极面，看到了他们内心世界的复杂性与丰富性。

克洛埃是地下联络员兼联络点的管家，过去是一个模特儿，她对自己那种生活感到极端厌倦，被引导参加抵抗运动后，在斗争中找到了生活的意义与力量，尽心尽力地完成她的通信任务，照料联络点中同志们的生活。她爱着地下斗争的戴高乐派领导人马拉,但严酷的斗争生活使她只能把这种感情藏在心里,但有时,这又不妨碍她在周围男同志的面前不拘形迹,甚至还进行有性爱意味的打闹。

罗德利格是年轻的共产党员,地下斗争中的积极分子。他在紧张的斗争生活中,克服着自己的孤独与寂寞苦闷感,充满朝气与干劲,全力投入工作。他心地纯朴,但多少有点仰慕上流社会风雅的虚荣心,这使他在交际花玛蒂尔德的面前不知所措,糊里糊涂被她套去了一些地下活动的秘密,给斗争带来了损失,为此,他必须以更艰苦的工作来进行补偿。

弗雷代利克也是年轻的共产党员,出身于大资产阶级家庭,与罗德利格在共产主义大学生协会中共过事,如今又是地下斗争的伙伴。他恪守原则,纪律性特别强,生活清廉,具有几乎是狂热的工作精神,贴标语、散发传单、参加各种秘密斗争,往往每天工作18个小时之久,哪里有困难,他就主动到哪里去。但他参加党、参加地下斗争的思想基础完全是书本式的、教条式的,他的脑子受了本世纪各种意识形态的束缚,颇有点僵化。他身上还有明显的修道士的倾向。他在爱情上也是书卷气十足,完全是禁欲主义的,因此,他的未婚妻安妮情不自禁投身于马拉的怀抱,成为马拉的情妇,而他为了找马拉算账,又不幸偶然落入德国人的手里。

安妮是一个出身于小资产阶级家庭的少女,虽然参加了共产党,但仍然很幼稚,也很任性。她与弗雷代利克的恋爱引起了与父母的纠纷,进而又引起了政治麻烦,这使她几乎精神崩溃,由此,她逃避现实,产生虚无主义的消极思想,把世上的一切包括正义的事业与革命的斗争,都视为游戏,甚至是荒唐的游戏。游击队伏击德国人的那个夜晚,她与马拉在原野上散步时宣泄了这种消极的思想情绪,得到了马拉的纠正与开导,从马拉那里得到了社会主义革命理想的鼓舞。从此,她重新振作起来,积极投入地下斗争,然而,她身上的那种任性与追求生活享受的要求,又使她在斗争最紧张的一夜,竟去与马拉尽情做爱。

主人公马拉更是一个甚为复杂的人物。在一定程度上,他是作者罗歇·瓦扬的一个影子。他出身于巨富家庭,青年时期到处挥霍钱财,常与作家、艺术家来往,在蒙巴纳斯夜总会狂饮达旦,到处作爱情旅行,长期过着放荡不羁的生活,换过多次情妇,玩过不知多少妓女,吸过毒,是一个追求肉欲享乐、惯于引诱妇女的唐璜,属于20世纪20年代以后"好端端地在腐烂"的一代资产阶级子弟。这一代人藐视已有的传统、既定的规范与资产阶级的价值标准,投入了托洛茨基主义的怀抱,对起义、暴动这类带刺激性的行动大感兴趣,颇有冒险性与破坏性,最后纷纷死于毒品、酗酒、自杀。马拉参加过超现实主义文学运动,当过报纸的记者,他没有自我毁灭,接受了马克思主义、社会主义的影响,成为一个"与共产党人并肩战斗、无保留地赞同他们的学说"的左派知识分子同路人。他投入了抵抗运动,当上了一个中级领导人,进行了大量的工作:不断发展新的成员、不断将有价值的情报发往伦敦、组织暗杀与爆破、协调地下组织内部人际关系、坚定动摇者的信念、纠正下级的各种失误、嗅出各种隐患、洞悉叛徒的阴谋、使地下组织免遭破坏,等等。由于他的智谋、老练、机敏与沉着,所有这些工作他都干得很出色,取得了显著的成绩,他是一个完全称职、相当杰出的领导者。从这些斗争中,我们可以看到他身上的一些优秀品德,而从他开导安妮的那次谈话以及他在弗雷代利克被捕后的那场思考中,我们又可以看到他丰富的内心活动与精神境界。他有非凡的勇气与自我牺牲精神,不怕死,不回避危险任务,爆炸之夜的袭击行动他之所以没有参加,完全是为了服从组织的有关规定;他有忘我的工作精神,为了地下斗争的需要,他放弃了自己原来高级舒适的生活,而过着清贫艰苦的日子,不辞劳苦,废寝忘食,日夜奔波;他对抵抗运动赤胆忠义,襟怀坦荡,是他发现了自己过去的情妇玛蒂尔德在危害地下斗争，是他站出来揭露了她的阴谋并准备亲手去处决她；他具有坚强的斗争信念与远大的革命理想，在以弱抗强、寡不敌众、斗争遭到挫折的时候，他仍不气馁，仍然充满了勇气与必胜的信心，他不仅期待抵抗运动的胜利，而且怀有对社会主义革命与社会主义建设的热烈愿望，他关于"人类正在进入一个新的纪元，我们都处在历史的决定性转折关头"、"我们的命运就掌握在自己手里，地球上从未有过这样的希望"、"我们不久就要改变世界的面貌，打开新人已在挣脱的蛹茧"、"这是最后的斗争"的这些议论，几乎有点《国际歌》的弦音了。但是，与此同时，他身上却又保存着某种浪人习气，他仍声称他喜欢玩妓女，并有时还去逛逛窑子，他仍惯于打女人的主意，当他占有了安妮的肉体之后，即使是在地下斗争受损的时候，他还闪过要猎获下一个少女的念头。

这就是这些人物的高尚与凡俗、坚强与软弱、乐观与消沉、律己与放纵。不论从内心深处的复杂成分，还是从行为活动的过错失误来说，他们都不是完全纯粹的战士，不是十全十美的革命者，他们过去有污点，现在还犯有错误，但他们毕竟不断在矛盾中端正自己、严格要求自己，毕竟不断在争取民族解放的事业中加强自己的信念，振作精神，不屈不挠，坚持斗争。他们决非史诗式的人物，他们的高度似乎永远也达不到史诗的标杆，但他们的的确确在参加谱写法兰西伟大的史诗，他们每个人都是那个历史时期法兰西史诗的千万个作者的一个，法兰西抵抗运动的史诗就是这样写出来的。其实，人类历史上哪一部伟大的史诗不是像这样写出来的？由千千万万个单独无一能达到史诗标杆的人所组成的巨大群体谱写出来的？这就是历史，这就是生动，这就是现实，只有抽象的概念、狭隘的定义、刻板的教条才会不予承认。

也许，正是由于这部小说中历史内容的史诗性与生活内容的真实性的相结合，由于其中人物形象的有血有肉，由于其中故事情节的生动，它于出版的当年在法国即获联合文学奖，而在1967年，又被皮埃尔·卡斯特搬上了银幕，成为法国抵抗运动文学中为数不多的被搬上了银幕的文学名著之一。

尼科尔森上校的独特性

——皮埃尔·布尔:《桂河桥》

"斯佳丽小姐并不美,可是很迷人。"

皮埃尔·布尔在当代法国文学中名不见经传,可是却拥有一个独占优势的"强项"。

名不见经传,是指他在几乎所有的法国当代文学辞典中,都榜上无名。虽然他也发表过不少作品,虽然他也曾不止一次获得了文学奖,但就其在当代文学中的实际品位来说,不过三四流而已,以我所看过的几种法国当代文学史而言,没有一种论及过他,甚至没有一种提到了他。

他所拥有的一个独占优势的"强项",那就是他的《桂河桥》。这部小说出版后,皮埃尔·布尔又将它改编成电影,由英国著名导演戴维·利恩执导,由素有"千面人"之美誉并以其表演艺术而被英国女王封为爵士的著名演员亚历克·吉尼斯出演主角,影片获得了极大的成功,于1957年一举荣获奥斯卡七项金像奖,其中,皮埃尔·布尔获"最佳改编电影剧本奖"。电影《桂河桥》,风靡全球,盛誉经久不衰,皮埃尔·布尔也名扬四海,以至小说《桂河桥》于1959年在法国又获圣伯夫文学奖一事,倒显得无足轻重了。

把这样一部出自"名不见经传"的作家之手的作品列为"法国二十世纪文学丛书"的选题,特约请王文融同志译出,倒不仅仅是由于它被改编成电影之后享誉全球，主要是由于它在有关第二次世界大战的文学中，的确要算是一本很独特的书。

　　有关第二次世界大战的文学，人们常简称之为反法西斯文学，这是全世界几乎所有国家都有的文学品种。在法国，这种文学则被称为"抵抗运动文学"，只不过，抵抗运动文学的含义更较狭窄具体，指的是1940年至1944年法国被德军占领时期产生的抗敌文学。不言而喻，在抵抗运动文学之前，法国也产生了反法西斯文学作品，它们是第二次世界大战前欧洲的紧张形势与严重斗争在法国文学中的反映，马尔罗的《希望》就是其代表作。在抵抗运动文学之后，也就是在战争胜利后，有关"二战"的文学作品、反法西斯的文学作品，在法国则更如春潮一般大量涌现，从战争中过来的人，似乎只要是稍有写作能力的，都拿起了笔记述与抒写在战争年代中的见闻感受，以至形成了"二战"题材文学的一次大繁荣，这个高潮直到20世纪60年代才逐渐回落。《桂河桥》就是这一股文学潮流中一部甚为独特的作品。

　　说到独特，在全世界有关"二战"的文学中，整个法国文学这一部分就有点独特。按照一般的理解，既然是反映一次规模巨大、持续时间长的世界性战争的文学，其重要内容，甚至主要内容，不言而喻当是严酷的战时生活、激烈的军事斗争、双方紧张的较量、两种力量针锋相对、"寸土必争"的对峙。事实上，这些内容在一些国家的文学中确占有显著地位，特别是中国读者所特别熟悉的，苏联文学更是如此，它几乎就可以归结为枪炮声不绝于耳的《日日夜夜》模式。可是，法国文学却似乎有点例外，在这里，我们很少听到枪炮声。萨特的《自由之路》里，有玛第厄在钟楼上的15分钟射击，罗贝尔·梅尔勒的《瑞德库特的周末》里，有敦刻尔克大撤退的战争场面，此外，还有这里或那里的若干零星的枪炮声、轰炸声……如此而已，而且，所有这些都是在战后产生的文学作品中才有的。战争期间所产生的抵抗运动文学，其代表作竟是画面一片平静的《海的沉默》：巴黎的一所幽静的房子，一个个寂静的夜晚，一个具有高度文化修养的德国军官，面对着一个法国老人和他年轻的侄女高谈阔论，不乏主观真诚与由衷的建立友谊的愿望，还带点理想主义色彩，然而，他得到的反应是日复一日一言不发像海一般的沉默。要对这种独特性加以概括，那似乎可名之为精神抵抗性，在法国文学传统中，它可以溯源至都德的《最后的一课》与巴雷斯的民族主义小说。

如果，《海的沉默》作为一种抗敌文学的代表作是很独特的话，那么，《桂河桥》作为一部战争文学作品的独特性似乎有过之而无不及。

《桂河桥》的独特性就在于它塑造了一个在激烈尖锐的战争条件下行为举止非常规化的军人形象，主人公尼科尔森上校这个人物就是作品全部独特性的体现。

尼科尔森上校是东南亚对日战场上的一个英国陆军军官，率部500人向日军投了降，成了集体战俘。在中国的概念里，降将与逃兵、变节分子、叛徒都是属于同一个范畴的，虽然尼科尔森是在战争全局失利的条件下，执行上级为保全实力，避免势在必然的全军覆没而要求放下武器的命令才投降的，但在传统的、常规的观念看来，他显然与"不成功，便成仁"的理想军德是格格不入的，这首先就构成了他非常规的人格状态。

同样，在中国读者的观念里，监狱、牢房、集中营、战俘营在很多时候都是另一种"战场"，这里同样有紧张、尖锐的矛盾、对立与斗争，往往是原来政治斗争、军事斗争在特定条件下某种形式的延续。尼科尔森既然统领了500名部下，当然可以导演出一场场有声有色，甚至威武雄壮的战俘营斗争的戏剧。他的确是这样做了，但他斗争的目标与着力点却有点特别。他不是像我们经常在其他文学作品与电影里所看到的那样，按照战争中保全自己有生力量的原则，以务实的态度来进行战俘营斗争，却有些学究气、迂腐气地在蛮横无理、残暴粗野的日寇面前，去维护、争取与自己战俘地位互不相容的体面、尊严、待遇规格与分寸等，如要求投降仪式必须有日军高级军官出席，要求日军对自己英国军官身份的重视，甚至为了争取这类"礼遇"宁可惨遭殴打，甘冒丢命的危险，而在物质条件恶劣、战俘受敌人虐待处于饥饿状态的情况下，又严格要求部下保持君子风度。

尼科尔森更不符合常规的表现是，他为日本军队建造了桂河桥。日军为了在东南亚扩大侵略，决定修建一条沟通泰国与缅甸的铁路以保证军需品的供给，桂河上的铁路桥就是整个工程的一个关键。日军强迫英国战俘担负艰苦的劳役。尼科尔森固然因坚持"军官战俘不能参加体力劳动，只能率领与管理自己的部下"之见而与日军当局发生了尖锐的冲突并险遭枪毙，但终于为坚持这条原则而作了重大的"让步"：由他管理士兵战俘，承担整个大桥的设计与施工，并保证如期完成。于是，难以理解的事发生了：在尼科尔森的指挥下，英国战俘发挥出自己的聪明才智，组织好自己的劳动，特别是在尼科尔森近乎苛刻的严格要求下，艰苦顽强地进行操作，终于如期把桥建成。

如果说，尼科尔森卖命造桂河桥是令人难以理解的，那么，更令人难以理解的是，他对桂河桥的拼命保卫。英军特种部队深知桂河桥在战略上对日军的重要，派了特遣爆破组潜入日战区前来破坏。正当爆破即将成功时，尼科尔森发现了特遣小组的行动，竟挺身而出，与他们展开了搏斗，破坏了他们的预谋。最后，桂河桥保住了，而英军的特遣小组遭到了重大的伤亡，只剩下一个人逃离现场。

按照一般的常识常理，尼科尔森不仅有些不符合军人的常规，而且，简直就落到了"为敌效劳"、"助纣为虐"的叛徒地步。不过，这个人物形象绝非如此简单。首先，应该看到，他与叛徒显然有一个重大的区别，那就是他的所作所为都不曾有丝毫为己与利己的成分，而都是执意从某些原则出发，并且，为了坚持这些原则，他置个人安危于不顾，付出了高昂的代价：忍受日军的残酷折磨，惨遭毒打，险而被枪毙,等等。应该说,他为了坚持与实践他的原则,的确表现出了某种难能可贵的自我牺牲精神。不过,问题在于,他遵循的是些什么原则以及这些原则存在什么问题。

尼科尔森所遵循的,是尊严的原则、文明化的原则、精神优越的原则。他在投降式中要求自己的部下军容整洁,要求有日军高级军官前来受降,是力求在残局全盘失利、自己受命投降的不得已条件下,尽可能保持英国战俘的体面;他以军人手册、国际法规为根据,力争日军对军官战俘有必要的尊重,也是在维护英国军人的尊严;他要求自己的部下士兵即便在忍饥挨饿的情况下,也力戒小偷小摸,则是要保持英国军队的自尊与精神文明;他在日军面临建造桂河桥任务而束手无策的时候,担负起建桥任务并出色地、高效率地加以完成,是在显示英国战俘的智慧、能干、坚毅与勤奋,是在显示英国战俘文明化的程度与精神优越性;而他为了坚持自己那些尊严的要求与文明化的准则而寸步不让,宁死不屈,则又显示出了他的精神力量。

当然,尼科尔森所遵循的不是战争的原则,不是实战的原则。战争原则、实战原则是要尽可能地给对方以打击与破坏,尽可能地不给对方提供任何便利与机会,尽可能地重创与消灭敌人,而尼科尔森的所作所为,看来却与此相反。这使他成为一个有争议的小说人物,凡按照战场上的军人标准来要求作品中军人的读者,对这样一个人物形象,是绝不会称道的。

然而,应该看到,尼科尔森接受命令、为保存实力而降后,实际上也就是放下了武器,退出了实战的战场,他不可能再以物质的武器来进行实战战场上的战斗,他的道德行为也就游离了实战法则的范畴。不过,他对自己还是有所要求的,他要求自己遵循另外的准则来进行手里没有卡宾枪的战斗。他作为战俘以后的所作所为,对他来说,实际上就是他根据自己的理解在进行的另一种形式的较量与"战斗",那就是文明化程度高低的较量、个人素质优劣的较量、个人精神力量强度的较量，总之，是一次精神性的战斗。他以自己的自尊自重、精神力量与文明化的程度，向他面前强大残暴的法西斯日军挑战，他赢得了他所进行的这次"战斗"，他的尊严、坚毅、无私、无畏、文明程度、科技水平、领导能力、管理方法、办事效率，对照出、暴露出日军的野蛮、残酷、粗暴、低能、愚昧；他所建造的桂河桥，就是他所进行的这样一次较量的结晶，这样一座坚固、设施完善、外观漂亮的桥梁，竟在荒僻的山区里、原始的物质技术条件下得以建成，本身就是英军战俘所创造的一个非凡的奇迹。由此可以说，尼科尔森与他的部下在更高一个层次上赢得了胜利，在更高一个层次上对第二次世界大战作出了他们的贡献：他们证明了这次战争是文明与野蛮的战争，是人道尊严与暴虐粗鄙的战争。正是在这个意义上，尼科尔森是一个带有英雄色彩的人物形象，而他面对着蛮横无理的法西斯军队坚持文明化规范的那种堂·吉诃德式的表现，则又使他带有一种不现实的、浪漫的情调。

实际战场上只能容许高度务实的作为，浪漫主义的妄动只可能带来灾难性的后果；实战中只有高度务实的军人才能取胜，带有不切实际的浪漫幻想的人是不足为训，甚至是要不得的。但是，浪漫主义、浪漫情调的人物在文学中却是容许的，要得的，而且往往还很得宠。皮埃尔·布尔不是在战场上打仗，他是在写小说。他有权不按战争的法则来写，而按文学的法则来写。他写出了尼科尔森上校这样一个人物的故事，以此证明了交战双方的文明与野蛮、高尚与卑劣、人道与反人道的对立。他做出了自己的贡献。他的小说也成为一部独特的出色的书。

这就是皮埃尔·布尔的辩证法。

辉煌的历史画卷,深刻的历史哲理

——阿拉贡:《圣周风雨录》

这是法国20世纪文学中以历史事件为描述内容的一部现实主义巨著。它所处理的题材,是法国19世纪前20年间资产阶级与贵族阶级、资本主义制度与封建制度、复辟与反复辟的长期反复斗争中极富有戏剧性的一段历史,即史书上所谓的"百日政变"。对于熟悉那个时期历史过程的读者来说,百日政变本无需多加介绍,但考虑到外国文学普及面在我国远远大于外国历史知识的普及面,也考虑到这本小说中众多人物的生活经历无不涉及那个时代的社会变故、世道沧桑,我们觉得仍有必要对这个历史事件的来龙去脉加以简要的概述。

1789年,法国发生了震撼世界的资产阶级革命,在革命的高潮阶段,反映了平民阶层意志的雅各宾专政,以革命的恐怖手段成功地镇压了国内贵族阶级的反抗,抵御了国外封建君主的军事干涉,把这场革命推进到最彻底的程度。热月政变使政权落到了大资产阶级手里,但国内政局不稳的状态与来自国外的威胁,要求法国有一个强有力的军事独裁政权,在对外战争中曾建树功勋的拿破仑·波拿巴自然成了理想的人选。1799年,拿破仑发动了雾月政变。1804年正式称帝,成为法国的独裁统治者。拿破仑的帝国,实际上是资产阶级专政的一种形式,旨在以强力手段保护资产阶级革命的成果,为资本主义的发展开辟道路。它与欧洲的封建君主发生了激烈的冲突,对它们一次又一次的反法联盟进行了频繁的战争。资产阶级皇帝拿破仑在欧洲的征战，把资本主义关系带到了法国境外，破坏了这些国家里各种封建的形式，他的赫赫战功使法兰西的光荣达到了历史的顶点，几乎整个欧洲都臣服在他的鹰旗之下。但他的一些失误与1812年征俄战争的惨败，使他迅速走向崩溃，英、俄、普鲁士、瑞典、奥地利等国趁机组织第六次反法联盟。1814年，联军攻入法国，被1789年大革命推翻了的法国王室在联军刺刀的保护下重返巴黎，路易十八重建起波旁王朝。拿破仑被迫退位后被囚禁在地中海的厄尔巴岛上。封建复辟王朝在法国不得人心，它复辟大革命前旧秩序的企图引起了法国人的恐惧与敌视。拿破仑利用这个形势，于1815年2月26日逃离厄尔巴岛，3月1日在法国登陆，发表宣言号召"拔掉那早已被我们民族抛弃了的百合花旗，把三色国旗高高竖立起来"。他一枪未发，所到之处纷纷归顺。3月18日，拿破仑原来的旧部内伊元帅率波旁王朝的大军投诚拿破仑。波旁王朝惊恐万分，路易十八于3月19日仓皇从巴黎出逃，奔向比利时。3月20日，势如破竹的拿破仑进入巴黎，宣布恢复帝国。欧洲君主国又组织了第七次反法联盟。1815年6月18日，联军与拿破仑会战于比利时的滑铁卢，大获全胜。拿破仑受此重创，于6月22日宣布退位，波旁王朝又重新得以复辟。直到1830年被七月革命推翻，法国的政治统治权又落到了代表银行家利益的七月王朝的手里。

《圣周风雨录》选取了这个时期拉锯战历史中的1815年"百日政变"，从内伊元帅叛变的消息传到巴黎引起恐慌到路易十八及波旁王朝由巴黎逃入比利时境内的短短几天，再现了这个年头从棕枝主日到复活节的圣周中法国的政治风云变幻。阿拉贡把他小说的描述"镜头"，集中在从巴黎到比利时边境的出逃线上，描写了这一批显赫贵胄，这一支庞大的护卫随从与羽林军的队伍在凄风苦雨之中、泥泞道途上的艰难跋涉情景：路易十八优柔寡断、举棋不定、反复无常，将帅们陷于尴尬困境、指挥不灵，大队人马在寒冷、饥饿、疲劳中混乱不堪，成了乌合之众，追随者在勤王忠诚的外表下隐藏着沮丧情绪、矛盾困惑与应变打算。从这一部分形象内容来说，小说可以说是一卷历史的政治逃亡图。阿拉贡作为一个共产党作家、作为一个熟悉马克思历史唯物史观的作家，他对19世纪前20年间的历史曲折与反复所持的基本立场是非常明确的。因而，他以讽刺的态度来看待这一个已被历史否定了的王朝，这一群已完全过时、仅仅依仗外国势力的支持而在政治舞台上还要弥留一阵的人物。他对这些人物的描绘并不流于漫画化，而是在节制与分寸之中达到微妙的效果，可谓一种上品的讽嘲：他以拟古典主义的风格写贝里公爵出逃前与情妇告别的那种悲壮的姿态与感伤的话语，同时让这个女人的内室里藏着她另一个共和党人情夫；他在叙述黎希留公爵在出逃时因裤子里金币的摩擦致使屁股受伤之后，又以他那表述贵族阶级社会历史哲学的文雅精妙的清谈，中和了这一个粗谑的情节；他写到路易十八的举棋不定、反复无常、饕餮贪食以及在逃亡途中的虚张声势时，写到元帅前来勤王、受命指挥全军而手下却无一兵一卒可供调遣时，几乎没有露出讽刺的表情而又收到了讽刺的效果。正是以这种把主观倾向深藏于现实形象之中的春秋史笔，阿拉贡为这一批显赫一时的历史渣滓在历史事件关键时刻的状态，提供了绝妙的写照。这些人物的悲喜剧的根源就在于他们已经注定了的历史命运历史地位、他们出逃时的种种窘态与他们虚夸的架势、他们以国家为私物的天命感、他们自居于万民之上的优越感之间的尖锐矛盾。

这一支浩浩荡荡的流亡队伍，从巴黎向北逃窜，经由圣-戴尼斯、博韦、阿布里索、贝蒂纳、圣波勒等地，所到之处就像一大群乌鸦引起惊恐不安、困惑疑虑以及在百合花旗与三色旗、路易十八与拿破仑、古老的封建传统与1789年以来的既成事实、保王阵营与共和阵营之间进行选择的急迫性。阿拉贡随着这一个逃亡的人流，把法国北部地区的省城、小镇、农舍、田庄、古堡、手工工场、贵族府第、小酒店、杂货铺等，都一一尽摄入他的镜头之中，提供了一册册历史地方志，绘制出一幅幅真切生动的历史风物画。他除了让人们在这一逃亡的人群中看到路易十八、后来成为查理十世的阿图亚伯爵、贝里公爵、黎希留公爵、马尔蒙元帅、马克多纳尔元帅等，这些在历史上显赫一时的人物外，还在他们的周围、在逃亡的沿途上，安置了较《奥尔良的葬礼》更为丰富得多的社会群像：宫廷贵族、王室侍从、显贵的命妇与被供养的女伶、省府的官员、保王的法学院大学生、拥护拿破仑的下级军官、命运不由自主的军队士兵、随风转舵的将领、资产者、律师、各种手工业者与各种工匠、农妇、小店铺经营者、田庄主人、密谋的共和派……构成了1815年法国各社会阶层的缩影。而他在描写所有这些不同阶层的人物在这个重大历史事件面前的现实表现与真实心态的同时，又把笔触超越出眼前的第一重空间与现在的实际时间，而伸向历史的第二重空间与人物的"心理时间"，从而从不同的角度提供了1789年资产阶级革命发生以来到当前事实的整个法国当代历史的无数碎片。而这些碎片正构成了资产阶级革命30年来历史反复的全貌。所有这些使《圣周风雨录》成为规模宏大、气势浩然的历史油画，它以其对19世纪重大历史事件的辉煌描绘，使法国20世纪文学中拥有了以历史为题材的《战争与和平》式的力作。

这是一部具有非常严肃目的的小说，在这里，人们可以很容易地发现，作者有意识屏拒了对任何通俗趣味与叫座效果的追求，在第六章中，有一个外省少女被羽林军军官奸污的情节。作者特意放弃了就此绘制一幅性与暴力的场景，而大写这个军官的贵族家谱，把他作为一个象征、一个代表，以他来概括数百年来封建阶级的强权与对平民的蹂躏。小说作者所专致追求的，只是作品的历史价值与美学价值，他显然是要以自己的艺术力量来复活过去时代的历史，并力求达到真切如实、栩栩如生的程度，因而，他的这两种追求往往又是结合在一起的，不可分割。在小说里，阿拉贡显示出了他历史学家般的广博与精微，他所掌握的历史知识、历史掌故之丰富细微程度是令人赞叹的，从宫廷内幕、上层关系、官职沿革、军事布防、部队调遣到旧城面貌、工商贸易、耕稼农事、生活习惯、器皿用物，均无不了如指掌。他经常是兴致勃勃地利用他丰富的历史知识，不厌其详地描绘那些历史场面、历史细节与历史风貌。他对历史生活的五光十色特别着意追求，在他笔下，仅军队的各色戎装、各阶层妇女从小帽到衣裙的各式装束、平民百姓的种种衣着，就呈现出了缤纷的色彩。他在自己创作后期的这部小说里，的确显示了非凡的现实主义描绘的才能，使读者在他绘制的历史图景面前，有亲身经历着那个历史氛围之感。这正是《圣周风雨录》作为一部历史小说达到了高度艺术水平的一个标志，是它作为19世纪真实历史画面的价值所在。

当笔者作出了上述评价的时候，不能无视阿拉贡本人关于这部小说所说的一些话。他曾经这样说过："《圣周风雨录》不是一部历史小说……我所有的小说都是历史小说，虽然它们并没有穿着古代的衣装。《圣周风雨录》在表面上正好相反，虽然它着古代衣装，但比较起来，它的历史小说的性质却更少。在这部作品里，想象的成分要比在《共产党人》中大一些，因为《共产党人》里的材料都是我第一手搜集的。我在《圣周风雨录》中如此装扮正是为了使读者被作品所吸引，使他们对我的胡编乱诌信以为真……当司汤达、福楼拜、托尔斯泰创造于连·索黑尔、《情感教育》主人公与《战争与和平》中别祖霍夫这个人物的时候，他们都是以实际存在过的人物为蓝本，我完全有权不像古典作家那样给一些实际存在过的人物的性格总和杜撰一个名字，而是把我自己的体验填入一个历史人物的名下，这个人物肯定并没有在那样一个时刻思考过那样的事，但无论如何，这种可能性看来还是有的……这也许就是这部小说的新颖之处，但出于诚实，我应该承认书中所描述的某些部分，并不是历史的实际。"①

---

① 阿拉贡：《作者谈他这本小说》，见《圣周风雨录》第9~10页，Gallimard版，1958年。

粗看起来，阿拉贡的这一番话，显然完全否定了《圣周风雨录》的历史小说的性质，似乎使以上把这部作品当作历史小说进行评价的尝试完全失去了根据与基础。但是，如果仔细加以分析，就不难看出，其实不然。这里，首先存在着对历史小说的不同理解。按照通常一般的理解来说，历史小说就是以过去时代的历史为题材、以历史生活为主要描述内容的小说作品，阿拉贡的理解无疑则有点独特。他的理解不是以作品生活内容的从属时代为标准，而是以作者本人对作品内容是否有亲身经历为准，在这里，阿拉贡把"历史"的概念与"直接真实"、"直接见证"的概念联系了起来，甚至加以等同。这种在美学领域里对"历史"之确实性的高标准要求是来自巴尔扎克，他把自己亲自所见证、所参与的现实进程称为"历史"，声称："法国社会将写它的历史，我只能当它的书记"①，这就把文学的真实性的意义与价值提升到了历史科学的范畴，同时也就使"历史的"成为一个神圣的高高在上的尺度。这种重视确切真实性的现实主义文学思想被阿拉贡所继承，正如他自己所说的："我是一个现实主义者，我在小说创作中就像在诗歌创作中一样，都依靠现实主义的方法。"②因而，他不把不具有亲身见证、亲身参与的成分的《圣周风雨录》视为历史小说，是可以理解的。

但是，应该看到，文学中的真实性并不就是确实性。在创作过程中，来自作家参与见证的直接的感性经验固然可以导致文学的真实性，并非来自作家直接参与见证，而是来自间接获取的第二手的知识与材料，也有助于达到文学的真实性；实际存在过的确实的人与事物固然是文学真实性的可靠材料，并未实际存在过，而是作家通过对其合理关系与内在规律以及发展必然性的深刻认知而想象创造出来的人与事物，同样也可以达到文学的真实性。从这个意义上来说，历史

---

① 巴尔扎克：《〈人间喜剧〉前言》。
② 阿拉贡：《应该名正言顺》，见《圣周风雨录》第18页。

小说虽然不一定全部都具有事物的确实性，但却可以具有文学的真实性，即达到历史的真实。而且，任何一个经历丰富的作家对现实生活的直接参与见证毕竟都是有限的，他所直接参与见证的事物比起现实社会中、历史时代里存在着的事物不过是亿万分之一，微不足道，任何作家不仅不可能直接参与、直接见证过去的历史生活，即使是对当前的现实生活、对周围人的客观存在状态与内心世界，都是远远难以全部直接见证、直接介入的。如果把客观事物的确实性与文学的真实性加以等同，那么，不仅以过去时代的生活为题材的历史小说都是"胡编乱诌"，而且即使是以当代现实生活为题材的作品几乎也都要算是"胡编乱诌"了，只有作家本人直接参加、直接见证的成分明显的纪实性作品除外。因此，虽然阿拉贡对于历史小说有他独特的见解，我们还是要把他的《圣周风雨录》当作一部历史小说、一部完全合格的历史小说来予以对待。

不过，应该看到，阿拉贡以上那段话最终的目的，是在于指出他小说的"新颖之处"，在于明告读者，不论他小说中的历史生活场景描写是如何栩栩如生，他所写的并不就是历史生活原本的客观实际，他有虚构、有想象，更为重要的是，他是要"把我自己的体验填入一个历史人物的名下"，总而言之一句话，他所表现的是他自己的体验与感受，而不是历史生活本身。这就是阿拉贡所提供的理解《圣周风雨录》的一把钥匙。

其实，文学史上任何作家写历史题材的作品，都不是为历史而历史。他们以历史生活为描述内容，不外有两种情况：一种是对历史人物与历史事件进行了严肃的思考后，有了自己独特的发现与评价，而且，这种思考、发现与评价与当前的现实总有这种或那种关系，或者是根源于作家所处的现实生活，或者由于现实与历史基于共同的规律与法则而对现实社会有借鉴的意义，或者由于现实与历史在境况与状态上相似而对今人有启迪作用；另一种情况则是将主观的寓意伪托于历史之中，借用历史的衣装。不论是哪一种情况，以历史生活为题材的任何作品都具有客观的历史形象、历史图景与包括了作家主观的思想、感受、见解、发现、评价、寓意等成分，可称之为历史哲学的两大部分；也不论是哪一种情况，以历史为题材的作品所写出来的绝对不可能是纯粹的客观历史实际本身，在前一种情况下，虽然作者要更多地尊重历史框架、历史事件与历史习俗的真实性，要致力于描绘出符合历史真实的形象图景，但作品中也不可避免地要出现完全出自作家虚构的人物，即使是对历史上确有其人的人物形象，作家在进行具体的形象描绘时，也必然要添加不少想象的成分。至于那种将主观寓意委托于历史之中的作品，历史形象与历史图景的真实性就更加微乎其微了，在那里，历史衣装只是一种点缀，任凭作者随手拈来以附会自己的用意。

阿拉贡的《圣周风雨录》属于前一种类型的历史小说，它的写作显然有更大的难度，不难看出，在小说里，作者为了复活过去时代历史的情景，在尽可能掌握详尽的史料与尽可能进行符合历史真实的描述上，作出了多么大的努力，终于使作品首先成为历史事件的画卷，历史生活的画卷，历史风习的画卷。那么，在这样一个画卷中，阿拉贡是要表现什么历史哲学、什么个人感受、什么个人体验呢？

他的历史哲学首先与他对历史事件的评价是不可分的。我们已经看到，他对当时在政治舞台的前沿进行对抗表演的一大阶级政治势力即波旁王朝及其全部社会附庸的嘲讽性的描写，他的否定态度从他所描写的小民憎恨波旁王朝羽林军那身军装的情节，从他通过自己的人物把波旁王朝视为一个"荒诞的世界"的笔墨，更可以看得一清二楚。对于在当时政治舞台进行对抗表演的另一种力量的代表拿破仑作何评价呢？比较起来，阿拉贡对拿破仑的评价是积极的、肯定的。在他笔下，拿破仑的东山再起、返回杜伊勒里宫，在巴黎、在外省都引起了春雷般的反应与效果，他以认同的态度描写了拿破仑的青年崇拜者在保王党人控制的巴黎街道上勇敢地高呼"皇帝万岁"以及整个法国在他一枪未发、长驱直入之下的纷纷归顺。因为，他肯定知道马克思、恩格斯早就对拿破仑的事业作出过高度的评价：如称他为"真正的伟大的波拿巴"[1]，认为他在欧洲范围里"是革命的代表，是革命原理的传播者，是旧的封建社会的摧毁人"[2]等等。阿拉贡也深知，在法国文学传统中，早已经有司汤达、雨果这样优秀的作家在《红与黑》与《悲惨世界》这样的杰作里，对拿破仑帝国作过热情洋溢的描写。他对拿破仑的态度在一定意义上是对历史定论的沿袭。然而，值得注意的是，阿拉贡对拿破仑的态度，比起司汤达的拿破仑崇拜与雨果的热情要冷静得多，他把拿破仑1815年的重返巴黎，只看作是"乱世的命数，强权的格局"而已，他还在小说里通过各种方式多次指出了拿破仑的局限与失误：他的专制独裁与警察统治，他宫廷中的奢华侈靡之风，他漫无止境的军事征战，他使得百业凋零、工业衰退，等等。所有这一切就是对于拿破仑"人民为什么厌倦、为什么失望"的原因，在阿拉贡的笔下，这种厌倦与失望使得拿破仑在1814年遭到了失败，也正是这种曾经感受过的厌倦与失望，使得人们在1815年对拿破仑的重返巴黎仍抱有重重疑惑与顾虑，尽管复辟王朝已经引起了人们普遍的反感与憎恶，尽管人们面对着舞台上两大阶级政治势力的较量，因波旁王朝的逃亡而叫好，为拿破仑的挺进而欢呼。非此即彼，两者必居其一，这就是阿拉贡在《圣周风雨录》中所要表现出来的法兰西的悲剧处境，法国人所面临的悲剧性的选择，正是在对这种悲剧性境况情势的认识之上，阿拉贡建立起他的历史哲学。

他的历史哲学的基本特点在于其超脱性，它在某种程度上完全是由他所虚构的人物特奥多尔这个年轻的羽林军军官来表述的。特奥

---

[1] 恩格斯：《1889年10月3日致拉法格的信》，《马克思恩格斯全集》第三十七卷，第273页。
[2] 恩格斯：《德国状况》，《马克思恩格斯全集》第二卷，第636页。

多尔出身于资产阶级,既长于绘画,又精于骑术,1814年波旁王朝复辟后,有保守政治倾向的父亲出于虚荣心,花钱为自己的儿子在路易十八的禁卫军中买了一个尉官的职位,于是,当1815年拿破仑向巴黎挺进时,他自然也就置身于羽林军之中随波旁王朝出逃。阿拉贡使他成为贯穿《圣周风雨录》始终的主人公,让他见证了整个圣周之中逃亡线上的风风雨雨,并且在短短几天风云变幻、世道沧桑的过程中不断地思考、变化、成熟。当他从一个满腔热血、只顾策马狂奔的青年,变成一个对当前两种力量、两个阵营对抗的形势及其社会政治含义有了清醒认识的观察者之后,他提出了这样的抗议:"三色徽章或白色徽章,这就是向我提供的全部选择!……一种借口或另一种借口,内乱或战争,这就是给我的选择!难道没有别的前景!"[①]他的这种抗议不是针对某个具体人的,而正是针对非此即彼、二者必居其一的那种悲剧性的历史境况与历史命定性。

如果说,特奥多尔的这种抗议是体现了他对"非此即彼"的现实的一种反抗精神,他对两股政治力量、两个阵营、两种象征的一种超脱意识,那么,小说中另一些人物,也就是一些确实存在过的历史人物的悲剧的根源,正在于把自己封闭在"两者必居其一"的历史境况中、被动地受这种历史命定性的主宰,不由自主地随风匍匐。小说多次写到在那个时期的历史反复中那些"改变阵营的人",他们都是一些显赫的、搬演过历史事件、名存史册的人物:内伊元帅、拉奥里将军、德·洛里斯通元帅、马克多纳尔元帅、德·伯尔农维将军、马尔蒙元帅等,阿拉贡把他们与在那个历史阶段中几易其主、不断变颜色、在随风转舵中经营私利的外交家塔列兰、警察头子富歇区分开来,也许是因为他们都是从法国大革命中涌现出来的热血男儿,在战场上出生入死地建立了功勋。然而,他们有的早在1812年就谋反拿破仑,其他的人则在1814年拿破仑失败时背叛了他而归顺波旁

[①] 本作品引文请见F·20丛书本。

王朝，到了1815年拿破仑重返巴黎、波旁王朝岌岌可危时，有的人又背叛了路易十八而重新转向拿破仑，由此，他们在不同的时候、在不同阵营、不同派别的人的眼里，就成了"叛徒"。针对他们的历史命运，阿拉贡提出了一个尖锐的问题："什么事情都这样扑朔迷离，昨天还是个英雄，次日又被视为叛徒。改变阵营的人，难道真的是叛徒吗？"在阿拉贡看来，这个问题的关键并不在一些个人的原因，如迫于形势、寻求退路等，这些"改变了阵营的人"之所以并不见得是叛徒，其真正的关键在于把他们称为"叛徒"的那种衡量标准与尺度是有根本局限性的，是以狭隘的阵营与派别的利益为转移的，而阿拉贡正好是既不承认波旁王朝为正义的代表，也不认为拿破仑是神圣不可侵犯，这两种对抗的政治力量"到底谁对呢"？显然在他的历史哲学里并不像黑白一样绝对分明，在他看来，这两种力量虽然都采取了神圣的姿态、以神圣的名义发号施令，但它们谁都不是至高无上的利益的代表，都不是绝对正确的真理体现，都不是神圣的化身。因而，不论是哪一个的名分法统、现实利益、规范准则都不足以构成衡量世间人与事的尺度与标准。对波旁王朝这股走向衰亡的政治势力自不待言，即使对拿破仑来说，也是如此，如拉奥里将军1812年的谋反可能是为了结束拿破仑的专制独裁，内伊元帅1814年倒向王党可能是为了避免法国继续流血，马克多纳尔元帅则明显地是因为拿破仑已经宣布退位并"不要任何人再进行无意义的战斗"而采取了"一名士兵的自然而然的行为"，他们虽然背离拿破仑的法统名分、政治利害，但能以波拿巴主义的尺度宣判他们都是"叛徒"吗？这就是阿拉贡针对政治利益、政派标准所提出来的尖锐问题，从这个问题正可以看出阿拉贡对"非此即彼"的派别精神、阵营意识的超脱。

绝对抽象的超脱精神，在现实社会里是不可取，甚至是有害的。阿拉贡的超脱精神并非如此。他的超脱只是对一定的范围、一定的对象而言。如果说，他是力图超脱历史上那两种狭隘的阶级利益、集团利益、派别利益的话，那么他却是重视另一种更为至高无上的利益；如果他是力图超脱历史上那两个对抗的阵营与党派的话，那么他却是努力追求一种更为神圣的群体。

阿拉贡所重视的超乎阶级政治利益之上的最高利益，就是社会生产力发展的利益，是一个民族、一个社会在物质文明创造上自我完善、自我发展的利益。他把这个利益看得比一切君主、帝国、王朝、派别、集团、阵营的利益更为重要。在小说里，他通过前国民公会的议员、后来又成为共和党秘密活动家的茹贝尔这个人物之口，阐明了他那种重视生产力发展的唯物史观，把1789年以后的"工业勃兴"视为真正的革命，认为正是它"推动着各种关系的变化"，"改变了人与人之间的关系，从而也改变了人自身"，还引起了法律、警察制度、科学等的变化，而各种名义的战争，只不过"是这一切现象的直接后果"，"人们所宣扬的思想与所高举的旗帜，也无非是所有这一切的烟幕"。至于拿破仑的失败，阿拉贡通过茹贝尔作出这样中肯的结论："你真以为拿破仑是在战场上失败的吗？他是败于1811年的工业危机，败于失业与劳动力的混乱状态"，并且在小说里不止一次对拿破仑给法国生产力所造成的损害作了批判。根据这种史观来看待法国政治舞台上两种力量、两个派别的拉锯战，阿拉贡当然就不会把拉锯战中任何一方的口号、旗帜、法统、名义、利益、象征视为至高无上的绝对的价值标准了。

阿拉贡在小说里所重视与强调的社会力量、社会群体是人民，是普通的广大的人民群众。他把普通人民置于一切派别、集团、阵营之上，把人民视为真正的神圣力量，把他们的利益视为高于其他一切利益的神圣的利益，他花了不少篇幅去写普通人的贫困与要求，他特别安排了他的主人公特奥多尔进入石匠、泥水匠、纺织工、麻纺工等这些下层人民所组成的"悲惨世界"，让他倾听他们的呼声，见证了他们的密谋，在这个"悲惨世界"里受了一次彻底的洗礼，从根本上转变了他的思想立场。他不仅看到了惊人的贫富对立,加深了对自己所处的时代社会以及面前这一场冲突的认识,而且得出了车夫、乞丐、穷人"比起有产者与王公们更像圣徒"的结论,对下层人民开始建立起了深厚的感情。由此,他对自己在绘画艺术中应该追求什么目标,也有崭新的认识。最后,他埋葬了对波旁王朝盲目的勤王热情,也放弃了对拿破仑的幻想,脱下了军装,换上了便服,主动地脱离了这两大力量、两大阵营的政治军事冲突,当了这场对抗的一个"逍遥派"、一个"逃兵",而决心"要与社会中的受害者在一起",决心要用自己的画笔去表现"受难者"、普通人,决心要"把自己画布上的地位留给人民"。小说的这一结局正表现了阿拉贡高昂的民主主义热情,表现了他人民至上的历史哲学。

毫无疑问,阿拉贡把自己的切身体验填入了特奥多尔这个人物。他在描写特奥多尔在旁听下层人民那次密谋会议并受到影响的时候,就曾直接介入小说,叙述了1918年一次矿工大罢工给他精神上的震动,正像特奥多尔的那次旁听决定了他以后所走的道路一样,阿拉贡也告诉了读者,那次大罢工如何"一直沉重地压着我的命运"。由于有了阿拉贡这种有意识的自我化入,我们不难看到特奥多尔与阿拉贡之间这种或那种不同程度的相似:特奥多尔出身于资产阶级、置身于异己队伍中的矛盾,使人联想起阿拉贡从资产阶级、从超现实主义阵营而进入了共产党的经历;特奥多尔在两大势力面前要进行抉择的境况与他的超脱意识,使人联想起阿拉贡曾感受过的"我站在这边而不是另一边,没有选择余地"的内心状态;特奥多尔发现了下层人民的"悲惨世界"后,明白了很多的事理,精神上进入了一个新的境界,也使人联想阿拉贡所歌唱过的"党使我有了眼睛与记忆"的诗句;特奥多尔最后在现实的政治纷争中,做了伏尔泰式的"该耕种自己的园地"的选择,遁入了艺术的天地,准备把自己的艺术奉献给至高无上的人民、最为神圣的人民,也许正是阿拉贡写《圣周风雨录》时的人生理想与艺术理想。所有这一切,使我们可以说,特奥多尔即使不是阿拉贡本人的化身,也是阿拉贡精神的结晶。

  阿拉贡逝世于 1982 年。从 1927 年参加法国共产党后,他与自己的党在风雨中走过了半个多世纪。法国共产党中央委员会在关于他逝世的公告中这样说:"他始终愿为党服务,就像他自己常说的那样,尽管有时对他是极其痛苦的。他入党 55 年,始终不渝,其深邃的入党动机胜过任何历史裂痕。"[①]《圣周风雨录》写于苏共二十大与匈牙利事件后一两年,正当反斯大林主义的思潮席卷西方世界的时候,这本小说是否也多少反映了共产主义阵营中一个杰出人物当时的痛苦心情与心理上的"历史裂痕"呢?

[①]《法国现当代文学研究资料丛刊》之五,《阿拉贡研究》(沈志明编选)第723页,中国社科出版社,1986年。